QOËLET

François de Gourcez est né à Paris en 1969. *Qoëlet* est son premier roman.

FRANÇOIS DE GOURCEZ

Qoëlet

ROMAN

ROBERT LAFFONT

ISBN : 978-2-253-12399-6 – 1re publication LGF

À Geneviève Loth

« Moi, Qoëlet, j'ai été roi. »

La recherche

I

Quand l'ordre fut enfin donné de fermer les portes de la ville, cent Parisiens déjà avaient été emportés par la maladie.

Négligeable, croyez-le. Plus de dix mille devaient les rejoindre à la fosse dans les mois suivants.

Ceux qui fuirent furent rattrapés. Ceux qui se cachèrent furent débusqués. L'épidémie atteignit alors son comble : plusieurs membres de la famille royale périrent, tandis que d'autres ne reparurent qu'estropiés ou aveugles. Les chroniques du temps étaient pleines de cela. On craignit même un instant pour l'avenir du royaume.

Chacun, depuis, a appris que ce siècle fut, pour la variole, plus couramment nommée petite vérole, voire picote, celui de l'apogée : la plus grande faucheuse, bien au-delà des guerres ou de la peste.

L'année qui suivit, elle aussi riche en événements de toutes sortes, semblait vouloir prendre bonne place dans les annales. On venait de signer en Europe un traité qui mettait fin à un conflit si long et si meurtrier qu'il déshonorait les nations qui y avaient pris part. À Paris même, un prêtre nommé Saint-Pierre, éclairé dans une époque qui ne prétendait pas encore l'être, suggérait pour laver cette tache une Union européenne complète et immédiate. On lui riait au nez. Un autre, qui du même apôtre tenait le siège, interdisait depuis Rome une voie d'accès vers le paradis – le jansénisme – qu'un grand nombre s'empressait pourtant de choisir.

Le chaos, non content de saisir les corps, malmenait aussi les esprits. La fin de règne du vieux roi était pire qu'un désastre : c'était une tragédie.

Le ciel, par un mimétisme confondant, avait, vers cette époque, roulé de si puissants orages qu'ils en avaient noyé les récoltes. Poussant tôt dans la saison la faim et la vermine dans les villages, la disette avait fait le lit du fléau : la « maladie des familles » ou la « petite sœur », ainsi qu'on l'appelait – la variole –, cette année-là, ne prit pas un enfant sur deux, un adulte sur dix, comme à son habitude, mais le double, partout dans le pays.

Tous les enfants.

Les prêtres ne disaient plus d'autre prière que celle des Trépassés. Qu'ils fussent hallucinés de foi ou d'ivrognerie n'y changeait rien : ils mettaient en terre comme on se couche.

Dieu, là-haut, par-delà l'incessant cataclysme des orages qui gorgeaient d'eau les champs, semblait sourd aux prières, aveugle aux processions qui imploraient Sa clémence. Pourtant, on continuait à faire sonner à la volée les cloches des églises pour détourner la furie du ciel. En vain. Ceux que la maladie ne prenait pas mouraient de faim. Il ne restait plus même dans les greniers de quoi emblaver. Les fruits pourrissaient aux branches des arbres. Et voici que les bêtes, à leur tour, mouraient une à une sans qu'on y pût rien faire. Partout ce n'était que cris et sanglots : une franche pitié.

Hommes, femmes et enfants, toute cette pauvre humanité, enfin, non contente de partager la même promiscuité, le même grabat miteux, la peur et la faim, vivait résignée dans une crasse ignorance, livrée aux humeurs fantasques de la Nature.

En Bretagne comme partout dans le pays, les hommes ne se levaient plus guère que pour porter les leurs en terre.

Or il s'étendait, aux confins de cette misère, un domaine dont le maître, ancien officier qui avait perdu un bras à la bataille, attendait d'un jour à l'autre la naissance d'un fils. Sa femme allait être sous peu délivrée lorsqu'un marchand ambulant franchit la frontière entre France et Bretagne. Contaminé par la maladie sans qu'il le sût, l'homme avançait d'autant plus confiant en l'avenir qu'il se faisait fort de vendre au bon peuple de la lande un orviétan souverain contre les maux du corps et des reliques authentifiées pour ceux de l'âme. Une irrévérencieuse diarrhée le pliait en deux quelques jours plus tard, sans que sa potion le soulageât en rien. Aussi est-ce déjà tout frissonnant et bien pâle qu'il atteignit un relais de poste établi en bordure de la forêt, d'où on le chassa aussitôt.

Cependant, un autre homme avait à son voisinage reçu les germes du mal. Il contamina sa femme, dont une parente connaissait... La petite vérole pénétra par elle dans la branlante demeure des châtelains, grimpa l'escalier, franchit le seuil de la chambre... Deux domestiques furent, un matin, saisis de cours de ventre et de fièvre. Le signe ne trompait pas. Le seigneur les chassa. Les autres, zélés, s'enfuirent aussitôt. Il n'y eut bientôt plus personne d'autre que le vieil homme pour soigner sa femme, changer ses draps souillés et veiller sur ce ventre énorme qui se couvrit peu à peu, après le pourtour des lèvres, de boutons minuscules. Le ventre, mais aussi les membres, le dos, tout le corps, sauf la plante des pieds, en fut bientôt constellé.

Ni le brasero dressé au pied du lit, ni les viandes succulentes, ni encore l'eau-de-vie mêlée de poivre et de cannelle ne repoussèrent le mal. Les pustules s'arrondirent, prirent des reflets argentés tandis que la peau de la châtelaine, sous son amas de couvertures, se tuméfiait affreusement. Elles se mirent alors à suppurer, portant à leur paroxysme les souffrances endurées par la malade.

Les convulsions de douleur lui firent expulser l'enfant qu'elle portait sans qu'elle sortît seulement du délire. Les fièvres la consumaient encore, et la souffrance, lorsque le nouveau-né se couvrit à son tour de pustules puis finit par étouffer dans sa gangue de pus. Cela prit quelques jours seulement. Le souffle cessa de soulever la petite poitrine au plus profond de la nuit qui précède le jour des Morts, qu'on nomme, en Bretagne, Samonios.

Ce pauvre père maudissait le Ciel, lorsque des croyances anciennes prirent possession de son esprit. L'homme eut un sourire terrible, mit sa hache d'arme au côté, puis emporta de son bras unique le petit cadavre vérolé dans la nuit. Il revint au matin, serrant dans une peau un nourrisson frais et braillard auquel il donna orgueilleusement le nom unique de sa lignée : Qoëlet.

Sa femme se releva de ses couches avec une chevelure entièrement blanchie et le visage marqué de cicatrices qui labouraient de frais ses rides déjà profondes. Après plusieurs semaines d'une impitoyable quarantaine décrétée par son époux, elle reçut le petit avec adoration, persuadée que Dieu seul avait permis à l'enfant d'être épargné par la maladie.

Quelques malentendus en Bretagne. Des histoires, des secrets aussi. Puis l'année 1713 s'acheva.

Les années qui suivirent la naissance de Qoëlet offrirent, comme par miracle, de meilleures moissons. Les arbres ployèrent sous le poids des fruits. Les vaches, lourdes d'un lait gras et parfumé, se mirent à vêler à n'en plus pouvoir. La picote, qui longtemps avait infecté leurs pis, s'en alla. On ajoutera, pour parfaire ce regard agricole, qu'il en fut de même du javart ou de la clavelée, qui disparurent des pieds des chevaux et des moutons : la vie reprenait lentement cours.

Dans la superstitieuse Bretagne mieux qu'ailleurs, peut-être à force de cataclysmes successifs, les hommes avaient à cœur de s'entourer d'habitudes pour se préserver de l'inattendu. On fêtait les cycles des planètes, les semis et la moisson, les fleurs et les oiseaux pourvu qu'il y eût un saint capable de prendre l'événement à son compte. Les prêtres l'exigeaient. Le calendrier, par bonheur, en était encombré. De vieilles et indéracinables coutumes locales achevaient d'habiller ces bonnes traditions universelles qui engourdissaient fort convenablement les esprits et soumettaient les corps aux rythmes naturels.

Les héritières des prêtresses de l'ancien culte, qu'on appelait penseuses, guérissaient les entorses et les brûlures. Elles arrêtaient les hémorragies par la puissance de leurs prières, les mains à quelque distance de la plaie. Formaient des vœux. Connaissaient les plantes et les herbes. Soignaient les bêtes malades ou blessées.

Celle du village proche du manoir où naquit Qoëlet était surnommée depuis si longtemps la Reine Blanche qu'on ne se rappelait plus son nom de baptême. On allait, quoi qu'il advînt, la visiter avant le prêtre, car elle savait des formules de l'ancien culte, dont certaines sur la transmutation des âmes. Elle s'entendait parfois à prédire l'avenir dans le vol des oiseaux – un lointain héritage des invasions romaines.

Le peuple breton menait une existence rude et simple où les vies passaient sans s'attarder. On se releva de l'épidémie de petite vérole comme on s'était relevé de tout. D'ailleurs, on ne mourait pas vraiment, entre lande et forêt : on s'éloignait, avec la certitude chevillée à l'âme qu'on reviendrait bien tôt ou tard, hommes et bêtes confondus. Chacun savait que leurs âmes libres se retrouvaient à l'aube, volant au-dessus de la lande, semblables à des flammèches d'argent.

Lorsque tous eurent cessé d'avoir faim, lorsqu'ils eurent séché leurs larmes, fait de nouveaux enfants, ensemencé de bonnes terres et mis bas de solides bêtes, la maladie et la famine revinrent dans le pays.

La prévoyance comme la suspicion du Manchot conservèrent néanmoins sa vieille demeure de ces divers périls. Certes, ses gens mouraient avec une déplorable obstination, mais le petit fut épargné. Il grandissait même comme une bonne plante, confiné entre les larges murs fissurés du manoir, à l'abri des regards et de la contamination, auprès de ses deux vieux parents.

II

La guerre avait poussé leurs corps l'un contre l'autre. Le maître était alors un jeune officier victorieux. Un jour pourtant, devant une cité d'Alsace qui tardait à se rendre, ses camarades l'avaient aperçu non plus ivre de sang et d'assauts mais hagard, ne voyant plus les morts, n'entendant plus les cris, indifférent à la bataille, ennuyé du combat : au milieu du carnage cherchant et ne trouvant pas son bras droit qu'un boulet venait d'emporter.

De capitaine des régiments de Sa Majesté qu'il était au matin, l'orgueilleux Breton s'était retrouvé manchot le soir. Ses rêves envolés, l'avenir de sa maison éparpillé au vent des gloires françaises, livide, chancelant, l'officier avait pris, ivre de désespoir, le chemin de sa province. Un couple de bohémiens l'avait découvert sur le bord du chemin, épuisé mais lucide. Convoitant le peu qu'il possédait encore (son épée, une bague, une bourse), ils s'étaient contraints à le recueillir pour le mieux voler. Mais le blessé avait, un soir, cru surprendre leur projet de lui couper la langue et de lui mettre les fers pour remplacer leur ours, mort depuis peu, qui jusque-là tenait le rôle d'un monstre dans la pièce qu'ils avaient coutume de jouer en entrant dans les villages.

Dans sa soudaine inquiétude de finir ses jours en esclave pitre, et se voyant trop faible pour égorger l'homme et violer la femme ainsi que son naturel le lui commandait, l'infirme avait pris la fuite. Moribond, il avait atteint les marches de Bretagne avant de s'effondrer sur le chemin.

Sa vue avait inspiré de la pitié à une bonne grosse fille dévote qui tenait, à quelques pas de là, un cabaret borgne où des sergents recruteurs avaient coutume de venir saouler des adolescents. Son estropié de père – il avait fait toutes les campagnes du feu roi jusqu'à ce qu'une gangrène sèche le contraignît à se séparer d'une de ses jambes –, ce vieillard boiteux, qu'elle était aussitôt allée chercher, avait reconnu sous la crasse et le remugle des chairs infectées un officier malheureux. L'homme n'avait certes pas meilleur cœur qu'un autre, mais le respect du grade et la nostalgie de ses jeunes années. Il avait cru entendre sa jambe amputée le supplier d'aider ce corps orphelin d'un bras. Les yeux humides de sa fille avaient achevé de le persuader.

Lavages. Pansements. Sommeil. Lourd et vaste assoupissement de brute, le bras en moins. Après deux mois de ragoût et de vin clairet, de pain d'épice et de confitures, le Manchot avait réappris à vivre. Mais c'était désormais plein de dépit qu'il regardait le ciel où les nuages défilaient en cavalerie (c'était ses propres mots). Aussi s'était-il mis à attendre l'heure à laquelle Madeleine entrait dans sa chambre pour refaire son pansement. Car la ronde jeunesse de la pucelle était devenue la paix du mutilé. Si bien qu'au fil des semaines le soldat s'était surpris à regarder celle à qui il devait la vie comme une place à prendre. Une habitude, finalement.

Elle, qui des hommes ne connaissait que les cris des

ivrognes, vite flattée, bientôt séduite, résista un peu puis un soir, poussée d'ailleurs à coups de béquille par son estropié de père, se glissa craintive entre les draps. Au matin, la douceur de ses traits tandis qu'elle contemplait, accroupie au-dessus d'un bidet d'étain, la plaie de l'amoureux ravage, avait arraché au Manchot une bouffée de contentement.

« Vends ton auberge, Madeleine, et je donne un nom au fils que je viens de te faire », avait brusquement jeté l'officier dans le petit matin de cette chambre tiède et parfumée de lys encore frais.

L'auberge avait été vendue, dont on n'avait gardé que quelques pièces de vin. L'ancêtre hissé sur les barriques, bois contre bois, voudrait-on dire. Le domaine de Bretagne bientôt réinvesti, peuplé, emblavé. Et voici qu'au fil des ans le manoir, tout ruiné qu'il était avec ses pauvres tours décapitées, s'était mis à vibrer des cavalcades endiablées de fils sans cesse plus nombreux. De bolées d'eau de cerf et de civette, propres à faire passer les vapeurs de la grossesse, en peaux de serpent nouées autour de la cuisse pour calmer les douleurs de la maternité, Madeleine avait mis au monde avec toute l'énergie de sa jeunesse.

Ils avaient bientôt été trois, quatre, cinq, sept enfin. Pas une fille. Le Manchot n'en éprouva que plus de fierté. À quoi pouvaient servir des filles, sinon à tisser de blancs habits pour les jours de deuil ?

Madeleine, au milieu de cette troupe de morveux blasonnés, torchait et reprisait de l'aube au couchant.

« Mes fils, mes nobles petits gueux ! » ne cessait-elle de s'extasier en regardant leur père leur enseigner le noble art de la guerre.

Le Manchot faisait cultiver seigle, avoine, froment ou chanvre autour du domaine adossé à la forêt. On élevait nombre de porcs, de vaches et de bœufs, quelques chevaux aussi, point mauvais. La lande occupait le reste, l'immense reste des terres. Dévorante, inviolée, la lande bretonne ondulait à perte de vue, plate et morne de vents incessants. On maudissait ceux qui vivaient dans ses marais. Les âmes des morts les peuplaient dès la nuit tombée. Ainsi allait le monde.

D'autres années. Le vieillard à la jambe de bois était mort. On l'avait aussitôt oublié. Le Manchot, qui haïssait l'idée de s'éteindre dans son lit, ne parlait que de ceux qui étaient tombés debout avant lui : l'inextinguible lignée.

Certains soirs d'hiver, la famille entière, assemblée autour de l'âtre, l'écoutait narrer la richesse du clan au temps des anciens rois : les conquêtes de Judicaël l'Iraistre, les folies de Conan l'Outrepasseur, les morts glorieux du combat de la Lande-à-la-Lune, où toute la race avait péri… Le miracle de ce Qoëlet né au soir de la terrible défaite, ceux qui l'avaient suivi, une nouvelle prospérité puis la ruine, l'épidémie de peste, d'autres guerres encore… Son père, capitaine du roi de Suède que la mort de ce monarque avait jeté sur la route du retour riche à millions mais que des soldats de sa propre compagnie, qui l'avaient pris en chasse, une nuit – hélas ! –, avaient dépouillé de tout et laissé pour mort en travers du chemin… Son retour dans le vieux domaine cette fois-ci dévasté par la petite vérole, les douze fils qu'il avait élevés suivant la tradition… Ses frères, leurs fortunes diverses et leur mort, l'épée au poing, autant qu'il fût permis. Puis ses propres années de campagne, du temps du grand roi, jusqu'au jour où le sort avait mis un terme à ses efforts…

« Allez donc me frotter les oreilles de ces gueux de Blanche-Épine tantôt ! » grognait-il ces soirs-là avant de disparaître dans les ténèbres de l'escalier de pierre.

Alors les fils, dès l'aube, ceignaient de vieux hauberts, des barbutes ou des bassinets, passaient broignes et brigantines, se bardaient de toute une ferblanterie ancestrale cabossée, prêts à en découdre.

Les Blanche-Épine, voisins de par-delà la forêt, descendants des envahisseurs français, dont l'écu portait un buisson d'argent, les attendaient de pied ferme, et moqueurs encore. On se battait, on cognait, on revenait parfois avec un bras rompu ou une épaule démise. C'était sans importance, l'honneur était sauf. Ceux d'en face avaient bien pissé le sang, eux aussi, bien braillé leur douleur, ces gorets.

D'année en année la lutte entre les deux voisins s'était faite plus âpre. Le tribut de sang versé par la piétaille paysanne levée par les deux familles attestait la rudesse de ces rencontres. On s'était mis à compter les morts, comme d'autres comptent au jeu les points marqués. Les petits Qoëlet en riaient, affûtant eux-mêmes les crocs de leurs effroyables dogues anglais.

Madeleine n'avait plus seulement recousu les vêtements déchirés mais la peau de ses enfants. Ces enragés de Blanche-Épine mordaient. Et si les fils criaient maintenant « Tue ! » dans la mêlée, on rendait en face coup pour coup.

Les plaies, au fil des ans, s'étaient faites plus profondes, les entailles plus larges. Ils étaient un soir revenus au manoir portant sur leurs épaules un brancard sur lequel gisait la dépouille du quatrième. L'enfant (il n'avait pas quatorze ans) avait eu le crâne fracassé par un coup de masse si terrible que la cervelle lui en était tombée dans la bouche. Méconnaissable. On refusa à sa mère le droit de le voir une dernière fois.

« Pas un spectacle pour une femme ! » avait grondé le Manchot en regardant d'un air navré le cadavre ensanglanté de son petit.

Mais alors qu'une vengeance se préparait, l'annonce d'une guerre au sujet de la succession à la Couronne d'Espagne était parvenue de part et d'autre de la forêt. Les Qoëlet s'y étaient jetés comme à la fête. Les Blanche-Épine, à leurs côtés, n'avaient pas eu de leçon de courage à recevoir : ils étaient allés à la mort avec le même entrain. Car on mourut bel et bien.

L'aîné était tombé à la défense d'une place de peu d'importance mais qu'il fallait tenir, d'un vol de pertuisane qui, rapporta-t-on, lui avait enlevé tout le haut du crâne.

Le deuxième s'en était allé périr l'année d'après d'un coup d'arquebuse qu'il avait fort proprement reçu en pleine poitrine. Les deux suivants, à peine dix-sept et quinze ans, avaient été du fameux désastre de Ramillies. L'un avait été disloqué par une décharge : on ne l'avait reconnu qu'à son ceinturon. L'autre avait été épuisé par un affût de canon qui lui avait roulé sur le corps avant qu'il eût seulement l'occasion d'être un peu glorieux. Restaient alors au manoir deux fils qui piaffaient. La guerre, par bonheur, avait bien voulu se poursuivre : ils s'y étaient rendus en équipage pour y mourir tout aussi promptement.

Leur mère avait, par une singulière coïncidence, appris dans la même journée ces deux morts et sa nouvelle grossesse. On voudrait croire que l'espoir de cet enfant à naître la consola un peu de la perte de ses deux derniers, car elle le porta sans encombre – comme on sait – jusqu'à un certain soir de novembre.

III

Galvanisée par un amour qui n'avait d'égal que la rancœur qu'elle couvait contre le Manchot, Madeleine trouva la force de remettre en cause l'ordre immuable voulu par le vieux gentilhomme.

Celui-ci évoquait en effet gravement l'argent qu'il amassait pour acheter un grade à l'enfant – Qoëlet n'avait pas trois ans – lorsqu'elle s'exclama, avec une fureur trop longtemps retenue :

« Mes fils ont péri de vous avoir trop bien obéi. Celui-ci est pour moi. Il ne sera pas soldat mais prêtre, afin qu'il puisse racheter l'âme de ses frères ! »

Cette rébellion inattendue surprit le Manchot, qui se mit à agiter rageusement le sac d'écus au bout de son poing unique.

« Au nom de mon bras perdu à la bataille et de tous ceux de sa race, hurla-t-il, il est Qoëlet et le sera à jamais ! Qu'il ait seulement la force de soutenir une épée et vous verrez, scélérate ! »

Dès lors, une véritable guerre dressa les châtelains l'un contre l'autre.

L'âge et ses peines les avaient rendus opiniâtres. Ils se renforcèrent dans leurs desseins avec une rage digne d'une certaine admiration, et alimentaient leur haine des mêmes atomes dont ils avaient nourri leur affection des premiers temps. Tirant prétexte d'un rien pour s'invectiver devant les domestiques atterrés, ils fabriquaient à grand-peine l'un des épées de bois, l'autre des croix, dont ils poursuivaient le petit, si gauches dans leurs flatteries qu'ils faisaient sourire ceux qui les surprenaient.

Ce fut son plus ancien souvenir : deux branchettes de bouleau, liées en croix par des herbes, que chacun de ses parents s'efforçait de lui faire tenir dans un sens ou dans un autre. Le Manchot et Madeleine observaient le garçon en cherchant à déceler des indices favorables au métier de soldat ou à celui de prêtre. Nul enfant ne fut plus scruté, étudié, observé que lui lors de ses premières années.

Le regard de Madeleine, toutefois, était voilé par une affection démesurée : le petit lui apparaissait parfait en tout, beau, calme, vif, rieur. Son époux, plus exigeant, le trouvait trop souvent timoré, hésitant et rêveur, attributs de caractère impropres à l'état de guerrier. L'idée que l'origine véritable du garçon pût être la cause de ces défauts lui faisait horreur. Il s'en détournait en imaginant que celui-ci possédait immanquablement une goutte de sang du clan, de viols en droit de cuissage, à force de siècles et de traditions vigoureuses. N'avait-il pas lui-même, et en plus d'une occasion, pris de force quelque fille de la lande pour trouver ce plaisir que sa femme ne lui offrait plus ?

Des bohémiens vinrent à traverser le domaine l'année des sept ans de Qoëlet. Bien que ces gens-là fussent de la part du Manchot l'objet d'un mépris abondamment entretenu, chacun des époux s'en alla les trouver, l'un à l'insu de l'autre, pour recueillir les prédictions qu'ils n'avaient osé solliciter des penseuses. Les Égyptiens avaient établi leur campement près des landes brumeuses, où ils savaient qu'on n'allait guère sans appréhension. Ils accueillirent cependant l'enfant avec bienveillance, car ce peuple les vénère.

Ce que lut la gitane dans les lignes des mains de Qoëlet la troubla, on ne saurait le nier. À moins que ce ne fût ce qu'elle déchiffra dans les traits de son visage. Ou dans sa manière de se tenir et se mouvoir. Mais ceux qui font profession de vendre l'avenir savent qu'il leur faut prédire bon plutôt que bien pour être payés. La vieille parla avec tant d'habileté que le Manchot et Madeleine la quittèrent chacun convaincu qu'il triompherait de l'autre. Malicieuse, car elle avait de la pratique, la gitane avait conclu qu'un événement important surviendrait dans la vie du garçon au moment de ses quatorze ans :

« À cause que quatorze points cosmiques coupent sa ligne de vie ici, ici et ici… Tout est dit dans la main ! »

Chacun des époux admit dès lors que le destin de Qoëlet serait fixé à cet âge.

De fait, leurs cris, peu à peu, s'étouffèrent. Ces vieux ennemis firent, dans le secret de leur conscience, du quatorzième anniversaire de l'enfant leur secret horizon.

Ils s'enflèrent de silence, ruminant leur haine, se nourrissant de chaque instant qui les séparait encore du jour annoncé. Car ils se persuadèrent bientôt tous deux que la gitane avait promis un événement terrible pour cette date précise, comptant et comptant chacun en secret les marques sur la main gauche du garçon, sur cette fameuse ligne de vie qui, par un maléfice ordinaire, coupait sa petite paume en deux.

Les fêtes de Samonios emplissaient chaque année la maison d'un silence effroyable. Ce soir-là, au milieu des feux de joie allumés par les villageois, qui eût sans frémir deviné à quoi rêvait le Manchot en passant ses doigts sur la lame de son épée ?

De même, il est préférable de ne pas songer aux pensées qui embrasaient l'âme de la pieuse Madeleine, toute recroquevillée sur son enfant, le tenant incessamment par la main gauche dont elle caressait avec une nervosité machinale du pouce le creux, tendre, et ses petites lignes.

« Tu es né en cette nuit bénie, mon trésor ! » lui disait-elle, sans apercevoir le regard fiévreux du Manchot, immobile derrière eux.

De la mort du Régent, de la grande peste de Marseille, des conquêtes dans l'Indostan, on ne savait rien ou presque. Car c'était alors vivre dans un parfait exil que de demeurer dans cette partie de la Bretagne. On n'y connaissait que le profond vent de mer sur la lande, les nuages lourds et bas et l'ombre tapie de l'immense forêt. Le reste appartenait à un ordre diffus que, du reste, rien n'attestait vraiment. Il ne venait pas un visiteur, pas un courrier.

Le maître vivait retranché en ses domaines comme avant lui ses ancêtres, qui ne l'avaient quitté que pour servir à l'armée, d'où beaucoup s'étaient fait un honneur de ne pas revenir.

La foire deux fois l'an, une vieille querelle de voisinage à propos d'un champ de pierres levées – son voisin

Blanche-Épine –, quelque vague procès : le Manchot ne trouvait guère d'autres motifs de quitter sa terre, où son gibet avait chaque printemps corde neuve.

Mais, parbleu ! il y avait dorénavant l'enfant, et avec lui l'espoir de maintenir cette tradition qui l'élevait au-dessus du commun. C'était ses propres mots et son unique vue sur l'avenir depuis qu'il était en âge de penser. En cela, il était bien pareil à ses gens : inquiet de toute nouveauté, recroquevillé sur ses certitudes, les couvant comme de fragiles trésors, hargneusement – comme sont ceux qui redoutent le changement.

Rien ne changeait, au contraire. Sa vieille épée à la main, le Manchot descendait chaque matin dans la cour pour enseigner au garçon la taille et l'estoc, ivre de souvenirs et d'espoirs.

Sa nostalgie était celle du sang et des corps à corps : Qoëlet serait soldat, ainsi que l'avaient été tous ceux qui avaient porté son nom. Le Manchot narrait « pourquoi cela doit être » d'une voix sourde, l'œil fiévreux, sa longue barbe blanche agitée par la brise du matin. Tragiquement sincère lorsqu'il lui expliquait, lui, le mutilé, qu'il n'avait pour seul destin que de livrer son corps à l'éclat du combat au nom de l'habitude.

Et, de vrai, il l'épuisait, dès les premières blancheurs du jour, en exercices tous plus brutaux les uns que les autres, fort consciencieusement.

Madeleine, à la fenêtre de sa chambre, les regardait un instant sans se montrer, frémissante. Puis elle s'allait lover autour d'un prie-Dieu bancal depuis lequel elle balbutiait sa foi en prières infinies – chacune répétée de crainte que le tumulte guerrier ne les empêchât de parvenir distinctement à leur puissant destinataire.

Sa religion était une besogne qu'elle accomplissait avec un zèle enfantin : elle lisait les Textes comme on entend un oracle, s'interdisant de rien imaginer qui ne fût conforme à la lettre. Récitait à la virgule près les litanies du jour, qu'elle savait par cœur, mais réapprenait sans cesse, par crainte de s'égarer. S'accusait immanquablement de faiblesse.

Le corps l'emportait alors sur l'esprit. C'était depuis toujours les mêmes gestes infimes pour accompagner ces mots qui prétendent à l'éternité : les lèvres remuaient imperceptiblement, dans une sorte de bégaiement, les yeux, derrière les paupières closes, roulaient d'affolement, les doigts égrainaient convulsivement le chapelet d'ivoire. Sa chair connaissait jusqu'à l'oubli de la douleur dans cette prosternation. Car il fallait bien cela pour oublier, venant du dehors, le choc des lames, les cris, les *Ah !* et les *Han !*

Ceux-ci ne s'étaient autrefois interrompus que pour la livrer à l'entière douleur de deuils sans cesse recommencés. Puis le « monstre » avait glissé une épée dans les mains de l'enfant. Elle avait pu obtenir qu'il apprît aussi les lettres avec le curé du village, mais il avait à nouveau fallu subir tout cela, les cris, les… Alors, s'oubliant, elle souhaitait que le Manchot disparût, sincèrement.

Cette désormais vieille femme craignait le Diable : le curé de son enfance lui avait assuré qu'il existait. Elle n'avait, depuis, pas un instant songé à revenir sur cet ordonnancement proclamé du monde. D'ailleurs, ce dernier était tel celui décrit par les prêtres, elle le vivait : il fallait souffrir sur cette terre pour racheter les péchés des hommes, infinis.

Elle avait bien souffert, en vérité, et à sept reprises

connu ce qu'aucune mère ne souhaite vivre seulement une fois. Alors, de deuil en deuil, elle avait, en blanc habit de mort, puisé dans la prière un soulagement toujours plus grand. Elle regardait maintenant avec tristesse ses mains aux articulations enflées, douloureuses, semées de tavelures, tandis qu'une fille aux doigts gourds nouait péniblement ses longs cheveux. Son « pauvre corps », disait-elle parfois, tout à la fois anxieuse et résignée.

Mais c'était désormais bien toute sa peine : portée par son ressentiment, soutenue par le prêtre à qui elle avait confié la prédiction favorable de la bohémienne et l'éducation de l'enfant, elle voyait en son fils un futur cardinal, parfois même un saint thaumaturge. N'avait-il pas survécu à la petite vérole ? Souvent, elle le prenait par les épaules, tendrement, caressait ses cheveux châtains, lui baisait les joues en riant.

« C'est le Ciel qui t'a envoyé, mon ange, c'est Lui qu'il faut remercier. Oh ! comme tu seras un beau saint ! »

Son seul bonheur véritable ici-bas, sa raison. Le petit savait d'ailleurs parfaitement ses prières et connaîtrait un jour assez de latin pour entrer au collège. Jamais il ne serait soldat. Jamais. Il suffisait d'attendre et de prier.

IV

Les années qui passaient portèrent Qoëlet d'un âge au suivant. Il eut dix, puis douze, enfin treize ans. La simplicité de son bonheur d'être avait fui avec l'enfance. C'est une chose que de le dire. C'en est une autre que de l'éprouver, seconde après seconde. Car chaque instant blesse.

Vieillir. Voici l'affaire, le grand bouleversement ordinaire. Naturelle corruption… Le corps grandit sans qu'on puisse contrôler le bourgeonnement des chairs. L'esprit devient, dans les mêmes moments, toujours plus avide de découvertes. La hauteur gagnée fait découvrir de nouvelles perspectives. Les certitudes anciennes laissent place à des doutes toujours plus puissants : l'innocence nous fuit irrémédiablement.

Qoëlet n'échappa pas à cette loi du genre. Entré dans un âge où l'on se pose ces questions qui, parce qu'elles sont les plus simples, sont aussi les plus terribles, il rageait contre les leçons d'armes du Manchot et rejetait les dévoteries de sa mère. Tout stupéfait d'exister, l'adolescent dont une bohémienne avait autrefois prédit qu'il serait tout à la fois prêtre et soldat s'était mis à chercher un but à son existence.

Vint cet été, torride, près de quatorze années après la naissance de l'enfant, où la Reine Blanche, s'arrachant d'un fourré, un gros sac de toile gonflé d'herbes et de fleurs pendu au bout du bras, se planta en travers du chemin forestier sur lequel allait Qoëlet.

Un long instant elle observa le garçon, méfiante, suspicieuse, avec même une sorte d'inquiétude ; dans sa hardiesse une frayeur qu'elle ne parvenait pas à contenir, la sorcière. Elle toussa, souilla plusieurs feuilles de glaires blanchâtres, puis grinça d'une voix enrouée :

« Alors tu es bien en vie, toi qui es venu au monde au milieu du chaos, à travers le grand mal, la putain vérole ! Miracle ! Miracle et chaos, nom d'une vache ! Écoute-moi et tant pis si je meurs ! »

Qoëlet la regarda, médusé, tout stupéfait d'entendre et de voir s'agiter cette femme dont il ne connaissait que la silhouette tordue fuyant à son approche.

« Allons, cesse de me regarder comme une pucelle dévisagerait une paire de couilles, morveux ! Aide-moi. Porte ! ordonna-t-elle en lui tendant son sac qu'il saisit mécaniquement. Le Manchot ne t'a jamais rien dit, hein ? Il a gardé son secret, le monstre ! »

Interloqué, Qoëlet voulut parler, mais la penseuse le coupa.

« Sais-tu qui je suis vraiment ? » Et, sans attendre de réponse, elle poursuivit : « Je suis celle qui fait passer les âmes. Et toi, tu ne sais rien. Tu vis sans savoir. Miraculé, oui ! Vérole… Comment a-t-il pu ? Montre ! Tu n'as pas de marques ? Pas une seule ? » s'écria-t-elle en scrutant attentivement son visage et ses mains, comme aurait fait un maquignon d'une bête.

Qoëlet se recula, effrayé, ne comprenant rien à ce

qu'il entendait, rien aux glapissements de cette folle échevelée.

« Allons, tu n'as pas fait tant de manières avec l'Égyptienne ! Donne ta paume à voir ! » ordonna la femme en s'emparant de la main gauche du garçon.

Puis, l'ayant examinée attentivement, elle s'exclama en ricanant : « Main d'homme assurément ! La voilà la prédiction de la Reine Blanche ! »

Alors la sorcière, frappant plusieurs fois le front du garçon d'un index tordu, ajouta avec une incompréhensible rage : « Te souviens-tu qui tu étais avant cette vie, vermine ressuscitée ? Tu ne sais pas ! Il t'a fait revenir lors de la nuit sacrée. On ne peut pas comprendre Samonios ! On ne peut pas ! »

La penseuse lui arracha le sac d'herbes des mains et glapit, le corps agité de tremblements nerveux : « Souviens-toi toujours de ceci : tu vis dans un corps qui ne t'appartient pas et il te faudra un jour le rendre, comme nous tous ! Maudit soit ton père ! »

Elle s'enfuit en claudiquant, à demi folle et répétant en s'enfonçant dans les fourrés : « La grande magie ! La grande magie des Morts ! »

Qoëlet, la regardant disparaître, se disait cependant, incrédule : « Rendre mon corps ? Mais à qui donc ? Cela n'a pas de sens… »

La maisonnée était entrée dans une indistincte terreur au cours de cet été brûlant ouvert pour Qoëlet par sa rencontre avec la Reine Blanche. Lui aussi attendait que quelque chose survînt. Car il n'en pouvait plus de ces certitudes qu'on avait pour lui, le petit miraculé, cette routine, l'épée et la croix d'un côté, de l'autre les cris incompréhensibles de la penseuse et cette ligne sur la main où tout était écrit mais sur laquelle lui ne lisait rien.

Ses journées n'étaient plus que silence. Silence de la lande, souple, vierge, infini. Silence de la forêt, plein de ténèbres et de mystères. Que pensait-il ? Nul ne le savait. Il revenait au logis haletant, l'habit lourd de senteurs végétales, le cœur de plus en plus gros.

Cela sentait, dans la salle, le lard fumé, l'ail et le fromage de vache. Du côté des domestiques, regroupés à quatre ou cinq dans un coin sombre, vaguement le purin.

Le Manchot, assis face à l'âtre, l'œil rivé sur les flammes, clignait seulement des paupières en l'entendant pousser la porte. Madeleine accourait, embrassait son enfant comme s'il fût réchappé de quelque péril – puis l'on s'installait autour de la lourde table de chêne, avec les serviteurs, pour la prière du soir. Enfin ils prenaient place sur les bancs, dans un brouhaha confus d'*Ainsi soit-il* et de raclements de gorge gênés.

Plongés au cœur de cet instant qui, dans un procès, prélude à l'énoncé du verdict, ils soupaient, depuis l'été maintenant, sans une parole ni un regard qui ne fût de haine et de soupçon mêlés. Les deux vieux s'épiaient derrière leur cuillère, cherchant la faille, le moyen, le pourquoi d'un tel acharnement contre ses propres desseins.

Enfin l'escalier de pierre les absorbait. Le Manchot retrouvait le mal qui rongeait secrètement son âme, Madeleine le havre de sa foi aveugle, l'enfant ses frissons de jeune plante.

Il s'était mis à rêver de bonheurs à saisir, de quêtes pures et de vœux magistraux.

Une voix lui murmurait que son cœur était assez vaste pour découvrir le monde et n'en être jamais rassasié. Il en éprouvait au même instant une inquiétude démesurée. La magie des légendes bretonnes, comme la fatigue, amplifiait ces frémissements de l'âme.

Accoudé à la fenêtre de sa chambre, le garçon sentait parfois les vieilles pierres de la bâtisse vibrer sous ses doigts tandis qu'un filet de lune glissait jusqu'aux tombes du clan. Un tumulte de cris d'animaux et de voix s'engouffrait dans ses oreilles – peut-être les échos resurgis du combat de la Lande-à-la-Lune. Mais alors son front pâlissait. Les muscles de son visage se contractaient. La course de son cœur s'accélérait dans sa poitrine. Il frissonnait : quoi faire ? Plus tard, dans son sommeil, il se voyait voler tel un oiseau au-dessus de l'océan ou parlant à d'immenses foules. Pourtant, chaque matin le trouvait dans la cour du manoir, silencieux et frissonnant. Il n'avait jamais vu l'océan ni une foule que dans ses songes. En garde ! Chaque matin le même, des rêves sans queue ni tête, le choc des épées…

L'été s'acheva. Les feuilles des arbres tombèrent alors en plus grand nombre que Qoëlet ne comptait de jours. Puis ce fut novembre, le mois que l'on sait, l'illusoire anniversaire, la date fameuse : Samonios. Il n'y avait plus à compter.

« Que le jour se lève et tout sera dit ! » grommela le Manchot, incapable de trouver le sommeil et revoyant maintenant bien distinctement cette nuit dont il avait préféré chasser le souvenir durant toutes ces années.

Il entendait les chants, les cris, se rappelait l'odeur de la maladie. L'enfant, soudain saisi de spasmes, s'était tordu sur sa couche, semblable à une larve arrachée à son cocon, gluante et difforme. Ses mains battaient l'air, fouillaient l'espace. Puis son corps minuscule s'était brusquement figé. Il était resté tétanisé devant l'immobilité du frêle cadavre. Ses yeux contemplaient, ébahis, la masse informe de son petit. Et quoiqu'il eût voulu se libérer de sa morbide fascination, son regard revenait indéfiniment sur le contenu puant du berceau. Cette mort était contre l'ordre du monde : mort l'enfant, morte la lignée ! Impossible la vengeance, comme la gloire, le renouveau… Alors il avait blasphémé, le Manchot, il avait insulté la nuit.

Madeleine, à dix pas, se mourait. Il se rappelait bien, maintenant, l'odeur de poivre et de cannelle qu'on ajoutait à l'eau-de-vie pour combattre le mal : le parfum d'épices qui planait au-dessus du charnier. Il avait emmailloté avec des gestes saccadés la dépouille souillée de l'enfant. Puis, serrant de son bras unique le maigre cadavre sur sa poitrine, s'était enfoncé dans la nuit, le manche de sa lourde hache battant contre sa cuisse.

Le craquement des brindilles sous ses pas, le bruissement des feuilles mortes, le hululement des grands-ducs, la fuite apeurée des cochons, le silence des loups, aux aguets, l'avaient accompagné. Oui, tout cela lui revenait. Un miracle était possible. Il en avait acquis la certitude. La Reine Blanche devait savoir, cette sorcière, comment faire passer le souffle dans ce corps la nuit de Samonios.

Il avait trouvé la penseuse qui, entendant sa requête, avait secoué la tête :

« Je ne peux rien. Il est éloigné !

— Fais-le revenir ! » avait-il ordonné.

Dans cette clairière au centre de laquelle une table druidique écrasait depuis vingt siècles le sol moussu, la Reine Blanche, déposant sur la terre du sous-bois le précieux fardeau, avait prononcé les formules du Passage qui ordonnent la transmutation des âmes, phrases étranges et proscrites de l'ancien langage qu'elle seule connaissait encore. L'heure exigée par l'antique formule s'était disloquée sans que la terre frémît. Rien.

Il avait craché au ciel mille et une malédictions, renié les astres et la Création, le Manchot, sans rien pouvoir changer à l'immobilité gangrenée de la petite tombe.

« Disparais ! Que je ne te revoie jamais ! avait-il hurlé à la sorcière en brandissant sa hache. Disparais et n'approche jamais plus des miens ! »

C'est en s'en retournant par la lande qu'il avait aperçu les feux d'un campement établi au creux d'un léger vallonnement. Les lueurs des flammes éclairaient par saccades les têtes cornées d'un maigre troupeau de vaches d'une fantomatique blancheur, lui donnant des allures de dragon. De l'autre côté du feu, une toute jeune femme, seule, nourrissait au sein un enfant de quelques jours.

Couverte d'une peau, pieds nus, le visage sale, elle souriait dans un demi-sommeil. Ces détails lui revenaient, tant d'années après, quand il savait n'avoir eu alors d'attention que pour le petit morceau de chair planté en haut des cuisses du nourrisson : un garçon !

Il avait, à cet instant, cru que la magie s'était accomplie. Cet enfant lui était envoyé. Revoyait la fille qui tentait de fuir entre les vaches, comment il l'avait arrachée des pattes de l'une d'elles. Revoyait mieux encore la blessure fraîche qui marquait l'épaule du nourrisson. Il s'était souvenu de ce qu'on disait de tout temps des gens de la lande, comment ils mutilaient leur progéniture. Le sang sur l'épaule de l'enfant l'avait poussé au comble de la rage : son poing s'était refermé sur la gorge de la pauvresse pour ne lâcher qu'une morte.

« Engrossée une nuit, mère le lendemain, cadavre le soir d'après… Ces gens-là valent-ils mieux que leurs bêtes ? » se demandait-il encore quatorze ans plus tard.

Il s'était enfui dans la nuit, serrant contre sa poitrine l'enfant dont l'épaule n'avait pas cessé de saigner, seule marque désormais de la violence qui venait de se déchaîner dans la lande.

Voici ce qu'il revoyait dorénavant : sur sa chemise blanche le sang de l'enfant, comme la signature de son crime. Mille pensées l'assaillaient, dont beaucoup le blessaient. Car il dressait désormais le bilan de sa vie, reprenant, épisode après épisode, les différentes étapes de son existence, depuis sa naissance jusqu'à ce soir tant désiré.

Il n'éprouvait nul remords, pas le moindre regret, tant il pensait avoir toujours fait au mieux. Comme ce jour où il s'était présenté en cuirasse, accompagné de Qoëlet, chez son voisin Blanche-Épine, pour le provoquer. Le Français l'avait raillé, mais le plus douloureux était encore ailleurs. Car, au retour, l'enfant lui avait déclaré qu'il ne voyait pas d'intérêt de se venger d'un voisin qu'il rencontrait pour la première fois.

Morte la vengeance ? Cette pensée le révulsa si sincèrement qu'un caillot de sang, sous l'afflux de masse sanguine, se détacha d'une veinule de son cerveau. Il ne put pas même crier, se retrouva en un instant paralysé des pieds à la tête, au bord du gouffre.

« La gitane n'avait pas prédit cela… », se dit-il alors, soudain tout acquis à l'imminence de sa propre fin.

Le silence trouble qui enveloppait l'air de ce matin suffit pour pousser Madeleine au comble de la terreur. Elle aperçut son fils, seul. Un long instant, ils se regardèrent sans mot dire, sachant déjà – croyant savoir. Puis ils gravirent l'escalier de pierre qui menait aux appartements de l'absent, lentement, comme on se dirige vers une besogne qu'on redoute d'accomplir.

On ne sentait, en entrant dans la chambre du Manchot, que le vent glacial de l'hiver, venu en une nuit. Aucune odeur, ni d'homme ni de bête, mais des courants d'air. L'endroit était désert ou presque : un coffre clouté, une chaise, un grabat. Accrochées à un clou, la vieille épée et la hache d'arme pendaient contre un mur.

Il flottait dans la pièce, étrangement révélée par la lumière du matin, une poussière blanche qu'on hésitait à traverser pour atteindre le lit, qu'elle environnait tout entier. C'est là qu'était étendu le Manchot, dans cet état indistinct où l'on n'est plus vraiment de ce monde et pas encore de l'autre.

Aussitôt appelé, le prêtre découvrit, en se penchant sur ce long corps rigide, un regard dont l'inexprimable fixité le glaça. La vie, tout au moins ce qu'il en restait, était là, violemment retenue par ces pupilles minuscules et fiévreuses. Celui qu'on croyait mort se mit alors à parler. Saisie d'épouvante, Madeleine tomba à genoux tandis que le prêtre se reculait avec effroi.

Qoëlet seul resta calme. Du moins il se figea à quelques pas du lit, calme en apparence.

Ce que le mourant dit de cette voix frémissante où le souffle semblait vouloir étouffer chaque mot, ce pour quoi cet homme au bord du gouffre distilla ses dernières forces, goutte à goutte, fut tragique de monotonie et d'obstination. Du secret de la naissance de l'enfant, il ne révéla rien. Mais il exigea sans fin qu'on se soumît à sa volonté, comme chef de famille et comme mourant.

L'homme est un animal obtus. Le Manchot, tout à l'agonie qu'il était, se fit une religion d'en convaincre. Il est aussi rusé, jusqu'à la dernière extrémité. Le mourant avait caché de l'argent. Plusieurs sacs, prit-il la peine de préciser. Faute de parvenir à lui faire jurer gratuitement, il déclara à son épouse qu'il ne révélerait l'emplacement de son trésor qu'en échange du serment de l'employer à établir Qoëlet aux armées.

Madeleine, le pouls oppressé, bredouilla qu'il fallait être le Diable pour marchander à l'heure du trépas. Ses lèvres de bigote tremblaient tant d'indignation que le Manchot voulut en sourire : pas un muscle de son visage ne bougea. Elle tourna vers le prêtre un regard effaré. Celui-ci, l'entraînant en arrière, lui conseilla de jurer, lui assurant qu'il la délierait plus tard de son serment. Il parla de la chance que cet argent représentait pour l'enfant, puis d'une obligation de contenter les mourants, soutenant son argument de propos tirés de saint Augustin, auteur vénérable qui avait tant écrit que l'abbé pensa pouvoir sans risque lui prêter plus encore.

« Jurez du bout des lèvres mais l'inverse dans votre âme, je vous absoudrai du peu qui restera, au nom du Père, du Fils et du Saint-Esprit », insista-t-il en traçant dans l'espace une gigantesque croix.

Impressionnée, Madeleine se crut un instant le courage de commettre un péché déclaré véniel. Court instant, car on entendit alors le mourant murmurer à nouveau, ainsi qu'une boîte à musique dont le ressort, en fin de course, épuisé, arracherait encore quelques notes à la mécanique. Il demandait à l'enfant, penché sur son oreille, de jurer à son tour. Le cri s'échappa de la gorge de la vieille femme avec furie :

« Jamais ! »

Surpris, le garçon regarda tour à tour ses parents, le froid mourant et la vivante. Tous comprenaient qu'ils étaient devant ce quelque chose attendu depuis si longtemps.

Confrontation physique. Qoëlet hésita, visiblement troublé. Un peu de sueur perlait sur son front. Son dos le lançait : sensations physiques. Les pensées se succédaient furieusement vite dans son esprit. La tradition ? Le repentir ? On voulait qu'il vouât sa vie à des fantômes, au nom de ces ancêtres ou de ces frères qu'il ne connaissait pas. Ces morts-là ne lui avaient pas parlé. Ils n'avaient rien demandé, jamais. Le garçon regarda le creux de sa main gauche, furtivement, et déclara :

« Je ne serai pas ce qu'a dit l'Égyptienne… »

Madeleine pâlit d'horreur et de honte. Elle s'agrippa d'un geste convulsif au bras du prêtre, qui la repoussa, gêné. Les doigts de l'unique main du vieillard se fussent crispés s'il avait pu leur commander. Mais seules ses narines frémirent. Il se sentit pris au piège par ce corps qui ne lui obéissait plus, alors il se mit à nouveau à croire en Dieu, intensément…, vit une lumière blanche, fulgurante, cligna des paupières et rendit la vie, sans un râle de plus, simplement étonné d'avoir instantanément compris qu'il entrait dans l'éternité – et qu'elle était tout autre que ce qu'il imaginait.

Des serviteurs, alarmés par le cri de Madeleine, entrèrent à cet instant dans la pièce.

« À genoux ! » leur ordonna le prêtre.

Puis il lâcha en direction du cadavre une prière rapide, que la châtelaine reprit aussitôt avec des sanglots dans la voix. Qoëlet resta coi. Tous se signèrent. Une femme de chambre édentée murmura alors une formule de l'ancien rite pour aider à l'envol de l'âme du défunt.

Bientôt, les premiers feux de Samonios s'élèveraient dans la lande. Hommes, femmes et enfants danseraient autour des tombes en chantant de vieux airs. Les filles enceintes iraient frotter leur ventre contre les pierres levées afin que l'âme d'un mort pût les investir et par elles renaître. Celle du vieux seigneur volait assurément déjà à la rencontre des grands rochers blancs.

Et cela fut certainement ainsi, parce que la plupart d'entre eux croyaient à pareil ordonnancement du monde – tandis que Madeleine priait devant la dépouille de son époux. Alors que Qoëlet, incapable de trouver le sommeil, regardait tomber dans la nuit des flocons de neige de plus en plus nombreux. Nul, pas même moi, ne sait quelles furent ses pensées au cours de cette nuit si particulière. Mais il pleura, c'est incontestable.

L'église fut, le lendemain, tendue de litres noires et blanches, ainsi qu'on avait coutume de faire lorsque mourait un homme de la vieille lignée. Après la messe, le village suivit en procession le cercueil dans ses habits de deuil. La lande était pétrifiée. Du givre pendait aux branches des arbres. La neige crissait sous les pas.

L'hiver était venu en une nuit. Il n'en fallait, là encore, pas plus pour y voir un signe, un présage. Et tous se demandaient en effet, inquiets, sous quelle forme le Manchot allait leur revenir. Enfin, la troupe atteignit les limites orientales du domaine. C'était, en lisière de forêt, un champ de pierres fendues dont le temps avait à demi effacé les sigles et les gravures héraldiques. On avait creusé là, dans cette terre siècle après siècle emblavée de cadavres, un gouffre qui bientôt éloigna la dépouille du vieux seigneur.

Mais alors qu'on allait jeter la première pelletée pour recouvrir le cercueil, un homme venu d'on ne sait où – à l'évidence un rustre de la lande, il était velu et couvert d'une peau de bête – parut et lança dans le trou une branche morte avant de s'enfuir en poussant d'incompréhensibles hurlements. Ce soir-là, dans l'unique taverne du village, resurgit ce qu'on ne disait jamais qu'à voix basse. Les anciens, après avoir avalé une gorgée de cet alcool d'ajonc qui, dit-on, rend aveugle, révélèrent ce qu'ils tenaient de leurs pères. On se répéta des rumeurs. On colporta des croyances fabuleuses. Jusqu'à s'en faire peur.

Cette branche jetée, c'était une marque ancienne de deuil. Mais quelle rage, dans la voix de cet homme ! Un dialecte si vulgaire qu'on hésita longuement sur le sens de ses cris. Quelques-uns évoquèrent un « mort retournant aux morts ». D'autres parlèrent d'un « second passage », sans qu'on réussît vraiment à s'accorder sur une traduction. Le mépris des peuples de la lande succéda à ces questions qui ne trouvaient pas de réponse. On rappela les provocations de ces gens et leur barbarie : les rustres ne cuisaient pas la viande de leurs buffles, s'habillaient de peaux mal tannées, adoraient encore les idoles, défiguraient leur progéniture. Et colportaient la petite vérole ! Oui ! Le mal terrible, le fléau qui enlevait aux familles leurs enfants, leurs parents, rendait sourd ou aveugle, ces brutes le propageaient sans qu'on pût leur ôter de l'esprit cette coutume criminelle.

« Il faudrait les supprimer jusqu'au dernier ! » jeta un homme. Tous l'approuvèrent en hochant gravement la tête.

Les voix se turent. Chacun croyait intimement qu'un mal vaudrait en l'occurrence un plus grand bien encore – par une facilité toute particulière qu'ils avaient à s'accorder sur leurs haines.

Puis on reparla du Manchot, de sa folle obsession, de Madeleine, l'étrangère, de leur querelle, c'est-à-dire de leurs fils, depuis l'aîné jusqu'à Qoëlet, d'entre tous le dernier, le miraculeux, qu'on aimait.

Peut-être quelque ordre – aussi supérieur qu'indéterminé – fit-il de la mort du Manchot l'un de ces leviers qui, à plusieurs reprises, feraient basculer l'existence de Qoëlet.

D'habileté professionnelle, les propos de la gitane avaient, en effet, et au-delà de toute modération, fermenté dans les esprits de ceux qui les avaient recueillis. La prédiction avait conduit le Manchot au tombeau. Madeleine, livrée elle aussi à cette trop crédule logique, attendait son châtiment – persuadée qu'elle était, à force de pensées inavouables, cause de la mort de son époux. Depuis trop longtemps convaincue que l'existence n'était que douleur, la pauvre femme ne savait, il est vrai, plus vivre sans redouter le pire. Le pire survint donc : Qoëlet quitta le manoir et franchit la lande.

« Ce n'est pas ce qu'avait prédit la gitane… Pas

déjà ! » bredouilla la malheureuse, découvrant qu'elle était privée de sa raison même de vivre.

Elle ne put cependant s'opposer au départ de son fils, ayant elle-même supplié le prêtre, des mois auparavant, de tout faire pour obtenir son admission au collège de Vannes. Cette contradiction entre ses souhaits et leurs effets l'accabla. Le dos déjà voûté au départ du garçon, elle parut à ce dernier un peu plus courbée lorsqu'il revint passer au domaine les mois d'été.

L'inclinaison du corps de la vieille femme s'augmenta encore au fil des années qui suivirent, comme sous le poids d'un fardeau grandissant. À moins que ce ne fût à force de s'agenouiller pour prier. Elle se ratatina, au physique et au moral, livide à force de frayeurs puériles, une supplique pour le Ciel sans cesse aux lèvres, et n'existant plus que par la crainte de ne pas voir son fils prendre l'habit de prêtre. L'âge l'accula dans la méticulosité. Elle ordonnait sa journée comme sa maison selon des règles misérablement strictes auxquelles elle n'osait déroger.

Lorsqu'elle rendit l'âme, on découvrit des pierres sous son matelas, rondes et blanches, qu'elle avait dû placer là pour martyriser plus consciencieusement son pauvre corps.

Les portes de la demeure furent closes. Inhabités, les différents corps de bâtiment entrèrent alors dans une nouvelle vieillesse.

Certains retournèrent, dans les années qui suivirent, fureter autour du manoir, attirés par l'argent qu'on y disait caché. Aucun n'osa cependant faire grincer la lourde serrure de la porte tant le souvenir du Manchot inquiétait, gonflé par des veillées sans nombre où les vieux contaient la dureté de sa justice et l'histoire de ses fils. À tel point qu'il ne fallut pas dix ans pour qu'on crût fermement, dans la lande comme dans la forêt, que les entrailles de la demeure recelaient un trésor protégé par les fantômes du vieux clan.

Ce serait Qoëlet qui retrouverait ce trésor – bien plus tard, à une époque où le Manchot relèverait alors de la légende que conteraient des vieux qui ne l'avaient pas même connu aux enfants de leurs propres enfants. En un temps où son corps, remis de courses en haute mer, de pérégrinations lointaines, reviendrait l'espace de quelques saisons en ces lieux qui l'avaient vu grandir.

V

Les enfants, par centaines, couraient autour de lui sous l'œil sévère des bons pères jésuites. Rires, cris, pleurs de tant d'êtres vivant côte à côte étaient nouveaux pour lui. Les élèves se bousculaient pour sortir de la chapelle du collège où tous entendaient chaque matin la messe. Il percevait les insultes murmurées, voyait des boulettes de poix lancées sur les habits, devinait de sournois coups de pied portés dans les tibias. Deux ou trois pleuraient. Beaucoup gesticulaient. Ce brouhaha ne faisait qu'augmenter la profonde solitude qui avait accompagné Qoëlet tout le long du chemin depuis la lande jusqu'à Vannes.

C'est alors qu'il se sentit tiré par la manche. Il se retourna et le plaisir remplaça l'inquiétude. À son visage lisse, à la rondeur de ses joues, on voyait que le garçon était plus jeune que lui mais l'éclat qui brillait dans ses yeux noirs, son sourire ouvert, les folles boucles de ses cheveux donnaient à sa physionomie je ne sais quoi de joyeux et d'intelligent qui conquit l'adolescent sombre échappé de la lande. L'inconnu se présenta simplement, le tutoyant d'emblée, comme s'ils s'étaient connus de longue date.

« Que veux-tu faire après le collège ? » lui demanda-t-il.

La question troubla Qoëlet. Il se sentait le besoin de répondre le plus sincèrement du monde. C'est pourquoi, passant après le garçon sous la voûte du portail encadré de statues de saints au visage rayonnant, il répondit, plus pensif qu'il n'eût voulu :

« Je ne le sais pas encore. »

L'autre respecta sa gravité et se présenta. Il s'appelait Jean-Baptiste Lavaur. C'était un élève de sixième, de deux ans plus jeune que Qoëlet, le fils de pauvres gens et l'un des rares pensionnaires. Son éducation avait été prise en charge par les bons pères dans le ferme espoir de récolter un jour les fruits de cet investissement.

Qoëlet, quant à lui, avait comme la plupart une chambre partagée en ville. Cependant, au fil des jours, il apparut que les deux collégiens avaient beaucoup en commun. Les souvenirs d'une enfance solitaire, une indifférence envers des parents qui leur avaient toujours paru étrangers, et une même prédiction quant à des destins contraires.

Jean-Baptiste lui avait conté l'histoire dans un coin de la cour, à l'écart de leurs condisciples. Ouvrant sa main, il lui avait montré sa paume :

« Regarde… »

Qoëlet avait vu qu'une ligne profonde et unique la traversait. Il avait souri et ouvert la sienne à son tour :

« Regarde… »

Surprise, rires… Ils s'étaient moqués des diseuses, qui avaient glosé sur la merveille – peut-être était-ce la même qui avait lu dans la paume de Qoëlet et dans celle de Jean-Baptiste ? –, et de leurs parents qui, chacun de leur côté, avaient cru ce qu'elles disaient. Leur amitié en avait changé de nature. Ils se crurent des frères, dès lors, et s'isolaient de la laideur du collège en se réinventant un passé, commencèrent à écrire des vers…

Leur sentiment si neuf de ne plus être seuls les garda indemnes des effets de la grande querelle qui sévissait autour d'eux. Les élèves du collège de Vannes bataillaient ferme, en effet, derrière la stricte hiérarchie des légions adolescentes soumises à la férule des maîtres.

Les uns étaient jansénistes. Ils prétendaient avoir reçu la grâce divine et s'en vantaient à grand renfort de miracles, de reliques et de propositions. C'était parmi ceux-là que se rencontraient les plus ardents opposants au pouvoir royal. Nombre d'entre eux étaient les rejetons de parlementaires ou de bourgeois pieusement enrichis.

Les autres étaient papistes. Ils opposaient à leurs ennemis le libre arbitre de l'homme incessamment guidé par les lumières divines. C'était le parti du roi. C'était aussi celui des bons pères jésuites, tout particulièrement amoureux de la papauté à laquelle leur Constitution les liait, ainsi qu'ils s'en vantaient, au-delà de la chair. Quant à l'influence qu'ils exerçaient sur le pouvoir et les consciences, nul ne l'ignorait.

Le combat entre partisans du pape et tenants de la grâce faisait rage. C'était la querelle des pères, que les fils, par un vigoureux manque d'imagination, avaient transposée au collège, la reprenant mot pour mot. Délaissant l'*inventio-dispositio-elocutio* cher à leurs maîtres, les élèves des bons pères préféraient se traiter mutuellement de « pélagiens galeux », d'« ultramontains mal montés », de « bigots cornards » ou de « molinistes sans balloches » – qui n'étaient rien de mieux que les insultes à la mode.

Indifférents au fond comme à la forme de cette guerre du siècle, Qoëlet et Jean-Baptiste s'en amusaient, comme ils s'amusaient des joutes verbales qui opposaient une moitié de la classe à l'autre. Une fois par semaine, les régents partageaient en effet les deux cents élèves de la classe en deux groupes qui s'affrontaient autour d'un thème proposé par leurs professeurs. « Romains » contre « Carthaginois », ces jeunes esprits s'affûtaient sous l'œil sévère de leurs maîtres.

Le premier, Qoëlet se signala en remportant la palme. Il figura avec tant de force et de persuasion le jeune David apportant la tête de Philistin à Saül que les pères le nommèrent « centurion ». La semaine suivante, ce fut Jean-Baptiste qui, dans le rôle d'Ulysse implorant Agamemnon de sacrifier sa fille au bien public, remporta les suffrages des régents. Ses maîtres lui décernèrent à son tour le grade de centurion.

Bientôt chacun à la tête d'une légion, Qoëlet et Jean-Baptiste devinrent des champions d'éloquence que tous applaudissaient, rivalisant de verve et de talent. Tous deux disposaient, à l'évidence, d'un don pour la parole qui les distinguait de leurs condisciples.

Adversaires sur l'estrade, ils étaient complices dès le cours achevé. Chacun livrait à l'autre ses commentaires :

« Les mots habilement assemblés forment une poésie douce à l'oreille, faisait remarquer Qoëlet.

— Il faut discourir pour convaincre, comme autrefois prêchaient les prophètes ! » rétorquait avec certitude Jean-Baptiste.

Cependant, leur jeu préféré était d'imaginer ensemble ce que serait leur vie dans dix ans, dans vingt ans. Pour cet exercice, leur imagination se nourrissait de tout, de leurs lectures, des peintures de la chapelle, des cours que leur dispensaient leurs professeurs. Mois après mois, ils enrichissaient leurs projets, les variaient, en riaient parfois quand il apparaissait évident qu'ils étaient irréalisables – ils étaient aussi pauvres l'un que l'autre, quoique Qoëlet fût de noble extraction et Jean-Baptiste non. Ils n'étaient pas toujours en accord sur la profession dans laquelle entrer, tantôt astronome, tantôt armateur ou bien encore poète, mais ils savaient tous deux qu'ils partiraient loin, qu'ils prendraient la mer pour accoster des rivages étrangers.

« Nous pourrions embarquer sur le même navire ? dit un soir Jean-Baptiste avec un sourire plus lumineux encore que les autres. Nous pourrions ainsi mieux affronter les sots et les méchants.

— Pourquoi pas ? murmura Qoëlet qui éprouva à cet instant l'exaltation d'un grand dessein. Je sais me battre, ajouta-t-il, je pourrais nous défendre.

— Moi je connais les herbes, je les ai apprises auprès de ma mère, mais les bons pères ne veulent pas le savoir. Je pourrais nous soigner. Où veux-tu aller ? Allons, choisis notre première destination ! »

Le monde entier leur sembla alors à portée de main. En quelques mots, leur imagination les porta à La Nouvelle-Orléans, Carthagène, au cap des Tempêtes et même en terres Australes. Leur discussion dura la nuit entière. Qoëlet avait, en secret, gagné la petite chambre occupée sous les toits par Jean-Baptiste. Dans le silence entier du collège, à la seule lueur de la lune qui passait au travers d'une vitre sale, ils chuchotaient l'un contre l'autre, dessinaient sur le drap le tracé des côtes du Brésil ou du Coromandel. Au petit matin, ils s'endormirent, épuisés d'avoir tant parlé et tant ri, ivres de l'air du large. Ils savaient qu'il leur suffisait d'ouvrir la croisée pour sentir sur eux le vent de l'océan qui léchait les quais du port de Vannes.

Cette nuit magnifique, cependant, fut la dernière de leur amitié.

Il est vrai qu'ils se soutinrent l'âme autant qu'ils se virent grandir, émerveillés et inquiets des vastes changements qui s'opéraient en eux. Sa fougue, toutefois, imposait à Jean-Baptiste de se forger des certitudes. En cela, il se révélait différent de Qoëlet qui ne parvenait quant à lui qu'à dévoiler ses doutes. Or, des certitudes, les bons pères en offraient à pleines poignées. Dieu était la première de toutes.

Élève brillant (ses maîtres le qualifiaient de *subtile* et de *valet ingenio*), Jean-Baptiste fut tenté par cet autre voyage à l'intérieur de lui-même. Il passa de plus en plus de temps dans la chapelle, ployé sur ses mains jointes.

« Tu rêves au lieu de croire, Qoëlet, dit-il un jour que son ami lui parlait de navires en partance. Pourquoi n'ouvres-tu pas plus ton cœur à la foi ? C'est le seul chemin de la vérité. »

Il entrait avec toute sa générosité dans une quête toujours plus sincère de l'« hôte sacré de son cœur », ce Dieu promis dont lui parlaient tout au long du jour ses maîtres. Qoëlet fut témoin de plusieurs excès du garçon, sans trop oser toutefois le détourner de sa recherche. Lorsqu'il le vit, un jour, agenouillé à même les dalles nues de la chapelle un matin d'hiver où il gelait à pierre fendre, il s'effaça sans lui adresser la parole. Cette réticence, certes bien légère, fut la première marque de son éloignement. Pourtant, il priait lui aussi, du plus sincère de son cœur, ce Dieu de miséricorde et de pardon qui trônait dans les cieux.

« Seigneur, m'entendez-Vous ? »

Les bons pères assuraient que oui.

En quoi croire ? Qui suivre ? Pourquoi ? Ces questions, simples mais déterminantes, les accaparaient. Ils en parlaient souvent, passionnément tant tous deux cherchaient une route à suivre.

Cependant, à compter d'une certaine nuit, Jean-Baptiste garda ses découvertes pour lui seul. Le jour se levait quand Qoëlet le vit pénétrer dans la chapelle les yeux rougis et les mains fébriles, comme habité par un autre esprit que le sien. Il avait « vu quelque chose », murmura-t-il pour lui-même. Son sourire était aussi lumineux qu'auparavant mais il ne l'adressait plus à Qoëlet.

« J'ai exploré les bas-fonds de mon âme », ajouta-t-il, répétant sans même en avoir conscience une formule entendue au cours d'un sermon.

Au regard d'incompréhension de Qoëlet, il ne répondit pas. À partir de ce jour, ils n'échangèrent plus que des phrases brèves, auxquelles ils conservaient cependant le ton de l'amitié comme dans l'espoir qu'ils retrouveraient un jour ou l'autre leur complicité intacte.

Les bons pères louaient l'entrain de Jean-Baptiste, même s'ils modéraient son zèle.

« Gardez-vous pour plus tard », lui dit un jour le préfet des études en lui remettant, en guise d'encouragement, un exemplaire expurgé du *Récit du pèlerin*, cette fameuse autobiographie d'Ignace de Loyola, le révéré fondateur de l'ordre des Jésuites, dont on faisait de nombreuses lectures en étude.

La bonne volonté de Jean-Baptiste lui ouvrit l'année suivante les portes de la riche bibliothèque du collège. Il y découvrit, avec trop de délice peut-être, le fameux *Imago primi saeculi*, ouvrage magnifiquement illustré à la gloire de l'ordre, dont les images l'envoûtèrent. Le martyre du père de Brébeuf, écorché vif par les Indiens de l'Amérique, les lèvres coupées parce qu'il parlait encore de Dieu pendant son supplice, le cœur arraché le fit rêver. Mais il connut surtout, en secret, les *Exercices spirituels* d'Ignace, dans lesquels le premier des Jésuites relate tout le mal qu'il a pu faire à son corps pour mieux aimer Dieu. Ainsi pleura-t-il lorsqu'il lut que le Maître s'interdisait de penser à la mort « de peur d'en obtenir trop de consolation ». Caressant d'un regard voluptueux le crucifix, il déclara à Qoëlet :

« Notre destinée ne nous appartient pas. Je serai missionnaire ! »

Qoëlet n'en fut pas étonné. Au lieu d'être désolé que s'effrite de jour en jour cette fraternité qu'il avait cru trouver, il préféra s'amuser en silence de voir son ami consumé en dévotions avec une ardeur que Madeleine eût voulue pour lui. Plus tard, pour le simple plaisir de le provoquer, il lui présenta un exemplaire des *Lettres persanes*, ouvrage qui évoquait avec beaucoup d'ironie le fanatisme religieux et faisait même l'éloge du protestantisme.

« Mensonge politique ! C'est à brûler ! s'était exclamé le pupille des bons pères en jetant violemment l'ouvrage imprimé à Amsterdam.

— Ouvre-le pour le moins, avait insisté Qoëlet que la lecture de ce brûlot politique avait passionné.

— Lirais-tu les *Mémoires de Judas*, pauvre fou ? » avait répliqué Jean-Baptiste avec rage.

Cependant Qoëlet cessa un jour d'être amusé comme il avait cessé d'être ému. Les collégiens et les bons pères se trouvaient réunis pour la messe, le mercredi des Cendres. On entendit au moment de l'élévation un long gémissement et un froissement d'étoffe suivi d'un choc sourd. Un murmure parcourut l'assemblée. Jean-Baptiste s'était évanoui et gisait étendu dans l'allée, le teint cireux, les paupières entrouvertes. Qoëlet se précipita, retrouvant les sentiments qu'il avait eus pour le jeune garçon qui lui tirait la manche. Il le souleva dans ses bras, étonné de le trouver si léger, et le porta jusque dans l'infirmerie, toujours inconscient. Là, il voulut rester à ses côtés, cherchant à desserrer son col pour lui donner de l'air.

« Laissez-le... », lui ordonna le père infirmier en le repoussant.

Et le gros homme s'affaira sur le corps inerte avec précision et rapidité, comme s'il savait exactement dans quel sens agir. Qoëlet le vit ôter l'habit, la veste et la chemise... Au-dessous se trouvait un autre vêtement. Qoëlet se rapprocha, intrigué. Il vit le père découper ce qui était fait d'une matière indescriptible, du crin sans doute, collé par une crasse ancienne, et habité par ce qui semblait de la vermine. L'odeur lui leva le cœur. Et ce qu'il vit au-dessous du cilice lui fit horreur. La peau de Jean-Baptiste était à vif, avec des plaques tuméfiées là où l'infection avait pris.

Le garçon se réveillait ; livide, il grimaçait de douleur.

« Qu'as-tu fait de toi ? lui cria Qoëlet, les larmes aux yeux.

— J'ai vu une grande lumière…, balbutia le malade.

— Tu t'es évanoui.

— J'ai entendu des chants…

— Nous chantions tous !

— Non ! D'autres chants ! » Il se souleva à moitié de la couche sur ses bras tremblants. « Une voix me disait : "Il faut que tu trouves la voie de ton cœur." C'était comme si les statues me parlaient toutes à la fois. Je ne les voyais plus mais c'était elles… Elles disaient encore et encore : "Le chemin de ton cœur…" »

Il se mit à psalmodier ces mêmes mots sans plus pouvoir s'arrêter. Qoëlet, hors de lui, le saisit par les épaules, l'appela par son prénom, le secoua enfin jusqu'à ce que Jean-Baptiste levât sur lui des yeux étonnés.

« Qu'as-tu à me regarder de la sorte ? demanda-t-il, surpris. Tu ne comprends donc pas ?

— Mais quoi ? s'écria Qoëlet, qui sentait la colère se mêler à ses larmes.

— Tu t'inquiètes à tort pour moi, mon ami, souffla Jean-Baptiste dans un sourire. Je vais très bien. Je sais, Qoëlet ! J'ai entendu… Tout a un sens désormais… » Et il ajouta : « Je suis heureux, maintenant ! Et mieux que jamais ton ami ! Le chemin de mon cœur, c'est celui des âmes perdues… Il faut voyager, porter la parole… Je serai pêcheur d'âmes ! Je vais t'aider… Toi aussi, tu trouveras. Je vais te guider… Viens avec moi ! »

Qoëlet y vit une dernière occasion de retrouver un peu de la fraternité perdue :

« J'admire, et même j'envie tes certitudes, mais…, commença-t-il.

— Aime-moi comme je suis, le coupa Jean-Baptiste. Ce n'est pas en détruisant cette chemise, ajouta-t-il en montrant le cilice que le père infirmier faisait brûler avec une mine désolée, que vous m'arrêterez. Crois-tu tout savoir déjà de la vie pour vouloir me détourner de ce que je crois juste ? Non, je pense que tu ne sais pas assez, mon ami. Ton doute n'est pas une force mais une ignorance qui te mine. Qoëlet, ne glisse pas dans l'erreur, dans une grande et longue erreur qui te meurtrira autant que ces maladies qui nous assaillent, peste ou petite vérole… Je te le répète, viens avec moi ! »

Qoëlet ne put se retenir de frissonner. Il secoua la tête et recula, saisi de frayeur, comme si ce garçon qu'il avait aimé détenait le pouvoir de l'entraîner dans sa folie. Il sut qu'ils ne prendraient jamais le même bateau. Et s'enfuit de l'infirmerie.

VI

Dès lors, les soirs où Qoëlet quittait le collège dès après la classe se firent plus nombreux. Tandis que Jean-Baptiste recevait toujours plus de lauriers de ses maîtres, Qoëlet entrait peu à peu dans le silence, s'enfonçant dans les profondeurs du classement et négligeant ses études.

Son corps se tourna vers le bruit et la fureur de la ville. Seul dans le dédale des rues, dans la moiteur de la foule, dans la folie des marchés, dans le silence des impasses, il pénétra au cœur de la cité portuaire. Comme autrefois au manoir, il ne regagnait plus guère sa pension que pour l'heure du souper.

C'était un monde fort différent des paysages de son enfance que cette cité qui faisait face à la mer. Une ville immense avec ses quartiers, ses rues sans nombre, sa confusion de corps. L'océan avait créé tout cela. Chaque jour, depuis les temps les plus lointains, un nouveau navire jetait l'ancre dans la rade. Le quai au Vin, ainsi nommé tant on y avait vu débarquer de barriques, bruissait de cette populace bigarrée qui invariablement hante les ports : voleurs, putains, montreurs, marquis, escrocs, soldats… reputains, estropiés, mousses, noyés… C'était cela, le cœur de la cité, ces êtres innombrables, leurs cris, leur odeur, leur course commune vers la mort, mis à part les noyés, déjà rendus – qui sait d'ailleurs si leur âme… Au milieu de ce corps à corps, Qoëlet glissait entre les uns et les autres, étourdi par le débordement de bouches, d'oreilles, de nez ou de chevelures.

De la travée aux Bretons, qui conduisait au quai au Vin, il connut bientôt chaque maison de granit blanc, le plus modeste établissement, la moindre enseigne. Le golfe du Morbihan apparaissait alors qu'il doublait la boulangerie Tudieu. À côté, une mercerie, puis la boucherie, l'échoppe d'un cordonnier, l'hôtel d'un financier, l'auberge des Trois-Routes.

C'est là qu'un soir la fille du patron l'avait attiré dans sa chambre sous prétexte de lecture. Un soupir profond et gourmand. Puis elle avait fouillé dans ses chausses et l'avait précipité sur le lit en retroussant ses jupes. Il était entré en elle et dans la volupté avec le même bon cœur.

D'ailleurs il avait, à dix-huit ans, sa taille d'homme, légèrement plus haute que la moyenne, très mince encore. Belle et grave figure. Les traits fins, acérés même, tout comme le regard. La barbe sombre et drue, le torse broussailleux. La taille bien prise, le jarret élancé. Plus d'une s'en laissait volontiers conter par ce beau ténébreux.

Mais, de même qu'il se sentait séparé de la foule par un je-ne-sais-quoi, ses maîtresses ne l'arrachaient pas à ses tracas. Quelle était sa part, au milieu de tous ces corps, dans ces lieux ? Ces prédictions, ces révélations, ces menaces proférées par ceux qu'il avait jusque-là connus lui gangrenaient l'esprit. Car, s'il les rejetait toutes, il contemplait maintenant ses mains – la gauche surtout – en se demandant qu'en faire.

Ses rêves, illisibles d'ailleurs – remonter le cours des

fleuves, suivre la course des nuages, s'adresser à la foule, avaient compté pour rien jusqu'à présent.

Il partit à leur rencontre et découvrit le vin. Il y trouva, trop rapidement peut-être, de sombres mais formidables vérités, une apaisante quiétude. Il s'abîma plus tard dans ces gouffres d'illusion qu'ouvre l'ivresse dans les consciences. Sans la moindre révélation à opposer à ses incertitudes, il faisait passer les soirées à grandes lampées d'un blanc aigre jusqu'à l'ivresse la plus intime. Recommençait, ahuri des pieds à la tête, spongieux d'alcool et de dégoût, pétri d'angoisse – faisait des cauchemars.

Depuis des mois désormais, c'étaient les mêmes vaines promenades qui aboutissaient toujours au fond des mêmes crapaudières. À l'approche des fameuses tempêtes de novembre, des trombes d'eau battaient le pavé et fouettaient son visage tandis qu'il allait sans but par les ruelles. Les lanternes de ville noyées, on ne voyait, dans ce dégoulinement, souvent pas à dix pas. Mais il atteignait toujours, guidé par les cris de matelots qui, pissant contre quelque mur et crachant leur ivresse, braillaient dans le vent un chant de bordage, un alignement d'estaminets d'où s'échappaient titubant des gabiers et des putains enlacés.

Toujours il les longeait en regardant par le carreau mal poli la masse confuse des fêtards. À ses oreilles, le rire gras des hommes, les gloussements des femmes. Il passait. La pluie martelait le pavé avec une pénible régularité. Une porte basse, au fond d'une arrière-cour. Celle-là ou une autre. Il entrait. Une fille, souvent laide, venait lui servir une claire vinasse qui râpait la gorge et brûlait l'intestin.

Alors il pouvait enfin s'hébéter d'alcool et de solitude, improvisant au long de cette monotone besogne de petites chansons à boire qu'il fredonnait sur des airs connus. C'était, griffonnés sur des lambeaux de papier, des quatrains pleins d'ironie qu'il déchirait avec un haussement d'épaules navré quand il n'en faisait pas des boulettes poisseuses du vin qui trempait la table.

Nouveau pichet. Le corps prend ce que l'âme ne digère pas. Puis c'est le rejet. Uriner. Il se levait en veillant à chacun de ses gestes. Commander à son corps, ah ! la belle occupation ! Il commençait à murmurer des bêtises, n'écrivait plus, buvait seulement en lançant maladroitement sur la table une paire de dés. C'était le signe, un indice probant tout au moins. Maintenant il fallait y aller, Qoëlet le savait. Bientôt le verrou de la pension serait tiré, le logeur claquemuré. Partir maintenant ou bien ce serait encore une de ces nuits à vomir dans le caniveau son vin et sa honte.

« On glisse en soi comme dans un gouffre… », bredouilla-t-il l'un de ces soirs d'une voix inaudible, le visage noyé dans ses mains. Et il eût voulu, dans ce moment d'extrême faiblesse, il eût préféré sentir la douleur, la peine, n'importe : sentir, croire, espérer. Comme Jean-Baptiste avait senti, cru et espéré, les joues creusées par le jeûne, les genoux brûlés par les dallages de l'église.

Cela ne pouvait durer bien longtemps. Le maître de pension avait des soupçons. Il parlerait un jour aux bons pères. Quoi, après ? Le renvoi ? Il ne se représentait nul avenir. Son année de rhétorique prendrait fin d'ici à quelques mois et sa mère lui écrivait qu'il fallait ensuite demander le noviciat. Si elle avait su, la pauvre femme…

Pris dans un atroce carcan de honte et de dégoût, il eût aimé, Qoëlet, pouvoir oublier ces dix-huit années d'existence auxquelles il ne savait pas trouver plus de sens que de raison. Car, si certains cherchent le moyen, lui pensait n'avoir pas même l'idée, ces soirs-là. Dans le creux de sa main gauche, la ligne de vie lançait son habituelle grimace, que l'ivresse lui faisait voir hideuse et lacérée de traits indéchiffrables.

VII

Cette nuit-là, après qu'il eut quitté en louvoyant un vilain cabaret, il se rendit sur le quai au Vin. L'orage tonnait. Son pas s'était affermi sous la bourrasque. Il réfléchissait, le nez au vent, le visage cinglé par la pluie. L'alcool reste dans le corps mais l'esprit se dégage en pareille circonstance.

C'est alors qu'il se dit : « La question n'est pas tant de savoir quoi faire que de savoir pourquoi on le fait… Et je sais, moi, pourquoi je cherche. »

Et comme si ce constat dressé au beau milieu de l'ivresse eût constitué une révélation capitale, il prit d'un pas résolu le chemin de sa pension.

Son logeur l'attendait au pied de l'escalier, une chandelle à la main, son bonnet de nuit enfoncé sur le crâne, le corps enveloppé dans une grande couverture de laine. C'était une force de la nature, le visage couperosé, les yeux veinulés par quarante années de salaisons et de bons vins.

« Nous avons à parler, jeune homme ! lança-t-il à Qoëlet qui le considéra avec un doux regard d'ivrogne.

— Ce sera toujours avec plaisir, lui répondit celui-ci, plein d'humeur.

— Faites le malin, rétorqua l'homme froidement. Tenez, asseyez-vous plutôt auprès du feu avec moi. Venez, vous dis-je ! » insista-t-il en s'approchant du foyer, emmitouflé dans son épaisse couverture.

Le vieux maître de pension tira d'un fagot une poignée de brindilles qu'il jeta dans le feu pour le raviver. Leur embrasement emplit bientôt la pièce d'un crépitement rassurant. Qoëlet les couvrit d'une bûche, puis ils s'assirent chacun sur une chaise, plongeant leur regard dans le rougeoiement du foyer.

« Votre air désabusé me navre, plus encore quand vous faites de l'esprit. Je vous vois jeune, vif, délié, mais éteint, comme écrasé par votre propre poids, asphyxié par votre seul souffle. Que cherchez-vous ? »

Qoëlet bredouilla, presque honteux :

« Le bonheur… sans doute…

— Bien ! s'exclama l'homme avec un sourire goguenard en frottant vigoureusement ses larges mains l'une contre l'autre. Et vous le cherchez dans les plus vilains troquets ? Allons, n'essayez pas de protester ! » Il dévisagea le garçon d'un air entendu et poursuivit : « Sachez que ce que vous croyez du monde, je m'en moque, et vous pouvez bien faire ce que vous voulez de votre peau. Mais je ne veux pas que par votre faute il me vienne des ennuis. Alors je vous mets le marché en main : ou vous restez et vous cessez d'y pénétrer un soir sur deux ivre mort, ou vous quittez cette maison. Je fais mon gras avec des gens comme vous, j'héberge des collégiens, bref ! je fais mon honnête homme et les bons pères me font confiance. Vous devriez rien qu'à ce point deviner combien je suis souple… Mais je vous vois bien parti pour vous faire égorger dans une ruelle, ce qui me causerait assurément du tort. Je ne vous le conseille pas… », posa-t-il avec une suavité si outrageusement jésuitique qu'elle en devenait sans équivoque quant à la violence qu'elle dissimulait.

L'homme se leva, dominant Qoëlet de toute sa taille.

« Si je puis régler notre affaire en quelques mots, entendez-les bien car je ne les répéterai pas. Je sais qu'on doit bien avoir vingt ans un jour. Il y a, aux abords de cet âge, un profond changement qui s'opère. Car notre corps cesse de croître et dit, en quelque sorte, à l'âme qu'il charrie : “Voilà, c'est fait, je suis venu à maturité, à toi maintenant de me commander la direction à prendre jusqu'à ce que je n'en puisse plus de te suivre…” Joli discours, n'est-ce pas ? »

Le vieux maître de pension avait achevé sa phrase sur un sourire moqueur.

« Et puis on oublie cette époque, on la regarde avec amertume, bien souvent. On vieillit. On prend l'état qui convient à sa fortune et à sa naissance. On a sa place. Que vous ne sachiez pas où est la vôtre met la mienne en péril, poursuivit le maître de pension en se renfermant dans sa couverture dans un froissement lassé. Certains assurent qu'on naît avec un destin ou qu'on est à l'inverse marqué par quelque fatalité. Défiez-vous de ces mots qui prétendent contenir plus que la jugeote ne sait entendre, raisonneur que vous êtes. Ils embrassent nos peurs mais ne les lient pas. Dieu et le hasard se suffisent pour cette besogne. Sachez-le : il y a peu de grands destins… »

Saisissant le tisonnier, l'homme remua les bûches avec vigueur, arrachant aux braises des étincelles blanches et sonores. Puis il se retourna brusquement vers Qoëlet et lui dit d'une voix sourde, sans doute émue :

« Allons, soyez raisonnable, ne gâchez pas tout. Arrêtez de rêver à l'impossible… Le bonheur, quelle idée ? Écoutez-moi ! Rentrez dans le rang, cessez ces sorties. Sans quoi je vous chasse et je vous fais chasser de chez les bons pères ! »

Le garçon lui répondit d'un lent signe de la tête, la mâchoire contractée, l'œil fiévreux. Mais déjà le vieil homme disparaissait vers l'étage, faisant sous son pas las gémir les planches de l'escalier de bois.

Qoëlet se retrouva seul dans la pièce. La bûche, dans l'âtre, n'était plus qu'un énorme tison ardent. Un instant il se livra à la contemplation de ce puissant spectacle. Puis il porta son regard sur ses mains qu'il étendit devant lui, ouvertes vers les flammes – comme font à l'heure de saisir la glaise ou le cou l'artiste et l'assassin. Lentement il les tourna vers lui. La ligne de vie, dans le creux de sa main gauche, lui apparut, profonde, qui coupait sa paume en deux.

À quoi pensait-il précisément lorsqu'il précipita cette main dans les flammes jusqu'à toucher la braise avec sa paume ? Impossible de le savoir. À Jean-Baptiste, peut-être.

La peau, en brûlant, dégagea une odeur infecte qu'il ne devait jamais oublier – pas plus qu'il ne devait revoir de sa vie la très naturelle plissure de sa main.

Serrant ses maigres affaires dans un drap noué en sautoir sur sa poitrine, il était, à l'aube de cette journée de furie, sur le quai au Vin. Là, il croisa l'un de ces capitaines qui offrent de servir à leur bord à ceux qui recherchent l'apaisante certitude des voyages : fuyards et aventuriers.

L'indépendance

I

« Le hasard se gouverne, mon cher Qoëlet ! Notre activité est pareille aux cartes et aux dés. Vous ne maîtrisez pas la donne, mais votre talent doit être de l'employer au mieux. Il en va de même pour le commerce, où les rencontres font plus que ce que vous avez à vendre. Tout peut se jouer sur un coup ! »

Gilbert Roux lança la paire de dés qu'il tenait en main sur la table.

« Double cinq !

— Il est aisé d'espérer avec un pareil tirage. C'est votre troisième doublon ! rétorqua Qoëlet en s'emparant des dés.

— Ne faites pas si vilaine figure ! On voit que vous aimez jouer, vous aussi… »

Qoëlet lança les dés en souriant.

« Double six ! Ah ! je vous maudis ! s'exclama l'écrivain du bord.

— Il faut croire que j'entends bien vos leçons, monsieur Roux.

— Ne vous moquez pas et empochez vos écus, mon jeune ami. Je suis heureux de vous payer. Vous êtes chanceux aux dés et habile aux cartes. Cela me change de nos officiers qui ont vilain caractère et me boudent dès que je gagne. J'ai confiance en vous. Vous apprenez vite et votre habileté aux cartes me dit que vous irez loin.

— Pourquoi ? Tout n'est que jeu, selon vous ?

— Tout ! Le commerce plus que le reste, sachez-le. Marchez à l'instinct. Suivez ce que vous dit votre cœur et vous l'emporterez. Comme aux cartes. Les meilleurs joueurs ne sont pas ceux qui misent le plus gros, mais ceux qui savent quand miser et contre qui !

— Je retiendrai la leçon. »

Employé comme secrétaire par Gilbert Roux, l'écrivain de bord du navire sur lequel il s'était embarqué à Vannes, Qoëlet avait passé les colonnes d'Hercule quelques jours auparavant et pénétré en Méditerranée. Chargés de cuivre à destination de l'Italie, ils débarquèrent à Venise. Là, le jeune voyageur fit la rencontre de commerçants juifs, gens de mœurs dites impures mais de grand savoir qui lui firent découvrir la banque. Cela lui fut utile, plus tard.

Il apprit à compter. Sut le cours des denrées. Connut la valeur des choses. Devint un homme de négoce et de chiffres, d'avoirs, de quittances, de traites et de docks : un pied sur terre, l'autre sur quelque pont.

Commerce de Méditerranée. Bagarres. Rivalités. Rage. Peur. Folie de l'humain, des concupiscences, de l'orgueil. Férocité de l'instinct. Il y eut, dans les ports, des échauffourées, des rixes parfois, auxquelles il prit toujours soin de ne pas prendre part. D'ailleurs il allait sans arme, dans les auberges, les tavernes, les jardins. Mais on trouvait dans sa cabine une forte épée et un pistolet de cavalerie. Il savait s'en servir, tant il avait autrefois eu à parer les coups de taille et d'estoc du Manchot.

De port en port, taverne après taverne, il s'initia aux cartes. Devint même un joueur habile, sûr de sa mémoire et plus encore capable de pénétrer l'âme de ses adversaires. Il y gagna quelque argent, qu'il réinvestit aussitôt dans du drap de Hollande, fin et solide, du vin de Madère, qui, par la couleur, ressemble à ceux du Rhône ou de Côte-Rôtie, de l'huile de Badajoz, du chanvre de Königsberg, du plomb du Hartz, de l'acier de Suède, de l'étain d'Angleterre. Le plomb fut une bonne opération, à l'été 1734. La France avait envahi l'Italie un an plus tôt. L'armée manquait de balles tant l'avancée des troupes était vive. L'affaire avait été vite conclue. Il avait empoché plus de dix mille livres pour cinq mille d'investies.

L'année suivante, Qoëlet était à Palerme, assistant aux cérémonies du sacre de Charles d'Espagne comme roi des Deux-Siciles – l'armateur qui l'employait avait fourni les bougies qui illuminaient la cathédrale. Il gagna cette fois-là de belles sommes au jeu contre des membres de la cour. Sommes qu'il réinvestit aussitôt, sûr de son fait.

« Voyez comme vous êtes doué. La fortune vous tend les bras, se réjouissait Gilbert Roux qui l'avait pris en affection. De la chance et de l'habileté : je vous le répète, ces deux alliées font les grandes carrières ! »

Il n'était pas riche mais s'était promis de le devenir. Ce n'était pas le bonheur qu'il cherchait, mais peut-être un moyen d'y parvenir. Tout au moins s'en persuadait-il. Cela semblait facile. L'audace, comme au jeu, payait.

Il avait en quelques coups heureux amassé plus que d'autres en trente ans d'efforts. Il en souriait, aimable avec les dames, rigoureux avec les hommes, convaincant lorsqu'il ouvrait la bouche, suscitant la curiosité lorsqu'il se tenait coi. Sa haute taille et son visage anguleux attiraient le regard. Le ton de commandement de sa voix inspirait le respect.

Gilbert Roux fut emporté par la rougeole peu après le départ de Palerme. Sur recommandation de son capitaine, l'armateur qui l'employait nomma le jeune Breton à sa place. Il n'avait pas vingt-trois ans et possédait déjà un rubis, cédé à bon prix par un marchand juif de Venise auquel il avait indiqué un placement fructueux.

Il était parmi des hommes de négoce, des Vénitiens, des Grecs, des Juifs, des Ottomans, écoutant beaucoup, parlant peu, pénétrant les arcanes du commerce avec passion. Ses premiers succès l'enhardissaient. Il misait toujours plus gros, prenait de plus en plus de risques. Aimait cela. Il découvrit ainsi Venise, Gênes, Chypre, Carthage, la Sicile, Malte ou Constantinople. Il connut dans chacun de ces lieux des hommes, parfois des femmes, sans s'attacher à aucun d'eux. Mais il apprit beaucoup sur les instincts de tous, à force de rencontres.

Le reste du temps se passait en mer, en lentes et mornes traversées, en coups de vent cinglants, sous le soleil. Il vit mourir des hommes de maladie, d'autres disparaître emportés par les flots. Son navire fut plusieurs fois pris en chasse par les Barbaresques. Il fallut donner du canon, envisager l'abordage. Ils furent sauvés par les galères des chevaliers de Malte, un coup de mistral, la proximité de la côte.

Embarquer. Débarquer. Compter. Recompter… trois années s'écoulèrent à sillonner les côtes de Méditerranée. Pensa-t-il aux siens ? Eut-il, penché au bastingage, des remords au souvenir de son départ soudain, de cette fuite brutale ? Qoëlet se le demanda, un soir, la veille d'une tempête fameuse. Puis ne se le demanda plus, fut repris par la monotonie des voyages, par la lenteur des traversées, par l'oubli qui insensiblement l'emportait. Oui, le mot est vrai, croyez-le : il y a les vivants, les morts, et ceux qui sont en mer. Il avait appréhendé hommes et bêtes avec une distance étrange, comme s'il n'en avait été qu'un spectateur lointain, quand bien même il était au milieu de tous, humain, très humain finalement. Qu'aurait-il pu être d'autre ?

Il attendait une rencontre. Une femme, sans doute. Elle ne survenait pas. C'est alors qu'il fit la connaissance de Bussy.

Il y avait un mois que Qoëlet était à Constantinople. Une cité antique et imposante de richesses, autrefois chrétienne, désormais musulmane, en tout état de cause un joyau. C'était son quatrième séjour dans la ville. À son premier passage, un incendie ravageait les hauteurs de Galata et Péra, les quartiers français. L'église et le collège jésuites avaient été détruits, tout comme la moitié des demeures des Francs. L'année suivante, il avait pu contempler les flamboiements non plus de l'incendie, mais du soleil sur les toits de plomb de la nouvelle église des bons pères.

Constantinople brûlait, Constantinople se rebâtissait ; et Qoëlet était peu à peu devenu familier de cette cité. Ses places immenses, ses murailles effondrées, ses jardins cachés, ses foules bigarrées avaient été traversés avec ce même sourd instinct qui le faisait aller autrefois dans les rues de Vannes.

Le bronze qu'il était chargé de transporter avait depuis longtemps été débarqué et vendu. Il servirait à fondre de nouveaux canons pour les armées du sultan, en guerre contre les Russes et les Autrichiens.

L'administration du Grand Turc n'en finissait plus d'être parfaite. En attendant ses passeports, le voyageur fréquentait le Palais de France où les secrétaires connaissaient son habit écarlate, sa longue silhouette et sa figure grave. On savait qu'il travaillait pour le compte d'un armateur grec connu de l'ambassadeur Villeneuve. Celui-ci lui avait été présenté par le pacha Bonneval. Ce grand seigneur turc était un Français devenu cinq années plus tôt grand maître de l'artillerie du sultan avec lequel il était en affaires. C'était à lui que le Breton avait, à plusieurs reprises, livré du bronze pour les canons turcs.

Un personnage, Bonneval. Ses grands yeux sombres, sa bouche lippue, son col taurin avaient encouru la disgrâce de tous les princes de son temps. Il s'était, pour les fuir, poussé jusqu'en terre ottomane où, converti à l'islam, il faisait depuis fortune sous le nom d'Achmet Pacha avec les titres de gouverneur de la Caramanie et de beylerbey de Roumélie.

Bonneval et Qoëlet avaient tissé d'étranges liens d'amitié. Le premier parlait à tout rompre, s'exclamait, tapait des pieds et des mains, bouillonnait comme un adolescent quoiqu'il eût plus de soixante ans. Le second était d'un calme presque inquiétant, d'une étrange gravité pour un garçon d'à peine plus de vingt ans. Il émanait pourtant de sa personne une autorité qui s'imposait à tous. Bonneval, qui servait depuis l'âge de treize ans, l'avait reconnue et l'appréciait.

Septembre touchait à sa fin. C'était, à Constantinople, le mois le plus agréable. La terre était encore tiède des chaleurs de l'été, mais l'air plus frais. La ville semblait baigner dans la douceur. Les deux hommes s'étaient retrouvés dans un établissement où l'on servait du café et du raki à boire, à fumer des pipes de hachisch, parfois d'opium. La conversation de l'aventurier avait son charme, teintée par cet esprit de philosophie qui s'infiltrait alors chez tout ce qui se sentait un peu français sur terre. L'exil amplifiait le phénomène.

« Alors, Qoëlet, vous reprenez la mer ?

— J'attends mes passeports. Votre Grand Turc a l'air peu pressé de me les rendre.

— Il faut le comprendre. Il a d'autres affaires en tête. Ce pays ne pense plus qu'à la guerre ! Nous serons bientôt à Belgrade. Nous ne ferons qu'une bouchée des Serbes ! Ce sont des gens sans éducation, des rustres… Après, l'empereur et la czarine n'auront plus qu'à nous demander grâce. L'ambassadeur Villeneuve n'attend rien d'autre. Ah ! mon jeune ami ! Que n'êtes-vous des nôtres ? Vous feriez merveille, je n'en doute pas. Nous sommes vous et moi du même bois ! »

Qoëlet eut un bref sourire mais ne répondit pas aussitôt. Bonneval lui conta alors avec force détails la progression des armées turques, les villes et les provinces entières qui tombaient sous leur dépendance, mais aussi les profits possibles. Le Breton, à ces mots, s'enflamma. Quelles étaient les ressources des pays conquis ? Les besoins des populations ? Ceux des armées ? La durée des trajets ? Les risques ?

« Vous me parlez de commerce comme un lieutenant d'une place à prendre ! Vous auriez dû vous faire soldat, mon garçon. Vous avez la fougue qui convient à cet état. La fougue et le sang-froid ! s'écria Bonneval en caressant son épaisse barbe, l'œil brillant de malice.

— Mon cher pacha, il y a le bois dont on fait les affûts de vos canons et celui avec lequel on bâtit les navires ou les charpentes. Le vôtre sert à détruire. Le mien, au contraire, sert à élever. Vous dévastez quand je construis.

— Maudit philosophe ! Vous tournez toujours tout à votre avantage ! Mais je vous aime bien, Qoëlet. On trouve rarement des hommes de votre trempe en ce bas monde. La plupart de nos contemporains avancent en rampant. Ils sont serviles, couards, suiveurs. Moi, je n'ai jamais suivi que mon instinct ! »

Bonneval empoigna la bouteille de raki qui se trouvait sur la table et remplit leurs verres.

« Vous voyez, mon cher, ceux qui boivent peu sont souvent ceux qui vivent peu. Nous sommes d'une autre espèce. Il nous faut de l'excès pour bien sentir les choses. Pour vivre ! »

Une troupe d'Européens en armes pénétra à cet instant dans l'établissement. Elle était menée par un page blond à la figure délicate. Le visage de Bonneval se renfrogna.

« Décidément, il faut croire que le sort ne m'est pas favorable, bougonna-t-il. Vous voyez cette fillette qui porte l'épée ? Eh bien, il ne boit pas, ou si peu que ce n'est pas vraiment boire. Pourtant, quel soldat ! »

Bonneval se leva et tonna :

« Par ici, Bussy ! Approchez ! »

L'enfant, ou celui qui paraissait tel, tourna la tête dans leur direction. Qoëlet fut saisi par sa ressemblance avec Jean-Baptiste. La finesse de ses traits était la même. Sa blondeur identique. Jusqu'à cette petite moue qu'il fit en apercevant Bonneval. Une sorte de sourire dédaigneux, sûr de soi, non pas hostile mais révélateur d'un envahissant sentiment de supériorité.

Hasard des rencontres, songea le voyageur. Il se rappela qu'il lui était déjà arrivé de croiser des hommes qui répondaient à ce portrait. La première fois, c'était un seigneur vénitien, la seconde, un pendu au corps lacéré. Les pigeons de Saint-Marc et les corbeaux du gibet avaient battu des ailes à son approche, dans les deux cas.

La dizaine de Français les avait rejoints. Bonneval se chargea de faire les présentations.

« Mon cher Qoëlet, permettez-moi de vous présenter le lieutenant de Bussy, qui est arrivé au printemps dernier dans les malles de notre bon ambassadeur Villeneuve, avec quelques-uns de nos compatriotes. M. de Bussy est, comme vous, un garçon ambitieux et qui a même un certain don pour la guerre… »

Bussy s'inclina imperceptiblement, fixant Qoëlet avec un mélange de curiosité et d'arrogance.

« Lieutenant, enchaîna Bonneval, voici M. de Qoëlet, qui nous vend le bronze dont on fait nos plus beaux canons et que je tente, sans succès, de convaincre d'abandonner le commerce pour le noble métier des armes. Il ne vous le dira pas car il est silencieux comme je suis bavard. »

Le Breton tendit sa main à Bussy, qui la lui serra avec une vigueur que ne laissait pas deviner son apparence fluette. Bonneval gronda pour qu'on leur apportât des chaises et toute la troupe s'installa autour de la table.

« Ces messieurs viennent de l'armée du Sud, expliqua Bonneval à Qoëlet en présentant les nouveaux venus. Nous avons là quelques sergents qui s'ennuyaient en Italie où ils ont mis une belle raclée aux Autrichiens. J'ai nommé M. Douce, qui n'est pas un agneau, M. Braquemart, qui a un bien beau nom, M. Crèvecœur, qui porte fort bien le sien… Ah ! fichtre ! Cette campagne d'Italie ! Comme j'aurais aimé voir cela. En 1716, quand vous étiez tous deux encore dans vos langes, j'ai sabré du Turc à Peterwaradin pour le compte de l'empereur, et ce bougre m'a si mal traité en retour que me voici désormais turc moi-même avec un goût prononcé pour la mise en pièces de l'Autrichien. Vous verrez, j'ai pris Belgrade pour ces gens-là il y a vingt ans, je leur reprendrai avec mes canons turcs avant deux ans !

— Que font des soldats du roi de France dans l'armée du Grand Turc ? demanda Qoëlet en regardant tour à tour Bonneval et Bussy.

— C'est une petite farce que l'ambassadeur Villeneuve fait aux Russes et aux Autrichiens. Ils sont "conseillers militaires" ! Une sorte de nouveau métier. Ce sont des… professeurs, si l'on veut. Ils ne sabrent pas, du moins officiellement, mais enseignent aux janissaires à le faire suivant les méthodes d'Europe. Ils leur apprennent le pas de manœuvre et la discipline. Des espèces de directeurs de conscience manière forte », acheva Bonneval en éclatant de rire.

Les Français se mirent à leur tour à rire. Bussy seul resta impassible. De même, il refusa l'alcool que Bonneval voulut lui servir pour se contenter d'un verre d'eau.

« Mon petit Bussy, protesta le pacha, il faut savoir prendre un peu de bon temps !

— Je prends le mien sur le champ de bataille, rétorqua le jeune officier avec suffisance.

— Ah ! tonnerre de Zeus ! s'exclama Bonneval en se tournant vers Qoëlet. Décidément, je ne subirai aujourd'hui que des refus. Ce Bussy est d'une triste espèce. Il ne fait pas la guerre pour le plaisir mais par ambition ! Il lit des livres sur l'art d'occire son prochain. Prend des notes. Se documente. Il veut arriver ! Parvenir ! Se faire un nom ! je suis sûr qu'il tuerait son propre frère s'il le trouvait dans le camp adverse… »

Bussy, par son silence, semblait acquiescer aux propos du vieux soldat.

« Moi, reprit Bonneval, j'ai sauvé la vie du mien à Turin. Car je connais votre Italie où l'on me prête d'avoir commis quelques belles actions. C'était il y a bientôt vingt ans. Je servais le prince Eugène, et le marquis de Bonneval, mon frère, était dans le camp français. Sans mon intervention, les grenadiers hongrois perçaient le chef de notre maison comme une barrique ! Eh bien, voyez-vous, c'est l'exploit dont je tire le plus d'honneur. Car, si je suis turc d'apparence, je reste français de cœur et pour toujours fier de mon sang ! Je me suis fait mahométan par un mouvement de grâce turque intérieur, mais je suis Bonneval et français depuis plus de sept siècles et je le resterai jusqu'au dernier souffle. Voilà pourquoi mon frère est encore en vie. Nous sommes les meilleurs amis du monde, d'ailleurs. Je lui écris une fois l'an pour lui présenter mes respects et lui donner de mes nouvelles. De nos jours, avec des gens comme notre jeune ami, ce genre de courtoisie est près de passer de mode. Allons, Bussy ! Il y a des choses qui ne se font pas !

— Je n'ai pas de frère, mentit Bussy qui méprisait celui qu'il avait, passionné par la seule traduction des auteurs grecs.

— Tant mieux pour lui ! s'écria Bonneval.

— Il a peut-être des sœurs, ironisa le sergent Braquemart, un géant qui faisait beaucoup de tapage. Aussi mignonnes mais plus accommodantes... »

Tous éclatèrent de rire.

Le visage de Bussy se figea. Une lame effilée apparut presque aussitôt au bout de son poing. Sans que personne, à commencer par Braquemart, n'eût deviné son intention, il avait bondi de l'autre côté de la table et balafré la joue du géant.

« Ne recommence jamais, Braquemart ! » jeta-t-il froidement au soldat. Puis, essuyant la pointe de sa lame, il ajouta : « Tu as été fort impoli avec les sœurs que je n'ai pas. Va te faire recoudre par Douce, maintenant ! Tu n'es pas beau à voir... »

Le géant tenait sa joue ensanglantée en tremblant de tout son corps. Mais un large sourire éclaira son visage lorsqu'il entendit le jeune officier commander à boire en abondance. Il devait plus tard tirer fierté de sa cicatrice, la nommant le « premier exploit du brave Bussy ».

« On dirait que notre jeune satrape n'aime pas qu'on parle de sa famille, chuchota, goguenard, Bonneval à l'oreille de Qoëlet. Il faut dire qu'il est le fils d'un certain lieutenant-colonel Pâtissier qui, carrière faisant, a jugé à propos de courir les champs de bataille sous un nom moins artisanal ! On a les ancêtres qu'on peut... »

Bussy se tourna à cet instant vers Qoëlet et lui présenta avec mille civilités ses excuses pour l'incident.

« Pardonnez à cette brute qui a gâché notre conversation par des propos vulgaires, monsieur. Il ne vaut qu'à la guerre. Le reste du temps, il faudrait l'enfermer, dit-il sur un ton plein de délicatesse. Oublions ce dérangement. M. le comte de Bonneval disait que vous aimiez la lecture. Moi aussi... Tenez, ajouta-t-il en sortant de la poche de son habit un petit ouvrage, il a fallu que j'arrive jusqu'à Constantinople pour mettre la main sur ce petit bijou... »

Qoëlet s'empara de l'ouvrage que Bussy lui tendait. Il s'agissait d'une édition française datant de 1718 des *Monita secreta*, ces fameuses *Instructions secrètes des Jésuites*, ouvrage interdit partout où les bons pères avaient du pouvoir qu'il avait lui-même lu à Venise quelques années auparavant.

Le Breton songea qu'il fallait avoir un esprit aussi critique que le sien pour s'intéresser à un texte à ce point polémique. Découvrir entre les mains du jeune soldat ce livre qu'il avait parcouru avec le plus vif intérêt le lui rendit aussitôt sympathique. Bussy se révéla grand séducteur. La conversation bientôt les emporta. L'officier sut donner du charme au *Commentaire de l'histoire de Polybe* de Folard et aux *Mémoires sur la guerre* de Feuquières, ouvrages sur la tactique et le combat qu'il lisait avec passion. Cette fougue séduisit Qoëlet comme d'autres, plus tard.

Ils se lièrent plus encore dans les jours qui suivirent, soupant chez Bonneval comme chez l'ambassadeur Villeneuve, qui tous deux trouvaient plaisir à fréquenter ces hommes jeunes et ambitieux. Un je-ne-sais-quoi les avait instinctivement rapprochés. Le goût pour la lecture tout d'abord. Le courage aussi. Le désir de s'élever, encore. Une semblable détermination, quoiqu'ils n'eussent pas les mêmes ambitions. Il y avait dans le violent désir de gloire de Bussy une passion que Qoëlet jugea, d'instinct, identique à celle qu'il mettait dans sa quête. Pour la première fois, il lui semblait avoir rencontré un être d'une valeur égale à la sienne. Ce que Bussy nommait « gloire », il l'appelait « bonheur ». Mais l'énergie que tous deux mettaient pour parvenir à leurs fins se valait. Ainsi devinrent-ils amis. Après une semaine, ils se tutoyaient comme s'ils se connaissaient depuis des années.

II

Bussy ! Combien de femmes délaissées, de nababs défaits et de rajas mis à genoux ont-ils prononcé ce nom la voix chargée d'émotion ?

Une figure d'ange. La résolution même. À cela, ajoutez des manières parfaites, une habileté démoniaque au pistolet, à l'épée effrayante, une pointe d'humour, beaucoup de finesse, de l'entregent, de la chance et vous en saurez assez pour deviner l'homme que Qoëlet rencontra à Constantinople.

Son père, officier, l'avait traîné de cantonnement en cantonnement jusqu'au jour béni de la déclaration de la guerre, deux ans auparavant. Il avait déboulé sur la plaine padane avec une armée furieuse et pris chaque ville dressée sur son chemin. À son premier combat, il avait tué un officier autrichien et fait sa première prise : une montre qu'il exhiba fièrement. On lisait, peinte en lettres rouge sang sur l'émail, cette sentence : *Vulnerant omnes, ultima neccat.*

« Toutes blessent, la dernière tue, traduisit Qoëlet en examinant l'objet.

— Il n'y a qu'à tuer le premier ! » rétorqua sèchement le jeune soldat.

La suite tient à ce hasard que certains se plaisent à nommer destinée et où, insidieusement, la petite histoire laisse deviner la grande. Exaspérant d'aplomb, de courage et d'ambition, Bussy finit en effet par se rendre indispensable à l'ambassadeur Villeneuve. Sa constante présence auprès des troupes turques, son allant, son énergie débordante en avaient fait le plus efficace des conseillers français auprès des janissaires. Il était encore, dans la soirée, à courir les salons du Palais de France, séduisant les pachas, vendant la France et ses atouts avec un talent unique. Les Turcs l'appréciaient. Les Francs l'admiraient. Il était, à lui seul, le représentant de ce « génie français » que Villeneuve désirait tant offrir à la Grande Porte.

Bonneval, de son côté, appréciait sa fougue et n'avait pas manqué de signaler le personnage à l'ambassadeur.

Une nouvelle campagne se préparait, une nouvelle poussée au nord. Les janissaires s'ébrouaient. Les Français piaffaient. Bussy survint un matin dans l'auberge où logeait Qoëlet. Il lui proposa d'aller à la suite des janissaires pour étendre son commerce en fournissant l'armée. Lui-même l'escorterait. Villeneuve soutenait l'entreprise. Il y aurait bonne mesure dans le profit et d'importants privilèges. Point de taxes, peu de frais, mais des lots de marchandises à échanger, du mauvais contre du bon, du peu pour du beaucoup.

« Abandonne un instant tes rêves de bonheur et ces douces ambitions dont tu me rebats les oreilles. Il faut de l'argent aux femmes. Elles aiment le luxe et n'admirent que les forts. Risque ta vie et ta fortune, et tu les auras toutes. Les pays conquis sont des terres vierges à caresser puis à déflorer ! Viens avec nous. Chacun y trouvera son compte, moi la gloire et toi… le reste ! » argumenta Bussy le sourire aux lèvres.

L'affaire parut aussi risquée qu'audacieuse à l'armateur grec qui employait Qoëlet. Il lui donna quelques pièces de mauvaise camelote et sa bénédiction. Le voyageur investit de son côté tout l'argent dont il disposait.

Or le profit s'avéra réel. Le Grec, trop timoré, fut bientôt chassé par Villeneuve qui décida de traiter avec le seul Qoëlet. L'affaire fut couronnée de succès. Le Breton sut trouver des marchandises rares et les écouler au meilleur prix. Après trois mois, il avait déjà amassé trente mille livres, bénéfice qu'il réemploya aussitôt pour préparer un nouveau voyage au Kosovo. Des Français de Constantinople, au premier rang desquels figuraient l'ambassadeur Villeneuve et le pacha Bonneval, misèrent sur Qoëlet de belles sommes. Il se mit à circuler de l'argent dans le quartier de Galata plus qu'auparavant. On y disait qu'il y avait dans les guerres des janissaires d'heureux effets.

Ainsi Qoëlet arrivait-il à la suite des armées turques dans des pays livrés à leurs vainqueurs. Les uns avaient des besoins, les autres des produits. Il fit son commerce et en tira gros profit. Bientôt ses voyages entre Constantinople et le Nord se firent incessants. Pareil au joueur exalté par le succès, il misait toujours plus gros, prenant toujours plus de risques. La possibilité de perdre n'était plus présente à son esprit.

Bussy menait une troupe de cavaliers assurant la protection des convois de Qoëlet mais faisant encore la liaison entre l'armée ottomane et l'ambassadeur de France. C'était un loup, toujours à l'affût, prêt à bondir à la moindre occasion. On connaît le mot fameux qu'il aura, quinze ans plus tard, après la victoire de Golconde, dans l'Indostan : « Je ne me défends jamais. J'attaque, cela suffit. La preuve… »

Il partait, le reste du temps, en patrouille, s'enfonçant chaque fois un peu plus avant en pays magyar ou serbe, traquant des ombres, fouillant ici un village, brûlant là une ferme, rendant ailleurs une justice sommaire, mais souveraine. Le jeune soldat aimait cette traque, obtenait des résultats, rapportait des fusils en guise de preuves. Avoir droit de vie et de mort, voilà encore qui lui plaisait.

C'est à la vérité dans ces expéditions méconnues, aux alentours de Nish et Orsova, que Bussy se révéla à lui-même. Il avait goûté à l'indépendance et au pouvoir. La saveur lui en resterait dans la bouche. Son audace laissait admiratifs les plus courageux, sa cruauté envieux les plus cyniques.

Qoëlet, pour sa part, était entré dans la guerre sans le vouloir. Malgré lui, il s'était accoutumé à voir des tombes fraîchement creusées et des maisons en cendres, à entendre les cris des blessés, les hurlements des amputés, le râle des mourants.

Il avait vu, dans son affaire, le militaire l'emporter insidieusement sur toute autre considération. Ainsi, bien que français et civil, vaquait-il dans la foule des armées turques, au milieu des ballots et des caisses de son approvisionnement. Suivre une armée en campagne revient toujours un peu au même. Les victoires ont toutes, de loin, la même couleur, la même odeur âcre de chair pourrie et de poudre brûlée. Le Breton n'aimait pas la guerre, mais il savait la faire, éduqué par le Manchot des années durant à cette seule fin. Plus d'une fois, il avait dû participer à la défense de ses convois, incessamment harcelés par des bandes de partisans magyars ou serbes. Il fallait le voir, sur un cheval écumant, un sabre dans un poing, un pistolet dans l'autre. Oh ! comme le vieux seigneur eût été fier de le voir aussi résolu dans le combat.

Ainsi lorsque, après trois années de campagne, l'armée du sultan se présenta devant Belgrade l'orthodoxe, Qoëlet portait la trace de deux coups de sabre et, chaque nuit, voyait surgir dans son sommeil les larges yeux, écarquillés de stupeur, gigantesques d'étonnement, d'un assaillant auquel il avait dû fracasser le crâne d'un coup de pistolet pour sauver sa propre vie.

« J'ai tué ! » se disait-il en s'arrachant à l'épouvante de son sommeil, tremblant, horrifié, irréversiblement impuissant – condamné, comme tout soldat, à porter jusqu'au dernier instant le fardeau de ce crime pour lequel nul juge ne viendrait jamais le poursuivre.

« C'est le risque de frayer avec le militaire, si affectueux de nature qu'il vous offre de vous épouser en payant la dot… », lui avait affectueusement glissé Bonneval.

Bussy, pour sa part, ironisait : « Allons ! Sois honnête ! Aurais-tu gagné autant si nous n'étions arrivés là ? On n'a rien sans rien ! »

Et Qoëlet songeait qu'il avait raison, tout en méprisant la passion de Bussy pour le combat.

Cependant, son nouvel ami ne semblait pas lui tenir rigueur de ce dédain affiché. Le jeune soldat paraissait assez sincèrement attaché à Qoëlet. Comme s'il avait trouvé en lui un être d'une égale valeur, mais dans une tout autre sphère. Et peut-être même l'admirait-il, retrouvant en lui cette résolution qu'il savait être la marque de son propre caractère et qui faisait son succès. La hargne que Qoëlet mettait dans son entreprise, Bussy la portait sur les champs de bataille. L'esprit restait le même : le goût du risque, la soif de l'inconnu, la vie jouée sur un coup de dés, par défi, par bravade.

Entre deux pénétrations vers le nord, il n'était pas rare que Qoëlet se retrouvât à Constantinople, passant de longues semaines d'oisiveté qu'il appréciait sans retenue. L'ambassadeur le traitait avec égards, trop content de trouver un compatriote cultivé auquel faire la conversation.

Là, dans le Palais de France perché sur les hauteurs de Galata, il goûtait le luxe et l'opulence qui constituaient l'ordinaire de l'ambassadeur. Les mets les plus fins étaient servis à sa table. Les vins de Bordeaux les plus rares emplissaient sa cave. Avec cela, des danseuses au corps gracieux dont la souplesse suggérait tous les plaisirs. Des jongleurs. Des animaux savants.

Villeneuve recherchait la compagnie du jeune voyageur. Son alliance de calme et de maturité l'impressionnait.

« Vous devriez entrer à mon service, mon cher Qoëlet. J'ai besoin d'un homme tel que vous. Vous avez une sagesse rare pour votre âge et encore toute la fougue de la jeunesse. Une précieuse alliance… Vous pourriez aller loin à mes côtés. Le commerce vous enrichira mais il ne vous donnera pas les honneurs. La gloire, savez-vous, est exquise… Or on ne l'obtient que par le fer ou la plume, point autrement.

— Je ne recherche pas la gloire, monsieur l'ambassadeur. Le bonheur me suffira.

— Mais la gloire rend heureux !

— Je ne veux pas seulement être heureux. J'ai parlé du bonheur…

— Quelle différence ? Et comptez-vous vraiment le trouver dans vos expéditions commerciales ?

— Oui, sans doute. C'est un moyen comme un autre pour jouir tout en découvrant le monde… À force de voyages, je sais que je trouverai ce que je cherche. Le chemin de ma gloire n'est ni dans la fortune ni dans l'aventure. Ce sont seulement des routes à suivre pour y parvenir. Je me pousse en avant comme on lance des dés, certain que le hasard fera le reste à force de lieues parcourues et de villes visitées. Il n'est pas de joueur qui ne croie à son succès ! Simple loi des nombres… »

Mais alors Bussy survenait.

« Vous parlez encore et toujours, bavards ! Le bonheur de ce rêveur de Qoëlet n'est rien. Il n'y a que la gloire qui vaille ! On ne fait pas l'Histoire avec des sentiments, mais à la force de l'épée ! » s'exclamait-il, rageur.

Et parce qu'on était à Constantinople, loin de toute occasion de fracas, le jeune soldat repartait à la conquête de quelque dame, sanglé dans son plus bel uniforme. Et parce que Bussy parlait d'aller trousser quelques jupons blasonnés avec des airs de matamore, Villeneuve ne se privait pas d'ironiser sur ses conquêtes.

« Allez, Bussy ! s'exclamait l'ambassadeur tandis que le jeune officier s'éloignait. Allez donc donner de votre arbalète ! Vous savez mieux qu'un autre combien cela vous est aisé. Car enfin, les femmes ne pourront jamais résister à l'attrait du militaire. Elles se disent, les bougresses : “Celui-là prétend savoir tuer, c’est bien le diable s’il ne me fait pas jouir…” Avec votre joli minois, bel exploit ! » Et il ajoutait, à l’intention d’un Qoëlet amusé par le procédé : « Que peut-on faire d’autre que rire de ces êtres auxquels la gloire tend putassièrement les bras ? »

Cette boutade, le Breton l’entendit plus d’une fois. Jamais Bussy ne daigna y répondre. Certains, néanmoins, assurent qu’il eut plus de deux mille maîtresses, dont cent dans la seule ville de Constantinople.

« Tu parles de l’amour, disait-il, narquois, à Qoëlet. Moi, je le fais ! C’est toute la différence entre nous. »

III

L'avancée des armées du sultan vers le nord était irrésistible. Nish était tombé, puis Orsova. Non sans peine pour Qoëlet, blessé à la cuisse, à l'épaule… On peut cependant estimer qu'il avait, à cette époque, amassé plus de cent mille livres. Un début de fortune.

Un matin, ils aperçurent les murailles de Belgrade. C'était au début du mois de mars 1738. L'armée ottomane cernait la capitale serbe. Tout était devenu militaire. Chaque homme obéissait, qu'il fût turc ou français.

Alors la guerre prit Qoëlet à la gorge.

Le voyageur embrassa du regard la plaine sur laquelle étaient bâtis les remparts incessamment bombardés de la vieille cité. La forteresse avait beau être l'une des plus modernes d'Europe, elle ne résistait pas à la puissance des canons turcs. Des quartiers entiers de la ville étaient en flammes. Plus loin, des montagnes couvertes de forêts semblaient, elles aussi, saisies par l'incendie tant le soleil était ardent. Tout rougeoyait.

L'air portait l'odeur âcre de la mort. Les armées du sultan étaient aux portes de l'ennemi. Restait à l'achever. Bussy exultait. Sans lui, sans Bonneval dont les canons crachaient le feu, jamais le sultan n'eût réussi pareil prodige : mettre le siège devant Belgrade l'orthodoxe, humilier l'empereur, faire lâcher prise à la czarine.

Qoëlet eût voulu être ailleurs. Impossible. Ses convois avaient été réquisitionnés. Lui-même avait reçu l'ordre d'accompagner l'armée sous peine de décapitation. Bonneval, pour l'heure exilé par le sultan, n'avait pu le soutenir. Villeneuve, resté à Constantinople, était dans l'impossibilité de lui venir en aide. Le Breton était pris au piège d'une entreprise qui l'avait poussé trop loin. Bussy seul, par l'ascendant qu'il avait pris sur les Turcs, lui permettait de conserver quelque liberté.

Le sergent Douce, l'un de ceux qui avaient débarqué de France avec Bussy trois ans auparavant, était arrivé auprès de Qoëlet sur un cheval écumant.

« Bussy vous réclame ! fit-il, hors d'haleine. Tout de suite ! » ajouta-t-il en faisant faire une volte à sa monture.

L'instant d'après, les deux hommes rejoignaient Bussy.

« Qoëlet ! J'ai ordre de rentrer à Constantinople annoncer à Villeneuve une victoire à laquelle je n'assisterai pas. Ce traître de général turc veut me priver du meilleur. Il me fait ambassadeur auprès de l'ambassadeur. Moi, porteur de nouvelles… Ma peine va faire ta joie, je m'en doute. Tu m'accompagnes ! » Et il lança : « Douce ! Braquemart ! Avec moi ! »

Quelques heures plus tard, Bussy, Qoëlet et les quelques hommes qui les accompagnaient tombaient dans une embuscade dressée par un petit Dracule local.

La moitié d'entre eux furent tués sans avoir seulement pu se défendre, le grand Braquemart en tête, percé comme une outre par trois ou quatre piques, braillant des insanités jusqu'au dernier souffle. Les autres – Qoëlet, Bussy, Douce et trois Turcs –, poings liés, marchèrent derrière les chevaux de leurs vainqueurs, à travers les montagnes environnantes, par des sentiers à mules, durant des jours, sans nourriture.

Après une semaine, ils découvrirent un camp cerné de hautes palissades. Peut-être y avait-il mille prisonniers tenus enfermés dans de grossiers baraquements de bois. La plupart étaient mahométans. Mais l'on croisait aussi quelques chrétiens, poussés là par les hasards de la fortune, aussi faméliques que leurs compagnons de misère. Ils apprirent aux nouveaux venus que celui qui les avait capturés vivait depuis toujours du commerce des otages. Cette activité était toutefois bien peu lucrative depuis que le pays était en guerre – et les prises toujours plus importantes que les rachats. Ainsi les morts étaient-ils plus nombreux chaque jour. L'espoir d'être libérés semblait avoir abandonné les survivants.

Les Turcs étaient musulmans, les Serbes non. Or chaque famille, dans cette région, gardait le souvenir des invasions passées. Les Serbes se vengeaient donc des supplices endurés par leurs pères en appliquant à leurs prisonniers les pires sévices. La potence dressée au centre du camp, le fouet aux lanières serties de balles de plomb, les plaies frottées avec de la terre, la haine, la mort : telle était l'horreur quotidienne de cet endroit.

Les gardes servaient aux prisonniers, une fois le jour, du pain rassis et une bouillie d'herbes dans laquelle flottaient quelques rares morceaux de gras. Les hommes allaient en guenilles et grelottaient en plein soleil. Beaucoup étaient pris de délire ou s'écroulaient tout à coup. La nuit, certains se mettaient à hurler à pleins poumons sans qu'il fût possible de les faire taire. Il fallait les bâillonner pour masquer leurs cris. Mais parfois les gardes surgissaient et emportaient l'homme et ses hurlements. Celui-là ou un autre. Et puis plus rien, plus un son.

D'autres tombaient dans une sorte d'hébétude dont ils ne s'évadaient que pour mourir. On les enterrait au petit matin, quand les chaleurs du jour n'étaient pas encore descendues sur l'enfer de cette prison. Puis aussi le soir, tant il y eut de morts. Il fallait jeter les pauvres bougres dans une fosse située à l'extrémité du camp, le long des palissades. Qoëlet, Bussy, Douce et d'autres creusaient le sol avec quelque morceau de planche arraché aux baraquements dans un nuage de mouches grasses qui bourdonnaient au-dessus du charnier.

Les journées s'épuisaient avec une lenteur extrême.

Les hommes restaient cloîtrés dans les baraquements, allongés ou assis, les yeux clos souvent, le corps moite, le visage dévoré de barbe. Ou bien encore s'épouillant, cherchant d'un ongle paresseux la vermine, ruminant de furtives pensées, parlant peu, écoutant moins encore. Mais épiant chaque bruit suspect, comptant pour la centième fois depuis le matin les jours écoulés. Priant Dieu ou Diable qu'enfin la paix fût déclarée, leurs tortionnaires exterminés, ce lieu rasé de la surface de la terre.

Plusieurs fois le jour, tous les mahométans ou presque se tournaient vers la Terre sainte pour la prière. Les baraquements s'emplissaient alors de ces paroles rituelles et confuses puis replongeaient un instant après dans un morne silence. Les rares chrétiens, durant ces instants, lançaient-ils quelque prière au Ciel ? Sans doute, mais la foi des uns ou des autres n'était en définitive qu'un maigre exutoire quand tous ne pensaient qu'au moyen de ne pas mourir de faim.

Chacun attendait l'heure de la soupe, y trouvant la seule raison de vivre un jour de plus. Certains se battaient. Il y eut des meurtres, pour un quignon de pain, des miettes, un soupçon. Seuls survivaient les plus forts, les plus âpres. Qoëlet et Bussy en étaient. Le sergent Douce ne les quittait pas.

Quelques-uns, il est vrai, préférèrent se donner la mort. Ils se firent, avec des éclats de bois ou de pierre, d'horribles blessures. On vit la plupart d'entre eux expirer dans ces souffrances qu'ils craignaient tant et qu'ils avaient précipitées. Les joues cousues, les yeux rougis par les fièvres mais fier, orgueilleux jusque dans le plus absolu dénuement, Bussy cracha sur le cadavre de l'un d'eux.

Les autres étaient résolus à survivre par le seul fait de cet instinct qui nous convainc du peu d'espace qui sépare l'homme de l'animal.

Rien ne pouvait cependant empêcher ces débris humains de s'observer mutuellement avec en tête cette terrifiante question : qui sera le prochain ? Bussy regardait Qoëlet. Qoëlet regardait Bussy. Et chacun songeait : « Tiendra-t-il ? »

Les mois s'écoulaient, identiques. Ils en étaient à ce point de désillusion qui rend presque acceptable l'idée d'une fin prochaine lorsqu'une épidémie de petite vérole s'abattit sur le camp. En quatre jours, elle emporta plus de vingt hommes.

Afin de limiter la contamination, un vieillard qui faisait office de guérisseur avait installé, non loin des fosses d'aisances, une sorte d'hôpital.

Qoëlet s'en retournait des latrines lorsqu'il surprit l'homme sortant du baraquement avec des airs de conspirateur. Curieux, il décida de le suivre. Il vit alors avec stupéfaction le vieil homme aller d'un prisonnier à l'autre muni d'une aiguille, piquer les prisonniers en plusieurs points du visage, plongeant à chaque fois celle-ci dans un linge souillé qu'il tenait en main. Les Turcs, étrangement, se prêtaient à ce rite singulier sans opposer la moindre résistance.

De retour auprès de ses compagnons, Qoëlet fit part à Bussy et à Douce de ce qu'il avait observé.

« Ce mécréant donne la petite vérole pour mieux nous achever ! s'écria aussitôt Douce rageusement. Qu'il m'approche et je l'occis !

— Qu'en penses-tu ? demanda Qoëlet à Bussy. La chose est tout de même étrange. Ce vieillard prétend soigner les malades et le linge dans lequel il plongeait son aiguille était de la pire espèce…

— Je n'en pense rien, répondit Bussy. Mieux, je m'en moque…

— Moi pas ! tonna Douce. Je n'ai pas survécu à deux fusillades et trois coups de sabre pour finir empoisonné par un mage enturbanné, foutre-Dieu ! »

Bussy haussa les épaules.

« Nous avons plus à craindre de nos geôliers que de lui, dit-il d'une voix sourde.

— Que vous dites, s'insurgea Douce. On peut échapper au fouet plus sûrement qu'à la petite sœur !

— Douce dit vrai, fit observer Qoëlet. Il faut savoir ce que trame cet homme.

— Tu disais que les Turcs le laissaient agir sans protester. Rien ne nous force à nous laisser faire. Attendons qu'il vienne, voilà tout ! répliqua Bussy.

— Pas question. Je le tuerai avant qu'il m'assassine ! » rugit Douce en empoignant un gourdin.

Et sans attendre plus longtemps, il se rua hors du baraquement. Qoëlet s'élança à sa suite. Douce courait. Il ne le rejoignit que lorsque celui-ci pénétrait dans le bâtiment qui faisait office d'hôpital.

L'endroit était habité par les pleurs des agonisants. Leurs corps ravagés exhalaient une effroyable odeur de décomposition qui prenait à la gorge. Il n'était pas possible d'approcher les malades sans se couvrir le visage. Les pauvres diables qui venaient se consumer dans cette obscurité ne tenaient plus à la vie que par un fil. Et quel fil ! Des plaies purulentes les couvraient des pieds à la tête. Leur râle emplissait l'air infecté d'un insoutenable bourdonnement. Leur souffle était le souffle de la mort même. Et il y avait dans leurs yeux ce vide de la fin toute proche, un désespoir infini qui étreignait le cœur des plus endurcis.

Douce, qui venait d'apercevoir le guérisseur, marchait droit sur lui son bâton en main. Qoëlet le rattrapa pour lui saisir le poignet à l'instant où il allait abattre son arme sur le crâne de sa victime.

Celle-ci les considéra avec surprise.

« Que voulez-vous, infidèles ?

— Te tuer avant que tu le fasses ! grinça Douce, plus menaçant que jamais.

— Qui te fait croire que je veux ta mort ?

— Lui ! répondit le soldat en désignant Qoëlet. Il t'a vu !

— Et qu'as-tu vu ? demanda, ironique, le vieil homme à Qoëlet.

— Je vous ai vu, aujourd'hui même, piquer avec

une aiguille enduite de miasmes le visage de plusieurs hommes ».

Le vieillard eut un curieux sourire qui poussa Douce au comble de la rage.

« Tu ne nies pas, assassin ! Il a donc dit vrai…

— Tu ressembles plus à un assassin que moi, rétorqua l'inconnu. Qui te dit que j'agis mal ? Au contraire ! Au contraire…

— Que voulez-vous dire ? demanda Qoëlet.

— Je dis que je sais ce que je fais et que je n'agis pas pour faire le mal mais bien pour sauver mes frères.

— Il ment ! jeta Douce.

— Laisse-le parler, ordonna Qoëlet.

— Tu es plus sage que ton compagnon… Sache que le mal qui nous frappe a plusieurs formes…

— Je le sais, l'interrompit Qoëlet. Les petites véroles peuvent être bénignes ou malignes. Les pires de toutes sont confluentes et…

— Tu donnes des noms quand j'ai des remèdes. Tais-toi donc ! s'emporta le vieillard. Mais tu dis juste, cependant… Tu sauras encore que la maladie de bonne espèce n'est pas dangereuse quand d'autres peuvent être fatales. Si tu communiques à un homme la forme douce de ce mal, il sera préservé. Ainsi fait-on dans ma nation depuis longtemps et c'est ainsi que nous nous protégeons.

— Vous voulez dire que…

— Tu m'as bien entendu ! Prends le mal sous sa forme la moins grave et tu n'auras plus à redouter ses attaques pour le reste de tes jours !

— Mensonge ! éructa Douce.

— Toi, tu n'es pas seulement un infidèle, lui répondit l'homme en souriant. Tu es un incroyant !

— Il dit peut-être vrai, hasarda Qoëlet.

— Douterais-tu de la sagesse des femmes de ma nation ? lui demanda ironiquement le vieillard. Leur beauté est fameuse et c'est pour se préserver des attaques du mal qu'elles agissent ainsi. D'ailleurs, si vous refusez mon savoir tout en restant parmi les malades, vous prendrez très certainement le mal. »

Qoëlet, qui venait d'en prendre conscience, semblait hésiter. L'homme sortit des replis de son habit l'aiguille et le linge que le Breton lui avait vu en main peu auparavant.

« Laisse-toi faire, le rassura le vieillard.

— Qu'il s'empoisonne lui-même, jeta Douce en crachant aux pieds du vieillard.

— Si tu le veux », répondit celui-ci.

Il plongea l'aiguille dans le linge souillé puis se piqua au front et aux joues avec des gestes rapides et précis.

« As-tu moins peur ? demanda-t-il à Qoëlet. Laisse-moi faire maintenant. Laisse-moi te sauver la vie… »

L'homme trempa une nouvelle fois son aiguille dans le linge puis l'approcha du visage du Breton.

« Tu es fou ! s'écria Douce.

— C'est toi qui serais fou de refuser la *kentroma* ! » rétorqua le guérisseur tandis qu'il piquait à trois reprises la figure de Qoëlet.

Bussy survint à cet instant dans le baraquement. Il observa un bref moment la scène puis s'approcha du singulier trio. Qoëlet lui expliqua ce que venait de faire le vieillard turc. Sans un mot, Bussy s'approcha de lui et lui tendit son visage. Douce le regarda avec effarement tandis que le vieillard piquait son front et ses joues. En maugréant, il s'approcha à son tour et se laissa faire.

« Si je prends la petite vérole, je trouverai encore la force de te fendre le crâne, maudit Turc ! » lança-t-il au guérisseur dès qu'il eut achevé.

Celui-ci parut indifférent à la menace. Il se tourna vers Qoëlet et lui dit :

« Sous peu, des boutons apparaîtront avec une légère fièvre. Les croûtes tomberont sans laisser de traces quelques jours plus tard, mais sachez que vous êtes dès cet instant sous le pouvoir de la maladie et que celle-ci n'est pas dangereuse car je l'ai prise à un homme qui se porte parfaitement bien aujourd'hui…

— Je souhaite qu'il en soit comme vous l'avez dit », répondit Qoëlet en le saluant.

Les trois Français quittèrent le mouroir pour regagner leur baraquement. Douce maudissait Qoëlet de l'avoir, assurait-il, contraint à prendre la petite vérole. Bussy se taisait, indifférent aux jérémiades de son compagnon.

L'épidémie tua une cinquantaine d'hommes dans le camp, parmi lesquels plusieurs geôliers. Qoëlet observa que ceux qui avaient eu à connaître la médecine du vieux Turc échappèrent tous aux attaques les plus violentes de la maladie. Cet épisode tragique survenu au cœur même du chaos rendit par contrecoup aux trois Français le goût de la vie. Le désir de s'évader leur vint tandis qu'ils conduisaient de nouveaux cadavres vers la fosse commune. Les morts seuls échappaient aux brimades des Serbes, constatèrent-ils. Ainsi leur vint l'idée de fuir avec eux.

L'affaire était risquée. Plusieurs hommes, désespérés, avaient déjà tenté d'escalader les palissades… Il avait fallu, quelques jours plus tard, aller décrocher leurs cadavres.

La construction d'un tunnel passant sous la fosse commune fut décidée. C'était le seul endroit où creuser pouvait paraître naturel. Durant deux interminables semaines, les conspirateurs se glissèrent entre les morts, s'engouffrant tour à tour sous le charnier. Un mouchoir noué sur le visage, ils creusèrent entre les corps, puis dans un sol grouillant d'asticots repus, étayant le boyau de planches arrachées ici et là.

Mais, le soir de l'évasion, le tunnel s'effondra sur Douce. Le sergent ne fut retiré des décombres qu'à grand-peine. Qoëlet lui-même fut blessé au genou.

Ramené dans leur baraquement, Douce souffrit et délira, comme les autres. Il avait fait sous lui, sans s'en rendre compte. Puis il avait appelé Dieu. Mais qu'il fût d'un Ciel ou d'un autre, Dieu n'était pas venu à son secours. Il mourut dans les bras de Qoëlet, un drôle de sourire de dépit gravé sous son gros nez, un juron inachevé au bord des lèvres, après avoir réclamé l'absolution pour ses crimes. Le Breton lui donna sa bénédiction, qui en valait bien une autre. Il était resté seul avec ce vieux camarade d'horreur. Et nul ne sait ce qu'il murmura à son attentif silence de mort. L'échec plongea Qoëlet dans une torpeur morbide. Bussy lui-même sembla abattu.

À la vérité, ils ne survécurent que par chance. Quelques semaines plus tard, les prisonniers trouvèrent en effet les portes du camp ouvertes et leurs geôliers disparus. Ils apprendraient plus tard que l'empereur et la czarine avaient signé un traité avec les Turcs abandonnant à ceux-ci la possession de la Serbie. L'ambassadeur Villeneuve en était à l'origine. C'était finalement à sa diplomatie qu'ils devaient la vie, après l'avoir due à un vieillard inconnu.

La souffrance, mieux que le bonheur, rend les hommes intimes comme jamais entre eux. Du moins Qoëlet crut-il cela lorsque, recouvrant la liberté, Bussy lui offrit son épaule pour l'aider à marcher.

IV

Le traité que le sultan venait de conclure le rendait maître de tous les territoires saisis par la force dans les Balkans. La prise de Belgrade l'avait fabuleusement enrichi. Il pouvait bien distribuer quelques miettes. Il célébra sa victoire à Constantinople par une fête qui dura trois jours entiers.

La ville était en liesse. Les marchands envisageaient l'avenir en se frottant les mains. Les soldats se pavanaient. Les filles de joie, comme partout, faisaient passer l'argent d'une poche à l'autre. Au milieu de cette foule joyeuse, les Français, en tête desquels figuraient Villeneuve et Bonneval, faisaient figure de héros.

Qoëlet, comme les autres, était traité en prince et savourait les délices de l'inaction. Mais le voyageur ne parvenait pas à goûter pleinement le spectacle de Constantinople, de ses places innombrables et de ses marchés. Dans le port, un navire était amarré à quai qui bientôt ferait voile vers Venise. Là ou ailleurs… Les souvenirs du mouroir dans lequel il avait vécu dix-huit mois hantaient son esprit, avivés par la plaie que son évasion manquée lui avait laissée au genou. Il se sentait pour toujours traqué et croyait, de tous ses sens, deviner le retour possible à l'effroyable réalité de sa captivité. Ses yeux revoyaient, en plein jour, les visages des morts. Ses oreilles entendaient les cris de douleur, les gémissements, les soupirs. Son nez, à chaque filet de vent, s'emplissait de l'odeur des chairs en décomposition. Sa mémoire le tyrannisait. Il eût voulu n'en plus avoir. Perdre jusqu'au souvenir de cette époque.

Partir, telle était sa seule réelle envie, désormais. Quitter cette terre et ses habitants. Plus que tout abandonner ces hommes, ces Français venus faire la guerre.

Malgré ce violent désir de partir de Constantinople, Qoëlet souhaitait cependant éclaircir un point. Cette opération pratiquée sur Douce, Bussy et lui-même par le vieillard dans le camp de Serbie l'intriguait. Il ne parvenait pas à oublier qu'on l'avait autrefois nommé le « petit miraculé » pour être né une année où la variole avait, disait-on, emporté tous les enfants du pays. Sa mère ne le lui avait-elle pas rappelé cent fois, arguant du fait pour qu'il entrât dans les ordres afin d'en remercier le Ciel ? Ainsi, par deux fois, il avait échappé aux attaques de la maladie. Cette coïncidence le troublait. Il lui fallait en savoir plus.

Interrogé, Bonneval répondit de bonne grâce, un fin sourire sur son gros visage sanguin.

« Mais, mon cher, vous ne savez donc pas ? On ne meurt plus guère de la variole dans ce pays parce qu'on la prend dès l'enfance afin de s'en prémunir. On prend, à Constantinople, la petite vérole comme on prend les eaux chez nous ! »

L'ambassadeur Villeneuve confirma le fait comme une saine évidence.

« Les Grecs sont en ce domaine fort savants, ici même.

Apprenez donc que le grand-père de l'actuel sultan eut pour médecin en chef un Grec du nom d'Emmanuel Timoni, homme fort savant, diplômé d'Oxford et de Padoue, qui ne jurait que par l'inoculation de la petite vérole. Son neveu vit encore ici, c'est un chirurgien de renom, que j'estime plus que la moyenne de nos médecins… »

Qoëlet demanda aussitôt s'il pouvait le rencontrer. L'ambassadeur organisa l'entrevue dans la bibliothèque du Palais de France, au milieu des livres qu'il avait, par centaines, fait venir d'Europe.

Âgé d'une quarantaine d'années, Antonio Timoni avait le teint hâlé des grands voyageurs. Il était originaire de Padoue, où il avait étudié la médecine, comme son oncle qu'il avait autrefois accompagné à Constantinople. Il ne se passait, depuis, pas une année sans qu'il revînt dans cette ville. Les diplomates européens en poste auprès du sultan, parmi lesquels l'ambassadeur Villeneuve, louaient son savoir comme sa profonde connaissance des mœurs turques.

Ce dernier lui présenta Qoëlet qui, aussitôt, l'interrogea sur le procédé utilisé par le vieillard turc pour les préserver de la petite vérole. Le chirurgien lui confirma que l'opération pratiquée par le guérisseur était ancienne. Son oncle, Emmanuel Timoni, avait lui-même observé ce qu'avait rapporté le vieil homme aux Français, à savoir que les Circassiennes, par « inoculation » d'une petite vérole discrète, luttaient contre les attaques de la variole.

« C'est une profession de vieilles femmes un peu sorcières, précisa-t-il avec un sourire indulgent. Mais chacun les laisse entrer chez soi vers le mois de septembre, quand les grandes chaleurs sont passées, pour traiter les enfants en âge de connaître cette opération qu'on nomme ici *kentroma.* En fait, l'affaire a pris une réelle ampleur voici quelques décennies, je veux dire par là qu'elle est devenue une véritable industrie, grâce à deux femmes installées dans le quartier grec de la ville. La petite-fille de l'une d'elles exerce toujours sa pratique, d'ailleurs. On la dit fort riche… et je n'ai pas de peine à le croire. Qu'en pense M. de Bonneval, qui s'est fait turc ? »

Bonneval conta à son tour ce qu'il savait.

« M. Timoni parle de deux Grecques et il a raison. La première se faisait appeler la Philippopolis et prétendait ignorer l'origine de son art. Il a bien fallu pourtant qu'elle le tienne de quelqu'un… Sa méthode consistait à choisir un enfant de saine constitution affecté d'une petite vérole de bonne espèce. Armée d'une aiguille triangulaire, elle prélevait sur l'enfant un peu de pus variolique qu'elle renfermait dans un vase de terre. Puis elle se transportait chez ses patients auxquels elle inoculait à l'aide de cette même aiguille le pus là où il avait été saisi. Après quoi elle couvrait l'endroit de coques de gland, parfois de feuilles d'angélique, qu'elle maintenait par un bandage qu'on retirait après quelques jours. » Le pacha but une longue gorgée de vin puis reprit : « L'autre femme se nommait la Thessalienne. Elle prétendait avoir dans sa carrière, qui fut longue, inoculé plus de quarante mille âmes. Rusée, elle assurait tenir son savoir de la Vierge en personne. Elle piquait en quatre points du visage, pour rappeler la forme de la croix, et exigeait en plus de son salaire des cierges pour l'autel sacré…

— Mais, s'étonna Qoëlet, pourquoi une réussite à ce point avérée n'a-t-elle pas franchi les limites de l'Empire turc ?

— Certains ont tenté de le faire, intervint Timoni. Savez-vous qu'un certain Pylarinos, lui aussi né dans cette ville, a fait imprimer un opuscule en bon latin sur cette petite opération qui fait de si grands miracles, tandis que M. Antoine Leduc, tout autant natif de Constantinople, accédait quelques années plus tard au doctorat à l'université de Leyde en soutenant une thèse sur la petite vérole artificielle dans sa patrie ? Mon oncle lui-même a été à l'origine de l'introduction de ce procédé en Angleterre, il y a une quinzaine d'années. Est-ce que Voltaire lui-même n'en parle pas dans un de ses écrits ? Mais tous ont trouvé face à eux des détracteurs. Prêtres et médecins se sont alliés pour combattre un procédé en provenance d'un pays hérétique… »

Qoëlet, à cet instant, grimaça. Soudain titubant, il alla s'appuyer au bras d'un fauteuil.

« Quelque chose ne va pas ? s'inquiéta Timoni.

— Je me suis blessé lors de ma détention en Serbie, expliqua le Breton d'une voix incertaine. Nous tentions une évasion par un tunnel lorsque celui-ci s'est effondré. Une poutre m'a égratigné le genou et j'ai peur que la blessure ne se soit infectée… »

Il faut croire que Qoëlet n'avait pas senti le feu de toute la souffrance fondue pour lui par quelque consciencieux artisan céleste. Sa blessure au genou, en effet, s'était infectée. Non qu'elle fût sévère ou profonde. Mais la saleté, les privations, le hasard…

Timoni opéra. Il paraît même qu'il fit preuve d'un certain art.

Un mieux parut, durant lequel Qoëlet eut avec Bussy, le pacha Bonneval, l'ambassadeur Villeneuve ou son chirurgien les conversations les plus enrichissantes qu'il eût eues depuis longtemps.

Bussy s'ouvrit sans fard de ses ambitions, pantagruéliques. Il parla de l'Inde comme de sa prochaine conquête, du monde comme d'un terrain de jeu.

« Remets-toi de cette broutille et viens avec moi, nous servirons la Compagnie des Indes et nous ferons fortune ! Si l'on omet notre petit séjour chez les Serbes, tu sais aussi bien que moi que notre association est bonne. L'avenir est dans l'Indostan ! » ne cessait-il de lui répéter en rapportant toutes sortes de récits sur les richesses mirifiques des Indes.

Le pacha Bonneval, débonnaire, lui conta sa vie mouvementée à travers l'Europe et l'Asie – tout en lui faisant déguster, dans sa bibliothèque dépourvue de reliures mais riche en flacons, les meilleurs vins de Bordeaux.

L'ambassadeur Villeneuve, très au fait de sa profession, lui exposa quant à lui comment la France et la Sublime Porte avaient, depuis deux siècles et certaines Capitulations, leurs habitudes. Après avoir tout fait pour pousser les Turcs à prendre Belgrade, il avait proposé aux vaincus un « bon petit traité », qu'il tenait dans ses cartons depuis quatre ans. Il triomphait.

Cependant l'os de Qoëlet, sous le genou, s'infectait. Plier la jambe lui était devenu impossible. La souffrance l'empêchait de trouver le sommeil. Lorsque enfin il parvenait à s'endormir, des élancements, des brûlures fulgurantes revenaient pour l'éveiller.

L'infection gagnait, sans qu'on sût pourquoi. Les curetages du chirurgien, aussi douloureux fussent-ils, n'y changeaient rien. Ni les onguents, la pommade, les crèmes, les élixirs les plus variés qu'on pût lui appliquer, lui donner, lui…

L'opium seul lui offrit bientôt quelque soulagement, qu'un serviteur de Bonneval lui préparait dans une chibouque, grande pipe turque à long tuyau qu'il prenait, dans la pénombre et dans son délire, pour un serpent. Mais si la drogue opposa à la douleur son mur d'éther et de songes, elle n'entrava en rien le pourrissement de la jambe droite.

Un matin – c'était au début du mois de septembre, il s'en souviendrait longtemps –, Timoni constata un début de gangrène.

« La jambe est perdue », dit-il.

Qoëlet, dans ses fièvres, le regarda, incrédule. Une plaie si bénigne, une éraflure… Le chirurgien répéta :

« Votre jambe est perdue, je dois la couper ! »

V

La Nature offre-t-elle un équilibre qui domine et gouverne plantes, hommes et bêtes ? L'été fait suite à l'hiver, de même que le jour se lève après la nuit. Saisons chaudes, saisons froides, calme des eaux puis furie de la tempête : chaque chose trouve son contraire, songeait Qoëlet. Alors pourquoi ne pas imaginer qu'à chaque larme s'associe, naturellement, un rire ? À chaque peine, une joie ? À chaque souffrance, un plaisir ?

Ces questions-là, Qoëlet se les posa férocement lorsque, découvrant son moignon, il chercha un moyen de se donner du courage, de trouver du réconfort, et plus largement de nourrir son espérance.

De l'opération, il gardait un souvenir incertain, abruti qu'il avait été par Bonneval d'opium et de vin. Le pacha, d'ailleurs, s'était mis à chanter une chanson composée à son intention dont il connut longtemps les paroles par cœur :

Nous n'avons qu'un temps à vivre
Amis passons-le gaiement
De tout ce qui va le suivre
N'ayons jamais aucun tourment…

À son réveil, la douleur lui avait paru inchangée. Elle était toujours là, identique, tantôt lancinante, tantôt fulgurante avec ses brusques accès de rage. Ses déchirements intérieurs. Ses frottements étranges.

Elle était là, mais de jambe nenni. Le drap, plaqué sur son corps, lui fit constater le vide qui existait dorénavant sous son genou droit. Il en pleura, ivre d'amertume et de dégoût. Pensa à son père, le Manchot terrible. Aux autres mutilés racontés ou croisés. Sinistre confrérie.

Passèrent les semaines. Les mois. La douleur s'apaisa. Il se fit lentement à l'absence de la moitié inférieure de son membre. Constata plutôt. Se fit au constat. Se leva. Vacilla. Apprit à marcher avec des béquilles…

Un jour, Bonneval se présenta à lui accompagné d'un menuisier renommé qui prit diverses mesures de ses membres. Le même homme revint quelque temps plus tard avec une prothèse de bois articulée qu'il arrima au moyen de sangles. Bientôt Qoëlet sut se mouvoir avec cet appareillage savant, assez rigide pour le porter, suffisamment souple pour amortir son pas qu'une canne affermissait. Il le chaussait chaque matin et le quittait pour la nuit, afin de faire respirer son moignon.

« C'était le moins ! » avait répondu Bonneval aux remerciements du blessé pour la prothèse comme pour la canne dont le pommeau sculpté figurait une tête de lion.

Au fil du temps, les sensations de la jambe perdue se confondirent peu à peu avec celles qu'offrait le nouveau membre. À tel point que, ressentant un jour une démangeaison fantôme au pied, il gratta son appareil et se surprit à en tirer du soulagement.

Cela n'arriva cependant que bien plus tard. D'autres

semaines, peut-être même des mois passèrent encore avant qu'il ne ressentît la force d'ordonner à son pas.

Bussy lui avait offert un poignard au manche incrusté de cornalines.

« Il te faudra bien défendre le reste ! » Et il avait demandé avec impatience : « Que vas-tu faire ?

— Oublier ! avait répondu Qoëlet avec rudesse.

— Oublie si tu veux, mais avec moi. Allons dans l'Indostan, te dis-je ! Nous y ferons fortune...

— Les chemins que tu prends pour y parvenir m'ont trop coûté. Vois ma jambe... Non, je t'ai déjà dit que je cherchais autre chose.

— Quoi donc ? Ah oui ! Le bonheur... Laisse-moi rire !

— C'est cela, en effet : le bonheur.

— Alors adieu, doux rêveur ! Je te laisse retourner dans ton néant, puisque c'est ton goût... Je ne suis pas, moi, de ceux qu'on oublie ! »

Qoëlet s'était embarqué l'instant d'après à bord d'un navire vénitien.

Oublier. Pensez-vous que cela soit possible ? Lui ne le croyait pas alors. Comment aurait-il pu ? Il revoyait chaque instant, se rappelait chaque parole prononcée tout au long de ces années. Des images lui revenaient à l'esprit. Des sons. Des odeurs de ce temps-là. Incessamment. Bussy, Douce, Bonneval, Villeneuve : des visages de cette époque.

Pourtant s'il avait en horreur la mémoire de divers événements ce récit le retrouve tel qu'il était quittant, sept ans auparavant, le port de Vannes. L'horizon visé par son regard était identique à ses yeux. Il était, au terme de ces années d'errance, avide des mêmes rêves, courant après les mêmes libertés. Le même, en plus nerveux peut-être.

N'obéir qu'à son seul instinct. Tel était alors le plus important à ses yeux. C'est pourquoi, quittant clopin-clopant Constantinople et la Sublime Porte, sa certitude d'avoir désormais affronté les plus cruels instants de son existence était-elle puissante. Sa soif de vivre enfin à son gré, selon ses seules passions, terrible.

Terribles, encore, les mots qu'il cracha aux embruns, dans le fracas d'une tempête naissante, donnant à plusieurs reprises de la canne sur sa jambe de bois, arrachant à ce corps étranger chaque jour greffé au sien un son mat.

« Me voilà maître de mon pas désormais ! »

Nul ne l'entendit, cette phrase pleine d'ironie douloureuse. Mais si vous aviez, à cet instant, pu pénétrer son cœur, vous y eussiez retrouvé toute cette soif d'être, cette avidité d'exister qui était alors la sienne à l'orée de son âge d'homme. Vous y eussiez encore découvert, mieux que jamais, le sincère désir d'atteindre enfin ce bonheur à propos duquel il lui semblait que l'homme avait été mis sur Terre aux seules fins de le découvrir. Et si vous aviez, à cet instant, tendu un peu plus l'oreille, vous eussiez été assuré qu'il ne doutait pas d'y parvenir, tout estropié qu'il était désormais.

Rassuré par ce langage intérieur, le visage illuminé par les rougeoiements du soleil couchant, Qoëlet tendit instinctivement son corps au-dessus du flot, ivre de courage et d'espérance mêlés.

L'amour

I

Heureusement conservé depuis tous ces siècles, on trouve encore, dans la bibliothèque d'une demeure des environs de Madrid, un exemplaire des œuvres de La Fontaine dans lequel Qoëlet, d'un coup de plume résolu, a souligné ces mots :

Aimer, aimer… le reste n'est rien.

De fait, il faut se persuader que c'était devenu là sa seule ambition. Son unique raison de vivre, puisqu'il était en vie. Bancal, cassé, usé, meurtri, mais vivant. Le bonheur poursuivi, les mers traversées ne l'avaient été qu'afin d'atteindre à cet *autre* qu'immodérément désormais il recherchait.

Après une courte escale à Venise, il continua jusqu'à poser pied au sud de l'Espagne. Effroi, silence, montagnes, taureaux : Andalousie. La pierre allait libre sous son pas. L'azur était immense, au-dessus de villages immaculés posés sur le flanc des montagnes. Il marchait au nord-ouest, dormant le soir à l'ombre des oliviers, le poignard offert par Bussy en guise d'oreiller. Une ceinture garnie de pièces glissée par l'ambassadeur Villeneuve autour des reins. Sa canne le long du corps. Dans les auberges où il entrait, les hommes considéraient sa silhouette bancale d'un œil sombre. Les femmes le regardaient à la dérobée. Puis elles voyaient son visage et lui offraient des melons arrosés de vin vieux avec des sourires esquissés.

Vers l'ouest, et ce fut l'océan.

À Cadix, il crut s'éprendre d'une dame de condition. Il s'éprit – un peu. Obtint quelques faveurs. Vivant assez bien même, bientôt employé par l'époux chez le gouverneur de la place. S'il avait su que le secrétaire était si serviable, peut-être l'hidalgo eût-il été moins fier… Le voyageur avait assez de fortune pour vivre en toute liberté, ne travaillait que par distraction, pour s'occuper. La dame était aimable. L'endroit plaisant. Cela dura une petite année. Il trouva ces quatre saisons fort reposantes. Puis sa maîtresse et lui, lassés de ne pas s'aimer vraiment, résolurent de rendre à l'époux son honneur. Il donna son congé et reprit la route, au nord cette fois.

À Madrid, on le vit promener sa jambe aux alentours des jardins du roi, ami d'un jeune homme de haute naissance qui, un peu poltron, n'avait jamais quitté cette ville que pour gagner la maison de campagne de son père – un château en Espagne. Qoëlet connut d'agréables instants vers cette époque avec une dame ou une autre. Aucune aventure cependant qui mérite d'être rapportée. Il y fut à l'aise mais sans plaisir pur, sans émotions véritables, et comme en sursis. Alors, lorsqu'il se sentit bien lassé de s'ennuyer ainsi, il reprit une nouvelle fois sa liberté.

Ce furent les Pyrénées, car il cheminait irrésistiblement vers Paris, qu'il savait devoir atteindre à la fin du périple.

Les hommes de ce pays lui rappelèrent les gens de Bretagne. Il leur ressemblait un peu. Ce teint mat, ce poil dru, ces épaules larges, cet air farouche… Mais il était plus grand, plus maigre aussi. La remarque est sans intérêt. Peu lui importait alors son corps. C'était un instrument qu'il estimait pour ce qu'il en restait. Il lui avait même paru, à l'usage, qu'il s'était renforcé de toutes parts, comme pour compenser la perte de sa jambe.

Oui, Qoëlet, après toutes ces années, poursuivait désormais l'amour comme le seul bien qu'il y eût de noble à conquérir. Au reste, il allait, certain que l'instant se découvrirait, qu'il saurait sans doute possible. Admettez-le comme il l'avait admis.

À Toulouse, qu'il gagna par petites étapes tranquilles – apprenant en chemin que l'armée française souffrait mille douleurs en Bohême et se repliait glorieusement de Prague –, il connut la femme d'un ancien capitoul. Crut l'aimer un peu, pendant une année.

Le récit de ses voyages la transportait. Elle palpitait. Lui disait des « Encore ! » pour qu'il en racontât un peu plus. Puis elle venait se blottir contre lui, quémandant un baiser, une caresse, une étreinte enfin – frissonnant comme jamais lorsque sa cuisse touchait le bois de sa jambe. Elle disait… Lui se regardait vivre sans penser au lendemain, pris au jeu, peut-être, de cette vie aventureuse qu'il comptait sur un ton détaché – comme s'il se fût agi d'un autre. Peut-être celui qu'il était malgré tout jusqu'à ce que sa chair, amputée… Il n'évoquait aucune des scènes tragiques auxquelles il avait pu assister mais décrivait des paysages grandioses, des cités magnifiques, des monuments fameux : tout ce qu'il s'efforçait de maintenir de doux dans sa mémoire par-delà ce qui s'imposait crûment. Avec lui, elle crut glisser sur le marbre du Palais de France perché sur les hauteurs de Constantinople et effleurer de ses doigts les colonnes de la cathédrale Sainte-Sophie. Elle sentit, depuis Toulouse, le sel de Marmara et vit couler des grands pins de Roumélie une sève lourde et brillante.

« Partons ensemble ! » lui souffla-t-elle un après-midi en entrant dans la chambre de l'hôtellerie où il avait pris pension.

Il se contenta de secouer la tête, certain depuis le premier moment que ce n'était pas *elle*. Il vit ses yeux se brouiller de larmes. Elle s'effondra sur le lit en gémissant. Pourtant jamais elle ne fut si ardente dans les plaisirs que ce jour-là. Elle parla de tout quitter pour le suivre. Lui offrit ses bijoux, qu'il refusa pour se voir contraint d'accepter finalement un petit saphir. Il le revendit avant de partir à un juif, lequel alla le proposer peu après à la dame… Malheureux hasard. Il ne devait jamais la revoir.

Il fut, quelque temps plus tard, l'hôte d'une aubergiste entre deux âges, très belle encore, qui eut avec lui des tons de mère, les débordements du corps en plus. Il se laissa faire jusqu'à l'automne, goûtant le confort de l'accueil et la saveur du couvert. Il rendait, en échange de cette hospitalité affectueuse, de petits services qui ne lui coûtaient pas : régla en quelques lettres et autant d'adages profonds un problème de justice qu'avait la femme avec un voisin. Dressa le compte de son commerce après avoir inventorié ses biens. Il prit même quelques semblants d'habitudes.

« Reste avec moi, lui dit-elle un soir tandis qu'il achevait un compte.

— Tu m'aimes parce que tu sais que je vais partir », lui répondit-il en souriant.

Il ne disait que ce qu'il pensait. S'estimant du reste par ces paroles poussé au départ, il s'acquitta quelques jours plus tard. Il ne devait pas plus la revoir que les autres. Quelque chose d'autre l'attendait. Il en était persuadé.

Paris approchait. Il approchait de Paris. Cela seul comptait désormais. Il lui semblait, à mesure qu'il avançait vers la capitale, qu'il n'avait jamais vécu que pour entrer un jour dans cette ville. De quoi vivrait-il ? Où logerait-il ? Ces questions, pour le Qoëlet d'alors, étaient mineures. Paris. Paris. Paris ! Rien d'autre ne comptait que cette ville dans laquelle il était persuadé de trouver le repos du corps et le salut de l'âme. Le croyait même sincèrement.

Il embrassa pour la première fois de sa vie la cité du regard un matin, vers neuf heures, ayant cheminé toute la nuit. C'était le 5 mars 1744.

Quatre années le séparaient de son départ de Constantinople. Onze de sa fuite de Vannes. Il lui semblait, cette fois, qu'il était au terme d'un certain voyage. Quelque chose, incontestablement, allait se passer qui rachèterait les souffrances endurées jusqu'à ce jour, les promesses déçues, les espoirs trompés, et plus largement ce qu'avait été sa vie jusqu'à ces instants. Il eut envie de courir sur la route tant son exaltation était sincère. Impossible. Rappelez-vous : sa jambe…

II

Arrivant par le sud, le voyageur pénétra dans la cité par le faubourg Saint-Marcel, fameux cloaque où il choisit de prendre pension après avoir un peu erré. Il échoua dans une auberge miteuse, à quelques pas de l'église Saint-Médard, au pied de la rue Mouffetard.

Folie de cette ville aux centaines de milliers d'âmes. Folie de ces âmes, à Saint-Médard, précisément.

« Attendez que je vous explique les miracles d'ici, mon bon monsieur ! » lui dit sa logeuse, une vieille boursouflée de vin et de vérole, dès qu'elle lui eut montré sa chambre et reçu deux mois de loyer d'avance.

Ainsi apprit-il, à peine arrivé, comment, quinze ans plus tôt, deux paralytiques avaient subitement recouvré l'usage de leurs membres à l'enterrement d'un prêtre janséniste de Saint-Médard réputé fort pieux, le diacre Pâris. Le bruit avait couru que le prélat, tout mort qu'il était, faisait des miracles – miracles que des médecins, des ecclésiastiques et des témoins dignes de foi avaient attestés. Très vite on avait couru sur sa tombe où les guérisons s'étaient multipliées. De braves gens entrèrent de plus en plus nombreux en transe sur la sépulture, puis autour. Neuvaines, prières collectives, application de reliques puis bientôt de terre du cimetière sur les plaies et les parties malades des corps étaient très vite devenues l'ordinaire du lieu. Frictions, bénédictions, lamentations : guérisons.

L'année d'après, le frère du diacre avait fait élever un tombeau. On se pressait dans le petit cimetière puant de Saint-Médard. On implorait Dieu. On acclamait les convulsionnaires, les corps tordus, les saints soubresauts, les divines galipettes. Miracle ! Les aveugles recouvraient la vue. Les paralysés repartaient en sautillant. Les miracles étaient vrais. On avait des preuves, des témoignages.

Cela avait duré des années, causant un beau grabuge. Le guet n'y pouvait rien. Impossible de disperser ces foules étourdies de ferveur, priant, chantant, implorant la grâce divine. Des années, puis cela n'avait plus été possible, c'était devenu intolérable. Les jansénistes étaient amis des parlementaires, lesquels étaient ennemis du pouvoir : le roi avait fait fermer le cimetière. Un facétieux Parisien avait, dans la nuit même, porté sur la porte close cette inscription : *De par le Roy, défense à Dieu de faire miracle en ce lieu.* On en riait encore.

Sans craindre un instant les châtiments terrestres – puisque Dieu en personne les guidait –, les convulsionnaires s'étaient transportés dans des maisons du voisinage où leurs cérémonies avaient repris de plus belle. Et Voltaire avait beau ironiser sur cette barbarie très inspirée et son arsenal de reliques, son propre frère avait été vu parmi ces fanatiques…

Qoëlet se mit à sillonner la ville en tous sens, comme

il avait autrefois parcouru les dédales de Vannes, ville superbe abandonnée un froid matin de novembre.

Aimer. Quelle brutalité il mettait soudain dans ses espoirs… Certains jours, il lui semblait que son caractère était trop tendre pour supporter ses souvenirs, admettre ses faiblesses, porter ses ambitions. Non, ces jours-là, il ne s'aimait pas, tout en ne doutant pas de la pureté de ses intentions. D'ailleurs il était libre, commandait seul à son pas. L'essentiel n'était-il pas là ?

Il faut croire que non. Car il posait désormais sur chaque visage de femme son regard en se demandant : « Est-ce elle ? »

Terrible question, question d'une violence extrême. Que signifiait cela ? Que pouvait donc vouloir dire ce *elle* teinté d'absolu ? Était-il seulement raisonnable de croire qu'il pourrait, par un seul être, toucher à ses rêves intimes, atteindre ce bonheur poursuivi, gagner enfin ces sensations tant désirées, s'élever ? N'était-ce pas pure folie ?

Qoëlet, tout raisonnable qu'il pût être, avait à force de désirs mis dans son esprit des idées trop claires, formé des vœux trop puissants. Il se l'avouait à lui-même lorsqu'il regagnait au soir sa chambre sous les toits – ce misérable petit bout de chambre aux murs cloqués d'humidité, au plâtre mou, aux poutres navrées de clous rouillés.

Tout à sa quête, il errait dans la ville, épuisant ses derniers écus sans jamais se demander comment il ferait pour survivre lorsqu'il n'aurait plus rien. Le poignard de Bussy – le seul bien qu'il lui restait – fut vendu, dont il tira un bon prix. Vint le jour, un peu moins d'un an après son arrivée à Paris, où il lui fallut trouver de l'argent pour payer son loyer. Sacrifiant une partie de son indépendance, il se fit employer par un négociant en draperies établi dans le faubourg Saint-Germain.

Il décida, à cette occasion, de déménager. Sa logeuse lui indiqua une maison tenue par l'un de ses cousins, toute proche de la boutique du négociant. Ainsi Qoëlet partit-il s'établir dans un modeste appartement de l'hôtel de Tours, rue du Paon-Saint-André, à quelques pas de l'École de médecine. La pauvreté de l'endroit valait celle de la pension qu'il venait de quitter. Qu'importe, il était à la mesure de sa bourse. Il ne prit garde ni à l'humidité des murs, ni au froid qui passait par la vilaine fenêtre dans l'encadrement de laquelle se hissait le clocher de l'église Saint-Côme-Saint-Damien.

Son emploi requérait des talents qu'il possédait cent fois. Peu lui importait alors d'être traité au-dessous de ses mérites. Il lui fallait seulement subsister. Rien d'autre ne comptait que cette apparition qu'il attendait avec ferveur. Cette femme qu'il poursuivait quoiqu'il ne l'eût pas encore croisée.

Le négociant qu'il servait, maître Lebleu, conscient d'avoir mis la main sur un homme de talent, se prit d'affection pour lui. Il lui ouvrit sa table et fit tous les efforts qu'il put pour conserver cet employé modèle, efficace et diligent, dont l'air sombre et les traits anguleux l'impressionnaient.

Tout était prétexte pour lui demander son avis. Le commerce, le temps, la politique. La France, depuis le mois de mars 1744, avait lancé ses troupes contre l'Angleterre et l'Autriche. Le négociant faisait à Qoëlet, dans l'épaisseur de ses réserves, des commentaires inquiets sur cette nouvelle guerre où le roi envoyait tuer tant d'hommes pour si peu de profit.

« Ce maréchal de Saxe est bien brave, mais l'impôt monte et les mères pleurent ! Et puis la guerre n'est pas bonne pour les affaires. Ce n'est pas vous, mon cher ami, qui me direz le contraire ! »

Cependant Qoëlet songeait alors seulement qu'il eût mieux fait d'être de cette partie, plutôt que de chercher l'amour sans seulement parvenir à l'entrevoir.

Il était établi à l'hôtel de Tours depuis un mois peut-être, lorsque les cris de son logeur lui firent, un matin, abandonner sa lecture. Un drame se jouait dans la maison.

Il se passait en effet quelque chose. Le seuil de l'immeuble était encombré par des hommes qui tentaient de faire passer la porte à un brancard chargé d'un malade. Un nouveau pensionnaire, à l'évidence, car deux malles le suivaient. Le vieux pestait contre les coups et les cris des porteurs. Le blessé, un homme d'une trentaine d'années, le priait d'une voix pleine d'amabilité d'accepter, avec son maigre argent, ses excuses pour le dérangement. L'homme, qui tenait Qoëlet en grande estime parce qu'il *lisait des livres*, lui souffla que le marquis de Vauvenargues était un ancien officier blessé en Bohême.

« Ah ! cette retraite de Prague, quelle misère ! » se lamentait-il tout en houspillant les valets qui bousculaient son mobilier.

Cet officier lui faisait l'honneur de venir prendre sa convalescence dans son établissement, ce qui, ajouta-t-il avec fierté, ferait deux hommes de qualité dans la maison.

Qoëlet considéra le nouvel arrivant avec attention, frappé par la simplicité autant que par la résolution de ses manières malgré les marques de petite vérole qui le défiguraient. Vauvenargues aperçut à cet instant l'homme à la canne à tête de lion. Son visage, ravagé par la maladie, faisait frémir par sa hideur. Il s'y imprimait cependant si distinctement les marques d'une noblesse de cœur que Qoëlet sut aussitôt qu'il l'aimerait. Ils se présentèrent avec simplicité, et, comme il manquait un homme pour porter le brancard dans les escaliers, le voyageur posa sa canne et aida à la manœuvre.

« Ah ! monsieur ! s'écria le malade quand il fut installé sur son lit, je vous demande pardon de vous avoir contraint à me porter ! Ce voyage a eu raison de mes forces...

— Je suis à votre service, répondit Qoëlet avec courtoisie. Nous ne sommes pas maîtres des maux qui nous accablent. Au reste, rendre service n'est pas prendre en pitié.

— Le défaut de santé est la plus rude affliction que puissent éprouver les hommes », avoua Vauvenargues.

Tous deux dressèrent, quelques instants plus tard, le constat de leur impotence mutuelle. Le marquis, cependant, était plus atteint. Ses pieds, gelés deux ans plus tôt en Bohême, lors d'une retraite au cours de laquelle le maréchal de Belle-Isle avait perdu la moitié de ses hommes, ne se rétablissaient pas. Ses plaies se rouvraient sans cesse. Il souffrait par ailleurs des yeux depuis longtemps. Un mal de poitrine qui ne le quittait plus le faisait tousser fréquemment. Pour comble de malchance, il venait de prendre, lors d'un séjour chez les siens, en Provence, une petite vérole de l'espèce la plus maligne qui l'avait laissé méconnaissable.

La retenue dans l'épreuve de l'ancien officier, qui avait exposé tous ces maux sans jamais emprunter le ton de la plainte, alla droit au cœur de Qoëlet. Son propre détachement quant aux vicissitudes qu'il avait connues fit, de son côté, l'admiration de Vauvenargues. En quelques mots, Qoëlet conta à Vauvenargues les années qui l'avaient conduit à l'âge de trente et un ans. Il n'en fallut guère plus à son cadet de deux ans pour lui décrire sa vie.

Ennuyé de servir sans espérance, avec une santé très faible, Vauvenargues avait, quinze mois auparavant, donné sa démission du régiment du roi, où il servait comme capitaine depuis neuf ans. Il avait écrit à Amelot, ministre des Affaires étrangères, comme au roi lui-même, en sollicitant de servir dans n'importe quel emploi qu'on voudrait bien lui confier. Il avait, à force d'insistance, obtenu de vagues réponses. Rien, en somme.

« La fortune laisse rarement aux hommes le choix de leur travail, confia-t-il à Qoëlet. Sans argent ni protecteur, je me suis résolu à chercher la gloire dans la carrière littéraire. Je suis, je vous l'avoue, au désespoir d'être réduit à un parti qui me répugne, dans le fond, autant qu'il déplaît à ma famille… mais la nécessité n'a point de loi. J'ai adressé à M. de Voltaire un manuscrit et cet excellent homme m'a fait l'honneur de me complimenter pour cette grande bagatelle et de m'inviter à lui rendre visite à Paris. M'y voici avec, pour espoir, de le rencontrer, et pour ambition de publier avant la fin de l'année un ouvrage qui ne me fasse point trop de tort.

— On souhaite vous lire dès lors qu'on vous connaît, monsieur », lui répondit Qoëlet sur ce ton de calme résolution qui n'appartenait qu'à lui.

Ainsi les deux hommes entretinrent-ils les meilleures relations de voisinage possible. L'un souhaitait s'accomplir dans l'amour. L'autre dans la publication de ses ouvrages. Ils eurent, dans les semaines qui suivirent, de longues et vives conversations durant lesquelles nul ne se plaignit de son sort tant ils trouvaient meilleur profit à espérer.

Espérer… Ce mot, dans la bouche du pauvre malade, arrachait l'admiration. C'était, de la part de Vauvenargues, un exploit chaque jour plus méritant que de refuser d'avouer laquelle, de sa santé ou de sa bourse, était la plus basse. Son établissement dans cet hôtel sans relief attestait un évident manque de moyens. Quant à ces chairs dont il était encore l'hôte, elles le faisaient toujours plus souffrir. Mais il ne cessait de répéter :

« L'espérance anime les forts, Qoëlet. Elle leurre seulement le présomptueux et l'indolent… »

Le temps passait. Le temps passa. Combien ? C'était sans importance. Une seule chose comptait aux yeux de Qoëlet : il croyait que l'amour viendrait au-devant de lui, un matin, un soir, peu importait. Qu'il *la* reconnaîtrait sans doute possible, en un fragment de seconde. La voilà, sa folie. La voici, la chaîne qui allait le priver de son indépendance. J'ai presque de la gêne à vous l'avouer tant il marchait contre le bon sens et la raison, l'animal. À Saint-Médard, précisément, il allait se faire plus fou que les fous environnants.

III

L'état du pauvre Vauvenargues lui imposait des souffrances plus vives à mesure que passaient les semaines. Son mal de poitrine, à l'évidence, empirait. Sollicitant à plusieurs reprises les médecins pour son ami, Qoëlet avait reçu d'eux des ordonnances pour des potions à faire préparer par certain apothicaire réputé. Il s'était, ce matin-là, levé plus tôt qu'à l'accoutumée pour aller chercher un onguent dont on lui avait assuré qu'il ne pouvait être élaboré qu'à la nuit et devait être appliqué sur la poitrine aux premières lueurs du jour. Lorsqu'il frappa à la porte de l'apothicaire, celui-ci lui déclara n'avoir pas achevé sa préparation et le pria de repasser. Le pharmacien avait pendu son enseigne à quelques pas de l'église Saint-Médard, dont les portes venaient de s'ouvrir. Le jour n'était pas levé. Le ciel, d'un bleu d'encre profond, laissait tout juste deviner les prémices de l'aube.

Des fidèles, bien qu'il fût encore très tôt, se pressaient devant les portes de l'église, s'engouffrant dans l'édifice tel un seul homme. Curieux, le voyageur poussa sa canne dans l'église.

C'était un édifice de taille moyenne dans lequel on

devait pouvoir, aux jours de grande affluence, entasser quatre à cinq cents fidèles. Les dons de bourgeois très jansénistes et pareillement dévots avaient permis d'en embellir considérablement l'ornementation. Bois doré et sculptures de saints ressortaient sur les murs de pierre. Les tableaux, immenses et graves, étaient vernis de frais. L'autel brillait de mille éclats. Dieu était à Son aise dans ce temple de la grâce.

Un prêtre famélique disait, devant l'autel, une messe basse que suivaient quelques dévots agenouillés. Il les vit bientôt se relever en se frappant la poitrine tout en murmurant des mots inaudibles. Il ne lui fallut que peu d'instants pour comprendre qu'il assistait à une assemblée de jansénistes parmi les plus ardents. Les mines étaient graves. Les regards troubles. Les doigts tremblants à force de visions et de prophéties. Il n'y avait pas dans le regard et l'expression de ces personnes de joie ni d'espérance, mais une sorte de dégoût de soi, caressé, cultivé – si amoureusement entretenu qu'il leur arrachait de troubles sourires de satisfaction.

Il repensa un instant aux pugilats du collège de son adolescence, à ces luttes entre tenants de la grâce et papistes. Voici donc ce qu'étaient devenus les *gracieux*, comme les appelaient par moquerie leurs ennemis. Dieu les avait élus, disaient-ils, cela suffisait pour leur assurer que le bonheur leur était destiné. L'un d'eux passa à ses côtés en ruminant sa prière. Il put en saisir quelques bribes :

« Seigneur, faites que je meure au monde tous les jours et à moi-même… que je regarde la vie présente comme un songe… mon corps comme une prison… la Terre comme un lieu d'exil et le Ciel comme ma patrie… »

Un autre qui le doubla :

« … que je soupire le jour et la nuit après l'heureux moment qui brisera mes liens pour m'unir à Vous… que je souffre pour Vous… »

Qoëlet ne put retenir un soupir tant ces contempteurs d'eux-mêmes le navraient. Ces gens vivaient sans autre espérance que de disparaître enfin pour connaître, dans l'au-delà, un monde meilleur.

Le groupe, composé désormais de plus d'une centaine de personnes dont beaucoup semblaient être de qualité, était massé sur le côté gauche de l'église – face à une sorte de chapelle adossée à un mur percé d'une lucarne à hauteur de tête. Le voyageur se rappela alors avoir entendu parler de ces lectures matinales qui se donnaient à Saint-Médard. Polémiques, hardies, elles séduisaient les gens du monde et offraient une estrade à quelques beaux esprits de la capitale.

Bientôt, le buste d'un prêtre apparut dans l'encadrement de la fameuse lucarne. Il récita plusieurs psaumes que reprit en chœur l'assemblée. Puis il annonça la lecture quotidienne des *Nouvelles ecclésiastiques*, journal des partisans de la grâce interdit par le pouvoir mais très lu et plus encore écouté dans les milieux jansénistes.

Une femme lui succéda dans l'étroite fenêtre.

Qoëlet tressaillit. Celle qu'il voyait, encadrée dans la muraille tel le plus délicat des portraits, lui sembla la beauté personnifiée. Un regard, et il sut aussitôt qu'il avait face à lui celle qu'il cherchait depuis toutes ces années. En un instant, cette conviction l'emporta. Non, elle le chavira.

L'apparition portait une robe bleu nuit aux rehaussements à décors de fleurs. Sa chevelure sombre était couverte par un voile de dentelle de même couleur, qui faisait ressortir la pâleur de son teint, et livrait comme un joyau les formes gracieuses de son visage. C'était, entre la modestie de son regard et des pommettes qu'on devinait rieuses, un mélange parfait de retenue et de vivacité.

Qoëlet cherchait des yeux ceux de l'inconnue. Il lui sembla qu'il les trouvait. Qu'elle posait à son tour son regard sur sa figure. Qu'elle le regardait… Alors il fut persuadé qu'il n'avait plus à attendre : il l'avait trouvée. Le temps qui s'écoula à la voir parler, jamais il ne le sut ce jour-là. Tout était aboli. Rien d'autre qu'elle ne comptait plus. L'onguent pour Vauvenargues était oublié. Ses tourments envolés. Les peines endurées jusqu'à ce jour disparues. Aussi n'est-il pas faux d'assurer que, lorsque le visage de la jeune femme fut remplacé par celui d'un prêtre, Qoëlet ne s'appartenait déjà plus.

« Qui est cette dame qui faisait la lecture dans la lucarne de la chapelle de la grâce ? demanda-t-il à un mendiant qui avait ses habitudes sur le parvis.

— C'est, monsieur, la comtesse de Lauragais, un trésor de bonté et de piété, répondit l'homme.

— Vient-elle souvent ici ? enchaîna Qoëlet, hagard.

— Je ne sais si… » Puis, ayant empoché la pièce d'un louis tendue par le voyageur : « Oui, chaque matin de la semaine ou presque, toujours à cette heure, fort tôt. C'est elle qui, le plus souvent, assure la lecture des *Nouvelles ecclésiastiques.* Elle vous ferait croire que vous êtes touché par la grâce, n'est-ce pas ? »

L'homme à la canne à tête de lion avait déjà disparu.

La passion de Qoëlet pour la comtesse de Lauragais s'affermit d'autant qu'il ne la vit pas paraître le lendemain, à Saint-Médard, où il s'était rendu dès avant l'aube. Il ne rencontra dans la fameuse lucarne que des visages contrits prêchant un amour si forcé des seuls élus de la grâce qu'il en fut bouleversé. L'idée de savoir une femme si délicate entourée par tant d'exaltés lui fut douloureuse. Comment avait-elle pu choisir de participer à leurs sinistres jeux ? Elle parmi les tonitruants vertueux. Les chantres de la bonne conscience. Les très satisfaits d'eux…

Enfin, après deux semaines d'une attente chaque jour plus cruelle, il la revit.

À l'affût derrière son pilier, il observait la comtesse de Lauragais, le regard tendu. Cette fois encore, il crut qu'elle le voyait. Une lueur dans ses yeux qu'il prit pour lui seul. Cette attention qui lui semblait être portée sur lui le renforça encore dans sa conviction et il se dit qu'il n'y avait résolument pas de plus belle femme à aimer sur Terre. L'inquiétude, certes, un instant, le saisit. Que lui dirait-il ? Qu'offrirait-il ? Il n'avait rien, n'était rien quand elle comptait parmi les femmes les plus en vue de Paris. Cependant, Qoëlet, qui suivait son cœur avant sa raison, avait si résolument foi en lui qu'il n'en resta pas longtemps troublé. Il était certain qu'elle l'avait regardé. Et ce regard, ma foi, lui laissait à penser qu'il n'avait pas à redouter d'essayer de l'approcher. L'aborder au sortir de l'église Saint-Médard lui semblait toutefois importun. Il y avait toujours là foule de solliciteurs qui harcelaient par profession ou coup de folie les apôtres de la grâce venus parler dans la lucarne de la chapelle. Il s'en trouvait des plus fameux qui voulaient bien se prêter au rite de la *Sainte Lucarne*, ainsi nommée par les plus exaltés – lesquels assuraient que le Christ s'y était montré au diacre Pâris la veille de sa mort. Il ne souhaitait pas se mêler à cette faune. Sans moyen de fréquenter les salons où on la croisait, se refusant à intriguer pour y parvenir, il se résolut à lui écrire.

Vauvenargues, auquel il n'avait pu cacher son bonheur, l'encouragea dans cette démarche pleine de délicatesse.

« Il faut de la sincérité et de la droiture, même pour séduire. Soyez vous-même, cela comblerait n'importe quelle femme raisonnable, mon cher ami, lui dit-il avec confiance et affection. Quant à moi, vous me connaissez : je ne suis pas entièrement convaincu que cette espèce charmante existe bien, dans cette ville moins qu'ailleurs… »

Sur ces mots, le marquis avait pris la direction de la demeure de Voltaire. À peine avait-il disparu que l'amoureux s'emparait d'une plume qu'il tailla méticuleusement avant de s'asseoir devant sa table, songeur.

Des lettres qui furent écrites par Qoëlet à la comtesse de Lauragais, on n'a nulle trace. Sont-elles seulement parvenues à leur destinataire ? On peut toutefois être certain que, la revoyant à Saint-Médard, il se forgea la conviction que la comtesse avait lu ses vers – et qu'elle n'interdisait pas que d'autres lui parvinssent. Semaine après semaine, Qoëlet vint dès lors déposer ses courriers sous la porte du presbytère de la paroisse janséniste.

Ses journées étaient réglées. Chaque matin, à l'aube, il entrait dans l'église et se collait contre un pilier couvert d'affichettes auprès duquel il attendait, parfois en vain, que survînt dans la lucarne le visage espéré. De là, il observait les allées et venues dans l'édifice. Voyait entrer les dévots du quartier. Reconnaissait les habitués, les coureurs de miracles, les curieux, les vaniteux et les mondains. Il était désormais, lui aussi, dans ses habitudes. Quand elle apparaissait, son cœur accélérait sa course. Son poing agrippait le pommeau de sa canne. Il ne respirait plus qu'à peine. Puis il pouvait s'abandonner au spectacle de son charme, guettant les sourires. Les battements de paupières. La moindre inflexion dans sa voix. La voir et l'entendre lire le journal lui suffisaient pour deviner des trésors d'humanité comme une intelligence qu'il jugeait souverainement égale à la sienne.

Lorsque la comtesse ne paraissait pas, il écoutait distraitement les prêches des intervenants en lisant les prières que d'anonymes mains avaient recommandées à la grâce :

Protégez, bienheureux Quesnel,
un homme en danger de damnation éternelle
et qui lit des livres philosophiques.

On recommande à la Sainte Épine un jeune homme
qui voit mauvaise compagnie et qui découche.

Priez, Vierge Très Sainte et miséricordieuse,
pour une jeune femme environnée de séducteurs
et près de succomber.

Le rite achevé, il prenait la direction de la boutique de maître Lebleu, tout à la fois dépité et plein d'espérance. Il savait qu'elle viendrait à nouveau. De même qu'il savait qu'elle l'avait vu. Et qu'elle n'avait pas été indifférente à son regard. C'était une certitude dont il nourrissait sa flamme et sa patience. Et quoi qu'on lui eût dit, il avait pour chacun une réponse, des faits à opposer : des espoirs en forme de vérité.

Sa joie était si grande, les matins où il la voyait, qu'il s'en retournait de l'église certain de recevoir le lendemain une lettre l'invitant à se présenter à l'hôtel de Lauragais. Si bien que trois mois entiers s'écoulèrent au cours desquels il n'eut d'autre réponse que ces regards adressés à une foule et qu'il prenait pour lui seul. Qoëlet en fit, dans son ivresse amoureuse, le constat. Il se prit à douter d'être bien lu et compris. Comme de comprendre lui-même avec clarté ce qu'il lui arrivait.

Cessant de composer de la poésie, il fit, en prose, part de ses scrupules. Confia son trouble devant ce silence maintenu. Offrit de se soumettre à n'importe quelle exigence pour preuve de sa parfaite sincérité. Dévoila bientôt, avec peut-être trop de précision, quelles ambitions il nourrissait. Car si l'honnêteté, la foi et la position de la jeune femme lui semblaient autant d'obstacles insurmontables, comme tout soupirant qui n'a pas encore été éconduit, il gardait la secrète certitude de se faire aimer.

Espérant à chaque moment le meilleur et redoutant à tout instant le pire, il vivait au rythme infernal de ses sentiments. Chaque parole, chaque geste de la comtesse dans la lucarne était interprété selon une humeur puis l'autre. C'était, à la vérité, l'enfer ordinaire des gens épris. Il le savait, sans pour autant trouver le moyen de s'opposer aux furieux élans de son cœur.

IV

L'amour… Elle aussi en rêvait.

La jeune fille qu'elle était venait à peine de fêter son seizième anniversaire lorsque son père l'avait, pour la marier, arrachée aux murs du couvent où d'arides religieuses lui inculquaient depuis dix ans le chant, la tapisserie et la crainte de Dieu.

Ainsi avait-elle dû faire le deuil de ses rêves d'enlèvement, de cabane perdue au fond des bois et de prêtre complice pour découvrir le duc et la duchesse de Brancas accompagnés de leur dernier rejeton – le sémillant comte de Lauragais – qui, pour se soumettre à la volonté paternelle, s'était vu contraint d'abandonner l'Italie et les maîtresses qu'il y avait, pour se pousser devant l'autel.

Malgré la laideur, les grossièretés et la triste réputation du comte, la jeune vierge était résolue à offrir à son époux tous les trésors qu'elle gardait enfouis dans son cœur. La volonté divine le lui avait donné. Elle s'était soumise corps et âme le soir même des noces.

Lauragais était un libertin. Le jeu lui tenait lieu de profession, la débauche de passe-temps. La beauté des femmes lui était indifférente si elle n'était pas épicée d'une bonne dose de vice. Or son épouse restait ignorante des sciences de l'amour. La démonstration qu'il lui fit au soir de leur mariage ne l'encouragea guère à poursuivre la découverte. Ce qu'il nomma caresses lui fit l'effet de griffures. Là où elle attendait de la tendresse, elle ne rencontra que de la bestialité. La douleur avait succédé à l'effarement. Elle avait voulu se donner : elle avait simplement été prise.

La jeune femme avait retiré de cette nuit l'amertume de s'être livrée sans retour à un sot qui s'était obstiné à lui parler de bonheur avec les mots les plus vulgaires quand elle eût voulu crier son dégoût. Dès le lendemain, elle avait interdit à son époux de passer le seuil de sa chambre. Elle avait au moins ce pouvoir, étant dame de qualité. Plus que du dépit, le comte en avait conçu une secrète blessure d'orgueil : pour la première fois, une femme avait ignoré le plaisir dans ses bras. Qu'elle fût la sienne portait l'offense au comble. Il préféra ne pas courir le risque de se plaindre à son beau-père et retourna dispenser ses talents à des créatures qui ne pouvaient les refuser, exigeant seulement de sa femme qu'elle s'engageât à l'accueillir dans sa couche une fois l'an, afin d'avoir un jour un héritier.

Pour se consoler de vivre les servitudes du mariage sans en connaître les joies, rêvant encore de l'amour mais persuadée qu'il lui serait toujours refusé, la jeune femme avait trouvé refuge dans la foi, s'abîmant chaque jour un peu plus dans la prière. Si bien que certains assuraient qu'elle était tombée dans les sordides excès alors en vogue chez les jansénistes, dont son directeur de conscience était.

De visions prophétiques en prêches exaltés, l'abbé Néhier passait pour un saint homme parmi les élus de

Dieu. Sa vie d'ascèse comme ses extases en faisaient un exemple. On murmurait qu'il dormait à même le sol, ne prenait qu'un repas par jour, debout, et portait pour faire pénitence une ceinture garnie de clous dont les pointes étaient tournées vers les chairs. Ce fanatique dispensait ses conseils à la jeune comtesse et recueillait ses plaintes depuis son mariage. Sa disponibilité, sa compassion sincère, sa certitude que Dieu souhaitait éprouver la foi de sa pénitente par des épreuves renouvelées étaient réelles.

De son côté, la comtesse de Lauragais s'était sincèrement mise à croire qu'elle était soutenue par une grâce toute particulière en laquelle elle puisait la force de supporter l'infortune d'avoir épousé un homme dont Paris rapportait chaque jour une nouvelle débauche. Ainsi s'était-elle mise à renoncer à l'idée d'un bonheur possible, sans cependant pouvoir se retenir de supplier le Ciel de lui faire connaître un jour l'amour éperdu d'un homme.

Lorsque les premières lettres du voyageur lui étaient parvenues, la jeune femme s'était crue exaucée. Il y avait dans le ton et les mots de l'inconnu une sincérité et une confiance qu'elle n'imaginait plus de ce monde. Les vers qui lui étaient adressés chantaient sa beauté, suppliaient son cœur et promettaient une adoration éternelle. La pudeur, cependant, comme la surprise devant un tel feu l'avaient empêchée de répondre. Il lui semblait impossible qu'on pût tant proposer sur la seule promesse d'un regard. Sa foi, pourtant, l'invitait à ne pas penser autrement. Mais ce pas brusque de la prière à la réalité terrorisait la jeune femme. Habituée à croiser toutes sortes d'exaltés, elle avait jugé plus sûr de ranger son curieux soupirant dans cette catégorie. Si bien qu'elle tira moins de plaisir des courriers du visiteur de Saint-Médard. Ce basculement de la tentation dans la lassitude s'opéra un peu plus de trois mois après qu'elle eut reçu la première lettre de Qoëlet.

Il avait alors cessé d'écrire des vers pour couvrir d'entières pages d'une prose tour à tour rieuse ou grave. Ses doutes y côtoyaient ses certitudes. Ses peurs y voisinaient avec son courage.

Mme de Lauragais se trouva gênée de ces aveux qui n'étaient plus voilés par la poésie. Les vues de l'amoureux avaient gagné en impudeur ce qu'elles avaient perdu en rimes. Il écrivait ce que se murmurent les amants sûrs de leur fait. Posait sur la feuille des mots qui ne se prononcent qu'à voix basse, dans l'intimité close d'un regard échangé. Il lui avouait son amour sans plus le moindre fard. La suppliait de le recevoir, d'accepter sa passion comme un don du Ciel, de l'aimer en retour et, finalement, de se résoudre à fuir à ses côtés loin de Paris et de ses turpitudes. Loin, surtout, d'un époux méprisable.

La comtesse en fut offensée, comme si sa propre intimité s'en trouvait tout à coup fouillée. Elle l'était : la jeune femme voyait ses rêves mis à nu, étalés sur le papier par un inconnu. Quelques nouvelles lettres, plus vives encore – qu'elle n'avait pu s'empêcher de lire malgré la promesse qu'elle s'était faite de ne pas les ouvrir –, mirent le comble à son désarroi. Les propositions qu'elles contenaient allaient au-delà du tolérable venant d'un homme dont elle ne savait ni le son de la voix ni seulement la couleur des yeux. Aussi, lorsqu'elle prit la plume pour lui adresser cette réponse qu'il réclamait avec une lassante insistance, le fit-elle comme on pare un coup qui vous est porté : elle accusa sa folie et dénonça son insigne violence. « C'est pourquoi, même si mon cœur était libre, votre extrême confusion d'esprit m'enlèverait toute envie de vous connaître », conclut-elle.

Il demandait depuis des mois à la rencontrer. Il se retrouvait sèchement sommé de cesser ses courriers. Il commença à souffrir. Du reste, il vaut mieux taire ce qu'il fut durant les premiers jours. Oui, il vaut mieux le taire pour l'épargner, malgré tout le temps passé depuis. Le malheur d'un homme ne se raconte pas : il s'éprouve, poings et dents serrés, les yeux brouillés, le cœur exsangue.

Le cœur exsangue, vous avez bien lu. Cela se peut… Cela se nomme le *désespoir amoureux*. On n'est pas rejeté par le monde ou la vie : seulement par une personne qui est devenue, pour soi, le monde, la vie… Il n'y a pas d'être plus malheureux qu'un amoureux éconduit – non le séducteur face à l'échec de son entreprise, mais un homme qui a sans retenue offert le meilleur de lui-même et ne récolte en retour que des reproches : il ne perd pas un bonheur, mais le trésor cent fois plus cher qu'est l'espérance du bonheur. Il cessa de se rendre à Saint-Médard. Cessa même d'écrire à la comtesse. Il n'était qu'un fou, lui avait-elle écrit. Il se mit à se regarder comme tel et n'eut dès lors plus d'estime pour lui-même.

Vauvenargues, qui vint frapper à sa porte, trouva son ami dans cet état. Pourtant Qoëlet sut, dans l'intimité d'une nuit de confidences, lui faire l'aveu des certitudes qui l'habitaient encore : c'était *elle.* Le bonheur qu'il poursuivait avait désormais un nom, un visage, un sourire.

« Et puis, après tout, si elle est heureuse sans moi, qui ne voulais que son bonheur, ne devrais-je pas être moi aussi heureux ? Pour ma part, je sais qu'elle existe et j'oserais presque dire que c'est... *bien*, confia-t-il cette nuit-là en plongeant le bleu profond de son regard dans celui du marquis.

— Mon cher Qoëlet, répondit l'écrivain, quelque tendresse que nous ayons pour quelqu'un, il n'arrive jamais que son bonheur suffise à faire le nôtre. Mais votre vertu m'est un baume sur l'âme. Bien souvent, quand on sent qu'on n'a pas de quoi se faire estimer de quelqu'un, on est bien près de le haïr. Il faut que vous ayez un cœur noble pour ne pas en vouloir à cette dame. »

L'écrivain avait compris toute la générosité que son ami mettait dans ses souhaits – ce *meilleur possible* que laissait deviner chacune de ses paroles. De même, il aimait à répéter qu'un homme sans passion était un roi sans sujet. Aussi n'en aima-t-il que mieux l'amoureux, ses rêves et ses certitudes.

Peut-être cet ordre – entendez sa folie morne et douce – eût-il été fatal à Qoëlet s'il n'était, au cœur de l'hiver, arrivé au négociant qui l'employait une nièce de dix-sept ans.

Orpheline par la faute d'une poutre qui, tombant sournoisement d'un toit, avait envoyé son pauvre papa entre quatre planches, Marie était arrivée chez son oncle l'œil humide et le ventre creux.

« Mon frère était poète, veuf et père… On voit où ça l'a mené ! » avait bougonné le drapier à la jeune fille en guise de bienvenue avant de la confier à sa gouvernante.

Il avait pourtant fallu peu de jours pour que la fraîcheur de Marie éclairât en grand toute la maison du bourgeois. Son oncle se prit à l'aimer et ne put bientôt plus, en bon vieux garçon qu'il était, se passer d'elle. Lui ayant enseigné la différence entre le drap de Liège et celui de Reims, il la plaça derrière le comptoir de sa boutique. Son rire et sa beauté devaient, dans les années suivantes, assurer la prospérité du commerce mieux encore que les plus rares bétilles des Indes qu'on allait sous peu y vendre.

Qoëlet lui-même retrouva quelque douceur à l'existence au contact de cette claire enfant. Bientôt, il se surprit à trouver plaisante l'idée de quitter sa lecture ou la conversation de Vauvenargues pour se rendre chez maître Lebleu, et plus plaisante encore celle de déjeuner en compagnie de Marie. Les cheveux blonds, les belles dents, le joli nez, les yeux bleus ne le laissaient pas indifférent.

Il se fit plus aimable. On le vit aller à la promenade. Nouer sa chevelure de rubans azurés. Sourire, même.

Marie, quant à elle, arrangeait les brouilles et les raccommodements avec Qoëlet au gré de ses humeurs. D'ailleurs, tout était devenu un prétexte pour lui parler, l'arracher à sa tâche, attirer son attention : un coupon de soie haut perché, un rouleau de drap trop lourd, un prix qu'elle feignait d'ignorer. La jeune fille aimait avec la foi brute de son âge un homme deux fois vieux comme elle. Chaque coup de peigne, chaque sourire, chaque rêve, depuis des semaines, était pour lui.

Pourtant, si Qoëlet était sensible à la jeunesse de la belle enfant, il n'y avait nul doute quant à l'absence de sentiments autres qu'une fraternelle tendresse dans son esprit. Ses pensées, à tout instant, le reportaient vers la comtesse de Lauragais.

Voici près d'un an qu'il ne l'avait revue.

Un nouvel hiver passa durant lequel il lui écrivit de nouveaux vers, qu'il ne lui envoya pas. Il se sentait lié par sa promesse de ne plus l'importuner – sans désespérer pour autant de la rencontrer un jour. Fidèle à sa parole – il lui avait, dans un ultime billet, assurée qu'il n'écrirait plus le jour où elle l'ordonnerait –, il se contentait de penser avec une ferveur troublante à celle dont il ignorait jusqu'au prénom. Il avait son *élue.*

Cependant, le temps ne passe pas avec les mêmes effets sur chacun. Si l'amoureux tirait des mois écoulés en silence plus de certitudes, persuadé qu'aimer sans retour une femme qu'il n'avait pas revue depuis un an était la plus belle preuve d'amour qui fût, Vauvenargues déclinait quant à lui irrémédiablement.

Travaillant tout le jour sur la correction de son *Introduction à la connaissance de l'esprit humain*, que Voltaire avait annotée, l'augmentant de nouvelles *Réflexions*, Vauvenargues souhaitait ardemment voir son livre réimprimé. Rien n'était moins sûr. Incapable désormais de quitter sa chambre, l'os du pied pris de gangrène, toussant de plus en plus, il parlait des « bagatelles » qui l'affligeaient tout en évoquant sa mort prochaine. À demi aveugle, il dictait ses textes à Qoëlet qui, à quelques pas de lui, penché sur la page, transcrivait fidèlement ses propos. Des semaines entières ils accomplirent cette besogne tandis que tombait une neige épaisse sur les toits de Paris. C'est ainsi que furent couchées sur le papier ces sentences pleines de bon sens qui forment les *Réflexions et Maximes* de Vauvenargues. Qoëlet devait en remettre quelques mois plus tard le manuscrit, écrit de sa main, à l'imprimeur.

À mesure que le printemps rendait ses forces à la nature, Vauvenargues sentait son corps perdre la vigueur qui lui restait. Nul courage n'y fit. Il ne put bientôt plus quitter son grabat. Perdit complètement la vue. Tout cela sans une plainte. Sans un soupir. Mais invitant encore son ami au courage, à l'espérance, à suivre son cœur quoi qu'il advînt.

Des semaines durant, Qoëlet l'assista. La mort gagnait chaque jour du terrain. Mais sans cesse Vauvenargues tenait des propos sages et optimistes. La gloire qu'il ne connaîtrait pas le hantait. La conscience de son mérite si piteusement perdu lui était un supplice.

« Oh ! que n'aurais-je pu accomplir sans ces hasards funestes… Ce temps trop vite écoulé qui me blesse… Si vous entendiez comme moi les élans de mon cœur… Savez-vous, Qoëlet ? Rien ne vaut la gloire… Elle nous excite au travail et à la vertu. Il n'est pas né pour la gloire celui qui ne connaît pas le prix du temps, confia un après-midi l'écrivain à son ami.

— Je connais le prix du temps, croyez-le. Ma gloire, c'est mon amour et sa force insoupçonnée… Et je sais le temps que je passe loin d'*elle* ! entendit-on l'homme à la canne à tête de lion répondre sourdement en cherchant du regard le soleil.

— J'ai vu la femme dont vous n'osez plus me parler depuis tous ces mois mais dont je vois bien qu'elle vous hante. Je vous l'ai tu par discrétion… Le hasard a voulu que je la croise devant l'église Saint-Côme-Saint-Damien, où je me suis rendu en décembre dernier. On l'a nommée devant moi. Elle accompagnait des petits orphelins. Je ne vous cache pas que j'ai été ému tant par sa beauté que par la bonté de ses manières. Faut-il que vous ayez été bien fou pour qu'une pareille âme vous traite comme tel ! Mais je vous comprends mieux depuis ce jour. Oui, en vérité, elle n'est pas seulement belle, elle est aussi bonne... Vous pouvez tout espérer d'elle. Le corps a ses grâces, l'esprit ses talents, le cœur n'aurait-il que des vices, mon ami ? Allons ! Écoutez-le, Qoëlet. Rencontrez-la, malgré elle s'il le faut ! s'exclama alors l'écrivain avec plus de force qu'il ne lui en restait. Qu'elle vous voie à son tour, que son regard plonge dans le vôtre, et elle saura... Il n'y a rien de plus sûr que le jugement du cœur, son cri simple...

— Je le sais, rétorqua aussi doucement que résolument l'amoureux. Je ne sais que cela... Mais cette gloire-là est plus difficile encore à gagner que les autres : il faut être deux âmes dans l'amour. La passion et les désirs d'un seul n'y suffisent pas... »

Vouloir vivre ne suffit pas non plus. Le 27 mai 1747, Vauvenargues s'éteignit sous le regard ému de Qoëlet.

Voltaire avait écrit mais n'avait pas paru. Marmontel était passé. Il n'était pas revenu. Des amis fidèles qui avaient visité l'écrivain, il ne s'en trouva, par un funeste hasard, aucun à Paris au jour de son trépas. Qoëlet fut le seul à accompagner son cercueil, qui fut déposé dans le chœur de l'église Saint-Côme-Saint-Damien – à quelques pas de l'hôtel de Lauragais. L'amoureux était seul derrière. L'écrivain restait seul devant.

De retour chez lui, Qoëlet médita sur les mots prononcés par Vauvenargues. Enfin il prit sa plume et de trois jours ne ferma l'œil. Du contenu de ce courrier, de sa teneur comme de son ton, nul autre que la comtesse de Lauragais et Qoëlet n'a jamais rien su. Nul autre qu'eux ne saura. Mais il faut croire que ce document portait une parole qui sut se faire entendre, car, peu après, l'amoureux reçut un carton l'invitant à frapper, un soir de la semaine suivante, à la porte de telle maison des quais. Il était signé par un prénom qu'il ne devait jamais oublier. Pas plus qu'il ne devait oublier qu'il devait à Vauvenargues, l'ami disparu aussitôt qu'entré dans sa vie, d'avoir trouvé les mots douloureux de l'espérance.

Le jour donné, à l'heure dite, vêtu de son meilleur habit, les bottes luisantes, la canne frottée, les cheveux noués, rasé de près, discrètement parfumé même, il se présenta à l'adresse indiquée. Un valet lui ouvrit la porte et lui indiqua un petit escalier qu'il gravit comme on monte à l'autel. Un autre domestique l'attendait. Il lui désigna une porte en s'inclinant. Qoëlet songea qu'il n'avait pas eu plus peur devant Nish ou à Orsova, ni même dans le camp en Serbie, et saisit la poignée d'une main ferme.

Il découvrit un petit boudoir, bas de plafond mais magnifiquement décoré de scènes champêtres encadrées dans des boiseries finement ciselées, dont la fenêtre unique donnait sur la Seine. La comtesse de Lauragais était là, assise devant une table abondamment garnie.

Elle portait une robe à plis de soie bleue brodée de fleurs. Sa coiffure était relevée pour dégager son front et semée de rubans de même couleur que la robe. Tout en elle respirait la simplicité comme la volupté. Ni poudre aux cheveux, ni mouches sur le visage, pas plus de couleur aux joues, mais un air d'extrême fraîcheur si naturel qu'il en était troublant.

Elle sourit en le voyant entrer. Et ce sourire lui parut lumineux, empreint d'une extrême douceur. Les yeux de la comtesse se posèrent un instant sur sa canne, puis glissèrent jusqu'à sa jambe. Elle sourit à nouveau. Aussitôt il se crut aimé, malgré son infirmité. Il en fut transporté de bonheur. Puis il se répéta que cette femme aimait chacun. Qu'elle était bonne, fine, intelligente, assez habile pour vivre dans le monde et tout aussi subtile pour lui avoir parlé sans même avoir à prononcer la moindre parole.

Il parut hésiter, ne sachant quelle posture adopter. Le rempart que faisait à la comtesse son habitude du monde, Qoëlet ne l'avait pas : ses yeux ne pouvaient la quitter.

« Ainsi n'êtes-vous pas que papier qui vole au vent, monsieur Qoëlet ? » lui demanda-t-elle avec une ironie charmante.

Puis, d'un geste plein de grâce, Mme de Lauragais l'invita à s'asseoir à côté d'elle sur la banquette.

« Pour vous servir, madame : sang, chair… et sentiments, répondit l'amoureux en souriant.

— J'ai aimé votre dernière lettre plus que toutes les autres réunies, monsieur. Vous ne laissez pas seulement entendre que vous avez du cœur : vous le montrez. Mieux, vous l'offrez ! Vous écrivez ce que toute femme voudrait lire et de la manière qu'elles aiment. Vous m'avez émue par votre persévérance, votre abnégation, et plus encore par votre souci de me savoir heureuse.

Mais vous devinez bien que vos lignes m'ont touchée puisque vous voici devant moi…

— Vous m'avez inspiré des mots simples pour décrire des sentiments qui le sont tout autant, madame. Vous seule avez fait ma richesse. Je vous dois tout… »

Ils se mirent à deviser comme s'ils s'étaient quittés la veille.

Il n'eut qu'à l'écouter lui dire ce qu'il avait deviné. Et tout d'abord qu'elle avait aimé ses vers, qu'elle avait souvent relus, malgré la lettre « un peu dure » qu'elle lui avait envoyée. Il protesta de leur médiocrité, mais elle sut le faire taire.

« Vos vers sont bons. Je le sais bien : j'en lis trop souvent de mauvais. Allons, cessez cette comédie ! Nous sommes entre nous… »

Il aurait, pour ce *nous*, voulu la prendre dans ses bras. Il ne l'osa pas. Le regard de la comtesse, pourtant, suggérait qu'elle ne l'eût pas interdit.

Ils se découvrirent durant ce repas mémorable de ces affinités qui laissent croire aux rêveurs que certaines âmes sont tôt ou tard destinées à se rencontrer. Qoëlet voulait y voir le fruit de quelque hasard subtil. La comtesse penchait quant à elle pour la grâce, qui réunit les êtres devant Dieu. L'abbé Néhier, son confesseur, ne l'éduquait pas à croire autre chose.

« Il faudra que vous le rencontriez ! » dit-elle à propos de cet ecclésiastique qu'il avait plus d'une fois vu parler dans la lucarne de Saint-Médard.

Ainsi en vinrent-ils à se livrer des parcelles de leur vie, s'excusant de parler aussi impudiquement d'eux-mêmes. Mais chacun répondait qu'au contraire il en était très curieux, brûlait d'en savoir plus, pour peu qu'il ne fût pas indiscret. Leurs regards se croisaient. Tous deux croyaient lire dans celui de l'autre des encouragements.

Ils mangèrent et burent longtemps. La conversation les emporta. Aucun sujet, nul domaine, par principe, ne leur était interdit. Ils évoquèrent leurs lectures. Les livres que cita la comtesse étaient pour la plupart issus de la plume fertile des grands prêtres de la grâce, qui avaient sa faveur, bien qu'ils fussent interdits par le pouvoir, qui les faisait brûler en place publique.

« Une honte ! »

La comtesse rappelait les persécutions dont les jansénistes faisaient l'objet, les brimades, les perfidies. Il savait. Dire que les Jésuites étaient allés jusqu'à imposer aux mourants de Paris d'avoir sur eux un billet signé par un prêtre assermenté afin de recevoir les derniers sacrements ! Il le savait aussi. Dire qu'ils avaient osé faire cela ! Cela et d'autres choses encore. Et le roi, tout trompé par les Jésuites, qui parlait de *secte républicaine*… Il ne répondait plus rien. La regardait seulement, ému.

Elle se tut, plongeant son regard dans le sien. Les douze coups de minuit sonnèrent au clocher d'une église voisine.

« Déjà ! s'exclama-t-elle. Je dois y aller ! »

Ils quittèrent le petit salon aux murs peints et descendirent les escaliers sans un mot. On entendit leurs pas battre le pavé. La Seine brillait au loin. La comtesse se dirigea vers une voiture qui attendait sur le quai. Qoëlet s'était immobilisé. Elle se retourna.

« Venez », lui dit-elle doucement.

Elle avait prononcé ce mot avec tant de pudeur que ce serait en manquer que de les suivre plus loin.

V

Il est difficile d'imaginer combien fut grande leur félicité. Ils atteignaient tous deux, l'un par l'autre, à leurs plus intimes espérances. Et, sans doute, si Mme de Lauragais n'avait point été mariée, eussent-ils connu un bonheur plus pur encore, car exempt de dissimulation.

Chaque jour, vers six heures et demie, Qoëlet quittait la boutique de maître Lebleu pour gagner l'hôtel de Lauragais, qui se trouvait à quelques pas de là. Une servante le conduisait jusqu'aux appartements de la comtesse qu'il trouvait assise à son bureau, préparant la lecture des *Nouvelles ecclésiastiques* du lendemain. Souvent, il la saluait d'un :

« Je vous rapporte les volumes que vous avez eu la bonté de me prêter la semaine dernière. »

Elle, le plus naturellement du monde – sachant bien qu'elle y trouverait, glissés entre les pages, les vers qu'elle attendait avec impatience –, lui répondait :

« Je suis bien contente que vous soyez venu, il fallait que je vous fasse découvrir celui-ci… »

Et elle désignait tel ou tel ouvrage posé en évidence sur une commode laquée aux décors du Levant. Puis il venait poser un baiser sur la main qu'elle lui tendait.

Elle l'informait alors des nouvelles du jour. Ils devisaient longuement, enhardis l'un par l'autre. Puis il se taisait. Regardait le jardin par la fenêtre. Faisait quelques pas. Feuilletait le livre désigné, et quelques autres. Frôlait un meuble. La regardait. S'emparait d'un nouvel ouvrage tandis que Mme de Lauragais se remettait à son travail.

La bibliothèque de la comtesse était aussi celle du comte. Qoëlet découvrait au côté des volumes pieux des ouvrages d'un tout autre intérêt – politiques, scientifiques, philosophiques, polémiques. C'était ces derniers qu'il empruntait le plus volontiers.

« Vous lisez ces choses ? Voilà qui est mal, mon cher… » Puis elle ajoutait, sur un ton de moquerie qui montrait qu'elle n'était dupe de rien : « Cependant, moi aussi, je les ouvre… Il faut bien s'instruire ! » Ton pour lequel il ne l'en aimait que plus.

Ils sc murmuraient des mots qu'eux seuls ont entendus. C'était une passion contenue mais entière. Une folie raisonnée qui les unissait, faite d'estime et de confiance, d'ambitions nobles et de forts sentiments. D'admiration partagée.

On entendait les froissements de sa robe. Celui des pages tournées. Parfois le vent dans les branchages, lorsqu'il ouvrait l'une des fenêtres de son appartement. Alors il s'approchait d'elle, plongeait le bleu profond de ses yeux dans son regard, cernait des mains son visage dont les pommettes se hissaient irrésistiblement, pour effleurer finalement ses lèvres avec les siennes. Ou bien c'était elle qui, calmement, se levait pour l'arracher avec mille tendresses à sa lecture. Dans ces instants, ils se tutoyaient. Ils descendaient, plus tard, se promener dans le parc, épaule contre épaule, puis sous le couvert des arbres plantés au cœur de Paris…

« Nous partirons et nous aurons un enfant, répondit-elle un jour à l'un de ces baisers.

— Oui, c'est ce que nous ferons », lui dit-il simplement.

Le projet de fuir ensemble avait vu le jour sur leurs lèvres peu après.

Soudain, ils entendaient une porte grincer, un pas glisser sur les tapis, puis un raclement de gorge pareil à un cri de nourrisson.

L'abbé Néhier était là, sec, les mains jointes comme une icône, le sourire lézardé par trop de grâce reçue, qui les saluait tour à tour. On parlait en effet de la grâce. Des derniers articles des *Nouvelles ecclésiastiques*, que ne parvenait pas à faire saisir le pouvoir et que lisait si bien Mme de Lauragais. De l'agitation des parlements. De la hausse des taxes. De la pauvreté du peuple. Des nouveaux excès des Jésuites. Du salut…

Qoëlet ne goûtait guère ces intrusions du prêtre. Cependant, la comtesse le saluait à chacun de ses départs par un « Vous reviendrez entendre l'abbé Néhier demain, n'est-ce pas ? » qu'exigeait sa conscience. Complaisamment, il les laissait parler, paraissant assez intéressé par les propos du prêtre pour lui donner à croire qu'il se laisserait un jour convertir. Après vingt minutes, il présentait à chacun ses devoirs et disparaissait.

Il revenait au soir, pénétrant dans le parc de l'hôtel par une porte qui donnait sur une ruelle perpendiculaire à la rue du Paon. Là, il glissait sa jambe sous la pénombre des arbres, puis à travers les massifs, jusqu'à l'office dont la porte avait été ouverte par la comtesse quelques instants auparavant. Ils gagnaient son appartement par les marches raides et étroites de l'escalier de service. Dans le navire que devenait la chambre de Mme de Lauragais ces nuits-là, ils buvaient et mangeaient comme des affamés. Parlaient. S'aimaient. La bouche pleine de questions hautes, de vœux immenses, de cœur offert, ils vivaient ces heures comme on navigue en haute mer – irrésistiblement portés par leur amour et leur projet de fuite.

Leur vie s'était, au creux de l'hiver, réglée dans la volupté de leur conspiration : quiète, secrète, tournée vers leur seul avenir commun.

« Je vous interdis de mourir ! lui avait-il lancé un soir qu'ils évoquaient leur vieillesse.

— Je ferai de mon mieux », avait-elle répondu en baissant les yeux.

On les croisait encore dans ces auberges qui entouraient Paris, sur les hauteurs de Chaillot ou de Charonne, marchant côté à côté, soupant, se couchant comme de légitimes époux en villégiature. Tout cela leur était aussi naturel que s'ils s'étaient poussés à vingt ans devant l'autel.

Cependant, leurs préparatifs de fuite traînaient. La maison qu'ils avaient projeté d'acheter en Hollande avait brûlé. Il avait fallu relancer l'homme mandaté sur place, lequel se servait allègrement en commissions. Mille autres détails les accaparaient. La fuite de la comtesse provoquerait un scandale. Une folie amoureuse ! Quel cocu ridicule ferait Lauragais !

Ils entrèrent dans le printemps plus avides encore l'un de l'autre. Pâques puis la Saint-Jean passèrent. Le comte était allé revoir la guerre, qu'il tenait pour un « spectacle divertissant ». La demeure leur appartenait. Qoëlet, certes, se rendait chaque jour dans la boutique de draps où la petite Marie le voyait arriver rayonnant. Mais c'était pour mieux en partir dès la fin de l'après-midi. Il frappait le sol de sa canne trois fois de suite puis lançait un « À demain ! » joyeux auquel Marie répondait en cherchant en vain son regard.

Sachez-le : il était heureux. Ce bonheur tant poursuivi, il le possédait. Conscient de sa félicité, il savourait chaque instant comme s'il devait être le dernier, donnant à tout moment le meilleur de lui-même à celle qu'il avait choisie. Il lui semblait qu'il n'avait vécu jusqu'à ce jour que pour *la* rencontrer. Ainsi ils formaient des projets d'avenir. Se voyaient élevant leurs enfants dans une petite maison. Vieillissant ensemble, en toute simplicité. Vint l'automne.

VI

Le comte de Lauragais, s'il avait imaginé que sa femme pouvait le tromper, ne lui en eût pas fait de reproche. Cela eût passé, dans le monde qu'il fréquentait, pour proprement ridicule. Il souhaitait par contre que ses enfants, si elle devait en avoir jamais, fussent les siens et non ceux d'un autre – ce qui eût été plus ridicule encore. Admises ces tacites conventions, ce grand fornicateur devant les hommes et l'Éternel ne vivait guère dans la crainte d'être un jour cocu, faute d'y avoir pensé.

À vingt ans à peine, le comte possédait beaucoup et s'en trouvait satisfait. Propriétaire de plusieurs domaines à la campagne et d'un hôtel élevé par son beau-père dans le meilleur quartier de Paris, il savourait une vie qui lui offrait d'aimables filles, d'excellents vins et la douceur d'être né dans une grande famille. Son temps se partageait entre la cour, où il se plaisait à paraître, et l'Opéra, où il s'employait à courtiser – des danseuses, des actrices. On le rencontrait aussi dans certaines maisons des quais, sièges de sociétés à la mode anglaise qui n'avaient de secret que le nom et où l'on prétendait avoir l'esprit plus ouvert qu'ailleurs. Mais encore dans ces cabinets de physique et d'astronomie dont la vogue naissait.

La nature, les animaux, l'humain : tout le passionnait. Ses détracteurs – entendez ses meilleurs amis – disaient qu'il avait l'« esprit légèrement obscurci par les lumières du siècle ». Il avait entendu le mot, l'avait trouvé parfait et l'avait répandu, trop content qu'on parlât une nouvelle fois de lui. Notre homme connaissait du monde dans le grand comme dans le médiocre. Il s'encanaillait avec les uns chez les autres et vice versa. Les uns sur les autres, les autres ici et là. Surtout du vice.

Ses ennemis lui prêtaient le goût du péché philosophique. Les plus acharnés voulaient le faire brûler en place publique comme Des Chauffours, exécuté pour sodomie vingt ans plus tôt. Il riait de la menace en répondant qu'il n'accordait cet honneur qu'à ses maîtresses, lesquelles ne se comptaient plus et ne s'en plaignaient pas.

« La nature m'a fait avec un organe encombrant mais si timide qu'il cherche à se cacher là où il peut, le chérubin ! » s'exclamait-il en mimant des doigts un geste obscène.

Pareil train nécessite forte bourse. Ainsi qu'on met du fumier sur ses terres – le mot était de la duchesse sa mère –, Lauragais s'était fait traîner à l'autel à dix-sept ans pour épouser celle qu'aimait Qoëlet. L'amour de sa femme ne lui étant pas venu avec l'usage, il se contentait de lui vouer un dédain à peine courtois – ne se jugeant en définitive de commun avec cette « bigote sans volupté » que son nom, ses demeures et ses banquiers.

Pour ces diverses raisons, la présence de Qoëlet dans les murs de l'hôtel chaque jour ou presque le laissait indifférent. Soupçonnant son épouse d'aimer les jeux du vice autant qu'il se plaisait dans ceux de la vertu, il les laissait s'entretenir tout à leur aise de la grâce et rêver de miracles. La froideur de l'une, la mine grave de l'autre l'ennuyaient. Il fuyait la place avec beaucoup de résolution pour ne pas avoir à croiser ces sombres personnages. Les prétextes variaient. Ainsi le mercredi, jour du jeu du roi, le comte ne manquait jamais de saluer le très pascalien abbé Néhier par la même boutade ironique.

« On m'attend à la cour. Quitte à parier, l'abbé, j'aime encore mieux prendre le blé de Sa Majesté ! » s'exclamait-il, ravi de son bon mot.

Ce ton frivole et cet air badin, cette ostentatoire négligence pour tout ce qui se rapportait à son mariage et à la religion, le comte les perdit tout d'un bloc le jour où il se sut malade.

L'actrice qu'il venait de souffler à Richelieu – son compère de ribauderies –, après être tombée dans ses bras, en avait en effet piteusement glissé, toute brûlante de fièvre.

Un brouillard épais couvrait la ville. Les plus informés assuraient qu'il avait été amené par les vents d'Allemagne remplis de malignité, car, dans tout le royaume, les gens étaient attaqués par un rhume épidémique dont plusieurs tournaient à la mort.

La saignée déchargeant le sang d'excessives oppressions et la purge favorisant de grandes évacuations qui emportent le mal, le médecin avait ordonné pour la demoiselle lancette et clystère. Ces remèdes ne faisaient rien, et le comte s'affligeait, lorsqu'il fut à son tour pris de faiblesses. Consulté à distance, Hecquet, médecin du grand monde, rendit comme d'ordinaire sa prescription par retour du courrier. Et l'on tira les volets de la chambre du comte pour le saigner à son tour à la lueur d'une bonne chandelle, ainsi qu'il était recommandé dans les meilleurs traités. Mais dans les jours suivants, la fièvre redoubla. Le nez se mit à démanger. Le dos devint douloureux. Le ventre… mon Dieu, le ventre…

Un matin, son valet de chambre trouva le comte grelottant de fièvre, se plaignant de nausées, de subites bouffées de chaleur et souffrant grandement « à l'intérieur » comme partout, d'ailleurs. Le chirurgien le saigna à nouveau, sans qu'on constatât la moindre amélioration. Informé, Hecquet fit alors savoir qu'il viendrait ausculter en personne son patient. Lorsqu'il pénétra peu avant midi dans la chambre du comte, il découvrit celui-ci trempé de sueur et secoué de frissons. Se plaignant du nez, du dos, du ventre, encore. Le médecin se pencha sur la bassine contenant les selles du patient avec cette mine grave que recommande la Faculté. Cet examen ne lui ayant rien appris de consistant, il s'approcha et se mit à observer avec attention le visage perlant de sueur du malade.

C'est alors qu'il découvrit autour de la bouche, entre cette peau fragile des lèvres et les poils d'une barbe de plusieurs jours, de minuscules boutons semblables à des piqûres de puce. La cause du mal lui parut dès lors indiscutable. Il recommanda aussitôt, et bien qu'on fût en plein hiver, d'ouvrir en grand les fenêtres de la chambre et de retirer les couvertures du lit. Puis il ordonna à toute la domesticité de se réunir dans l'antichambre. Au cuisinier, il demanda de ne plus donner à son maître que des laitages, des bouillons de viandes légères et des végétaux farineux. Un valet de chambre fut chargé de faire transporter près du lit une baignoire emplie d'eau glacée. D'un autre, il exigea qu'il rapportât de chez l'apothicaire de l'huile d'araignée, du camphre, de l'orviétan et divers électuaires fameux.

À tous, il annonça que Louis Léon Félicité de Brancas de Villars, chevalier, marquis d'Apilly, comte de Maubec et de Lauragais, gentilhomme ordinaire de la chambre du roi et chevalier de ses ordres, leur maître, avait pris la petite vérole.

Sur son lit, le propriétaire de tout cela grelottait furieusement – sans que l'on sût bien si c'était le mal ou les fenêtres grandes ouvertes qui en étaient la cause.

Apprenant, quelques instants plus tard, la nature de sa maladie, le comte poussa un soupir profond et douloureux. Puis il parut entrer en méditation. Il ne fait pas de doute que ce jeune homme léger se sentit brusquement écrasé par le poids de la nouvelle. Prendre la variole imposait de préparer son compte pour Dieu, après avoir éprouvé, si telle était la volonté divine, les plus atroces souffrances. Puisant dans toutes les ressources de son intelligence, il s'en revint de cette visite dans les méandres de sa conscience – où se mêlaient peur de la mort et crainte de l'enfer – avec une volonté unique et, somme toute, singulière : voir sa femme.

C'était un mercredi. Le dernier d'octobre, cette année-là. La comtesse attendait avec une impatience trouble la visite de Qoëlet. Ils avaient prévu de fuir vers la Hollande avant une semaine. Leurs préparatifs touchaient à leur fin. Ils avaient une voiture, des malles presque bouclées, un point sur une carte qui avait pris à leurs yeux la forme d'une île qui n'attendait plus qu'eux.

Ce fut l'abbé Néhier, son confesseur, qu'elle vit entrer dans le salon à la place de l'homme élu par son cœur.

« Je ne vous attendais pas… », voulut-elle dire.

Le prêtre la fit taire d'un geste grave.

« Dieu a porté le mal de Job dans cette demeure, madame ! »

La comtesse ne comprit pas ce que voulait dire son directeur de conscience. Mais le prêtre n'ajouta pas un mot. Il saisit sans ménagement la jeune femme par le poignet et l'entraîna vers les appartements du comte.

Lorsque, marchant d'un pas mal assuré vers son destin, la comtesse pénétra chez son époux, la chambre était glacée et plongée dans l'obscurité. On avait à nouveau fait tirer les volets pour saigner le malade. Seule la flamme vacillante de l'unique chandelle jetait sur le désordre du lit un éclat mouvementé.

Le chirurgien penché sur le patient, le médecin qui prescrivait d'une voix caverneuse, le souffle saccadé du comte et son visage brillant de sueur : la scène composait un tableau si lugubre que la jeune femme, terrorisée, ne put s'empêcher de se signer.

« Vous faites bien car c'est à votre devoir de chrétienne que je fais appel ! » nasilla à grands soupirs le malade depuis sa couche.

La comtesse frissonna d'entendre des mots si rares sur les lèvres de son époux.

« Madame, reprit-il d'une voix méconnaissable, nous avons toujours vécu en bonne commodité depuis toutes ces années. Je veux que cela continue tout en me rapprochant des volontés de notre mère l'Église à l'heure où je suis peut-être proche de rendre ma vie à Dieu. J'ai besoin de vous à mes côtés, dorénavant… C'est votre devoir d'épouse et de chrétienne… Il vous faut m'assister ! »

La comtesse laissa échapper un bref cri de saisissement.

« Non… non ! » bredouilla-t-elle aussitôt.

Mais l'abbé Néhier répéta : « C'est votre devoir, madame ! », ce qui acheva de la désespérer.

La nuit était tombée. On avait gardé les volets de la chambre fermés mais les fenêtres restaient grandes ouvertes. La saignée terminée, on avait posé sur les diverses consoles des chandeliers qui jetaient aux angelots dodus du plafond l'éclat inquiet de leurs flammes. Le comte gisait sur le lit couvert de sa seule chemise de nuit, agité de longs tremblements, les yeux mi-clos, exhalant une odeur pestilentielle.

Aussi absurde que cela pût paraître, ce qu'exigeait le comte de sa femme – c'est-à-dire qu'elle le veillât jour et nuit, qu'elle vît ses chairs parsemées de boutons pénétrer dans le bain d'eau glacée, qu'elle l'entendît se vider en longs gargouillis, qu'elle entendît encore ses gémissements, qu'elle assistât à la lente mais inexorable progression de la maladie, qu'elle risquât, surtout, d'être elle-même infectée à son contact –, tout cela n'avait rien que de très naturel aux yeux de tous. La comtesse elle-même n'en contestait pas le principe. Tel était, en effet, son devoir d'épouse et de chrétienne, elle le savait, il l'avait dit. Seul le comte lui-même eût pu l'en décharger. Mais monseigneur le duc de Bourgogne n'avait point écarté madame la duchesse. Ni le prince de Ligne la princesse… Tous étaient morts.

Un valet, peu sensible à ce haut patronage, lâcha à

son voisin un cynique : « Moi, je ne suis pas marié avec eux… » avant de quitter l'hôtel et ses maîtres.

Ce fut le signe de la débandade parmi les gens de la maison.

Qoëlet croisa devant les portes de l'hôtel un domestique qui fuyait les lieux. Apprenant de sa bouche ce qu'il se passait dans la demeure, il gagna le salon aussi vite qu'il put. Le trouva désert. Grimpa alors l'escalier à coups de canne nerveux.

L'abbé Néhier, confesseur de la comtesse, se tenait au haut des marches, les cheveux regrichés, l'œil brûlé par les signes divins, griffant la rambarde de l'escalier qu'il tenait des deux mains. D'une voix pleine de bienveillance pour la « divine fatalité » qui s'abattait sur la demeure, il décrivit en quelques mots la situation au visiteur. Horrifié, Qoëlet exigea de lui qu'il allât chercher la comtesse.

Lorsque, quelques minutes plus tard, Mme de Lauragais parut, seule. Qoëlet la saisit par les mains et, le souffle court, la supplia de ne plus retourner dans la chambre de son époux.

« Je ne peux pas, mon bon ami ! Je ne peux pas ! » lui répondit-elle, en larmes.

Qoëlet la dévisagea, incrédule. Il écouta un instant celle qu'il aimait par-dessus tout lui bredouiller que sa foi, le sacrement qui l'unissait au comte, l'usage… Puis il explosa.

« Folie ! »

Il chercha à l'entraîner de force vers l'escalier, l'empoignant avec une brutalité dont il ne se serait jamais cru capable envers elle.

« Non ! protesta-t-elle, toujours pleurant. Non… Je

me renierais en fuyant maintenant. Il est trop tard… Nous avons manqué notre heure, Qoëlet ! Dieu n'a pas jugé bon de nous accorder plus de temps ensemble… Partez ! Ne vous perdez pas à votre tour ! »

Elle s'agenouilla devant lui, plaidant d'une voix hachée son indéfendable cause : fuir à cet instant, c'était le tribunal, la condamnation, la prison… Fuir ? On les poursuivrait ! La rue, la foule… On les arrêterait. Il n'y avait plus d'espoir… L'abbé Néhier écoutait derrière la porte… Il était trop tard… Trop tard !

Qoëlet la releva, caressant son visage d'une main tremblante. Leurs lèvres se retrouvèrent dans un commun réflexe. Ainsi leurs corps restaient joints, leurs yeux clos, leurs épaules agrippées, leurs lèvres soudées. Nul doute qu'ils cherchaient par leur immobilité à suspendre le temps. Ce bonheur que chacun d'eux avait toujours souhaité, il le tenait là, dans ses bras, à cet instant. Comment se séparer lorsqu'on sait cela ? Il l'adjura encore de le suivre, lui rappelant la promesse qu'elle lui avait faite de rester en vie.

« Je ne peux pas ! répéta-t-elle en sanglotant. Priez pour moi, pour l'amour de Dieu…

— Pour l'amour de nous… », répliqua Qoëlet d'une voix blanche.

Elle se recula doucement, posant chaque pied au sol avec une infinie précaution – comme si elle eût marché sur la glace la plus fragile qui fût. Ses lèvres tremblaient. Elle n'était plus seulement belle, mais sublime.

« Adieu ! Je serai toujours avec vous ! souffla-t-elle en se tournant vers l'entrebâillement de la porte dans lequel venait d'apparaître le visage dégoûtant de compassion de l'abbé Néhier.

— Non ! Attendez ! s'écria soudain Qoëlet. N'entrez pas encore dans cette pièce ! Appelez votre médecin ! Par pitié ! Faites-le venir ! Il y a un moyen de vous épargner le pire ! »

Mme de Lauragais s'immobilisa, sa course vers l'inéluctable comme suspendue. L'abbé hésita, puis disparut dans la chambre du comte. Il reparut accompagné d'un homme gros et grand, son épais nez sommé de binocles qui agrandissaient encore des yeux globuleux.

« Je suis le docteur Hecquet. Vous prétendez faire de la médecine, monsieur ? Je ne vous sais pas de la Faculté, à ma connaissance… et j'y connais chacun ! lança-t-il à l'amoureux. Qu'avez-vous à dire que je ne connaisse déjà ? Allons ! Faites vite, un patient qui a besoin de mes secours attend ! »

L'homme à la canne à tête de lion baissa le front dans un geste que le médecin prit pour de la soumission.

« J'écoute, mon ami ! répéta le docteur Hecquet avec impatience.

— Monsieur, il y a un moyen d'épargner Mme la comtesse ! déclara alors Qoëlet.

— Un moyen… ? Voyons, j'en suis fort curieux depuis trente ans que je pratique la médecine ! » ricana Hecquet en dévisageant l'amoureux avec toutes les marques de la surprise et déjà celles de la réprobation.

Qoëlet s'employa alors à expliquer aussi clairement qu'il le put au médecin ce qu'il savait au sujet de la greffe de petite vérole pratiquée à Constantinople. Il conta comment, dans cette ville, chaque année, quelques femmes frappaient aux portes pour venir opérer les enfants en âge de se faire greffer une variole de bonne espèce afin de les préserver d'une attaque plus sévère de la maladie.

« Il suffirait de communiquer à cet instant à la comtesse de Lauragais une petite vérole discrète, qu'elle prendra assurément, plutôt que de risquer plus longtemps de l'exposer à celle du comte, dont nous ne savons rien ! J'ai vu procéder chez les Turcs, je pourrais...

— Balivernes, monsieur ! l'interrompit Hecquet. Je connais depuis très longtemps cette histoire que vous me contez comme on fait des contes aux enfants. Non seulement je la connais, mais encore je la combats ! Vous me parlez avec vos grands airs de vos voyages et de l'inoculation dont vous me vantez le bonheur sans même en connaître le nom. Mais je me moque, monsieur l'amateur d'exotisme, de savoir sous quelles latitudes vous avez porté vos os et vos humeurs fantasques ! Si vous n'aviez pas tant quitté votre foyer, vous sauriez que mon regretté père, Hecquet le Grand, a publié, avec privilège, un opuscule sur ce sujet voici plus de vingt ans ! Sachez encore que ce travail fait partout autorité. Et la vérité, c'est que vous m'entretenez d'une pratique diabolique. Et ce n'est pas vous, dont je ne sais rien, et qui n'êtes d'apparence rien que je puisse estimer, qui me ferez changer d'avis. Maintenant, la paix ! acheva-t-il en se retournant vers Mme de Lauragais.

— Madame ! » lança-t-il à l'adresse de la comtesse, comme si la maladie n'attendait désormais plus qu'eux pour reprendre son cours.

Mme de Lauragais lança un regard éperdu à Qoëlet. Il ne put cette fois la retenir. Déjà elle avait disparu. Là, dans la chambre du comte : dans ce cloaque.

VII

Que savait-on en ce temps-là de la petite vérole ? Rien ou presque. Ni Hippocrate ni Galien ne la mentionnaient. Ce mal, assuraient certains ouvrages alors modernes, avait été pour la première fois cité au VIIe siècle par un médecin arabe nommé Haroun sous l'appellation de *djidri.* D'ailleurs, on s'accordait à penser que la maladie avait été introduite en Europe par les invasions arabes, à la suite de la grande épidémie de La Mecque. Trois siècles plus tard, un autre médecin arabe, le grand Rhazès, la décrivait pour la première fois avec précision. Ses premiers mots valent toujours, à mille ans de distance : « L'éruption de la variole est précédée par une fièvre continue, par une douleur dorsale, par des démangeaisons au nez, des frayeurs nocturnes. » Un cauchemar – tout, en effet, était déjà dit.

On était, face à la maladie, sans force, sans moyens. Les potions que l'on vendait, les remèdes, les onguents, les électuaires, les thériaques les plus fameuses n'y faisaient rien. Pas plus que les processions, les neuvaines, les jeûnes, les pèlerinages. Lorsque la petite vérole était prise, il n'y avait plus qu'à la subir. En France comme partout ailleurs, on était entre méthode échauffante et méthode rafraîchissante, l'une et l'autre tout aussi inefficaces que les vieux traités arabes – qu'Ambroise Paré avait recopiés sans rien leur apporter, sinon qu'il ne fallait pas confondre cette maladie avec la rougeole. Impuissant, on enfermait les malades. On les éloignait. On les fuyait. Puisque le fléau avançait, il ne fallait pas lui laisser le moyen de se propager. Ne pas lui donner de corps en pâture.

Qoëlet fut chassé de l'hôtel de Lauragais par le Dr Hecquet avec ordre de n'y pas reparaître tant que le mal n'aurait pas passé. Les lourdes portes de la demeure furent closes et marquées d'une grande croix peinte. Les médecins étaient dans la place. Eux seuls désormais ordonnaient aux destinées de l'endroit et de ses hôtes. D'ailleurs, on n'en appelait plus au Ciel que par usage, parmi ces messieurs de la Faculté. La foi moderne était en la physiologie et la distribution très ordonnée des humeurs. Pensez ! On connaissait la circulation sanguine depuis déjà plus de cinquante ans…

Les journées et les nuits qui suivirent furent odieuses à Qoëlet. La nuit, il ne dormait pas, songeant à tout ce qu'il n'avait pas encore dit à la comtesse. Ressassant à chaque instant ces phrases qu'elle n'avait pas encore entendues. Le jour, il le passait à attendre devant la porte de l'hôtel de Lauragais. À chaque personne qui sortait – elles étaient rares, des commis d'apothicaire, des lingères sales et vérolées –, il demandait des nouvelles du couple. Mais les réponses restaient les mêmes, évasives, dégoûtées, indifférentes. La maladie poursuivait son cours. L'amour de Dieu pourvoyait au reste.

Hecquet, qui, quotidiennement, recevait ses questions, les accueillait avec une froideur méprisante. Il n'est pas faux de déclarer que l'homme prenait un certain plaisir à jouer de l'inquiétude de son questionneur, à rester dans le flou, laissant entendre que d'autres préoccupations – considérables il allait de soi – emportaient son attention dès les portes de l'hôtel de Lauragais franchies… Face à lui, Qoëlet se faisait humble, attendant seulement de *ses* nouvelles, un peu d'espoir, la rage au cœur. Hecquet lâchait quelques bribes de réponse, comme on jette des miettes aux moineaux, indiquant que le comte souffrait grandement, que la comtesse était fatiguée…

« Priez ! lui disait-il souvent. Priez et chacun s'en portera assurément mieux ! »

Alors l'amoureux lançait au Ciel des suppliques désespérées, tandis que brillaient dans l'encre de la nuit les cratères purulents de l'astre féminin.

Prostrée dans un fauteuil, la comtesse suivait d'un regard vide le vol d'une mouche qui virevoltait autour d'une chandelle. Ses cheveux étaient en désordre. Ses mains, agitées d'un tremblement continu, pendaient des accoudoirs, bleuies par le froid.

Depuis combien de temps n'avait-elle pas quitté ce fauteuil ? Trois ? Quatre ? Cinq jours ? Elle ne parvenait plus à se le rappeler tant ces heures lui avaient semblé identiques. Misérablement identiques si l'on omet le corps du comte, peu à peu envahi par une multitude de boutons.

Voici désormais qu'après avoir gonflé ils s'éclaircissaient, se remplissant d'un liquide transparent, auréolés en leur base d'un mince filet couleur sang. C'était ces boutons qui causaient le plus de souffrance au malade. Le moindre mouvement lui était un supplice. Du reste, il faut bien dire les choses telles qu'elles étaient : le visage de l'époux était méconnaissable, déformé par la perpétuelle évolution des dômes qui s'enflaient.

Que pouvait la comtesse, sinon prier de toutes ses forces pour sa guérison et se dévouer entièrement à lui ? Car la maladie ne laissait pas de répit. Le liquide contenu dans les pustules qui martyrisaient le comte s'était changé en pus. Hecquet en compta plus de mille mais admit qu'elles ne confluaient pas. Si la petite vérole de M. de Lauragais était maligne, déclara-t-il, elle avait cependant peu de chances de l'emporter. Quant à ce qu'elle le gardât aussi beau et fort qu'il était auparavant, c'était une autre affaire…

L'homme se battait. Il se débattait même… Le visage ravagé, le corps purulent, gazé, asphyxiant, le comte ne semblait plus entendre. Sa respiration n'était plus qu'un râle. Le plus petit frôlement lui arrachait des cris de bête. Épargnez-vous d'imaginer ce que pouvait être son dos, sur lequel il reposait, et le drap, fût-il trois ou quatre fois le jour changé.

Elle, durant ce temps improbable, le soignait et le veillait comme si elle l'eût aimé. Telle était la femme qu'avait choisie Qoëlet.

Cependant, Hecquet ne ménageait pas les peines de son patient afin de le soustraire aux griffes de la petite vérole. Suivant les préceptes du grand Sydenham – qui avait lu Rhazès –, le médecin traitait la variole du comte selon la méthode rafraîchissante, préférée par les meilleurs à son contraire, pratiquée par tous les autres. N'avait-il pas ainsi sauvé plus de monde qu'il n'en avait abandonné à la maladie ? Les rescapés, par ailleurs, lui témoignaient une reconnaissance appréciable.

Chaque jour la saignée déchargeait le sang de l'encombrement des humeurs. Les bains d'eau froide ramollissaient la peau et favorisaient l'expulsion du venin. L'huile d'araignée et le camphre, fort de sa vertu pénétrante, tous deux appliqués sur le corps, permettaient, bien que le patient en éprouvât de pénibles mais nécessaires douleurs, de combattre efficacement le mal.

« Voilà, madame, le seul moyen de chasser le moût corrompu qui infecte le sang et qui est la cause de la maladie, assurait le médecin. Ceux qui prétendent agir autrement sont des fous inconscients. Je travaille à faire réimprimer le fameux traité de mon père, *Le Brigandage de la médecine*, qui montre comment on a trompé le monde dans la manière de traiter les petites véroles et les plus grandes maladies par l'émétique, la saignée du pied et le kermès minéral. J'ai fait donner au comte de la thériaque de Charas, une potion nouvelle de chez Geoffroy, une autre de Bolduc faite suivant mes instructions... Non, vous dis-je, point trop n'en faut. Quant à vous... Priez et accordez-moi quelque confiance, nous en saurons un peu plus d'ici à quelques jours. Allons, gardez espoir ! Après quoi il sera temps que je vous parle d'un onguent de ma composition qui est excellent pour effacer les taches de la petite vérole et qui rendra votre époux aussi séduisant qu'il l'était... »

Parce qu'il faisait l'objet des soins les plus attentifs, parce qu'on le soignait et le pansait, le corps du comte de Lauragais, lorsqu'il entra dans la seconde période de la maladie, conserva une lointaine mais indiscutable apparence humaine.

Le pus s'était mis un matin à s'écouler des pustules, immodérément, comme d'un fruit pourri. Cet épanchement était tout à la fois sale et douloureux. Cependant, l'odeur qui s'exhalait de lui, le malade ne la sentait pas vraiment tant la souffrance accaparait toutes ses forces.

À quelques pas de là, la comtesse assistait, à bout de nerfs, à ce spectacle terrifiant. Cette soudaine promiscuité avec son époux, promiscuité qu'elle n'avait connue qu'une fois et dès lors refusée, lui était un supplice de tous les instants. Ses prières n'y suffisaient plus, ni les paroles de réconfort que l'abbé Néhier prononçait d'une voix mielleuse de résignation. Le choix de Dieu, la volonté du Ciel, l'amour divin et le rire des anges, tout cela se mêlait dans son esprit dans une cacophonie délirante. Alors elle pensait à Qoëlet, qui devait se trouver à quelques dizaines de pas de là. Son cœur s'attendrissait au souvenir désormais lointain de leurs promenades dans le parc, de leurs conversations ou de leurs étreintes. Elle imaginait cet enfant qu'ils n'avaient pas fait ensemble. Cette maison dans laquelle ils ne l'avaient pas élevé. Vu grandir. Les larmes lui montaient aux yeux. Elle eût alors voulu être partout ailleurs avec lui plutôt que dans cette chambre.

« Dieu seul décide », concluait-elle. Le recours à Dieu lui était, en définitive, la plus simple des consolations.

C'est pourquoi, lorsque la jeune femme ressentit à son tour au nez les démangeaisons qu'avait douze jours auparavant connues son époux, elle poussa un bref soupir et murmura dans un demi-sanglot un « Mon Dieu ! » résigné.

Bientôt la comtesse présenta chacun des symptômes qu'on avait pu observer sur son époux – douleurs dorsales, inappétence, nausées, sueurs, cours de ventre, bouffées de chaleur –, tous signes qui ne trompaient pas. Restait à savoir quelle variole Mme de Lauragais avait contractée. Bénigne, maligne, confluente, mais encore porcelaine, hémorragique, sèche… La petite vérole prenait toutes ces formes, tantôt foudroyante, tantôt insignifiante. Il suffisait de compter les pustules. Hecquet recensa donc les boutons de la comtesse comme il avait recensé ceux du comte. Hélas, il dut bientôt admettre que cette variole-là n'était pas bonne : les pustules, en grossissant, en étaient venues à se toucher. La petite vérole de Mme de Lauragais confluait.

De son côté, le comte, saisi par les fièvres de maturation, qui sont à la fois les dernières et les plus violentes manifestations de la maladie, se tordait sur ses draps dans une affolante débâcle organique. On avait fait dresser un lit pour la comtesse à quelques pas de celui de son époux. L'abbé Néhier allait de la couche de l'un à celle de l'autre, les traits tirés, les joues mal rasées, l'œil vitreux. Ayant pris le mal enfant, il ne craignait pas pour sa personne : on assurait que la variole ne revenait pas.

Plusieurs jours sans nom passèrent. Qoëlet vivait dans l'effroi, lisant François Villon comme un oracle triste, arpentant la rue du Paon livre en main, angoisse au cœur. Derrière la haute porte à la croix peinte, il savait qu'*elle* luttait pour survivre, se débattant contre la douleur.

Jamais la comtesse de Lauragais n'eut à méditer sur les vers douloureux de lady Montaigu qui avait, dans sa jeunesse, contracté la variole et en était ressortie défigurée :

Sous mon masque, tremblant à la vue du jour,
Ma beauté s'est enfuie et ma vie disparaît…

Non, jamais elle n'eut à craindre de découvrir son visage après le passage de la petite vérole. Jamais elle n'eut, comme certaines, la tentation de se jeter dans le vide au point qu'on enlevait tout miroir de la chambre des malades pour prévenir ces gestes de désespoir. Elle n'eut pas plus à enduire sa figure d'une crème de limaçon et de sucre pilés composée par Hecquet pour effacer les taches laissées par les pustules. La petite vérole l'emporta en effet le troisième mercredi de novembre.

« Vous vouliez savoir ? Elle est morte ! assena à Qoëlet le médecin, les traits tirés de fatigue, tenant son ânesse par la bride. J'ai pourtant tout essayé », ajouta Hecquet comme pour lui-même en s'éloignant.

Ce qu'était Qoëlet au retour de l'enterrement de la comtesse de Lauragais, on ose à peine le dire. Il avait laissé devant le sol ouvert de l'église le comte à peine relevé de sa maladie, le visage boursouflé de cicatrices, tardivement ému. L'abbé Néhier l'avait instamment prié de lui rendre visite en souvenir de leur « chère disparue ». Il s'était éloigné de l'un et de l'autre sans envie de les revoir jamais.

Tout le jour, il erra par les rues de la ville, longeant les quais, franchissant des ponts puis les repassant, indifférent à tout.

« Elle est morte… Elle est morte… », ne cessait-il de se répéter, vaincu par ces trois mots absurdes.

Or l'on voudrait, à cet instant, que Qoëlet reprenne espoir. On souhaiterait que se dévoile pour lui une issue : un horizon joignable. Marie, par exemple, l'attend dans la boutique de draps de maître Lebleu, inquiète de ne pas le voir depuis des jours. Marie est toute prête à le consoler, le cajoler, l'aimer, abolir sa peine. À lui offrir ses joies, les partager avec lui pour toujours, pour… l'éternité. Mais non, Qoëlet ne veut pas du sourire timide de la belle Marie, de sa fraîcheur, de son corps parfait, vierge, pur : vivant. *Elle* est morte.

Traînant la jambe, battant mollement de la canne le pavé, il va d'un pas d'errant, marche dans les flaques, les yeux brouillés, l'âme exsangue. Il a besoin de solitude, d'une solitude absolue. On voudrait qu'il retrouve Marie ou une autre mais il déambule dans les rues sans plus aucune envie ni la moindre force. Le diable lui proposerait à cet instant la mort qu'il l'accepterait sans hésiter. Mieux vaudrait… que cela, ces instants de désespoir absolu. La fatigue, la douleur, la faim l'emportèrent. Il s'écroula à quelques pas de l'église Saint-Médard, où il l'avait rencontrée pour la première fois.

La chambre sentait la cannelle. De gros rideaux de velours tombaient du plafond et masquaient les fenêtres. Il y en avait trois. L'une donnait sur une rue qu'il reconnut aussitôt. Les deux autres sur un jardin charmant. Il était à l'évidence dans la demeure du marchand de draps. Au-dessus de sa boutique. Marie pénétra dans la pièce à cet instant.

« Comment allez-vous ? » lui demanda-t-elle avec inquiétude.

Il lui cita un vers d'Ovide en guise de réponse. Elle rit. Le rire de Marie. Charmant. Il pensait à une autre, mais elle se pencha pour dérouler le bandage qui enserrait sa tête. Se pencha un peu plus. La gorge de Marie…

« À quoi pensez-vous ? »

Qoëlet lui dit qu'elle était très habile. La jeune fille sourit avec grâce puis bredouilla qu'il était temps pour elle de retourner travailler à la boutique. Il se retrouva seul comme il savait devoir le rester jusqu'à son dernier jour. Il n'avait pas pris la moindre résolution. Ne se sentait, en vérité, pas la moindre résolution à prendre. Il avait compris : le temps de l'amour avait passé. Il était désormais derrière lui. Alors, en silence, il se mit à pleurer à chaudes larmes en songeant au bonheur enfui.

Le soir, tard. Dehors, des trombes d'eau. Un parfait vacarme. Le tonnerre grondait. La porte s'ouvrit. C'était Marie, qui venait voir s'il ne manquait de rien.

Elle posa une main fragile sur son front.

« Il fait froid, non ? Attendez ! »

Elle empoigna une couverture, le borda…

« Je vais m'occuper de vous, lui murmura-t-elle, les yeux baissés.

— C'est très gentil, Marie, mais je vais partir… »

Elle jeta sur lui un regard noyé de larmes.

« C'est impossible… C'est… Emmenez-moi, alors !

— Je ne peux pas…

— Pourquoi ? »

Qoëlet ne répondit pas. Elle le dévisagea.

« Vous ne savez pas ce que vous dites ! » bredouilla-t-elle.

Puis elle couvrit son visage de baisers. Souffla la chandelle, se glissa contre lui, murmura :

« Vous dites des folies… »

Se serra contre lui, mit la main sur sa bouche pour qu'il ne réponde pas, répéta :

« Vous êtes fou… Laissez-vous faire…

— Non, Marie… Non… »

Il sortit de la demeure du marchand de draps au petit jour. À quelques pas, les gabares de Seine glissaient sur l'eau. Il gagna les quais et trouva bientôt une embarcation dont le patron s'apprêtait à suivre le cours du fleuve. L'homme, un ancien soldat, l'accepta pour passager en voyant sa jambe gourde.

Reprendre la route, se perdre dans l'océan et remonter le cours des fleuves, librement. Il n'y avait rien de mieux à faire. Sa canne, son sac, quoi d'autre ? Un poignard…

Voilà qu'il se retrouvait seul. Seul ? Non, *elle* était là, avec lui à jamais, comme depuis le premier instant où il l'avait aperçue. La chose était certaine. Eût-il voulu s'y opposer qu'il ne l'eût pas pu : il aimait avec une ferveur à nulle autre pareille un souvenir. Le bateau s'éloigna du quai, glissant sur l'onde lasse dans le froid de l'hiver. Qoëlet, le cœur tendu, cherchait déjà du regard l'océan.

L'unité

I

Enfin ! Chaque seconde battue par l'œil depuis la poupe renfermait la côte dans un engourdissement croissant. La mer était belle et formée. La brise arrachait la crête des vagues au-dessus desquelles planaient avec indolence quelques fous de Bassan.

Non loin de lui, sur la dunette, Amélie Moracin, que son mari embarquait pour les Indes, adressait au spectre de la côte un sourire inquiet et mélancolique. Auprès d'elle, deux hommes débattaient avec l'âpre éloquence de ceux qui n'y connaissent rien de la question alors à la mode de savoir laquelle, de la république ou de la monarchie, préexistait dans l'Inde antique. Il s'en moquait. N'écoutait même pas. Car il partait comme on s'égare. Bientôt les embruns arracheraient les dernières traces de boue à ses bottes. Le vent chasserait de son habit la lointaine odeur de ville qui y tenait encore. Il allait connaître la tempête et l'accablante atonie des grands calmes.

Ainsi lorsque, détournant définitivement son regard de la côte, il s'arracha au bastingage, il ne lança au Ciel aucune prière ultime ni le moindre anneau à la mer. Ses lèvres ne prononcèrent aucun nom. L'oubli le happait et c'était son seul souhait. Du prophète qu'adolescent il s'était une nuit rêvé, il avait le regard fou et la maigreur. Le reste appartenait aux prêtres du bord qui demandaient à Dieu miséricorde pour le passé, patience pour le présent et espérance pour l'avenir.

Des Portugais le virent passant aux îles de Mai, non loin de la Ligne, le sourire clair, l'œil vif, le visage brûlé par le sel. Il était, quelques mois plus tard, aux abords du cap des Tempêtes, s'enivrant d'embruns tandis que le Hollandais donnait du canon au passage du bâtiment français sur le banc des Aiguilles. De l'équipage du départ, près du quart était mort. Rongés, pourris, laminés par les fièvres, le typhus ou le scorbut, les hommes avaient rendu l'âme dans la houle où leurs corps avaient été basculés, emballés dans de vilains draps.

On apprit qu'il était toujours à bord lorsque le navire relâcha aux Mascareignes. Ce pays était sulfureux. Des richesses incroyables y circulaient. On parlait de fortunes monumentales. Il paraît qu'il entra dans l'Inde comme on pénètre un secret, vers le début du mois de novembre, un jeudi.

Le navire mit le fer dans la rade encombrée de chelingues à l'instant même où Amélie Moracin mettait au monde l'enfant qu'elle avait porté de latitude en latitude. La petite mousson roulait dans le ciel de Pondichéry des nuages gorgés de ténèbres. L'air était oppressant. Les corps suaient avec abondance. Cette femme en train de donner la vie criait, qu'on entendait depuis le pont, tendu. Par-delà ces cris, il sembla à Qoëlet entendre monter de derrière les murs de la ville un autre râle humain, des barrissements d'éléphants et les croassements d'innombrables corbeaux. Voilà, c'était bien cela, les sons de cette arrivée : les ordres des officiers, les bourdonnements lointains de la ville et les gémissements de cette femme en couches.

Pondichéry, à la côte de Coromandel – et nul ici ne savait ce qu'il était venu y chercher. Cela suffisait pour le contenter, soucieux qu'il était de n'intéresser quiconque. Ainsi est-ce à peine s'il songea qu'il devait y avoir sur ce continent d'autres fleuves qui… Peu importait. Il ne s'en remettait déjà plus qu'au seul vague cours des choses. Et c'était assez triste que de le voir errer ainsi sur ce quai, le regard vide et les bras ballants. Il était là sans y être, subissant la contrainte du temps sans plus en ressentir la douleur, le poids ni la fièvre.

D'un côté la ville blanche, ordonnée avec ses allées perpendiculaires, ses maisons carrées, ses portillons coquets, son somptueux palais du gouverneur aux colonnades innombrables, son église jésuite, son fort et ses bastions, ses murs garnis de redoutes et de canons. Sa rigueur connue. De l'autre, séparée d'elle par la porte de Gondelour, la ville noire, et son chaos vivant. Son marché. Ses échoppes. Son amas d'âmes indiennes, ses castes, ses brahmes, ses serpents, ses éléphants. Ses mystères.

Il se mit à chercher tout autour de lui, et jusqu'au plus profond de sa conscience, les contours d'un ordre supposé – ordre dont sa propre existence lui eût assuré qu'il allait corps et âme tendus vers un seul et même accomplissement. Mais rien. Juste ce rien barbare et terrifiant. Seul devant son créateur, vous dis-je, le regard trouble et la peau moite.

Il allait pousser sa jambe vers la ville noire lorsqu'un prêtre le saisit par l'épaule. Jean-Baptiste se tenait devant lui, digne, droit, souriant. L'ancien ami de collège n'avait guère changé. Il était glabre, sans qu'on pût savoir s'il était rasé de près ou encore imberbe. Ses traits restaient ceux de la jeunesse.

« Qoëlet ! Toi, à Pondichéry ! Ne dis rien ! Ce n'est pas le hasard, c'est la providence ! s'exclama-t-il en le prenant dans ses bras.

— Bonjour, répondit Qoëlet avec une indifférence blessante.

— Viens assister à la sainte messe. Nous allons baptiser cet enfant qui vient de naître à bord. Nous parlerons ensuite », ordonna Jean-Baptiste en l'entraînant vers l'église.

Tous les passagers du navire et ceux qui les avaient accueillis s'engouffraient dans la pénombre de la chapelle de la mission, entre ces murs dressés jusqu'à hauteur de tête sur exigence des Indiens convertis pour les séparer des parias d'immonde caste.

Jean-Baptiste accomplissait les gestes rituels avec une grave et pénible lenteur. Un encens lourd et parfumé se consumait dans une large coupe ciselée. Les voix stridentes des parias s'élevaient de derrière les murs malabars.

Côté colons, on bâillait, parfois, on refaisait surtout ses comptes. Rien, pour ces Français du bout du monde, n'avait plus d'intérêt que le commerce, sinon le profit qu'ils en tiraient. Ainsi en était-il pour Georges Moracin, qui semblait indiscutablement plus préoccupé par la vente des fers plats et carrés, du plomb, du cuivre, des cristaux ou des miroirs dont il avait fait charger à Lorient une partie des cales du navire que par sa récente promotion au rang de père. Cependant, tout détestable qu'il fût, Moracin, comme tous ceux de Pondichéry, vivait à l'exemple du gouverneur Dupleix, dans l'ivresse de bénéfices sans cesse plus importants et ne rêvant d'exister encore que pour s'enrichir un peu plus. C'était ce gros personnage qu'on voyait au premier rang.

L'enfant reçut l'eau bénite sur le front. Il se mit à hurler. Qoëlet l'observa avec l'émotion d'un homme convaincu qu'il ne serait jamais père.

Jean-Baptiste prononça l'*Ita missa est* et les parias, jusque-là retenus par la susceptibilité des convertis de haute caste dans leurs travées, jaillirent de la chapelle en poussant des cris d'allégresse. Ce joyeux vacarme sortit les Français de leur torpeur pour les uns, de leurs comptes pour les autres – et l'église se déchargea en un instant de son amas de chairs et d'âmes au milieu des faiseurs de tours et des charmeurs de serpents.

Qoëlet suivit du regard Amélie Moracin qui s'éloignait, son enfant dans les bras, immodérément abandonnée à la contemplation du fruit de ses entrailles. Son époux l'entraînait vers la ville européenne engoncée dans ses allées bordées de palmiers, ses maisons à colonnades et ses ragots.

« Celui-là peut aisément prétendre au titre de *pire de tous* », prononça Jean-Baptiste en le prenant familièrement par le bras.

Qoëlet se retourna à peine, déjà agacé par l'envahissante affection du prêtre.

« En janvier, poursuivit le jeune jésuite sans se formaliser, le voyage du Bengale vers Bassora permet de faire un bénéfice de cent pour cent sur le fer et de trois cents pour cent sur le riz. En août et en septembre, d'autres navires quittent la rade pour l'Europe les cales chargées d'épices, de toiles peintes, d'opium, de riz, de laques, de bois précieux auxquels s'ajoutent des curiosités de Chine. Le gouverneur Dupleix, que tu as vu tout à l'heure au premier rang de l'église, a amassé une véritable fortune. La rumeur de Pondichéry colporte des chiffres invraisemblables. Jeanne Dupleix, qu'on nomme ici la Bégum, et dont je suis le directeur de conscience, possède des diamants gros comme…

— On prétend que les bons pères ne sont pas en reste, l'interrompit Qoëlet avec une certaine ironie.

— Il est vrai, avoua Jean-Baptiste après un temps de réflexion, que le révérend père Cœurdoux nous a, par sa science, permis de pousser jusqu'à un haut degré d'efficacité la production d'étoffes. Il sort de sa manufacture de Cassimbazar des mousselines, des percales ou des salampouris qui plaisent à Paris, m'a-t-on dit. Le profit que nous en tirons nous a permis d'embellir notre église. Nous ne nous enrichissons pas : nous enrichissons la chrétienté ! Nous n'avons rien à voir avec les trafics du gouverneur et de ceux qui marchent dans ses pas… Assassins notoires, repris de justice, fuyards, telle est l'engeance qui fait prospérer la colonie. Comme je l'ai dit, Moracin est sans doute le plus âpre, le plus cynique, le plus retors… Les Portugais de Goa, où il a autrefois organisé une banqueroute frauduleuse, le pendraient volontiers.

— La côte de Malabar est bien éloignée, commenta Qoëlet.

— Tu dis vrai. Goa est fort loin de Pondichéry, mais Madras, tenu par les Anglais, n'est qu'à trois jours de marche. C'est un danger pour chacun… L'Empire mogol est en plein déclin. La religion sert de prétexte aux luttes d'influence entre mahométans et hindous, et les Européens viennent ajouter à la confusion en s'alliant aux uns ou aux autres pour leur seul profit. Du reste, la France est si lointaine que la notion de patrie est, ici, nébuleuse. On n'est, à Pondichéry, loyal que par intérêt. Patriote du seul fait de la concurrence étrangère. À peine si cela constitue un prétexte. Moracin se fera demain britannique si son intérêt l'exige… En attendant, nous redoutons une expédition de l'Anglais. Vois, dit-il en désignant des hommes qui travaillaient à fortifier une redoute, le gouverneur s'attend à une attaque d'un jour à l'autre… »

Qoëlet resta un instant attentif au spectacle des hommes noirs qui, sous les ordres d'un ingénieur européen, consolidaient les remparts et creusaient des fossés. Plus loin, des soldats français et des cipayes, engagés noirs, maniaient le fusil et le sabre à proximité d'une batterie de canons suédois. Nul besoin d'être fin stratège pour deviner que tous se préparaient au combat.

« Viens avec moi, dit Jean-Baptiste en resserrant son étreinte. Tu m'as l'air bien seul et l'on n'entre pas dans l'Inde sans guide. Je serai le tien, si tu le veux. »

Et sans attendre plus de réponse qu'à l'ordinaire, le jeune prêtre l'entraîna vers la ville noire comme s'il avait depuis toujours été convenu qu'ils devaient y pénétrer ensemble.

« Serais-tu blessé ? demanda-t-il en désignant la canne à tête de lion. Rien de grave, j'espère ?

— Non, rien. Merci », répondit Qoëlet qui ne parvenait pas à se départir de sa défiance.

Il se laissa cependant mener tout en écoutant Jean-Baptiste lui expliquer chaque singularité rencontrée en chemin. Ainsi croisèrent-ils, dans les dédales grouillants du marché, un homme qui avalait sans broncher un sabre jusqu'à la garde. À côté de lui, un autre faisait onduler un serpent capelle au gré des notes stridentes égrainées par sa flûte. Plus loin, un adolescent agitait un drap autour d'une pousse de manguier qui peu à peu prenait, comme par enchantement, sa taille adulte sous les applaudissements des spectateurs.

« L'Inde est un mystère sans fond, commentait son guide alors qu'ils entraient, un peu plus tard, dans le magasin général de la Compagnie.

— Faut-il répondre que l'homme aussi ? interrogea Qoëlet en regardant les rayonnages immenses garnis de marchandises en provenance d'Europe.

— Qu'as-tu fait durant toutes ces années ?

— J'ai voyagé.

— Et qu'es-tu venu faire dans ce pays ?

— Comme tout le monde.

— Comme… Serais-tu ironique ?

— J'ai été l'élève des bons pères, lâcha Qoëlet, agacé malgré lui.

— N'aie pas de mots aussi faciles que celui-là, mon ami, protesta Jean-Baptiste. Ils ne rapportent pas… L'homme recèle des trésors… Il est pur, à la naissance… Tiens ! Comme les feuilles de ce livre de comptes, ajouta-t-il en s'emparant sur une étagère d'un cahier de peau. Vois, toutes sont identiquement vierges ! Veux-tu que j'en ouvre un autre ? dit-il en s'emparant d'un nouveau cahier. Regarde ! Lisses, pures, semblables devant leur créateur ! Chacun y écrit ensuite à sa manière le livre de sa vie… mais Dieu a fait chaque homme pareil à son prochain… »

Qoëlet se saisit du volume que lui tendait Jean-Baptiste et le feuilleta. Les pages, effectivement, en étaient similaires. Pourtant il observa sur la couverture une marque, pareille à une cicatrice, et le fit remarquer au prêtre.

« Alors prends cet autre et je garderai le volume marqué en souvenir de notre conversation et des liens anciens qui nous unissent, rétorqua avec finesse Jean-Baptiste en lui tendant un nouveau cahier de peau. Au fait, pourquoi as-tu quitté le collège de Vannes comme un fuyard il y a… quinze ans ?

— On aura déjà dû te l'apprendre, lui répondit sèchement Qoëlet.

— C'est vrai…, ne put que l'admettre Jean-Baptiste qui n'avait pas cessé de sourire. On m'a appris que tu avais eu des mots avec ton logeur. Était-ce une raison suffisante ? Le temps a passé… Que comptes-tu faire à Pondichéry ? insista-t-il.

— En partir, rétorqua Qoëlet.

— Tu veux encore me quitter quand le Ciel t'a remis sur ma route ? »

Cette fois, Qoëlet ne répondit pas. Moins que jamais il ne se sentait le désir de confier à Jean-Baptiste l'état de son âme. Il devinait déjà ses paroles de compassion, ses exhortations à la foi comme unique moyen de retrouver l'espérance, ses rappels d'un passé commun dont il ne tirait, pour sa part, nul souvenir agréable. Il retrouvait chez le jésuite tout ce qui lui avait fait fuir le collégien d'autrefois. Aussi un élan irrésistible le poussait-il à s'en éloigner au plus tôt. Son ami d'autrefois ne lui apporterait rien, il le savait et le lui laissa bientôt entendre.

Lorsque, le lendemain, le Breton quitta la ville et ses

redoutes, Jean-Baptiste regarda s'éloigner la caravane de ce mage sans étoile en songeant qu'il ne le reverrait plus. Il recommanda son âme à saint François-Xavier avec une sincère compassion – mais ne put se retenir d'émettre un petit sifflement agacé, à son tour. Alors seulement il consigna le fait dans le cahier balafré qu'il venait, par la grâce des circonstances, d'élever au rang de livre de raison.

Le voyageur marchait vers le nord. C'était, paraît-il, la route de Mazulipatam. Il ne voyait rien – sinon l'étirement sinueux du chemin. Il n'entendait rien – hormis le bruissement du vent dans les branches des hauts arbres et le hurlement lointain des bêtes sauvages. La guerre qu'il laissait derrière lui ne le regardait pas.

À quelques pas de lui, Daubachi, l'interprète, avançait en fredonnant. Les deux porteurs qui les accompagnaient allaient presque nus, infatigables. Ce qu'ils portaient ? C'est sans importance. Ils avaient la peau presque noire et des dents étonnamment brillantes qu'ils exhibaient en souriant à longueur de journée.

Les paysages étaient d'une pénétrante douceur. Le ciel était clair et limpide. Qoëlet se plaisait en ces contrées. Il s'éloignait. Oubliait, progressant sur l'interminable route, par les champs et les monts, à la poursuite d'insaisissables réponses – vers le nord, indiscutablement. Le soir, à l'étape, il griffonnait quelques lignes sur le cahier que lui avait offert Jean-Baptiste : de vagues impressions, autant d'improbables questions.

Un matin – peut-être s'était-il écoulé une douzaine de jours depuis son départ –, il trouva le campement abandonné, ses malles dépouillées, son argent envolé.

Les trois hommes avaient disparu. Il était sans rage, se dit qu'il aurait dû prévoir. Alors il rassembla le peu qu'il lui restait et reprit sa route. Il avait sa jambe, sa canne. Un bon poignard. L'essentiel était là. Il ignorait où il se trouvait. Bientôt, il ne sut plus même où il allait. Qu'importe, il avançait de ce pas lent auquel on reconnaît les fous et les égarés.

Il entra en Orissa comme mille huit cents ans avant lui Ashoka. Horrifié par les horreurs de la guerre, cet empereur s'était converti au bouddhisme. Qoëlet, lui, ne fit que passer devant les temples de grès innombrables. Les uns étaient à l'abandon. Les autres digéraient des semailles d'âmes enfiévrées. Puis la forêt le happa.

Il trouva, durant les plus sinistres jours de la mousson, refuge dans un village. Une épidémie de petite vérole l'en chassa. Lui-même fut, quelque temps plus tard, pris par des fièvres malignes. Des paysans le recueillirent alors qu'il divaguait sur la route dans l'accablement torride des vents de terre. Ils le soignèrent en l'abreuvant de liqueur d'indigo sauvage ou *casse-puante*, aussi souveraine contre les fièvres qu'abominable de goût.

D'autres semaines. D'autres villages. On l'accueillit ici avec des cris de joie, là avec des hurlements de rage – selon que les brahmes voyaient dans la venue de cet étranger grand et maigre au visage hirsute de barbe, coiffé d'un chapeau fait de feuilles de palmier tressées, un bon ou un mauvais présage. Surtout avec indifférence. Le plus souvent, il passait des jours entiers sans rencontrer la moindre âme. C'était alors une solitude profonde qu'il s'efforçait d'apprivoiser. Son passé s'y évaporait. D'ailleurs, s'il prenait encore la peine de griffonner quelques mots sur son journal, il ne prenait déjà plus celle de les relire. Ses seuls compagnons étaient des éléphants, des cerfs aboyeurs aux canines supérieures comme des défenses, des ours, des serpents. Du haut des arbres, les corbeaux suivaient la lenteur confuse de son pas.

Il allait ainsi, hagard et sans aucun but, depuis un mois peut-être, lorsqu'il rencontra, un soir, un Écossais venu négocier l'achat de poivre et d'autres denrées rares.

II

La troupe d'Européens était assemblée sur la petite place du village. Des hommes en turban, pagne sur l'épaule ou autour des seuls reins, écoutaient l'interprète traduire leurs propos. Qoëlet se dirigea vers eux. Le spectacle de ce voyageur en haillons qui venait à leur rencontre intrigua les commerçants. Ils firent aussitôt cercle autour de l'homme à la canne à tête de lion. Qoëlet se présenta, déclarant qu'il avait quitté Pondichéry six mois auparavant.

« Pondichéry ! s'exclama celui qui paraissait le chef de la troupe. Alors vous avez quitté le comptoir à la veille de l'attaque anglaise ! Mal en a pris aux soldats de Sa Gracieuse Majesté de se frotter au gouverneur Dupleix. Il les a taillés en pièces. Savez-vous qu'il a pris le titre de vice-roi des Indes à la suite de cette victoire ? Je l'ai rencontré à Chandernagor lorsqu'il dirigeait cette colonie. Orgueilleux mais efficace, cet homme-là ! Et bon négociateur ! »

Le marchand, intrigué par ce Français égaré loin de tout établissement chrétien, l'invita à se joindre à ses hommes pour le souper. Il lui offrit, pour patienter, un verre de whisky puisé dans un tonnelet qu'il emportait dans chacune de ses expéditions et se mit à lui conter ses propres voyages.

Samuel Blackhill était un marin entreprenant que des années de commerce entre l'Europe et l'Inde avaient poussé à entrer chaque fois un peu plus avant dans le pays. Son navire était mouillé à l'embouchure du fleuve, à quelques dizaines de lieues. Les épices des Indes étaient fort prisées en Europe, expliqua-t-il à Qoëlet. Curcuma, coriandre, cumin, cardamome, chili, cannelle, muscade et autres poivres se payaient au prix fort à Londres ou Édimbourg. Il y avait bon profit à faire.

« Si l'on omet la rapacité des Français, l'âpreté des Anglais, la cupidité des nababs, la haine des brahmes et les piqûres des serpents, l'opération est assez aisée », déclara Samuel Blackhill au troisième gobelet de whisky.

Ils en étaient au cinquième gobelet lorsque Qoëlet évoqua ses propres années de voyage à travers la Méditerranée puis les Balkans.

« Alors vous êtes des nôtres ! s'écria l'Écossais en l'entendant narrer ses négociations avec les Siciliens, les Grecs ou les Turcs. Et vous me dites que vous ne savez pas ce que vous êtes venu faire sur ce continent ? Mais je vais vous le dire : vous êtes venu vous joindre à moi ! »

Qoëlet considéra les propositions que l'homme lui fit au soir de leur rencontre. L'Écossais lui offrait, en somme, de reprendre le train de ses affaires là où il les avait laissées huit ans auparavant.

« Vous avez du talent, je le sais. Il suffit de vous entendre parler, lui avait déclaré le commerçant. Aidez-moi à conclure de bonnes affaires au Bengale puis rentrons en Écosse. Là, je vous donnerai votre part. Elle sera à la hauteur de vos mérites. Ensuite, nous aviserons. Qu'en dites-vous ? »

Qoëlet observa l'Écossais et les siens. C'étaient des aventuriers comme il en avait autrefois croisé à Venise, Palerme ou Constantinople, prêts à passer en un instant de la table au combat. Confondant le jeu et le commerce. Aimant tout autant l'un et l'autre. Hardis navigateurs, marcheurs infatigables, commerçants habiles et joueurs impénitents, ils lui rappelaient l'homme qu'il avait été autrefois, celui qui n'avait pas hésité à traverser la Hongrie et la Serbie à la suite des armées turques pour courir l'aventure. Blackhill avait raison, il était bien l'un des leurs. Du moins l'avait été.

Ayant réfléchi quelques instants, Qoëlet tendit la main à l'Écossais.

« Topez là, l'ami ! s'écria avec joie Samuel Blackhill. Nous ferons de grandes choses vous et moi ! »

Accomplirent-ils de grandes choses ? Ils firent, du moins, de bonnes affaires. Après deux mois de navigation sur le Gange, ils retrouvèrent le navire de l'Écossais qu'ils chargèrent à plein des épices achetées au Bengale. La vente de ces denrées rapporta plus qu'escompté. Blackhill versa une belle somme à Qoëlet qui l'investit aussitôt dans une nouvelle expédition. Les deux hommes rembarquèrent. Ils réussirent alors une belle opération sur du poivre de Malabar.

Au retour de ce voyage, l'Écossais prit la parole après le souper, dans le salon de sa toute nouvelle demeure d'Édimbourg dont le style allait bientôt se révéler un modèle de goût pour l'Europe. Ayant entraîné Qoëlet dans une vaste et riche pièce gardée par son portrait en somptueux habit noir de cour, Samuel Blackhill servit à son hôte un verre de whisky. Puis, s'étant à plusieurs reprises raclé la gorge, ainsi qu'il avait coutume de faire lorsqu'il s'apprêtait à tenir quelque propos longuement réfléchi, il lui fit part de son projet.

« Vous et moi, mon cher, marchons bien ensemble. Voyez cette demeure qui fait tant de jaloux… N'avez-vous pas envie, vous aussi, d'avoir une maison, un domaine ? Je vous propose de faire fortune avec moi. Il nous faut une base ici même pour écouler au mieux nos produits. Les négociants nous prennent trop. Et puis je suis bien vieux pour courir l'aventure, ajouta l'Écossais en massant sa nuque douloureuse. Je serais plus utile en restant ici… D'ailleurs, avez-vous besoin de moi pour remonter le Gange, battre la forêt ou sillonner les plaines ? »

Qoëlet fixa son interlocuteur avec intensité. Sa réponse était tout entière dans ce regard. Blakhill pouvait y lire une détermination effrayante. Une sûreté incroyable. L'homme qui le portait ne doutait pas un instant de lui.

« Non, se répondit à lui-même l'Écossais. Vous en savez autant sinon plus que moi… J'ai, dans l'antichambre, mon tabellion qui n'attend que votre ordre pour vous présenter un projet d'association en bonne et due forme. Mais le marché est déjà scellé si vous voulez bien trinquer avec moi », acheva Blackhill. Quelques instants plus tard, Qoëlet apposa sa signature au bas du contrat préparé par son associé. Il s'embarqua dès lors seul pour les Indes à la tête du vaisseau du commerçant.

La *Divine*, capitaine M. Horn, était un navire de mille tonneaux dont la proue, qui figurait un ange, narguait depuis dix années les flots pour le compte de Samuel Blackhill.

À son bord, Qoëlet retrouva l'ivresse de cette liberté découverte lors de ses premières traversées, près de vingt ans auparavant. Dans l'Inde, c'était désormais un homme dans la pleine force de son âge qui affrontait au cours des négociations rajas et nababs. Il y avait dans la palabre avec les seigneurs indiens un jeu qui dépassait en émotion celui des cartes. Les enjeux étaient plus gros. Les risques à leur mesure. Il fallait lutter contre les perfidies des multiples conseillers des princes qui, souvent, voyaient dans l'arrivée de cet étranger armé d'une canne à tête de lion un espion. Lutter encore contre l'influence des brahmes, qui jugeaient selon l'horoscope de l'aspect favorable ou non d'une transaction. Mais aussi redouter les poisons, les serpents, les tigres. Plus encore les Français, les Anglais, de même que dix princes rivaux de celui avec lequel il parvenait, finalement, à s'arranger.

Deux ans après la signature de leur contrat d'association, Qoëlet revint à Édimbourg. Les cales de la *Divine* regorgeaient de poivre, de fenugrec et de chili. Samuel Blackhill écoula la marchandise pour leur plus grand profit.

Deux nouvelles années plus tard, Qoëlet débarqua en possession de girofle, de cannelle, mais encore de muscade, de cumin et d'une belle quantité de poivre noir. On trouvait encore dans le ventre de la *Divine* plusieurs tables de marbre d'une grande beauté, du mobilier sculpté en bois d'ébène, un service de porcelaine peint en Chine, des bijoux en nacre, des foulards de paliacates, des sailasses, des combayes à carreaux, dont la moitié allaient garnir les immenses pièces du château que venait de s'offrir le commerçant au large d'Édimbourg.

Samuel Blackhill exultait. Ce nouveau voyage allait l'enrichir d'un million, peut-être un million et demi de livres. Il accueillit Qoëlet sur le quai et lui ouvrit ses bras comme à un fils.

« Enfin, mon cher ami ! J'ai cru que vous n'arriveriez jamais. Je vous attends depuis le premier jour de juin et nous voici à la fin d'août ! s'écria-t-il.

— Les Français de Bourbon nous ont un peu donné la chasse. Sans l'arrivée d'une frégate d'Angleterre... Puis nous avons dû affronter une tornade au sortir du cap des Tempêtes. Le grand mât a tant souffert que M. Horn a craint le perdre en toilant par trop. Mais la *Divine* est une bonne fille et la voici avec ses trois mâts », expliqua Qoëlet en désignant d'un sourire le vaisseau lourdement chargé.

Après avoir donné leurs ordres pour le débarquement de la cargaison, Blackhill avait entraîné Qoëlet vers sa maison de ville. Le souper achevé, il avait prié son associé de passer au salon.

« Goûtez-moi cela, c'est un whisky de l'île d'Islay. J'ai un mal de chien à me le procurer mais c'est un pur plaisir ! » dit-il au voyageur en lui tendant un verre empli d'un liquide aux puissants arômes.

Blackhill avait allumé une pipe de terre cuite et fumait avec délice.

« Avec ce que nous ferons de bénéfices dans cette affaire, j'obtiendrai le titre de lord, murmura-t-il rêveusement en contemplant son portrait. Ce n'est pas pour moi que je le veux : c'est pour mon fils... »

Blackhill but une longue gorgée puis regarda l'homme à la canne à tête de lion.

« Et vous, Qoëlet, qu'attendez-vous pour trouver un bon parti dans notre riante Écosse ? La paix avec l'Anglais est garantie par traité, avec le mal que cela implique. Il y a en revanche des terres à prendre et de beaux domaines à acquérir. Vous voilà riche...

— Vous me proposez le crachin d'Édimbourg à la place du soleil de la Ligne ? demanda Qoëlet, amusé. Nous en reparlerons au retour de mon prochain voyage, mon cher Blackhill. Jusqu'ici, nous avons joué petit jeu, sachez-le.

— Petit jeu ! s'exclama l'Écossais.

— Oui, petit jeu, affirma Qoëlet en se levant. Le poivre est bon mais le coup est éventé. Il en est de même pour les épices en général. Les Français représentent trop de danger. Leurs possessions ne font que croître. Ils sont partout. La lutte avec l'Anglais est permanente. Les Danois comme les Portugais sont aussi de la partie. Non, je vous le dis, il y a mieux que ce commerce auquel chacun s'adonne !

— Et qu'est-ce ? » demanda Blackhill, intrigué.

Qoëlet saisit un sac qu'il avait apporté. Il en sortit une aiguille en acier de quatre pouces, une longue pipe à culot de bronze et une petite lampe, en bronze elle aussi, qu'il alluma. Il extrait ensuite de la poche de son habit un papier soigneusement plié dans lequel se trouvait une boulette d'une matière noire et luisante. Il la ficha au bout de l'aiguille et se mit à la faire rouler au-dessus de la flamme. Il plaça enfin la boulette fumante dans la pipe et la présenta à Samuel Blackhill.

« L'opium du Nord ! dit-il avec un accent mystérieux,

tandis que l'Écossais refermait les lèvres sur l'embout de la pipe. Lors de mon dernier voyage au Bengale, poursuivit-il après un moment de silence, j'ai fait la rencontre d'un Français de la plus curieuse espèce. C'était dans un village des montagnes. Il vivait là seul dans une grotte où il s'adonnait à une passion unique : l'opium. Vous connaissez ce produit par le moyen de nos médecins qui demandent aux apothicaires de le préparer afin de soulager nos douleurs. Cet homme, pour sa part, le fumait dans une pipe comme vous fumez votre tabac. Il avait au sujet de cette substance des connaissances plus poussées qu'aucun autre. Il m'a confié que le produit qu'il consommait était le meilleur de tous. Bien meilleur, m'a-t-il assuré, que celui qui parvient en Europe. Il m'en a donné un peu. C'est celui que vous venez de goûter. L'opium du Bengale est de bien meilleure facture et serait payé au double du prix au moins. Le marché reste à ouvrir. Nous serions les premiers. Nous fournirions les hôpitaux, les apothicaires qui confectionnent le laudanum et d'autres encore. De plus, il faut, pour le trouver, s'enfoncer loin vers le nord, là où peu d'Européens sont allés…

— Nous échapperions ainsi à ces maudits Français, comme à ces Anglais dont nous portons désormais les couleurs », acheva l'Écossais en tendant la pipe à Qoëlet.

Le Breton confirma d'un signe de tête.

« Savez-vous, reprit vivement Blackhill, que Dupleix a finalement donné sa belle-fille Chonchon à Bussy ? Ah ! ce Dupleix ! Il a refusé d'en faire une impératrice des Indes, il y a trois ans, lorsque Muzzafer-Zing a demandé à l'épouser, arguant que la différence de religion rendait cette union impraticable. Et voilà qu'il la donne à ce diable de Bussy ! La nouvelle est connue ici depuis un mois, vous l'ignoriez ?

— Elle ne l'était pas lorsque j'ai quitté l'Indostan il y a sept mois, répondit Qoëlet.

— Ce Bussy, tout de même ! répéta Blackhill en émettant un petit sifflement admiratif. J'aimerais bien le croiser. Même s'il m'en coûtait beaucoup… La richesse des uns tient souvent à la ruine des autres. On le dit fortuné… Quand est-il arrivé à Pondichéry, rappelez-le-moi ? L'année de notre rencontre, à ce qu'on dit. Oui, c'est cela, en 1748. Après le siège de Pondichéry… En six ans, il a pris Ambour et défait Anaverdi Khan, investi la triple forteresse de Gengi à un contre cent et s'est emparé du Carnatic, du Deccan et des Circas pour Dupleix. Celui-là, tout rusé qu'il est, n'aurait pas tant obtenu sans lui ! »

Qoëlet ne répondit pas. Il savait que c'était Jean-Baptiste, désormais supérieur de la mission jésuite de Pondichéry et confesseur de Jeanne Dupleix, qui avait convaincu celle-ci de ne pas donner sa fille à un infidèle. De même, il n'ignorait pas le rôle de Bussy depuis qu'il s'était mis au service de Dupleix. Comment aurait-il pu en être autrement ? Rares étaient ceux qui, du sud au nord du sous-continent, ignoraient son nom et ses exploits. En épousant la belle-fille de Dupleix après que celui-ci l'eut refusée au soubab, il atteignait les sommets.

L'homme à la canne à tête de lion était conscient que les sommes amassées avec le concours de Blackhill étaient dérisoires en regard de la fortune qu'on prêtait à Bussy. Que lui importait, en vérité ? Jamais il n'avait cherché à l'égaler, ni seulement à le revoir. De même qu'il avait fui Jean-Baptiste et son habit de prêtre à son arrivée à Pondichéry, il n'avait pas souhaité croiser la route de celui avec lequel il avait connu la guerre en Serbie. Mieux, à chaque nouveau voyage, il s'informait avec beaucoup d'attention de l'évolution des possessions françaises afin de ne pas mettre en péril ses hommes et ses marchandises.

« Remontez jusqu'au Bengale, Qoëlet, et passez les Français de Chandernagor sans vous faire reconnaître d'eux, dit Blackhill comme s'il avait suivi le fil des pensées de son associé. Bâtissez là où cela vous semblera bon un petit poste et partez à la recherche de l'opium du Nord. Lorsque vous aurez assez de lots pour faire le voyage du retour, revenez en Écosse et nous partagerons à parts égales, car vous avez là une sacrée bonne idée ! » Qoëlet inclina la tête sans un mot. « Une sacrée bonne idée ! » répéta joyeusement Samuel Blackhill, enivré par les vapeurs d'opium et l'œil émerveillé par les couleurs et les émaux du blason qu'il ferait peindre sur son portrait le jour où il recevrait le titre de lord.

Bientôt ils échafaudèrent des stratégies, dressèrent des listes, firent des comptes. Samuel Blackhill posait cinq cent mille livres sur la table. Qoëlet, deux cent mille. L'argent, tout en monnaie d'or, fut réparti dans une dizaine de coffres renforcés dont chacun d'eux conserva un jeu de clefs. Ainsi leur plan était-il arrangé.

Qoëlet retrouva au début du mois de février 1755 la *Divine*, qu'il connaissait, sa carène voluptueuse, ses mâts puissants, sa figure de proue narquoise – son capitaine.

Il passa l'essentiel de la traversée à étudier des cartes et dessiner les plans du poste qu'il allait établir à la suite des quelques mots qu'il avait tracés sur le cahier offert par Jean-Baptiste. Les cales du navire étaient pleines de denrées de toutes sortes destinées à monter leur camp. S'ajoutaient les dix coffres remplis de monnaie à l'effigie du roi d'Angleterre.

Lorsqu'ils atteignirent l'embouchure du Gange, après six mois de navigation, Qoëlet prit le commandement d'une troupe de quarante hommes, laissant à M. Horn le soin de mettre son navire à l'abri à Madras. Il fut convenu que tous se retrouveraient quatre mois plus tard à l'endroit même où ils avaient abordé.

Le temps pressait. Il était essentiel, pour Qoëlet et ses hommes, de ne pas tomber sur les Anglais de Calcutta, encore moins sur les Français de Chandernagor. Les premiers se montreraient par trop curieux d'une troupe aventurée dans leur territoire qui ne fût pas mandatée par la « John Company », surnom donné à l'East India Company. Les seconds pouvaient, purement et simplement, les dépouiller au nom des intérêts de la Compagnie des Indes. L'homme à la canne à tête de lion décida de s'éloigner de l'Hougly, l'une des deux principales branches du Gange sur les rives duquel étaient construits les comptoirs anglais et français, et de remonter le cours d'une petite rivière qui serpentait à travers la forêt.

Après douze jours de marche dans les plus pénibles conditions, estimant avoir parcouru assez de lieues, Qoëlet rejoignit les rives du fleuve. La progression de la troupe fut dès lors plus aisée. Deux semaines plus tard, le voyageur jugea qu'il s'était assez avancé dans les terres pour y établir son camp de base. Dans le lointain, les contreforts de la montagne se dessinaient, soudés à l'horizon.

L'aldée de Cetimbazar n'était alors qu'un village de paillotes lépreuses cerné par la forêt. Quelques familles d'intouchables y vivotaient depuis des siècles. Le pays, d'ailleurs, était dévoré par la nature. Gangrené de végétation.

Qoëlet dressa au cordeau l'emplacement du premier bâtiment. Chaque marin, chaque soldat se fit terrassier, maçon, charpentier. Après avoir fait trembler la hache et la pioche, ce ne furent que coups de marteau et grincements de scie. Bientôt, un premier bastion de rondins s'éleva. Le Breton ordonna alors qu'on dressât une palissade, puis qu'on creusât autour un fossé. Après trois mois à travailler sans relâche, le poste de Cetimbazar fut enfin prêt à recevoir les marchandises qu'il leur fallait trouver.

N'emportant qu'un petit coffret empli de pièces d'or, Qoëlet laissa la garde de la place et du reste de l'argent à la moitié de ses hommes sous le commandement d'un lieutenant du capitaine Horn et s'enfonça avec les autres dans les terres, cheminant vers le nord-ouest à la recherche de l'opium du Bengale.

Ils progressaient à travers une forêt sans fin, broussailleuse et hostile, partant irrésistiblement à l'assaut des montagnes qui leur faisaient face. Les tigres y étaient chez eux, qui attaquaient toujours par-derrière au point que les pions portaient au dos de la tête un masque à figure humaine pour les tromper. Ils croisaient des cerfs à dents longues, des sangliers géants, des singes criards, des serpents dont une seule morsure foudroie.

Dans chaque village de huttes qu'ils rencontraient, c'était la même question : l'opium ? On leur désignait toujours un versant plus lointain de la montagne. Les cartes, là où ils entraient désormais, marquaient : *terres inconnues.* Qoëlet en souriait et ordonnait d'avancer. Trois hommes déjà avaient péri, emportés par des fièvres foudroyantes ou piqués par des serpents. La faim leur tiraillait l'estomac. L'inquiétude d'être attaqués par un ennemi inconnu les habitait à chaque pas qu'ils faisaient. L'interprète ne savait rien, sinon épuiser la ration de deux hommes. Qoëlet allait le renvoyer lorsque des paysans rencontrés sur le chemin leur livrèrent un fait des plus curieux. Le raja qui régnait sur le versant suivant de la montagne, disaient-ils, avait pris le titre de Seigneur des Rêves. Il n'y avait plus de doute : ils touchaient au but.

Le lendemain, peu après le lever du jour, pendue à flanc de montagne, ils découvrirent la ville. D'abord un éblouissement : le soleil qui se reflétait sur les dômes couverts d'or d'un palais gigantesque. Puis la stupéfaction : des centaines d'éléphants, des milliers d'hommes qui venaient à leur rencontre. Une véritable armée aux sabres luisants, aux vêtements chamarrés, entre cris et barrissements, bruyante comme aucune autre, avançait sur eux. Les Européens, en proie à la panique, armèrent leurs fusils et se regroupèrent autour de leur chef. Qoëlet, d'un geste sans réplique, leur ordonna de baisser leurs armes. Que faire d'autre ? Ils étaient quarante face à des milliers d'hommes.

Ils furent bientôt cernés. Une haie de cavaliers se forma. Un éléphant plus haut que tous les autres portant un panier en bois précieux fendit la masse des soldats. Un homme enturbanné, la barbe finement taillée, vêtu d'une tunique de soie brodée d'or, les considérait du haut du pachyderme. Chacun devina qu'il s'agissait du raja. Le Seigneur des Rêves les observait, entre dédain et curiosité. Leurs fusils, à l'évidence, provoquaient sa plus grande curiosité. Le silence était écrasant. Les nerfs des Européens tendus. Le regard du prince indien plein de menace. Soudain, le raja fit un bref signe de la tête à l'un des officiers de sa suite. Celui-ci s'empara aussitôt du fusil de l'homme qui se trouvait à côté de Qoëlet.

« Laisse faire ! » ordonna ce dernier au soldat qui portait la main à son sabre.

Le raja, auquel l'officier venait de remettre l'arme, examinait désormais celle-ci avec attention. C'était un fusil Charleville modèle 1746. Une arme de cinq pieds de long qui avait dû appartenir à un soldat de l'infanterie de marine française avant de tomber entre les mains d'un des hommes du capitaine Horn. Une pièce incontestablement plus moderne que toutes celles jamais vues par le prince indien. Ce dernier tournait et retournait l'arme dans ses mains comme s'il venait de faire la plus belle trouvaille qui fût. Il l'épaula à plusieurs reprises, visant tour à tour Qoëlet et ses compagnons, ses propres officiers, le cornac de son éléphant, les nuages bas et lourds qui morcelaient le flanc de la montagne ou le soleil qui s'élevait avec ardeur dans le ciel.

On n'entendait plus un bruit, sinon, par moments, le hennissement discret d'un cheval. Ni un barrissement ni le son d'une voix d'homme. Des milliers de soldats et quarante Européens étaient suspendus à la décision qu'allait prendre le raja. Allait-il ordonner le massacre de la petite troupe étrangère qui avait pénétré sur ses terres ? La laisserait-il rebrousser chemin après l'avoir dépouillée ? Daignerait-il entendre les paroles de celui qui l'avait menée devant sa cité ? Il semblait à chacun, qu'il fût européen ou indien, que le fusil Charleville qu'avait entre ses mains le raja déciderait seul des minutes à venir.

Il y avait dix longues minutes que le raja examinait l'arme du compagnon de Qoëlet. Interminables minutes au cours desquelles l'homme à la canne à tête de lion et ses hommes s'étaient cent fois vus mis en pièces par les milliers de soldats qui les cernaient. Folles minutes qui les avaient aussi convaincus de la richesse sans fin de ce seigneur indien. Les diamants qui ornaient son turban, les uniformes de ses soldats, les harnachements des chevaux et des éléphants, les toits d'or de la ville qui brillaient derrière eux trahissaient une incommensurable fortune. Les Européens apparaissaient, à chaque seconde qui filait, de plus en plus nerveux. Qoëlet lui-même commençait à redouter quelque assaut subit. L'arme de son compagnon maniée par le raja, à plusieurs reprises pointée sur sa poitrine, le sourire à la fois cruel et enfantin de ce dernier lui faisaient craindre le pire. Il avait atteint cet état de tension qui fait redouter chaque seconde qui vient au-devant de soi, lorsqu'une détonation retentit. Le raja venait de faire feu.

Un soldat s'effondra tandis qu'une clameur craintive montait de la troupe. Les Européens regardaient, atterrés, le raja souriant qui venait, pour le plaisir de faire usage de cette arme moderne arrachée à l'un d'eux, de tuer froidement un de ses hommes. L'officier indien qui avait remis le fusil au raja s'approcha de Qoëlet. D'un geste bref de la main, il lui ordonna de le suivre.

L'éléphant du prince venait de faire demi-tour. Les Européens se mirent en marche à sa suite, progressant entre la haie de cavaliers immobiles, guère rassurés en vérité.

Qoëlet appela auprès de lui l'interprète et lui demanda ce qu'il pensait de tout cela. L'homme tremblait de tous ses membres. Il lui déclara qu'il ignorait tout des intentions du raja mais redoutait le pire. Déclara encore qu'il eût donné son fils et sa fille pour être à cent lieues de là. Avoua, enfin, qu'il avait entendu un soldat dire que le prince était un homme cruel et qu'aucun étranger n'était ressorti vivant de son palais. Qoëlet dissimula son trouble et repoussa le couard.

« Aucun, dis-tu ? Alors nous serons les premiers ! »

L'arrivée de leur petite troupe dans la ville fit sensation. Mais la cité, ses dômes, ses remparts, ses coupoles ouvragées impressionnèrent plus encore les visiteurs. Telle était la richesse cachée de l'Indostan…

L'officier qui les guidait les conduisit à travers les dédales de la citadelle jusqu'à un bâtiment gardé par des hommes en armes.

« Vous logerez ici jusqu'à ce que le prince daigne vous accorder audience, dit-il à Qoëlet sur un ton qui ne souffrait nulle réplique.

— Sommes-nous prisonniers ? demanda ce dernier en désignant les soldats qui ne les quittaient pas.

— Vous êtes les hôtes de Muzabin, raja éternel de Galavour et Seigneur des Rêves. Vos personnes sont sacrées, c'est pourquoi Son Excellence assure votre sûreté… », répondit l'homme avec un étrange sourire.

Le lendemain, un conseiller du divan du raja fit visiter

la ville à Qoëlet, insistant sur la fortune et la puissance de son maître. Depuis la bataille de Karnal et la chute du trône de Paon qui avait suivi, quinze ans plus tôt, le raja de Galavour n'avait d'autre suzerain que lui-même, déclara-t-il avec fierté. Le massacre de trente mille habitants de Delhi était la cause de cette soudaine liberté des seigneurs locaux. Chacun restait enfermé dans ses terres, craignant l'invasion persane et les horreurs qui l'accompagnaient. Cette autarcie soudaine après des siècles de tribut rendu au Grand Mogol avait exacerbé l'orgueil du raja, qui ne payait plus d'impôt à quiconque, pas plus qu'il ne rendait désormais hommage au soubab de la province, dont le pouvoir était devenu fictif.

Qoëlet comprit tout le profit qu'il y avait à tirer d'une pareille situation. Ignoré par les Marathes, inconnu des Anglais comme des Français, le raja de Galavour était un homme à séduire. Aussi décida-t-il de tout faire pour nourrir l'envie du prince. Gardant présent à l'esprit l'intérêt de celui-ci pour les armes, il ordonna au lieutenant Taylor, qui commandait aux soldats de la troupe, de faire défiler ses hommes devant le palais.

Prévenu, le prince s'était installé sur un amas de coussins, éventé par deux pankas, éventails si larges et si lourds qu'ils étaient chacun manipulés par deux hommes. Les soldats de Taylor défilèrent dans un ordre parfait, leurs armes aussi luisantes que les boutons de leur habit. Le raja fit répondre à cette démonstration par un défilé de ses propres troupes, infanterie, cavalerie et éléphants de combat mêlés. En tout, dix mille hommes qui passèrent fièrement devant eux à la plus grande satisfaction de leur maître. Les Européens n'eurent pas à forcer leur admiration. Le spectacle était des plus impressionnants. Leurs démonstrations de stupéfaction, encouragées par Qoëlet, qui ne doutait plus de la vanité du raja, leur ouvrirent les portes de son palais.

Le soir même, des soldats aux vêtements cousus de fils d'or et d'argent menèrent Qoëlet, ses trois lieutenants et l'interprète jusqu'au Seigneur des Rêves. Celui-ci les attendait assis sur un trône d'ébène, grave comme un dieu fait homme, le fusil Charleville entre les mains. C'était un homme d'âge mûr, presque aussi large que haut, portant barbe et turban, vêtu de soie sombre. Il sourit en voyant paraître les Européens puis se reprit après qu'un brahme lui eut murmuré quelques mots à l'oreille, figeant son visage dans un air de majesté componctueux.

De la main, le raja fit signe aux visiteurs d'approcher. Les Européens s'avancèrent puis s'inclinèrent avec toutes les marques du plus grand respect. Le prêtre qui s'était adressé au prince les toisa.

« Qu'êtes-vous venus faire sur les terres du raja éternel de Gavalour, étrangers ? »

Qoëlet sourit et se contenta de déposer au pied du trône trois fusils, une boussole, une carte, ainsi que le coffret empli de pièces d'or à l'effigie du roi d'Angleterre. Le prince le considéra avec un certain dédain, mais ne put retenir un sourire de concupiscence. Comprenant qu'il était sur la bonne voie, Qoëlet poussa le coffret jusqu'au pied du trône, puis entreprit de charger un fusil qu'il présenta au raja. Celui-ci s'en empara, pointa l'arme sur plusieurs serviteurs qui détalèrent aussitôt, puis la reposa après que le brahme qui le conseillait lui eut à nouveau murmuré quelques mots à l'oreille. Ce fut lui qui prit la parole, sans seulement prendre la peine de dissimuler son mépris.

« As-tu vu la richesse de notre prince et la puissance de son armée ? Que veux-tu qu'il fasse d'un peu d'or et de trois misérables fusils ? Ton roi, qu'on voit sur ces pièces, a-t-il une armée aussi valeureuse et aussi riche que la nôtre ?

— Le roi d'Angleterre n'est pas le mien, mais il est assez riche et assez puissant pour envoyer des troupes aussi bien en Inde orientale, où sont les terres du prince de Gavalour, qu'en Inde occidentale, qu'on nomme parfois Amérique », répliqua Qoëlet.

Cette réponse fut malheureuse. Nul parmi les brahmes qui conseillaient le raja ne connaissait les Amériques. Vexés d'avoir été mis en défaut par un étranger, ils parurent résolus à faire échouer la rencontre. Qoëlet savait que le pouvoir des ces religieux, dans l'Inde, était infini. Ils étaient respectés pour leur savoir, qui était grand en mathématique mais surtout en astrologie, comme pour leur supposée sagesse. Se les aliéner revenait à perdre tout crédit.

Le raja, cependant, paraissait plus intéressé par l'or et les fusils des Européens que par ces Indes occidentales dont il ne semblait guère ému de ne rien savoir. Malgré les mises en garde de ses conseillers, que traduisait au fur et à mesure l'interprète, il finit par prendre lui-même la parole.

« Qui m'empêcherait de m'emparer de ton or et de tes armes et de vous faire tous mettre à mort ? » demanda-t-il sans quitter des yeux le coffret et les fusils déposés à ses pieds.

Qoëlet lui répondit qu'il perdrait dix fois plus, et que cette stupidité serait indigne d'un grand prince. Puis il rit franchement, invitant ses hommes à agir de même.

« Qu'attends-tu de moi en échange de ce que tu prétends pouvoir m'offrir ? insista le raja, soudain appâté.

— Que Votre Seigneurie fasse assembler le meilleur opium de ses montagnes, et je reviendrai avec cent fois plus d'or », conclut-il en s'inclinant.

L'assemblage des lots d'opium qu'emporterait Qoëlet débuta tandis que le lieutenant Taylor prenait, avec le gros des hommes, la direction de Cassimbazar pour en rapporter les coffres d'or. Lorsqu'il revint, un mois plus tard, les lots n'étaient toujours pas assemblés. Malgré la décision du raja, le parti des brahmes, qui s'estimait humilié, manifestait toute son hostilité à l'égard des Européens et faisait tout pour faire échouer la transaction.

Ainsi voulut-on d'abord leur donner un produit sans fraîcheur et de médiocre qualité. Puis ce furent, ayant obtenu satisfaction, des tracasseries en tout genre. Les astres tinrent dans ces négociations une place qui ne fut pas des moindres. Arguant que la conjonction des planètes n'était pas favorable, les prêtres retardaient autant qu'ils le pouvaient le moment de livrer l'opium. Quant au raja, il pressait ses conseillers de trouver une issue avec une indolence à laquelle Qoëlet s'était habitué. Certes impatient de recevoir son or et les quelques fusils promis, il était plus effrayé encore par un mauvais horoscope. Ainsi, s'il soupirait contre les planètes, écoutait-il les brahmes plus encore que ses désirs.

Chaque jour, Qoëlet se rendait auprès de lui et lui demandait quel était l'avis des prêtres. Le prince faisait appeler ses conseillers qui, cartes du ciel en main, lui répondaient invariablement que les astres s'opposaient au départ de l'opium de sa cité et qu'il ne pouvait, sous peine d'un cruel châtiment, aller contre les signes. Le Seigneur des Rêves proposait alors au voyageur de se joindre à lui pour le repas ou une chasse au tigre. C'était là ses deux passions. La précision du fusil Charleville lui avait donné une certaine préférence pour la seconde tant son tableau de chasse, depuis qu'il usait de cette arme, s'était accru. Au soir, Qoëlet retrouvait ses compagnons pour leur annoncer qu'il fallait encore attendre. Deux mois entiers s'écoulèrent ainsi durant lesquels les Européens crurent perdre espoir de jamais parvenir à quitter Gavalour.

Enfin, après des semaines de palabres, de chicaneries et d'horoscopes, deux cents mules furent chargées de ballots contenant le meilleur opium qui fût. L'or et les fusils rapportés par le lieutenant Taylor furent livrés au raja, Qoëlet et ses hommes quittèrent Gavalour avec soulagement, conscients qu'ils n'avaient en la personne du prince qu'un partenaire des plus versatiles qu'il leur faudrait séduire un peu plus à chaque visite. Ils quittèrent la cité du Seigneur des Rêves dans les premiers jours du mois de février 1756, à quelques jours près, un an après leur départ d'Édimbourg.

Qoëlet comprit l'énergie qu'avaient mise les brahmes à retarder leur départ lorsqu'ils furent attaqués, à quelques lieues à peine de Gavalour.

Le convoi progressait dans une gorge dominée de part et d'autre par de hautes falaises. Le lieutenant Taylor, qui avait par trois fois emprunté cette route, se montrait nerveux depuis le matin. Il avait poussé une reconnaissance avec quelques hommes, mais n'avait rien observé d'anormal. Ses soupçons se confirmèrent cependant lorsque, à mi-chemin, une incroyable fusillade éclata, ponctuée par des jets de flèches. En un instant, quatre soldats et une dizaine de mules s'écroulèrent. Les hommes s'abritèrent comme ils le purent derrière des rochers et se mirent à riposter. En vain. Leurs assaillants étaient invisibles, cachés dans la forêt qui les dominait, à trente mètres au-dessus de leurs têtes.

Vingt minutes s'écoulèrent durant lesquelles trois autres soldats furent touchés, dont l'un par une flèche qui lui transperça un œil. La peur de succomber sous les coups d'un ennemi invisible gagnait les rangs. Qoëlet comprit qu'il ne leur suffisait pas de se défendre, mais qu'il fallait encore attaquer pour se dégager de l'embuscade. Il fit signe au lieutenant Taylor de le rejoindre.

« Prenez quelques hommes et essayez de les mener là-haut, sans quoi nous sommes perdus ! J'ai vu un passage, à un quart de lieue en arrière, au début du défilé, lui dit-il.

— J'ai moi aussi remarqué cet endroit », répondit Taylor tandis qu'il rechargeait ses pistolets.

Qoëlet fit signe aux soldats et aux marins qui se trouvaient le plus près de lui et leur ordonna de suivre le lieutenant Taylor. La dizaine d'hommes se levèrent d'un bond tandis que les autres faisaient feu de toutes leurs armes, forçant les assaillants à réduire l'intensité de leur tir. À l'exception d'un homme, frappé dans le dos par une flèche, la troupe de Taylor fut bientôt hors de portée.

L'heure qui suivit fut aussi angoissante que cruelle. Les attaquants, convaincus qu'une partie de la troupe avait fui, semblaient résolus à exterminer les survivants.

Bientôt, de ceux qui étaient restés autour de Qoëlet, beaucoup furent morts ou blessés. Les bêtes touchées poussaient des braiments déchirants. Les hommes, des gémissements désespérés. Lui-même jugeait qu'ils étaient perdus lorsqu'une fusillade éclata dans les hauteurs. Ils entendirent des hurlements de frayeur, puis de panique, tandis que leur parvenaient les cris de Taylor et de ses hommes.

En quelques minutes, le calme s'établit. La voix du lieutenant retentit depuis le haut de la falaise, chaude et joyeuse. Peu après, il apparaissait à la tête de sa petite troupe. Deux soldats seulement avaient été blessés lors de l'assaut. Douze autres, par contre, gisaient, morts, dans le défilé, au côté d'une vingtaine de mulets. Autant étaient blessés.

Bien qu'il n'existât aucune preuve de la participation des brahmes dans cette meurtrière embuscade, Qoëlet et ses officiers ne doutaient pas de leur implication. Il s'agissait de repartir au plus vite. Les bêtes touchées furent abattues et leur charge d'opium répartie sur les survivantes, de même que les blessés. Vers le début de l'après-midi, le convoi reprit sa marche, attentif au moindre bruit, chaque homme gardant les mains crispées sur la crosse de son fusil. Une nouvelle attaque eût signé leur anéantissement. Rien ne survint. Après trois semaines de progression à travers la forêt, le poste de Cetimbazar apparut. Ils se crurent sauvés.

Le capitaine Horn attendait leur retour avec impatience. Après avoir mis la *Divine* en sûreté dans la rade de Madras, il avait gagné la baie du Bengale à bord d'un sloop à peine assez gros pour recevoir la cargaison d'opium rapportée par Qoëlet. Il convenait désormais de le rejoindre sans se faire surprendre par les Français de Chandernagor ni par les Anglais de Calcutta.

« La guerre entre Français et Anglais est ouverte dans les colonies d'Amérique, expliqua le capitaine Horn. Il ne fait pas de doute que la nouvelle se propagera dans l'Inde d'ici peu. Il faudra être chanceux pour ne croiser ni les uns ni les autres… »

Ils abandonnèrent le poste de Cetimbazar quelques jours plus tard, le laissant vide avec l'espoir de le retrouver intact à leur retour. La saison chaude venait de débuter. La température était devenue étouffante. Les hommes comme les bêtes n'en pouvaient plus. Chargés d'opium, traînant leurs blessés, suivant le cours d'une rivière qui serpentait à travers la forêt afin d'éviter les mauvaises rencontres, ils mirent une pleine semaine pour atteindre la baie.

Quinze jours plus tard, ils étaient en vue du fort Saint-George de Madras. Là encore, ils profitèrent de la nuit pour effectuer le transbordement de leur précieux opium à bord de la *Divine*. La cargaison emplissait à peine les cales du vaisseau. Il leur fallut rechercher diverses denrées afin d'utiliser l'espace disponible. Qoëlet arpenta le comptoir anglais et finit par faire la rencontre de négociants qui attendaient depuis deux mois un vaisseau qui n'arrivait pas. L'un d'eux avait autrefois été en affaires avec Samuel Blackhill. La confiance établie, le marché fut conclu et les épices à destination de l'Angleterre chargées à bord de la *Divine*. C'est par cet homme que le Breton apprit que le gouverneur Dupleix, vice-roi de l'Inde française, avait été rappelé depuis près de deux ans. Quant à Bussy, on le disait plus puissant que jamais.

Bien que la saison ne fût pas propice à un départ vers l'Europe, le capitaine Horn décida d'appareiller. Le voyage fut difficile. Pour n'avoir pas attendu les vents de la mousson du nord, ils affrontèrent de grands calmes, puis, au large de Bourbon, un ouragan qui mit à bas le mât de misaine. Dans l'impossibilité d'aller radouber dans un port français sous peine de voir leur cargaison saisie, ils poursuivirent leur route sur un navire meurtri. La figure de proue ne souriait plus aux flots. Chaque lame était une menace. La coque faisait eau de toute part. La mâture grinçait effroyablement.

Qoëlet arpentait le pont à coups de canne nerveux. Il considérait les mauvaises fortunes qui avaient frappé son voyage. Peu importaient les souffrances, les incertitudes, les peurs… Ils les avaient attendues. Mais tant d'hommes étaient morts. Combien avaient perdu la vie depuis leur départ d'Édimbourg, dix-huit mois auparavant ? Trente ? Quarante ? Il n'osait se livrer à ce compte sinistre. Il se prenait parfois à douter des bienfaits d'une telle expédition. Soit, s'ils arrivaient à bon port, il serait riche comme peu pouvaient espérer le devenir. Mais après ? Repartir ? À quel prix ?

Pourtant, un je-ne-sais-quoi lui faisait espérer plus encore. L'envie d'un repos mérité ne le tenaillait pas. Pas plus que l'idée de jouir de sa fortune. Au contraire. Il rêvait déjà de repartir, malgré les doutes et, ma foi, quelques remords. Repartir comme on lance une paire de dés. Pour voir.

« C'est le jeu ! » se disait-il comme une justification en songeant à tous ceux qui, embarqués avec lui, ne reverraient jamais les tours d'Édimbourg.

III

Samuel Blackhill l'accueillit comme un fils.

« J'ai craint, je vous ne le cache pas, que vous n'ayez été abordé ou coulé par un navire français. C'est à nouveau la guerre… Ce démon de maréchal de Richelieu a pris Minorque en mai. Les mers ne sont pas sûres. Mais oublions cela puisque vous nous êtes revenu ! J'ai déjà des acheteurs pour notre opium. Et au meilleur prix ! Vous voici riche, mon cher Qoëlet ! » lui dit-il joyeusement.

Les jours suivants offrirent au voyageur un repos qu'il ne désirait pas. Soucieux de voir la *Divine* remise en état au plus tôt, il se rendait quotidiennement au port afin de presser les opérations de radoub et de mâtage. Charpentiers et calfats lui riaient au nez.

« Il faudra des mois avant que cette épave puisse reprendre la mer, monsieur ! »

Samuel Blackhill lui suggéra de se trouver un domaine et une femme, allant, pour tromper son impatience, jusqu'à lui présenter quelques beaux partis. Mais Qoëlet ne se souciait pas plus de devenir propriétaire que de se marier.

« Vous avez de la fortune, que vous faut-il de plus ? s'étonnait l'Écossais.

— Repartir », répondait invariablement le voyageur.

De fait, ses seules pensées étaient tournées vers un nouveau voyage. C'était plus fort que lui. Reprendre la mer, traverser la vaste forêt du Bengale, franchir les cols de ses hautes montagnes, revoir les murailles de Gavalour : il ne pensait à rien d'autre. À rien d'autre sinon, parfois, à la comtesse de Lauragais.

Dans les tavernes d'Édimbourg, où il aimait à jouer aux cartes, on le devinait cherchant des cœurs prêts pour l'aventure. Ils étaient peu nombreux. La guerre contre l'alliance des Français, des Autrichiens et des Russes absorbait beaucoup d'hommes. La Navy, en particulier, faisait main basse sur les matelots. Qu'importe, le Breton désignait l'Indostan comme un territoire à conquérir, immense, magique, captivant. On l'écoutait, entre deux parties, décrire la splendeur de Gavalour, ses dômes couverts d'or et son prince dont l'armée comptait mille éléphants de combat. Chacun, à l'entendre, savait qu'il disait vrai. D'ailleurs, un homme avec une jambe en moins devait avoir vu les choses les plus curieuses de la terre. Nul n'ignorait qu'il était riche comme aucun, et même si son habit noir était sans recherche, on le voyait payer en écus d'or sans jamais réclamer sa monnaie.

Il parvint, à force de parties de whist et de verres de whisky, à assembler autour de lui une compagnie d'aventuriers que ses récits sur l'Inde passionnaient. C'étaient, pour la plupart, des hommes jeunes et sans fortune prêts à forcer la chance, fût-ce au péril de leur vie. D'ailleurs, le service du roi, en ces temps de guerre à outrance, offrait plus de risques de mourir que de chances de profit. Ainsi Qoëlet en vint-il à compter autour de lui, chaque soir ou presque, plusieurs dizaines de gaillards bien décidés à s'embarquer avec lui au prochain départ de la *Divine.* Lorsque, à l'automne 1757, le vaisseau du capitaine Horn fut déclaré en état de prendre la mer, ils étaient quarante à venir admirer la puissante carène du vaisseau.

Le jour du départ fut fixé au 2 décembre. Outre le capitaine Horn et Qoëlet, montèrent à bord le lieutenant Taylor, ce jeune homme énergique avec lequel le voyageur s'était lié, cinq autres officiers, tous anciens de l'East India Company, et soixante-huit hommes d'équipage. Onze, parmi tous ceux-là, avaient été du premier voyage au Bengale. Les autres avaient pour l'essentiel été recrutés par Qoëlet dans les tavernes d'Édimbourg. Il n'en était pas un qui ne rêvait de revenir riche à millions.

Outre vingt coffres d'or, les cales de la *Divine* étaient emplies de denrées destinées aux magasins de Madras dont le produit de la vente permettrait de quadrupler la somme qui serait offerte au raja. S'ajoutaient à ces marchandises cinq cents fusils Brown Bess, plus longs et plus lourds que le modèle Charleville des Français, mais d'une précision identique, promis par Qoëlet au Seigneur des Rêves, ainsi que du matériel destiné à renforcer le poste de Cetimbazar. Il ne restait qu'à atteindre les contreforts du Bengale pour y chercher l'opium du Seigneur des Rêves.

Lorsqu'ils atteignirent, six mois plus tard, Madras, principal comptoir britannique dans l'Inde, on leur apprit que la situation était bouleversée. Un an auparavant, le colonel Clive avait, lors de la bataille de Plassey, défait l'armée de Surâj-ud-Daulâ, le divan du Bengale soutenu par les Français. Ces derniers avaient évacué Chandernagor, Dacca et Cassimbazar, livrant la province aux Anglais. Dans le reste du sous-continent, la lutte était âpre. Les Français avaient envoyé un général, le comte de Lally, qui menait une guerre sans merci. De Bussy, nulles nouvelles.

Qoëlet mesura aussitôt la portée d'un tel retournement. En effet, si le Bengale était libéré de la présence française, la mainmise sur la province par l'East India Company remettait en cause l'indépendance du raja de Gavalour. De même, ils avaient tout lieu de craindre que leur poste de Cetimbazar ne fût occupé.

Lorsque la *Divine* atteignit le golfe du Bengale, la petite mousson enténébrait les cieux de l'Indostan. Une fois leur matériel débarqué, le vaisseau fut mis à l'abri dans une baie proche du delta du Gange et la troupe menée par Qoëlet et le lieutenant Taylor prit la direction de Cetimbazar en prenant soin d'éviter Calcutta. Ils atteignirent le poste de rondins sans croiser le moindre membre de la John Company.

Peu confiant en l'honnêteté du raja de Gavalour, plus sceptique encore quant à celle de ses conseillers, Qoëlet décida de laisser les deux tiers de son or et des fusils à Cetimbazar et de rapporter l'opium acheté en trois voyages. La moitié de ses hommes restèrent au poste sous le commandement de Taylor avec ordre de consolider la fortification. Il s'enfonça dans la forêt à la tête du reste de la troupe. La route leur était à présent connue. Ils firent le trajet rapidement, et découvrirent les murailles de Gavalour après quinze jours de marche.

Tous comprirent, en pénétrant dans la ville, que quelque chose avait changé. Très vite, ils surent quoi :

un soldat anglais montait la garde devant le palais du raja.

« Qui êtes-vous ? leur demanda l'homme en armant son fusil.

— Nous sommes attendus par le prince de Gavalour », rétorqua Qoëlet avec autorité.

Le soldat répondit par un franc éclat de rire. Ils en connurent la cause lorsque, un peu plus tard, ils trouvèrent sur le trône du raja un jeune homme entouré de brahmes et d'officiers de l'East India Company.

« Qui êtes-vous et que voulez-vous ? questionna l'un d'eux avec animosité.

— Nous avons un marché avec le prince, lui répondit Qoëlet sans se démonter. Où se trouve-t-il ?

— Devant vous !

— Ce n'est pas l'homme que je connais et qui a pour nom Muzabin.

— Voici son neveu. Muzabin est mort voici près d'un an. Un accident de chasse… Vous n'avez pas répondu à ma question : qui êtes-vous et quelle affaire vous amène à Gavalour ?

— Une affaire qui ne vous regarde pas. Quant à nos noms, à quoi vous serviraient-ils ?

— Toutes les affaires du raja de Gavalour intéressent l'East India Company dorénavant. Vous êtes sur ses terres ! Rien ne peut entrer ou sortir de ce territoire sans mon ordre. J'ai, moi, capitaine Sanders, reçu mandat du colonel Clive en personne.

— Moi pas ! rétorqua Qoëlet que les airs de supériorité de l'officier irritaient.

— Alors je saisis vos marchandises et je vous arrête », conclut l'homme sans sourire.

Il fit un signe de la main à un subordonné, et le petit groupe de Qoëlet se trouva bientôt cerné. Poussé hors du palais à coups de crosse dans les reins, il découvrit sa troupe sous bonne garde, coffres forcés et caisses à fusils ouvertes.

« Monsieur, vous outrepassez vos droits ! protesta Qoëlet.

— J'ai tous les droits. Vous n'êtes rien, ici, et je suis tout. Au nom de l'East India Company, je saisis votre marchandise et vous arrête pour contrebande ! » répliqua Sanders avant de s'éloigner.

Qoëlet et les trente-deux hommes qui l'accompagnaient furent conduits dans la forteresse et enfermés dans ce qui avait autrefois dû être une salle des gardes. Dans la matinée du lendemain, il fut conduit devant le capitaine Sanders.

« Vous n'êtes pas anglais, ni même écossais, commença celui-ci.

— Non, je suis breton, répondit l'homme à la canne à tête de lion avec une certaine fierté.

— Alors vous êtes français ! Je peux vous faire fusiller rien que pour ce motif.

— Je ne suis ni soldat ni membre de la Compagnie des Indes. Ce serait un assassinat…

— Vous êtes un espion.

— Je suis l'associé de Samuel Blackhill, négociant bien connu à Édimbourg et jusqu'à Londres. Tous mes hommes pourront vous le confirmer. Je n'espionne rien ni personne ; je fais du commerce.

— Vous n'avez pas le droit. L'East India Company en a le monopole.

— Le Bengale n'était pas sous son autorité lors de mon premier voyage…

— Il l'est, désormais ! Qu'êtes-vous venu faire à Gavalour ?

— Je vous l'ai dit : du commerce.

— Quels produits ?

— Épices, bois précieux…

— Vous mentez. Nous savons que vous avez emporté, voici deux ans, de l'opium en grande quantité…

— Un peu d'opium aussi, il est vrai, admit Qoëlet.

— Avez-vous des complices autres que les hommes qui vous accompagnent ? Un poste de commerce ? Un navire ?

— Nous avons un navire. Ce n'est un secret pour personne puisque nous avons fait escale à Madras il y a deux mois.

— Vous n'avez pas répondu à ma question. »

Qoëlet considéra son interlocuteur. Le capitaine Sanders était un homme d'une quarantaine d'années au visage grêlé, portant perruque et tricorne, sanglé dans un uniforme noir qui le rendait plus sévère encore qu'il ne paraissait. Un personnage, songea-t-il, capable de le faire exécuter pour faire montre de son autorité. Malgré ce risque, il ne pouvait avouer l'existence du poste de Cetimbazar. Il perdrait l'or et les fusils qui s'y trouvaient.

« Notre vaisseau, la *Divine*, se trouve dans une baie proche du delta du Gange, chargé d'or et de fusils. Il est la propriété de Samuel Blackhill mais il intéresse au plus près le prince de Galles, qui est aussi duc d'Édimbourg, comme vous le savez, et qui s'honore de l'amitié de mon associé au point d'avoir obtenu pour lui le titre de lord.

Son Altesse a pris à titre personnel des parts dans ce voyage et entend ne pas perdre son argent ni l'opium qu'elle attend... »

Il n'y avait pas un quart de vérité dans ces propos, mais ils produisirent sur le capitaine Sanders l'effet escompté. L'officier risquait de s'aliéner son futur souverain. L'enjeu laissait à réfléchir.

« Je ferai vérifier ce que vous me dites, lui répondit Sanders avec précaution. Si vous m'avez menti, je vous retrouverai et je vous ferai abattre !

— Suis-je libre ?

— Vous l'êtes.

— Et mes hommes ?

— Je donnerai des ordres.

— Mes marchandises ?

— Je les conserve. Je me chargerai de verser au raja ce qui lui revient en échange des produits qu'il vous livrera. Il ne fait rien sans mon ordre, aussi est-ce avec l'East India Company que vous ferez désormais affaire. Et sachez qu'on ne trompe pas cette société.

— Je m'en souviendrai », conclut Qoëlet en quittant la pièce.

Les semaines qui suivirent furent occupées à assembler les lots d'opium. Les hommes du capitaine Sanders ne quittaient pas un instant Qoëlet et ses compagnons, pleins de soupçons, retardant par mille entraves leur travail. Il y eut, à plusieurs reprises, de violentes altercations. Si le Breton n'avait pas rappelé aux siens la précarité de leur situation, sans doute les Indiens eussent-ils assisté dans la place de Gavalour à une bataille rangée entre Anglais et Écossais. Il y avait, au-delà de la simple concurrence entre les deux troupes, une véritable haine des uns envers les autres. La soumission de l'Écosse à la Couronne britannique était trop récente pour avoir été admise par les hommes de Qoëlet. L'Anglais était détesté pour ce qu'il était : un impitoyable conquérant. Hier en Écosse, aujourd'hui au Bengale, les soldats britanniques se comportaient en vainqueurs, orgueilleux et implacables.

Chaque jour qui passait inquiétait un peu plus Qoëlet. S'il redoutait, en effet, qu'éclatât un incident grave entre Écossais et Anglais, il craignait tout autant que la durée de leur absence n'inquiétât le lieutenant Taylor.

Ce qui arriva dépassait ce qu'il avait pu imaginer. Un matin, six semaines après leur arrivée à Gavalour, ils virent entrer dans la ville, escortée par des soldats de l'East India Company, la troupe restée à Cetimbazar. L'or et les fusils suivaient, chargés sur des mules. Taylor allait devant, soutenu par deux marins. Son habit était taché de sang. Il portait autour de la poitrine un bandage poisseux. Tous avaient le visage tuméfié. Ils s'étaient, à l'évidence, battus jusqu'à la dernière extrémité.

« Ils ont attaqué le poste il y a deux semaines. Les autres sont morts », eut le temps de glisser le lieutenant Taylor à Qoëlet avant qu'un soldat ne le repoussât violemment.

Le capitaine Sanders survint, fouettant sa cuisse avec la cravache qu'il ne quittait jamais. Il considéra les nouveaux arrivants avec mépris puis se tourna vers Qoëlet.

« Ainsi vos hommes étaient à bord de votre vaisseau et vous n'aviez pas de poste à terre ? Vous m'avez menti. Par leur faute, la Compagnie a perdu dix bons serviteurs, assassinés par ce ramassis de… traîtres. Ils seront fusillés et vous avec ! »

Les Écossais, en entendant ses menaces, se regroupèrent autour de Qoëlet, l'air mauvais. Sanders tira de sa ceinture son pistolet qu'il arma.

« Quoi ? Voulez-vous qu'il soit le premier ? » hurla-t-il en pointant son arme sur Qoëlet.

Les Écossais firent un pas en avant, les poings serrés. Sanders cria :

« Aux armes ! »

Puis il fit feu. Qoëlet s'écroula, la poitrine transpercée.

IV

Lorsqu'il ouvrit les yeux, la première chose qu'il vit fut un visage noir penché sur lui. Visage de femme souriant et attentif qui lui en rappela un autre, blanc, lointain. Aussitôt, il eut le sentiment que sa poitrine était pressée par un étau fatal. La femme prononça quelques mots qu'il ne comprit pas. Le ton de sa voix était doux. Elle ne cessait de sourire. Puis il perdit connaissance.

De longues semaines s'écoulèrent entre la vie et la mort. Chaque respiration lui était un supplice. Le souvenir du pistolet du capitaine Sanders pointé sur lui le hantait. La détonation…

Un jour, un vieil homme apparut. Il parlait quelques mots de français, qu'il avait appris à Chandernagor, où il avait autrefois servi le gouverneur Dupleix avant son départ pour Pondichéry. Il lui expliqua qu'il l'avait trouvé parmi une quarantaine de cadavres d'Européens, dans la forêt qui bordait Gavalour.

« Tous morts, sauf toi », dit-il à plusieurs reprises.

Qoëlet comprit que les Anglais avaient abattu ses compagnons et abandonné les corps aux bêtes sauvages, sans même leur creuser une fosse. Par miracle, il avait survécu au coup de feu qui lui avait percé la poitrine.

Par un plus grand miracle encore, cet homme l'avait découvert, recueilli, soigné. Qui donc veillait ainsi sur lui ? Il ne pouvait s'empêcher de songer que la comtesse de Lauragais, depuis le Ciel, lui accordait son amour et sa protection. Au fil des semaines, la douleur se fit plus supportable, apaisée par l'opium que le vieillard lui préparait.

La première pipe lui avait apporté une éblouissante jouissance. Depuis, il tentait d'explorer chacun des recoins de sa conscience avec une obstination qui n'eut bien vite d'égale que la quantité sans cesse croissante d'opium qu'il fumait chaque jour. Les visages du passé lui revenaient en mémoire, que l'éloignement et la fumée embellissaient. Le Manchot avait un regard bienveillant. Sa mère n'était plus qu'amour brut. Jean-Baptiste avait perdu ce rictus ironique qu'on lui trouvait à la commissure des lèvres et qui agaçait tant. Le rire de Bussy fusait dans la touffeur, subtil et gracieux. Mme de Lauragais rayonnait à tout instant d'une beauté surnaturelle. Cette distance profitait à chacun. Son ivresse flattait ces vies abandonnées en chemin et ne lui rendait que ce qu'il y avait trouvé de meilleur.

Aux abattements du réveil, au froid, aux nausées du début, à tous ces instants où l'être entier semble se désunir – inévitables tributs versés à la drogue par les fumeurs – il consentit, pourvu qu'il pût à nouveau entrer dans cette connaissance exacerbée de soi qui laisse les opiomanes si sereins. De la fièvre qui le rongeait comme de son corps pourri d'eau, il se désintéressa jusqu'à ne plus guère se nourrir que de fruits secs et de baies sauvages. Car l'opium libère le fumeur de son carcan de chair. L'esprit s'élève. La matière est abolie. Ainsi s'aveuglait-il chaque jour un peu plus dans ces puissantes fumées, croyant nager dans les eaux soudainement transparentes de sa conscience – quand il n'errait finalement qu'aveugle dans les ténèbres de sa mémoire.

Les effets de l'opium diminuaient. L'abattement le saisissait. Il sentait, dans ses veines, son sang ralentir. Le froid engourdissait ses extrémités. Ses articulations devenaient douloureuses. Son moignon le lançait. Son cœur se mettait à battre irrégulièrement. Des crampes d'estomac le pliaient en deux. Des sueurs froides le glaçaient. Une terrible lassitude l'envahissait.

La femme qu'il avait aimée, quoique morte, lui donnait le courage de rester parmi les vivants. Il savait cependant qu'une page de son existence était tournée. Il ne repartirait pas vers le golfe du Bengale. Ne chercherait pas à retrouver la *Divine* ni à rejoindre l'Écosse. Il y avait eu trop de morts sur la route de la fortune.

Il avait certes quelque argent, déposé chez des Juifs d'Édimbourg, qui pourrait lui assurer une vie confortable. Mais l'idée de rejoindre l'Europe ne l'habitait même plus. À quoi bon ? Qu'y trouverait-il qu'il ne connaissait déjà ? Il ne souhaitait pas plus faire route au sud pour y retrouver ses compatriotes. Qu'eût-il fait à Pondichéry ? Certes, il y avait là Bussy et Jean-Baptiste, deux êtres dont il s'était à certains instants senti proche comme d'aucun autre, mais ce temps était révolu. Chacun d'eux avait suivi une voie qui n'était pas celle qu'il avait choisie.

Il sut un matin, au sortir d'un sommeil agité de soubresauts et de rêves obliques, qu'il lui fallait arracher le plomb de son corps à l'inanité de ces mois écoulés :

la jambe de bois se décomposait, prise par les vers et l'humidité. Vaincue par son immobilité. Il retira de son indispensable béquille la pourriture. Il combla les manques par une pâte d'opium et de résine qui durcit.

Quoi faire dorénavant ? La question peuplait ses jours et ses nuits. Un jour, sans pourtant qu'il eût trouvé de réponse, il remercia ceux qui l'avaient soigné et partit. Il s'égara, cherchant Dieu seul sait quoi. La montagne boisée l'engloutit. Sa trace se perdit.

Il dormait dans les arbres, ne mangeait que des fruits, ne croisait plus un homme. Bonheur de la solitude, se disait-il. Sans l'humain, plus de crimes, de trahisons. Plus de mensonges, d'espoirs déçus… puisque plus d'espoir du tout. Et il préférait encore cela : la solitude, les rugissements des bêtes fauves, les piaillements des singes, les cris des oiseaux bariolés. Des visions d'épouvante s'imposaient à lui. Il entendait la comtesse lui parler, murmurer ces mots qu'aucun d'eux n'avait eu le temps de prononcer. Il s'éveillait certaines nuits en poussant des hurlements qui faisaient fuir les bêtes sauvages. D'ailleurs, on avait certaines raisons de croire qu'il était devenu l'une d'elles.

Il divaguait en lentes tribulations, persuadé – dans ce délire quasi permanent qui lui tenait lieu de raison –, convaincu qu'il allait vers sa fin, lorsqu'il atteignit les rives du Gange. Sans vraiment réfléchir, il décida d'en remonter le cours.

Des semaines entières, il chemina sans autre but que de pousser sa canne sur la rive, remontant le cours du fleuve comme on suit une route unique, non dans l'espoir d'aboutir là où elle mène, mais seulement parce qu'elle est : seule trace dans l'obscurité, seul fil dans l'absolu désert.

Un soir, il arriva au confluent du fleuve avec une rivière tumultueuse. Celle-ci venait du sud. Sans vraiment savoir pourquoi, il décida d'abandonner le Gange pour la remonter à son tour.

Combien de mois marcha-t-il ainsi, ivre de solitude ? Nul ne le sait. Son poil et ses cheveux avaient perdu de leur noirceur. Ses vêtements s'étaient usés. Son regard s'était adouci. Il ne vivait plus que pour marcher et marcher encore, remontant le cours des eaux sans un instant se demander où celui-ci le mènerait. C'est ainsi qu'il atteignit la lisière de la forêt. Là, il découvrit une vallée parsemée de champs de riz et de cannes à sucre.

Lorsqu'il aurait à rendre compte de cette période de sa vie, il désignerait ce pays sous le nom de Gondwâna.

Il y avait, aux abords de cette vallée, une végétation singulière. Des arbres comme il n'en avait jamais vus. Des plantes aux formes et aux couleurs étranges. Comme si s'était maintenue en ces lieux – il en eut la certitude – une vision du monde tel qu'il était à ses origines. D'ailleurs, les Gond lui déclarèrent qu'ils étaient des *Adivasi*, des « habitants du commencement ». Ceux-ci l'accueillirent sans lui poser la moindre question. C'était un peuple calme et doux qui n'avait jamais connu l'effroi de la guerre ni le chaos de l'épidémie.

On lui donna une hutte. Une petite rivière traversait la vallée. Il se fit pêcheur. Chaque matin il allait inspecter ses nasses – des casiers de bambou liés d'herbes fortes. Et elles étaient chaque jour si pleines qu'il rendait avec un plaisir de dieu les écrevisses les plus petites à la rivière. Ensuite, il allait relever ses carrelets, jusqu'à midi – enfin jusqu'à cette heure qui, ailleurs, se nomme midi, mais qui ici se nommait simplement *l'heure à laquelle il cesse de travailler sur ses carrelets.* Puis il partait, armé d'une fouëne, débusquer des anguilles dont il savait ses hôtes friands.

Le reste de la journée se passait à regarder les enfants jouer. À jouer avec eux. En errances tranquilles. En promenades. Il sillonnait la vallée où paissaient de vastes troupeaux de vaches que gardaient des jeunes filles délicieuses. Pénétrait parfois dans la forêt par où il était arrivé il y a… combien de temps ?

Durant la mousson, quand l'eau de la rivière, sous la violence de la pluie, semblait entrer en ébullition, il réparait dans sa hutte ses nasses et ses filets, en fabriquait d'autres. Il tailla dans un bois noir et dur, que lui avait montré le chef, une nouvelle jambe de bois. Une autre fois, il sculpta un homoncule qui serait retrouvé par le pasteur Carey soixante ans plus tard. On prétend la pièce inventoriée dans les réserves du British Museum.

Et les saisons passaient sur le Gondwâna, les pluies diluviennes, les claires journées, les vents brûlants. Et Qoëlet laissait s'accomplir tout cela, simplement, sous le regard des dieux. Comme les Bretons de la lande, les Gond croyaient au voyage de l'âme. D'autres points encore les rapprochaient du peuple dont le voyageur était issu. Chaque année on fêtait les morts, qu'on brûlait. Il se surprit à songer à cette branche que les gens de son pays avaient coutume de jeter dans les fosses. Les légendes de Bretagne ne disaient-elles pas que les morts partaient en flammèches dans les airs ?

Ses hôtes l'avaient adopté. Il assistait aux fêtes du village. Offrait des cadeaux lors des mariages. Pleurait les jours de deuil. Les jeunes filles du village lui tournaient autour avec curiosité, attirées par son visage aux reliefs étranges et le son de sa voix. Sa canne à tête de lion les fascinait. L'une d'elles, particulièrement, fut assidue à lui apprendre sa langue. Elle se nommait Kala et lui rappelait Marie, la jeune nièce de maître Lebleu abandonnée en larmes lorsqu'il avait quitté Paris. Le chef lui proposa de l'épouser et de lui faire les enfants qu'elle désirait de lui, car la coutume des Gond voulait qu'on prît mari ou femme hors de la tribu. Mais toujours Qoëlet déclina son offre. Il était lié et ne souhaitait pas qu'il en fût autrement. Ne pouvait faire autrement. Cette longue période de sa vie fut chaste. Quelque chose devait encore se passer mais ce n'était pas cela. Quand bien même il eût fait souche en ce lieu, il n'aurait pu se retenir de partir, le moment venu.

Partir ? Pourquoi donc ? Le voyageur avait, au sein de cette société paisible, mis au jour ses désirs. Ils étaient modestes, presque frugaux. Un toit de feuilles, un bol de riz, quelques fruits, du poisson. Il n'attendait pas plus du Ciel. Ses journées s'écoulaient, identiques. Et cette similitude des heures lui était un baume. Rien n'était droit ni tordu : tout était. Autour de lui, Qoëlet ne voyait plus qu'une harmonie entière et simple. Le lent rythme organique de cette colonie humaine perdue dans l'inconnu du sous-continent était devenu le sien. Bien qu'il sût… Autre chose devait survenir.

Deux années peut-être s'étaient ainsi écoulées lorsque Baul l'itinérant revint parmi les siens.

Alors tout s'éclaira. Sa vie prit un autre sens, une

consistance particulière. Avec une résolution impensable, il songea qu'il trouvait un ordre à tous ces hasards semés sur sa route. Il avait quarante-quatre ans et son existence ne lui appartenait plus.

V

L'arrivée de cet homme que tous avaient accueilli avec des cris de joie avait intrigué Qoëlet. Les femmes du village étaient venues aussitôt lui présenter les enfants derniers-nés.

« Que font-elles ? demanda l'homme à la canne à tête de lion à Kala.

— Baul sait un grand secret qui lui a été inspiré par Mata », répondit la jeune fille, énigmatique.

C'est ainsi que Qoëlet apprit l'existence, parmi la multitude de divinités vénérées par les Gond, de Mata, déesse mère protectrice de la variole. Baul, le brahme itinérant, qui depuis toujours allait par les routes, accompagnant ses chants avec son violon à corde unique, la priait et apportait à tous les bienfaits de la révélation que la déesse lui avait faite.

« Viens, lui dit Kala en le prenant par la main, viens voir la magie de Mata. »

Qoëlet se laissa mener jusqu'à l'arbre sous lequel se tenait le brahme. Celui-ci venait d'inciser à l'aide d'un stylet l'épaule d'un enfant avec des gestes précis, toujours chantant et le sourire aux lèvres. Le prêtre sortit quelques fragments de matière du creux d'une feuille de palmier, et l'inséra dans la blessure qu'il avait pratiquée. Le souvenir du vieil homme, dans le camp de Serbie, surgit instantanément à l'esprit de Qoëlet.

« Qu'est-ce donc ? demanda-t-il à Kala, devinant la réponse.

— C'est le secret de Mata, répondit la jeune fille avec ferveur.

— Mais le produit qu'il introduit dans le corps des enfants, insista Qoëlet, sont-ce des germes de petite vérole ?

— C'est le secret de la déesse, répéta Kala.

— Alors son secret est connu d'autres peuples. J'ai déjà vu pratiquer cette cérémonie. »

La jeune fille parut choquée.

« Impossible ! Mata ne livre son secret qu'aux brahmes des Râj Gond. Baul seul connaît sa magie et avant lui son père et le père de son père.

— Et pourtant cette médecine existe ailleurs..., murmura Qoëlet pour lui-même, songeur.

— Ce que tu vois n'est pas une médecine, s'irrita Kala, c'est le secret de la déesse et il n'est personne d'autre que Baul à le connaître.

— Incroyable... », murmura encore Qoëlet sans pouvoir détacher son regard des gestes du brahme.

Il alla, au soir de cette étrange journée, trouver Baul et lui exposa ce qu'il savait. Le brahme ne parut pas surpris.

« Tu me parles de pratiques humaines, étranger. Moi, mes mains sont guidées par la déesse, lui dit-il sans cesser de sourire.

— Mais quelle différence avec ce que j'ai vu ?

— Tout ce qui se ressemble n'est pas identique, répondit Baul sur un ton plein de mystère.

— Ce que je t'ai conté n'est-il pas identique ? insista le voyageur qui ne pouvait croire que ses yeux le trahissaient.

— Connaît-on la déesse Mata dans le lointain pays dont tu me parles ? demanda à son tour Baul dont le sourire, cette fois, se teinta d'ironie.

— Non, mais…

— Alors tu ne peux connaître le secret de la déesse.

— Dis-le-moi ! Je veux comprendre…

— La déesse seule choisit ceux auxquels elle accepte de livrer sa magie. Je l'interrogerai pour toi cette nuit », conclut Baul avant de s'éloigner.

Le lendemain, le brahme déclara à Qoëlet que la déesse était restée silencieuse. Il en fut de même le surlendemain et les jours d'après. Une semaine durant, Baul fit à l'homme à la canne à la tête de lion la même réponse : la déesse n'avait pas donné son accord.

Un matin, enfin, le brahme demanda à Qoëlet de le suivre.

« Mata m'a parlé cette nuit, lui dit-il avec gravité. Elle accepte que tu entres dans sa magie – une grande faveur ! Suis-moi maintenant », ajouta-t-il en s'éloignant du village.

Ainsi Baul le Fou, Baul le Vent, Baul le Saint – comme signifiait dans la langue gond son nom – montra-t-il à Qoëlet le secret de Mata.

Le vieil homme conduisit le novice à l'écart du village, là où quelques jeunes filles surveillaient des vaches aux longues cornes. S'approchant d'une bête aux yeux bordés de noir, il montra son pis semé de boutons, puis revint vers une des gardiennes qui se ployait devant lui en un geste de respect. Il prit sa main et la présenta à Qoëlet. Celle-ci était marquée par de petites cicatrices mais encore par des boutons qui n'étaient pas sans rappeler les pustules de la même maladie. L'élève lança à son maître un regard interrogatif.

« La maladie leur vient de la vache, dit Baul.

— Une variole animale ? demanda Qoëlet, qui n'osait comprendre.

— Je prends la maladie ici, sur les mains de ces gens. C'est la magie de Mata…

— Pourquoi la variole de la vache et non celle de l'homme ?

— Les dieux ont fait la vache pour l'homme et l'homme pour la vache, lança le saint homme avec courroux, telle est leur volonté et il ne t'appartient pas de la discuter !

— Est-ce pour cette raison que la vache est sacrée partout dans l'Inde ? insista Qoëlet.

— Tu poses trop de questions. Soumets-toi aux dieux, tu n'as rien d'autre à savoir, rétorqua Baul en s'éloignant.

— Infecter un homme avec la maladie d'une bête… », murmura Qoëlet en découvrant que ce qui ne manquerait pas de passer pour sacrilège en Europe revêtait, pour les Gond, le caractère du sacré. Baul lui exposa peu après la manière de reconnaître les bonnes pustules, de les recueillir sur les mains et les poignets des gardiens de vaches, et celle de les séparer d'autres impuretés. Enfin le brahme expliqua comment inciser et inoculer l'homme sain au moyen d'un stylet.

Il observa, au fil des semaines, le brahme opérer dans

la vallée. Les vaches étaient innombrables, les enfants plus encore. Ils allaient à la rencontre des femmes qui gardaient les troupeaux. Et toujours il s'en trouvait qui présentaient les marques fraîches recelant les souches de variole de la vache. Baul recueillait la substance sur les plaies et incisait l'épaule des enfants. Quelques pustules apparaissaient sur le visage après sept à huit jours, avec un peu de fièvre, formaient une croûte qui tombait au bout d'une semaine, puis tout cela s'effaçait : la variole était détournée pour tous.

« Sauf pour ceux choisis par les dieux… », précisa le brahme en levant les yeux au ciel.

Depuis qu'il opérait, Baul n'en avait pas connu dix. Les dieux n'étaient pas mauvais. C'est pourquoi Qoëlet songea, devant ce miracle naturel, qu'il devait bien y avoir un ordre en ce monde, un équilibre, peut-être une volonté. Pourquoi pas ?

Pour l'éprouver, le Breton tendit à son tour son épaule à Baul. Mais le brahme sourit en secouant doucement la tête.

« Tu connais la magie de la vache.

— Comment le sais-tu ? »

Baul lui montra une tache blanche sur sa peau, une cicatrice en forme d'amande.

« Ce n'est pas à cet endroit de mon corps que le vieillard turc m'a donné sa variole, répliqua Qoëlet, à chaque instant plus stupéfait. Je porte cette cicatrice depuis ma naissance.

— C'est la magie de la vache », répéta Baul d'un ton sans réplique.

L'homme des landes de Bretagne ne sut que répondre.

Il quitta le Gondwâna avec le sentiment de se désunir de la terre qui l'avait vu renaître.

Baul, le brahme guérisseur, allait en tête, rythmant sa marche au son étonnamment harmonieux d'un violon à corde unique. Sa voix montait dans l'impassible chaleur du jour. Il invoquait les divinités du grand chemin, un énigmatique sourire collé sur les lèvres. Ceux qui le croisaient disaient de lui qu'il était un saint. Mais Baul, vêtu de rien, squelettique, toujours chantant, se contentait de répondre qu'il allait simplement au-devant de sa mort : sur la grand-route à la rencontre de sa fin.

Dans les villages où ils entraient, il assemblait autour de lui, sous le plus grand arbre, des habitants curieux de voyages et avides de prophéties. Mais, sage parmi les hommes, le brahme disait seulement le cheminement des étoiles dans le ciel et les exploits des dieux. Et racontait comment la bienveillante Mata avait, il y a dix mille lunes de cela, donné en rêve à Dhanwantari, l'Esculape indien, le moyen d'éloigner la variole. Puis il sortait des replis de son pagne la lame en forme de plume à encre et, ayant trouvé ceux qui soignaient les vaches, procédait à la cérémonie. Il prélevait sur eux l'infection transmise par les animaux sacrés et l'inoculait aux enfants.

Chaque fois, Qoëlet et lui restaient assez longtemps dans les villages pour voir s'opérer la magie simple de la pratique inspirée par la déesse Mata. Jamais Qoëlet ne fut témoin, durant ses deux années de cheminement, de cas de développement de la maladie du fait de Baul.

Bientôt il incisa à son tour hommes et femmes que les chants du saint calmaient si étrangement. C'étaient, dans le secret d'une langue inusitée, d'entiers accents de joie pure qu'il se mit lui-même à fredonner, confiant.

Lui, l'étranger, se retrouvait dépositaire du secret d'une divinité, héritier d'une tradition millénaire. Ce bienfait lui emplissait l'âme d'allégresse. Car pour chaque homme, chaque femme, chaque enfant qu'il opérait, le voyageur offrait cette vie sauvée à celle qui habitait son âme : celle qu'il n'était pas parvenu à sauver.

Le calme de Baul, il le fit sien. Et cette douce et confiante soumission au cours des choses. Et son respect du moindre être vivant comme du plus inanimé des objets. Dans ses chants, l'ascète demandait pardon à la route de déranger l'ordonnancement de ses cailloux. Pardon à l'arbre de frôler son branchage, à l'insecte de détourner son vol. Lorsqu'ils s'arrêtaient au bord du chemin pour prendre du repos ou manger quelques baies, Baul bénissait le rocher qui voulait bien lui permettre de s'asseoir et le buisson qui lui offrait ses fruits. Telle était sa façon de concevoir l'univers et son ordre : un monde de divinités bienfaisantes et de démons obscurs. De bêtes noires pourchassées en rimes et en prose. De dieux bienveillants. D'hommes pleins de folie… Les villages se succédaient. Et les plaines, les forêts, les montagnes – les fleuves. Baul chantait inlassablement sur le grand chemin.

Pourtant, les échos d'une guerre terrible se faisaient plus distincts à mesure qu'ils traversaient l'Orissa. On leur parla bientôt de batailles spectaculaires. Plassey, Madras, Karikal ou Vandavachy résonnèrent à leurs oreilles comme autant de stigmates de la déroute française face aux Anglais.

« Là où tes pas te portent, les hommes sont en guerre. Adieu ! » lui dit Baul à dix jours de marche de Madras.

C'était dans les premiers jours du mois de septembre 1760. Les deux hommes s'embrassèrent et Qoëlet vit le brahme disparaître sans hâte, chantant l'histoire d'un dieu et d'une jeune fille et celle de l'arbre qui abrita leurs amours. Le voyageur poussa alors ses pas vers le sud, au-devant de sa mort. Au-devant de sa mort jusqu'au coteau de Périmpé, qui domine Pondichéry.

VI

Se rappela-t-il ce jour où, douze ans auparavant, il avait laissé derrière lui la ville prête à soutenir le siège des Anglais ?

Il pouvait croire que ces années n'avaient pas eu cours. Le coteau, les remparts, le fort, la ville noire… Rien n'avait changé. Identiques ou presque sous le soleil. Mais il constata avec inquiétude qu'aucun navire n'était au mouillage dans la rade, sinon quelques chelingues déglinguées.

Il descendit pourtant, bois devant.

Dès les premiers pas, la cité lui souffla au visage cette atmosphère de perdition qui était la sienne. Le comptoir ressemblait à ces maisons menacées par une tornade où, dans la fébrilité du déluge imminent, les uns rentrent le linge et les autres tirent les volets : la moitié des habitants avait fui, l'autre se barricadait.

Les rues étaient jonchées de débris de toutes sortes – pièces d'étoffe déchirées, meubles fracassés, vêtements maculés de taches douteuses, voire de sang : un grenier vidé à la hâte. Chacun semblait être parti en emportant le plus qu'il pouvait, comme de la demeure d'un mourant qu'on dévalise.

Les mourants ? Ils fuyaient. Des familles entières, grimpées sur des carrioles, les enfants juchés sur les buffets ou piétinant la vaisselle, les vieux posés où l'on avait pu, traversaient les allées bordées de palmiers tandis que la racaille dévalisait les maisons qu'elles venaient d'abandonner. On entendait les pères se lamenter, les mères gémir, les gosses renifler. Seuls, dans ce désastre, les plus âgés paraissaient conserver une sorte de calme résigné qui, loin de soulager les leurs, attestait au contraire l'ampleur de la catastrophe. D'ailleurs, la fin était toute proche.

Que les Français perdissent leurs possessions de l'Inde laissait Qoëlet dans l'indifférence. Mais il ne put retenir un cri de rage en apprenant que le dernier navire avait quitté le port plus d'une semaine auparavant.

« Et Bussy ? demanda-t-il à un soldat en se rappelant quels succès Samuel Blackhill avait prêtés au soldat.

— Bussy ? Y a plus de Bussy ! Envolé, le beau Bussy ! L'a été pris par les Anglais en janvier ! » lui répondit le garde en crachant à ses pieds.

Qoëlet ne chercha pas à en savoir plus. Après tout, qu'importait que tel ou tel fût à la tête de cette épave qu'était devenue la colonie ? L'avant-garde de l'armée anglaise avait été vue. Ce constat l'emportait sur tout autre.

Le jour même, les portes de la ville furent fermées sur ordre du général. On lui apprit qu'il se nommait Lally – un nom qu'il avait déjà entendu – et que c'était un monstre. Il se trouvait enfermé dans une souricière. Aussi dut-il se résigner à chercher un abri dans la folie naissante d'une cité en état de siège.

L'idée qu'une malédiction divine seule avait pu le

pousser jusqu'à ce lieu lui effleura l'esprit, il faut en convenir. Mais c'était se montrer fataliste plus que de raison. Du reste, il tempéra son dépit en songeant qu'il n'avait jamais connu cette ville que prête à affronter le pire. Que ce fût douze ans plus tôt ou le jour présent n'y changeait rien. Fort de cet argument symétrique, il passa sans s'arrêter devant la mission des Jésuites et se dirigea vers le quartier de la ville qu'en homme expérimenté il jugea le moins exposé au feu des canons.

Il s'installa dans l'une des nombreuses maisons abandonnées. Là, un miroir lui dévoila son apparence, celle d'un mendiant : le Christ, en plus maigre. Son pagne élimé, ses cheveux en désordre, et surtout cette barbe de patriarche. Il en sourit, amusé malgré tout, malgré les rides profondes qui lacéraient son front et ses joues. Plus tard, il rasa sa barbe et noua ses cheveux avec un ruban de soie noire qu'il découvrit, ainsi que des vêtements européens, dans une chambre.

Attendre, tel était l'enjeu. Il attendit donc, patiemment, comme on guette dans la nuit le lever du jour : sans douter qu'il viendra.

Le choix de son abri s'avéra judicieux car, même au plus fort des bombardements, pas un boulet ne tomba à proximité de sa maison. La nourriture demeura son seul souci véritable, souci qu'il résolut en pêchant dans les fossés, ce qu'il avait appris à faire au Gondwâna. Grâce à quoi il n'eut jamais, comme tant d'autres, à se battre pour trouver un peu de gruau, puis du chat, du chien, et enfin du cuir bouilli ou du rat, qu'on vendit vers les derniers jours du siège jusqu'à deux roupies la demi-pièce.

Les échos des combats lui parvenaient, portés par

le caniculaire vent de terre qui, du matin jusqu'au soir, balayait la ville en soulevant des tourbillons d'une poussière qui s'infiltrait partout. Ainsi entendit-il les clameurs des premiers assauts anglais, qui échouèrent, les fusillades, les canonnades, la contre-attaque, qui fit long feu. Puis la bête routine du siège.

Les Anglais bombardaient la ville chaque jour une heure durant. Les canons du fort leur répondaient petitement, sans doute pour ménager les réserves de poudre. Il entendait aussi, toutes les nuits, des explosions dont il comprit qu'elles provenaient des grenades lancées par des commandos britanniques. Il apprit, plus tard, que les cafres de la ville effectuaient avec la même régularité des sorties, rapportant de ces virées nocturnes les têtes décapitées des cipayes anglais tombés sous leurs coups – trophées qu'ils déposaient avec obstination entre les créneaux des fortifications pour narguer l'assiégeant, mais que leur général faisait avec la même obstination retirer, ces manières n'étant point celles de gens civilisés.

Sans doute serait-il resté assez tranquille et bien ignorant de toutes les intrigues qui se tramaient en ville si son zèle à s'assurer qu'il ne restait nulle part en ville une âme laissée sans secours n'avait conduit Jean-Baptiste dans son voisinage.

Le jésuite avait paru heureux de le revoir. Il l'avait serré dans ses bras en l'appelant son « cher vieil ami » avant de lui exposer avec force détails la situation de la colonie.

« Tout le monde perd la raison. Depuis deux ans qu'il est dans l'Inde, Lally, le nouveau vice-roi envoyé par Versailles à la tête d'une armée qui compte la fine fleur de la noblesse française, cet Irlandais borné, a réussi à tout perdre. Attacher des brahmes à des canons et abattre des temples indous n'ont guère aidé, il est vrai, à sa popularité. Les places un temps conquises ont été perdues. Le siège de Madras a échoué. Cassimbazar, Mazulipatam, Karikal sont tombés. La Compagnie, la grande, celle de Jésus Roi, perd le fruit de bien des efforts par la faute du général. Le Ciel n'est pas clément avec ses meilleurs serviteurs », avoua Jean-Baptiste d'une voix lasse.

Le père jésuite avait beaucoup vieilli. Ses traits étaient tirés. Ses cheveux entièrement gris. Pour un homme de quarante-cinq ans, il en paraissait plus de soixante. Un feu étrange, cependant, brillait dans ses yeux. Une passion, toujours la même, pour la gloire de son ordre. Il haïssait, à l'évidence, le général Lally, sans pour autant oser l'avouer ouvertement. Mais le mépris transparaissait dans chacune de ses paroles.

« Partout l'armée a dû battre en retraite, poursuivit-il. Sur mer même, l'escadre de secours venue de Bourbon s'est heurtée à la flotte anglaise et y a laissé quatre vaisseaux. L'amiral d'Aché, blessé dans la canonnade, est retourné vers ses bases malgré les supplications de Lally. Les supplications ! Si tu connaissais l'homme…

— Tu n'es pas le premier à m'en dire du mal, fit remarquer Qoëlet. J'ai croisé plusieurs de ses soldats qui manquaient à son égard du plus élémentaire respect…

— Le général n'a pas toute sa raison ! rétorqua vivement Jean-Baptiste. D'ailleurs, il a fait, après le départ de l'amiral, une crise de nerfs aggravée par le climat qu'il ne supporte pas. Crise que d'autres, non sans quelque raison, ont attribuée au *delirium tremens.* Il aime l'arak et ne se prive pas d'en boire, ajouta-t-il comme s'il avait été derrière chaque geste du général. Devant la pression exercée par le Conseil comme par Paris, qui a refusé son retour en France, Lally a finalement accepté de nommer M. de Bussy brigadier de l'infanterie et son second en tout... »

La voix du jésuite s'était faite chaleureuse. Il parlait avec une verve soudaine, le visage éclairé par une sympathie pour l'homme évoqué qu'il ne cherchait pas même à dissimuler.

« Bussy, dis-tu ?

— C'est son nom. On ne peut pas expliquer les succès français dans l'Indostan sans lui. Un homme qu'on a vu débarquer à Pondichéry comme capitaine de la Compagnie un an après ta propre arrivée. Si tu savais. On peut lui faire bien des reproches, car il n'est pas toujours au premier rang à la sainte messe, mais quel soldat ! La prise de la forteresse de Gingi, celle de Pouna, à un contre cent, l'élévation au trône de ce pantin de Salabet-Zingue, la conquête du Deccan (une province grande comme la France !), des Circas (cent cinquante lieues de côtes sur le Coromandel !), le mariage avec la belle-fille du gouverneur : tout cela, c'est Bussy. Dupleix n'aurait rien été sans lui, son bras armé, son fer ! Sa fortune est estimée à trente millions de pagodes. Et point avare, avec cela. Il a payé pour l'embellissement de notre église à défaut de la fréquenter beaucoup. Un homme de cœur...

— J'ai entendu parler de lui, admit finalement Qoëlet, jugeant cependant inutile de confier à Jean-Baptiste qu'il le connaissait mieux qu'aucun autre.

— Ça ne m'étonne pas. Quiconque a posé le pied dans l'Indostan a entendu parler de Bussy ! Et quelle allure ! Il est tout à la fois craint et estimé, redouté et admiré. Lally s'est trop longtemps passé de lui. Il ne l'a appelé que contraint et forcé, et pour lui faire réparer ses erreurs encore… En janvier dernier, il l'a envoyé vers le nord pour y livrer bataille contre l'Anglais. Mais la cavalerie a, paraît-il, renâclé à avancer, un caisson d'artillerie a sauté… L'armée s'est débandée, et Vandavachy est devenu le nom de la bataille où le héros de l'Indostan a été fait prisonnier. Un bien grand malheur…

— Vraiment ? fit remarquer Qoëlet assez sarcastiquement alors qu'éclatait, au loin, le bruit d'une canonnade.

— Conflans a été battu dans les Circas, où on l'avait mis avec ordre de tenir, poursuivit le jésuite qui n'avait pas prêté grande attention à la remarque de Qoëlet. Même sort pour Law de Lauriston, fuyant Chandernagor. Karikal est tombé au début de l'année… Tout cela est sordide, semblable aux bas-fonds du purgatoire, aux portes de l'enfer ! »

Jean-Baptiste paraissait abattu. La situation qu'il décrivait lui inspirait les pires craintes. Il ne se priva pas de le dire à Qoëlet.

« Le Conseil supérieur de Pondichéry, composé des plus riches propriétaires de la colonie assemblés autour du gouverneur, ne pardonne pas au général ses défaites. Celui-ci se défend en accusant collectivement et individuellement ses membres de trahison.

— La chose est commune lorsque la défaite frappe à la porte, tu ne devrais pas t'en étonner.

— Je ne m'en étonne pas : je m'en afflige. J'entends de la bouche de l'un et répète aux oreilles des autres : ils ne voudront bientôt plus se voir ! On ne se parle plus guère mais l'on s'écrit beaucoup. Il circule dans la ville quantité de libelles et de placards, tous plus anonymes les uns que les autres, dont les plus modérés traitent Lally de prévaricateur et les plus violents appellent à son assassinat. Tiens, lis donc », dit-il en glissant entre les doigts de Qoëlet un billet.

Le Breton y apprit que le général était dénoncé comme « bourreau des siens et traître d'Écossais », « dilapideur des fonds publics » et « concussionnaire ».

« Ne m'as-tu pas dit que Lally était d'origine irlandaise ?

— Le mot doit être de Moracin, qui n'est pas homme à s'arrêter à pareils détails. C'est le plus acharné de tous. Il est aujourd'hui conseiller de Pondichéry et en veut mortellement au général d'avoir levé un impôt dont ses pairs et lui s'étaient déclarés exempts. Il ne parle plus, depuis, que de la “grande volerie du sanguinaire Lally” et je pense pouvoir dire qu'il est l'auteur de la moitié des libelles qui courent dans la ville contre le général. Et sans doute de celui que tu as entre les mains. » Il se tut un moment avant de reprendre d'une voix lasse : « Mais toi, Qoëlet, comment t'es-tu retrouvé dans ce chaos ? Viens, suis-moi à la mission, tu me raconteras… »

C'est ainsi que Qoëlet fit part à son ancien ami de collège de la stupéfiante découverte qu'il avait faite auprès d'un prêtre indien sur le moyen de lutter contre les attaques de la petite vérole. Jean-Baptiste accueillit la nouvelle sans y prêter vraiment attention. Sa charge à la tête de la mission jésuite de Pondichéry l'accaparait tout entier. Il écouta le voyageur expliquer avec enthousiasme sa découverte.

« Encore une de tes folies… Mais quand deviendras-tu donc sage, Qoëlet ? Ce que tu me contes offense le Ciel et l'ordre de la Création, tu ne peux l'ignorer. Donner le mal d'un animal aux hommes ! Si je n'avais mille autres soucis en tête, je te ferais entendre raison. Oublie cela et suis-moi : Pondichéry a besoin de nous. »

Le retour de Qoëlet dans le monde des Français fut brutal. La faim était devenue le premier des problèmes. Jean-Baptiste se dépensait sans compter pour subvenir aux besoins des Pondichériens comme des soldats. Mais il était dépassé. Les réserves de la mission recelaient certes quelques provisions. Encore fallait-il qu'elles parvinssent aux plus faibles. C'était loin d'être le cas. On parlait de détournements de sacs de riz, de hangars pleins à craquer que personne n'ouvrait. De prix dépassant l'imagination. Bref, on racontait tout et n'importe quoi. Le ton montait. Personne n'était d'accord avec personne. Chacun accusait l'autre. L'intendant du fort, le vieux Dubois, tenait tête à une meute hurlante. Absurde…

Qoëlet, qui continuait à pêcher dans les fossés de la ville, lui fournit plus d'une fois du poisson, participant à ses côtés aux distributions de vivres, que la population leur arrachait presque des mains. Ainsi se trouva-t-il invité à participer à des rencontres entre civils et soldats destinées à trouver une solution à la famine qui menaçait. Ce fut pour lui l'occasion de croiser quelques-uns des personnages qu'avait à plus d'une reprise évoqués Jean-Baptiste. Mais encore le moyen de constater combien les divisions grandissaient parmi les assiégés.

Devant l'échec des réunions du comité mixte chargé de lutter contre la disette, et sur une discrète suggestion de Jean-Baptiste, au demeurant contestée par Qoëlet,

Lally fit perquisitionner dans les maisons des particuliers. Ce point, doublé de l'avancée anglaise, conduisit un marchand de la ville craignant pour sa maison à envoyer une lettre au commandant britannique pour l'assurer de son amitié « quoi qu'il arrive ». Or ce billet tomba aux mains du général, qui frappa plusieurs commerçants d'une contribution exceptionnelle en représailles. Ces messieurs y virent une injure personnelle.

Quelques jours plus tard, Lally, qui présidait le tribunal des Noirs, fit marquer au visage un perruquier européen qui avait agi avec la même brutalité envers une Indienne. Cet acte passa aux yeux du Conseil pour l'insulte de trop. Le général fut, à la majorité, décrété d'arrestation. Duval de Leyrit, le gouverneur, dans un sursaut de légalisme, s'y opposa. Mais Moracin lui fit porter le soir même un billet anonyme écrit de sa meilleure plume : « Lally, sauve-toi, tu es trahi, je suis décidé à te tuer pour délivrer ma patrie d'un tyran tel que toi. Je t'accorde 24 heures : plus de 60 personnes pensent comme moi. »

Le général, rapporta Jean-Baptiste à Qoëlet, s'était contenté de ricaner à propos de ces soixante et quelques braves dont tout le monde savait les noms. Puis il avait replongé le nez dans le gruau qu'il partageait avec les soldats.

Le lendemain de cet épisode, le prêtre conduisit Qoëlet au fort.

« Tu m'aideras à lui faire comprendre qu'il faut rendre la ville. La situation est sans issue ! Sans reddition, la population est perdue ! Me comprends-tu ? » lui répéta Jean-Baptiste durant le trajet.

La porte du fort franchie, le jésuite s'engagea dans un dédale de couloirs jusqu'à ce qu'ils atteignent une petite salle, basse de plafond et sommairement meublée. Une dizaine d'officiers s'y trouvaient, penchés sur une carte posée sur la table qui trônait au milieu de la pièce.

« Nous sommes dans le poste de commandement de Lally, murmura Jean-Baptiste à l'oreille de Qoëlet. C'est aussi sa chambre, dit-il en désignant un lit de camp dressé dans un coin. Lally est celui qui a le crâne rasé… Les autres sont ses plus fidèles officiers : Chaponay, Poully, Gadeville… Ce vieux personnage, à gauche, est le chevalier Dubois, intendant de l'armée.

— Qui est-ce donc, Lavaur ? demanda le général à Jean-Baptiste en découvrant Qoëlet.

— Un homme que Dieu a guidé vers nous et un vieil ami, répondit le prêtre. Il m'offre son aide pour nourrir la population qui souffre grandement de la faim…

— Le voilà bien heureux ! Et que sait-il faire qui ne me nuirait pas ? Tenir un fusil ou une canne ? Faire taire ces singes du Conseil ? À coups de bâton ?

— Pour votre salut, je ne sais, mais certes je sais pêcher », répondit sentencieusement Qoëlet.

Le mot plut au général, qui avait plus d'esprit que ses ennemis ne lui en prêtaient.

« Pêcher ? À un accent près et vous prenez ces veaux de conseillers à la ligne, en somme ! Ces maroufles me reprochent bien le mien…, grogna-t-il de sa voix rugueuse d'Irlandais. Je ne sais ce qui vous a amené dans ce cloaque, monsieur, mais je serais à votre place que je n'y resterais pas. Nous sommes entourés de nègres qui sont plus barbares que ceux de l'Afrique. Les colons que nous sommes censés défendre sont, au mieux, une bande de maquignons vérolés qu'escortent des soldats de comédie comme ce Bussy qui de tous est le plus faux et le plus menteur, le plus avare et le plus pillard. Je n'ai jamais connu pire traître ! Le meilleur qui me soit arrivé est sa capture par l'Anglais ! Quant au gouverneur Duval de Leyrit, je ne lui connais d'intérêt que pour la vanité. Pour le reste, c'est un bouillon d'avidité, de concupiscence et de corruption… Sachez que j'avais un programme en arrivant dans ce pays : plus d'Anglais dans l'Inde ! Mais par la faute de ces gens, et même de certains de mes officiers, j'en suis réduit à commander une ville assiégée… Allons ! Dites-moi ce que je dois faire, puisque le Ciel ou plutôt l'enfer s'oppose à tout ce que j'entreprends !

— Ce n'est pas à moi de vous dicter votre conduite, répondit Qoëlet qui avait, dans le discours du général, reconnu un homme de caractère et de résolution. Mais vous avez ma fidélité, car je sais sans l'ombre d'un doute en voyant la pièce où vous vivez que ceux qui vous accusent de vous enrichir sur leur dos mentent effrontément. »

Jean-Baptiste tressaillit en entendant ces paroles et lança un regard noir à Qoëlet.

« Merci, monsieur, je saurai m'en souvenir », répondit Lally avec une courtoisie que ne laissaient guère soupçonner les paroles qu'il venait de prononcer. Puis, se tournant vers Jean-Baptiste, il demanda : « Alors, Lavaur, quelle mauvaise nouvelle êtes-vous venu m'annoncer ? Non, ne dites rien, laissez-moi deviner… Vous allez me proposer une reddition. Car il me semble que vous vous y entendez un peu mieux chaque jour en stratégie militaire. Les voies du Seigneur sont, il est vrai, impénétrables…

— Dieu vous jugera, général. Il vous juge déjà ! s'écria le prêtre avec rage. Votre orgueil ne Lui échappe pas et vos sarcasmes contre moi sont autant d'insultes que vous Lui portez.

— Tout doux, mon ami ! rétorqua presque joyeusement Lally. Laissez donc Dieu au Ciel juger sans votre aide. Je vous pardonne votre insolence car vous m'avez, pour une fois, fait plus de bien que de mal en me présentant ce gentilhomme qui m'a l'air, pour sa part, des plus sensés. Je ne peux que lui reprocher de vous connaître, mais je lui pardonne car nul ne choisit ceux que le Très-Haut place sur sa route… »

De fait, les rapports de Lally avec le voyageur, dans les semaines suivantes, se révélèrent singulièrement courtois, dans la gamme des possibilités du général. Découvrant l'infirmité de Qoëlet, celui-ci parut ému, de cette émotion particulière aux soldats face à une blessure de guerre : presque de la tendresse. D'autres aspects du caractère du Breton ne le laissaient pas indifférent, sa retenue, son sang-froid, son ironie, mais encore son aptitude, lorsque le sujet lui semblait le mériter, à discourir avec la meilleure justesse de ton qui fût.

On a beaucoup dit, on dit encore beaucoup que le père Jean-Baptiste Lavaur seul assura la liaison entre Lally et le Conseil. C'est oublier Qoëlet et de secrets conciliabules, le soir, à tenter d'apaiser des craintes, à négocier le non-négociable avec l'un ou l'autre de ces messieurs de Pondichéry.

Des Carvalho ou Moracin, emparticulés par la grâce de l'Inde, des Guillard, Beausset, Mariol, Le Noir, Trinquière, Lagrenée ou Barthélemy, anciens matelot, banqueroutier, calfat, maître tailleur, portier, perruquier, sergent ou valet, se voyaient perdre gros. Pour ceux-là, il n'était plus question que de tirer bien proprement quelques pintes de sang au général, se rendre à l'Anglais aux meilleures conditions et reprendre les affaires là où ces péripéties les avaient laissées.

Ainsi Moracin, lors d'une rencontre avec Qoëlet, Jean-Baptiste et quelques conseillers, déclara qu'il était prêt à donner cent pistoles à quiconque planterait un couteau dans le cœur de Lally.

« Si vous aviez le courage de vos opinions, monsieur, rétorqua Qoëlet que les appels au crime du commerçant révulsaient, vous prendriez vous-même mon poignard et vous iriez assassiner l'homme qui défend presque seul votre ville, votre famille et votre fortune, puisque cela semble le plus cher de vos vœux, je puis vous le prêter…

— Vous me paierez un jour vos provocations ! » s'exclama Moracin sans oser saisir la lame que lui tendait Qoëlet.

La population de Pondichéry, quant à elle, considérait le Breton, qu'elle voyait désormais partout au côté du père Lavaur, avec des sentiments fort contrastés au fil des semaines. La foule, à qui le ventre tenait lieu d'esprit, le regardait d'un œil vaguement reconnaissant, l'ayant plus d'une fois vu distribuant du poisson ou du riz à la porte de la mission jésuite.

Les membres du Conseil observaient pour leur part le personnage avec moins de bienveillance. Aux rencontres secrètes de la fin septembre succédèrent de longues semaines de silence. Moracin, qui ne lui pardonnait pas de l'avoir provoqué, lui vouait depuis une haine farouche.

« Ce gaillard ne m'inspire rien qui vaille », avait ce soir-là grommelé le conseiller Le Noir. On avait retenu cet avis ; mais certains conseillers écoutaient encore ce boiteux taciturne, lui reconnaissant du bon sens et de la raison.

Qoëlet trouva encore parmi les officiers de l'armée bien du monde, et du meilleur, à vomir très proprement leur général. Ces messieurs qui, trois ans auparavant, s'étaient battus à Versailles pour faire partie du corps expéditionnaire renâclaient à obéir, attribuant la débâcle militaire au seul Lally.

Le plus énervé d'entre eux, le comte de Landivisiau, pète-sec obtus, refusait désormais de prendre ses ordres de son chef. Qoëlet eut quelques mots avec cet homme, tendus, au sujet d'une broutille du reste : Landivisiau réclamait le droit de franchir une porte avant lui…

« Laissez-moi passer ! Je suis gentilhomme d'ancienne race bretonne, monsieur ! s'était écrié le jeune comte avec suffisance.

— Si vous l'étiez vraiment, vous sauriez qu'un Qoëlet était capitaine du roi de Bretagne Alain Barbetorte, ce qui n'est pas, me semble-t-il, le cas dans votre maison », avait calmement répliqué l'homme à la canne à tête de lion en se rappelant les longues soirées d'hiver passées à écouter le Manchot conter la gloire et l'antiquité de son nom.

Ulcéré, Landivisiau dégaina son épée et fondit sur Qoëlet. Celui-ci dut parer et parvint à assommer son assaillant. Mais l'admiration qu'il suscita par sa botte et le ridicule qui s'ensuivit pour son adversaire lui attirèrent de l'officier une haine qui valait bien celle de Moracin.

Un matin, les assiégés découvrirent, mouillée dans la rade, une escadre anglaise. Attaquée par terre comme par mer, la ville se trouva prise dans un étau à double rangée de dents. Si bien que la façade du fort fut bientôt plus grêlée que le visage d'un vérolé. Puis, touchée par un boulet, l'une des réserves de poudre explosa. La panique gagna une partie de la population et tous se mirent à réclamer qu'une décision fût prise. C'était vers le début du mois d'octobre : une époque où, passé l'ouragan du matin, on jouit, sur la côte du Coromandel, du plus beau temps du monde. Qoëlet aimait à l'extrême ce climat.

Calamité pour les uns, providence pour les autres, le coup de vent de la Saint-François survint cette année-là en avance, surprenant les Britanniques, portant plusieurs de leurs navires à la côte, éparpillant le reste. La ville, qui avait cru connaître l'enfer, se précipita aux remparts du fort pour assister au désastre, applaudissant à chaque cadavre que la mer rejetait sur la plage.

« C'est le jugement de Dieu ! » déclara Jean-Baptiste à Qoëlet.

Piètre répit. Ces hourras poussés devant les corps pourris d'eau des Anglais ne changeaient guère la nature du problème. Tout était perdu, et nul n'en douta bientôt plus ; mais le général résistait encore.

Les soldats grondaient jusqu'à parler de mutinerie. Les incidents étaient quotidiens. La rumeur accusait Lally de prêter à taux à la Compagnie qui, assuraient les conseillers, se saignait pourtant aux quatre veines.

Un parfum de révolution planait dans l'air. Des groupes se formaient qui devenaient menaçants. Des réunions se tenaient où l'on appelait sans plus la moindre discrétion à l'assassinat de Lally au nom du bien public. La troupe elle-même brandillait entre ses souffrances et son devoir. Un rien, et ce serait l'explosion.

Le temps était désormais perpétuellement sombre, presque obscur. Les nuages touchaient le toit des maisons. Une tempête éclatait chaque jour ou presque. Il régnait dans la ville une atmosphère de folie. Au début de décembre, on ne faisait déjà guère plus distribuer que du cœur de palmier et du chien. La faim était devenue le premier ennemi des assiégés, accompagnée de son cortège de lamentations, de ventres tendus, de regards implorants. La faim, ses délires, ses folles hallucinations, ses attroupements, ses huées, ses meurtres enfin, pour un rien, un quignon, un… soupçon.

Le 1er janvier, un cyclone ravagea l'escadre de Sa Gracieuse Majesté. Les sujets du roi Très Chrétien, trop affaiblis, ne purent tirer parti de l'aubaine. Le 8, les Anglais se regroupèrent sur les hauteurs. Qoëlet suggéra à Lally de faire vider les fossés pour recueillir les poissons. Ce que le général ordonna, procurant à la population de quoi se nourrir durant quelques jours. C'était l'époque de la petite mousson. Le général espérait l'arrivée d'une escadre de secours. Futilité. Le 14 janvier, deux textes de capitulation furent remis aux Anglais ; le premier rédigé par le Conseil, le second par Lally. Les deux furent rejetés par le commandant britannique, qui exigeait une reddition à discrétion.

Le 16, les Anglais étaient dans la ville ; le 17, dans le fort.

Le lendemain, plusieurs conseillers menant une vingtaine de forcenés se présentèrent chez Lally pour l'assassiner. Il y avait là, pour leur faire face, Qoëlet, Chaponay, Gadeville, l'intendant Dubois, quelques autres, plusieurs soldats anglais, et le général lui-même, bien sûr. Les assaillants voulaient la tête du vaincu. Les Anglais firent grimper Lally dans un palanquin alors que Moracin, barre de fer au poing, arrivait à la tête d'une meute vociférante. Quatre-vingts bonshommes hors d'eux.

« Vengeance ! À mort le tyran ! Au bout d'une pique ! Le fer entre les dents ! À l'antique ! Pour le guérir de son accent ! » hurlait la foule.

Lally sortit ses pistolets. Chaponay, qui l'escortait, tira son épée. Qoëlet tenait sa canne. À sa ceinture, un maillet. Les Anglais armèrent leurs fusils pour couvrir la fuite du général vers le port. La meute criait, hurlait, cernant ceux qui étaient restés au pied des marches de la maison du général : Lavaur, Qoëlet, Gadeville, Dubois.

Ce dernier, épuisé par l'âge et les privations d'un siège qui avait duré cent vingt-sept jours, trébucha. Un certain Deferre était là, canaille notoire, qui lui porta un coup d'épée dans la poitrine. Le vieillard s'effondra, tué raide. Qoëlet voulut se saisir de l'assassin, mais la foule, aussitôt, se dressa devant lui, menaçante. Il dut battre en retraite pour sauver sa propre vie.

Livrés à eux-mêmes, les révoltés s'emparèrent du cadavre, lui faisant subir avec une allégresse infâme toutes les ignominies qu'on peut imaginer. Intendant de l'armée, Dubois était au fait de bien des malversations, des accaparements de vivres et des sabotages qu'il avait consignés dans ses papiers. Ces documents, dans l'Indostan engloutisseur de richesses, ne reparurent jamais.

Le général fut, quelques jours plus tard, embarqué vers l'Angleterre par ses vainqueurs. La colonie était en ruine. La moitié des survivants avaient décidé de regagner la France. Qoëlet, qui n'avait jamais mis les pieds dans Pondichéry qu'à cette fin, figurait bien sûr parmi eux. Car voici enfin qu'apparaissait à l'horizon un navire de la Compagnie envoyé de l'île Bourbon. Les fuyards se hissèrent à bord des chaloupes sous le regard indifférent des soldats anglais. Des éléphants barrissaient dans le lointain. De noirs corbeaux volaient au-dessus des arbres. Qoëlet, comme chacun, poussa son corps vers l'embarcation. Jean-Baptiste partait avec lui.

Le bois de sa jambe caressa celui du pont. Son regard se porta sur le rivage tandis que la famille Moracin passait à grand tapage derrière lui. Il reconnut bien sûr l'homme, mais aussi sa femme, et découvrit leurs enfants. Moracin le dévisagea.

« Je ne vous pardonnerai jamais vos trahisons ! » lui cracha-t-il dans l'amertume du départ.

Qoëlet haussa mélancoliquement les épaules tandis que défilaient devant lui les membres du Conseil supérieur de Pondichéry, tous plus haineux les uns que les autres. La chaîne de l'ancre racla bruyamment en remontant. Les gabiers sautèrent sur les vergues. Les pommes de racage couinèrent.

À hisser l'artimon ! Hisse !

L'eau scintillait. L'horizon était sombre, sans ligne précise. Le voyageur ne s'en inquiétait guère. Le regard de Qoëlet, sous l'œil bienveillant des dieux, portait dorénavant au-delà.

La connaissance

I

Sur les quais de Port-Louis, où l'on s'était attroupé, des bras tendus désignaient un navire drapé dans un suspect pavillon de quarantaine. Un officier survint. Il toisa la foule, se racla longuement la gorge et déclara sur un ton d'autorité qu'un interdit d'un mois frappait le navire, « de par le roi ». Puis il placarda l'ordre et s'en alla rendre compte – à Bussy. La foule protesta. Quelques-uns criaient. Certains murmuraient que la petite vérole était à bord.

C'était la fin du mois d'août. Au milieu de l'après-midi. Beaucoup de soleil. Les corps suaient. L'inquiétude gonflait. Soudain, des cris s'élevèrent sur le quai. Un canot venait de quitter le vaisseau. À son bord, l'ancien gouverneur de la Compagnie pour les côtes de Malabar, du Coromandel et de l'Orissa, Duval de Leyrit, se préparait à annoncer à ses chefs que tous les établissements français de l'Inde étaient perdus. Bussy, qui l'observait à la longue-vue depuis la citadelle de Port-Louis, sourit en le voyant vert de peur. L'homme ne rachetait pas la nouvelle qu'il portait.

« Pondichéry est tombé ! »

Aussitôt la phrase passa de bouche en bouche, s'engouffra dans les rues, investit les gargotes et les estaminets de Lorient et de Port-Louis. Traversa les boutiques, les échoppes. Emplit tout l'espace. Sinistre, elle résonnait comme un glas dans les bureaux des armateurs. Souillait les soies de leurs teintures. Infestait déjà leurs belles demeures. Elle était sur la route de Paris. C'était un vent de panique. Bientôt, une émeute se forma devant les bureaux de la Compagnie des Indes ; on releva vingt-cinq blessés au soir de la journée.

« En voilà un qui ne survivra pas au message qu'il apporte, déclara Qoëlet en désignant du menton à Jean-Baptiste le canot à bord duquel était monté l'ancien gouverneur de Pondichéry.

— Et toi ? Crois-tu pouvoir survivre à celui que tu comptes délivrer ? rétorqua le père jésuite d'une voix tremblante. Infecter des hommes avec une maladie de bête… Tu veux imposer des idées qui vont contre les lois du Ciel ! Nul ne te le pardonnera. Et je serai le premier à m'opposer à ce crime que tu projettes.

— Tu juges sans savoir, comme toujours. Si tu voulais bien…

— Je ne veux pas ! Déjà, au collège, tu prétendais détenir des vérités par des livres philosophiques ! Je connais ton amitié pour les cabales et ce qui trouble l'ordre public. Vois comme les membres du Conseil de Pondichéry te haïssent à cause de ta coupable sympathie pour Lally !

— Tu n'ignores rien de mon action à Pondichéry. Mon seul tort, à tes yeux, est de n'avoir pas cherché à nuire. Quant à la haine du Conseil, il me semble que je devrais plutôt en tirer honneur quand on sait qui le composait… »

Jean-Baptiste baissa un instant les yeux, gêné, puis répliqua :

« Il n'y a jamais d'honneur à briser la paix publique !

— La vérité est toujours honorable, répliqua Qoëlet avec calme.

— Ce que tu déclares vérité est mensonge. Abstiens-toi, sans quoi tu es perdu.

— Mieux vaut une vérité qui dérange qu'un silence coupable pour complaire aux superstitions. Relis les Évangiles…

— Tais-toi ! Tu blasphèmes par goût comme par habitude. Tu as autrefois quitté le collège comme on fuit, pour une prétendue quête du bonheur qui n'était rien de mieux qu'une poursuite de libertin. Tu es revenu devant moi avec des idées criminelles et la haine de tous ceux qui ne sont pas de ton bord… Nous ne te laisserons pas faire !

— Tu ne me fais pas peur, Jean-Baptiste.

— Ce n'est pas moi que tu dois craindre, mais le regard de Dieu et le jugement des hommes. »

Qoëlet, à ces derniers mots, se contenta de hausser les épaules. Jean-Baptiste était à Lorient comme il avait été à Pondichéry : enfermé dans ses certitudes.

Cette discussion faisait suite à cent autres tenues au cours des six mois de navigation qui les avaient conduits de Pondichéry à Lorient. Cent occasions de comprendre que le combat qui attendait le voyageur serait plus âpre encore que celui qui l'avait opposé durant le siège aux conseillers de Pondichéry.

Non pas découragé mais conscient des difficultés à venir, Qoëlet devinait qu'il n'aurait bientôt plus face à lui que des Jean-Baptiste et des Moracin. La chute de Pondichéry, à laquelle il avait été mêlé malgré lui, rendait son retour en France plus délicat encore. Les ennemis du général étaient devenus les siens. Il suffisait pour en être certain de surprendre un regard de Moracin ou de Landivisiau sur sa personne. Ces gens-là chercheraient à abattre Lally et ceux qui l'avaient soutenu par tous les moyens. Il soupira, navré par ces pensées, tandis que Jean-Baptiste s'éloignait, le dos voûté et le pas incertain.

À bord du navire, qui dodelinait placidement dans la rade de Port-Louis depuis dix jours déjà, les rescapés du désastre attendaient, agglutinés, qu'on voulût bien les délivrer de l'ennui. On sentait, dans les coursives du vaisseau, l'odeur forte des chairs recroquevillées. Un mélange de honte et de dégoût de sa condition mêlé à l'impatience d'échapper enfin à cette insalubre promiscuité dont aucun ne comprenait pourquoi elle durait : un médecin monté à bord avait pu constater que nulle épidémie ne frappait les passagers ni l'équipage.

Dans la grand-chambre, Jean-Baptiste dissimulait un sourire fatigué dans le désordre de sa barbe – tandis que les membres du Conseil de Pondichéry, menés par un Moracin plus remonté que jamais, exigeaient d'un officier du port qui le leur refusait le droit de débarquer. Aux cris du commerçant venaient s'ajouter ceux de ses enfants qui, dans une cabine attenante, virevoltaient dans les jupes de leur mère.

« Silence, la marmaille ! »

Qoëlet aussi était là, silencieux dans un coin de la

grand-chambre, adossé à la cloison, sa canne de bois sculpté à ses côtés.

Depuis son retour en France, un an plus tôt, Bussy ne cessait de mettre en garde contre Lally tous ceux qui avaient des intérêts dans l'Inde, persuadé que le général allait au désastre. C'est pourquoi le conquérant des Circas regardait, en cet après-midi de septembre, ce navire qui battait pavillon de la Compagnie comme le témoignage vivant de ce qu'il n'avait cessé d'annoncer.

L'ordre qu'il avait remis peu auparavant à l'officier du port autorisait, après dix jours d'attente, les passagers à débarquer. Il l'avait obtenu du secrétaire d'État à la Marine et à la Guerre, le duc de Choiseul. Une flottille de canots et de barcasses glissait désormais vers le vaisseau de commerce. Bientôt, le premier d'entre eux, lourd de passagers, gagna le quai. Moracin et toute sa famille s'y trouvaient. L'homme, apercevant Bussy, le salua en grinçant des dents avant d'entraîner son monde à travers la foule accourue en masse. On se reverrait. Puis les membres du Conseil débarquèrent un à un. Bussy adressa à chacun un signe, serrant la main de quelques-uns, beau et calme au milieu du désordre. À leur tour des dizaines de colons gravirent l'escalier de pierre du quai, silencieux. Coupables d'avoir été vaincus, et d'abord à leurs yeux. Voici ce qu'il restait d'une ville de cent mille habitants.

Quelques-uns, dans la foule des curieux, leur tendaient des morceaux de pain ou du lard que les plus pauvres saisissaient avidement. D'autres les étourdissaient de questions auxquelles nul ne répondait tant était grand leur abattement. Bussy les regardait passer sans mot dire. Tous reconnaissaient dans ce fier gentilhomme le vainqueur d'Ambour dont ils avaient autrefois chanté la victoire à un contre cent. Cris d'enfants. Sanglots de mères. Tout, chez ces gens revenus de nulle part, trahissait un désarroi profond : le désordre des jupes, la saleté des chemises, les fichus crasseux. L'amertume, plus que les poux et les fièvres – bien au-delà de la puanteur de cette masse d'exilés –, l'amertume était le poison qui, partant d'eux, se répandait insidieusement dans la foule venue les accueillir. À quoi devait-on pareil malheur ?

Un homme, soudain, se planta devant Bussy. Celui-ci hésita un instant devant ce visage aux traits acérés avant de s'exclamer :

« Qoëlet ! »

Il prit le voyageur par les épaules et répéta :

« Qoëlet ! Tu étais là-bas et je ne le savais pas ! Ah ! tu ne le croiras pas, mais je suis content de te revoir. »

Bussy entraîna le voyageur à l'écart de la foule qui, curieuse de voir un tel personnage se livrer à de pareilles démonstrations d'affection, n'en devenait que plus émue. Les deux hommes s'arrêtèrent près d'une boulangerie d'où s'échappait l'odeur de la dernière fournée. La famille Moracin disparaissait dans cette même rue. Qoëlet observa encore quelques instants ce groupe bruyant : le père, grande brute avide et méchante. La mère, cette Amélie piteuse dont la peau s'était fripée au soleil de l'Indostan. Leurs enfants, braillards.

« Qoëlet ! répéta encore Bussy avec émotion. Il faut que tu me racontes… Tu étais à Pondichéry ? Avec tout ce monde-là ? Dans ce bourbier ?

— Là et ailleurs, lui répondit l'homme à la canne à tête de lion.

— Dis-moi tout cela ! » ordonna Bussy.

Qoëlet se mit à parler, animé par un feu soudain.

« La variole de la vache comme remède à celle de l'homme ? s'étonna le soldat quand son ami eut fini son discours. Le climat de l'Indostan t'a porté sur le système. Tu es bon pour les petites maisons !

— Ce n'est que la nature telle qu'elle s'offre aux hommes.

— Ah ! tu n'as pas changé. Toujours tes rêveries... La Nature avec un grand N... L'Amour avec un grand A... Ta canne, ta jambe de bois... Et que vas-tu faire, mon bon garçon ? demanda Bussy en jouant négligemment avec l'énorme émeraude qu'il portait au doigt.

— En parler. Que crois-tu ?

— Je te prédis un franc succès, avec cette histoire... chez les fous de Charenton, rétorqua Bussy, hilare.

— Tu n'entends rien à ce que je te raconte, répliqua Qoëlet. Il s'agit d'un procédé qui...

— Il suffit ! Oublie tes divagations, te dis-je. Il se prépare des choses terribles... Il y aura bientôt un procès et des têtes tomberont, tu peux me croire. Tu reviens de Pondichéry avec une colonie entière de Français chassés du bout du monde. Des fortunes sont en jeu, des familles entières, et tu me parles de remèdes de bonne femme et de fakir... Mais pose enfin les pieds sur terre ! »

Bussy dévisageait l'homme à la canne.

« Quels sont tes projets ? demanda-t-il brusquement.

— Paris, répondit Qoëlet en tournant son regard vers l'océan.

— As-tu de l'argent ? Des relations ? Un endroit où gîter, pauvre fou ?

— Eh bien… je vais peut-être accepter quelque temps l'hospitalité que tu t'apprêtes à m'offrir…

— Tu fais bien ! » s'écria Bussy avec un large sourire.

II

Deux ans auparavant, Bussy avait été fait prisonnier par les Anglais à deux cents lieues de Pondichéry, lors de l'improbable affaire de Vandavachy. Après avoir réglé ses comptes sous le regard obligeant de ses vainqueurs, il avait été embarqué à bord d'un navire britannique qui avait eu l'intelligence de tomber aux mains des Français de Bourbon. Si bien qu'il était, à l'automne suivant – le siège de Pondichéry débutait –, à parader dans Paris, où nul ne pouvait plus se passer de lui.

Veuf d'une Chonchon qu'il avait à peine connue (elle était morte à peine arrivée à Paris), il avait épousé une Choiseul, cousine du ministre tout-puissant, et déployé sa fortune – qu'on estimait à trente millions de livres. Le beau Bussy était à la mode. On le voulait partout, et tout d'abord à la cour. Ainsi l'apercevait-on chaque mercredi au jeu du roi, gagnant d'ailleurs beaucoup grâce à quelque martingale autrefois arrachée à l'une des plus habiles crapules de Constantinople. Il se trouvait, le vendredi, au bal de la reine. Le dimanche le voyait plus pieux que le bénitier royal. Aussi le roi avait-il déclaré le bien aimer et l'avait fait marquis.

Les salons le réclamèrent. Mme du Deffand lui ouvrit

sa porte de la rue de Beaune. Mme de Tencin ne lui ferma pas la sienne. Là encore, Bussy séduisit. On lui trouva de la grâce et de l'aisance, un beau sens de la repartie et plus de modestie qu'on ne l'imaginait. Le président Hénault déclara qu'il avait de l'esprit, Duclos qu'il connaissait la rime, Marivaux qu'il avait de l'humour. Sa réputation d'honnête homme fut dès lors établie.

Il avait acquis un luxueux hôtel proche, d'ailleurs, de celui de Lauragais, où il recevait toutes sortes de solliciteurs. Dans l'antichambre de son salon, marquises et gueux se croisaient, et il prenait souvent plus de soin des seconds que des premières. Persuadé que l'amour du peuple est l'une des pierres angulaires de toute réussite véritable, il entretenait aux alentours de sa maison une foule de mendiants et d'estropiés qui se chargeaient de faire connaître dans la capitale l'ampleur de ses libéralités. Quelques sommes lâchées avec discernement avaient encore fait de lui un saint homme aux yeux du curé janséniste de sa paroisse. Les rues de Paris ne tarissaient plus d'éloges sur les bontés de M. le marquis de Bussy-Castelnau. Lorsqu'il sortait, le soir, pour un souper ou un spectacle à l'Opéra, une meute de gamins courait sur une partie du trajet après sa voiture en criant :

« C'est Bussy ! C'est le beau Bussy ! »

Les petits gueux, qui avaient reçu une pièce le matin, l'acclamaient sans rien lui réclamer. Les mégères comme les pères de famille se disaient avec émotion que les enfants l'aimaient naturellement. Ainsi lui avait-on plus d'une fois demandé la faveur d'être le parrain d'un petit Charles ou d'une petite Joséphine. Il n'avait jamais refusé. Beaucoup de commerçants, trop flattés par sa visite, se seraient crus déshonorés s'ils avaient accepté d'être payés.

« Taratata, monsieur le marquis, nous verrons à plus tard ! » entendait-on sur son passage.

Pour les dépenses plus importantes, on l'avait vu sortir des émeraudes grosses comme des abricots. Les pierres provenaient de la couronne de Bahadur Chah, dernier Grand Mogol. Des banquiers se battaient pour lui prêter avec un intérêt misérable, et des bourgeois sans intérêt du tout. Cette vie lui plaisait. Elle ressemblait à ce qu'il avait toujours imaginé.

« Je suis mon destin ! » déclara-t-il, assez satisfait de lui, à Qoëlet, dans la voiture qui les menait à travers des provinces faméliques.

Ne revenons pas sur les divers sentiments qui furent ceux du voyageur à mesure qu'il approchait de Paris. Il avait dans cette ville trop de souvenirs pour n'être pas impressionné. Mais cependant assez de certitudes raisonnées pour avancer fermement.

À peine installé chez Bussy, Qoëlet s'en alla voir si les vaches du royaume de France ressemblaient à celles du Gondwâna. Il fit plusieurs visites dans la campagne, vers Passy et Auteuil, toutes infructueuses. Un matin de novembre enfin, il rencontra une paysanne d'une quarantaine d'années qui lui donna l'information qu'il attendait.

« Rien de plus vrai, mon monsieur ! Et je sais de quoi il en retourne ! J'ai perdu deux frères et quatre neveux par la faute de la petite vérole. Mais, moi, j'ai toujours passé à travers… Un don du Ciel !

— Que faites-vous ?

— Comment cela ?

— Quel est votre métier ?

— On n'appelle pas ça un métier… » Elle montra la cour de la ferme où Qoëlet était entré à sa suite. « … Enfin, je m'occupe de la basse-cour, des vaches et de la maisonnée…

— Les vaches ?

— Ces bêtes-là ne vont pas encore seules au pré et le lait tombe pas tout seul dans le seau ! »

Qoëlet s'empara des mains de la fermière. Celles-ci, marquées de petites cicatrices, présentaient une douzaine de boutons, au niveau des poignets, encore frais.

« Et cela, qu'est-ce ? demanda-t-il en désignant les boutons.

— Oh ! ça, c'est une saleté que je peux pas me défaire. Depuis toute petite ça revient tout le temps. La faute aux vaches : c'est leur picote. Avec la troisième année de grosses chaleurs que nous avons, j'en ai plus que jamais.

— La picote ?

— Ben oui, c'est comme ça qu'on appelle la vérole de la vache par chez nous. Je l'ai attrapée quand j'étais encore toute fille. Tenez, dit-elle en l'entraînant vers le pré, vous voyez, là, sur les pis, ces boutons ? Je peux pas faire autrement qu'y toucher. Alors, pour sûr, je les prends aussi… »

Qoëlet observa avec attention les pis de l'animal puis les mains de la fermière. Il reconnut sans peine les boutons sur lesquels Baul prélevait la matière qu'il insérait dans les plaies pratiquées avec son stylet.

« Vous me permettez de vous prendre un peu de ces boutons ? demanda Qoëlet à la fermière.

— Mon Dieu ! Que voulez-vous faire de cette moisissure ? Seriez-vous médecin, pardi ?

— Oui, mentit l'homme à la canne à tête de lion en sortant un petit couteau de sa poche.

— Seigneur ! s'écria la femme, effrayée par la lame.

— N'ayez pas peur, vous ne sentirez rien ou presque, la rassura Qoëlet tout en prélevant sur les boutons frais le pus qui les gonflait. Là… Souffrez-vous ?

— Ça picote, comme qui dirait. Rien d'étonnant, hein ? » gloussa la fermière.

Qoëlet enferma sa récolte dans une coquille de noix, puis remercia la femme pour cet aimable concours à ses recherches.

De retour chez Bussy, il passa la soirée dans sa chambre, à contempler la demi-coquille. La magie naturelle observée auprès de Baul – le secret de la déesse Mata – était dans cette substance visqueuse aux reflets verdâtres. Restait à convaincre le public qu'il y avait là un moyen infaillible de se prémunir contre la petite vérole.

À l'Académie de médecine, où il se rendit, dès le lendemain, sa coquille de noix en main, les deux régents qui le reçurent éclatèrent de rire à ses propos. On le pria de laisser l'art de soigner à ceux qui s'y entendaient et d'aller vendre son remède sur le Pont-Neuf, avec les charlatans.

« Vous ferez concurrence aux châtreurs et aux vendeurs d'eau de Seine ! » s'exclama l'un d'eux avant de lui tourner le dos.

Dépité, il pénétra dans la bibliothèque de la Faculté et se mit à parcourir ouvrages et revues de médecine. Il lui fallut peu de temps pour découvrir que le débat sur l'inoculation en était quasiment resté au point où il l'avait laissé devant l'hôtel de Lauragais, quinze ans auparavant.

Se rappelant les paroles de Timoni à propos d'écrits de Voltaire, il parvint toutefois à mettre la main sur une édition des *Lettres philosophiques*, ouvrage interdit mais qu'on trouvait dans tout Paris, et lut, dans la onzième, ce qu'il cherchait :

Les femmes de Circassie sont, de temps immémorial, dans l'usage de donner la petite vérole à leurs enfants même à l'âge de six mois, en leur faisant une incision au bras, et en insérant dans cette incision une pustule qu'elles ont soigneusement enlevée du corps d'un autre enfant. Cette pustule fait, dans le bras où elle est insinuée, l'effet du levain dans un morceau de pâte ; elle y fermente, et répand dans la masse du sang les qualités dont elle est empreinte. Les boutons de l'enfant à qui l'on a donné cette petite vérole artificielle servent à porter la même maladie à d'autres. […]

Ce qui a introduit en Circassie cette coutume, qui paraît si étrange à d'autres peuples, est pourtant une cause commune à tous les peuples de la terre : c'est la tendresse maternelle et l'intérêt. Or il arrivait souvent qu'un père et une mère, après avoir bien pris des peines pour donner une bonne éducation à leurs enfants, se voyaient tout d'un coup frustrés de leur espérance. La petite vérole se mettait dans la famille, une fille en mourait, une autre perdait un œil, une troisième relevait avec un gros nez ; et les pauvres gens étaient ruinés sans ressource. […]

Les Circassiens s'aperçurent que sur mille personnes il s'en trouvait à peine une seule qui fût attaquée deux fois d'une petite vérole bien complète ; qu'à la vérité on essuie quelquefois trois ou quatre petites véroles légères, mais jamais deux qui soient décidées et dangereuses ; qu'en un mot jamais on n'a véritablement cette maladie deux fois en sa vie. Ils remarquèrent encore que, quand les petites véroles sont très bénignes, et que leur éruption ne trouve à percer qu'une peau délicate et fine, elles ne laissent aucune impression sur le visage. De ces observations naturelles ils conclurent que, si un enfant de six mois ou d'un an avait une petite vérole bénigne, il n'en mourrait pas, il n'en serait pas marqué, et serait quitte de cette maladie pour le reste de ses jours. Il restait donc, pour conserver la vie et la beauté de leurs enfants, de leur donner la petite vérole de bonne heure : c'est ce que l'on fit en insérant dans le corps d'un enfant un bouton que l'on prit de la petite vérole la plus complète, et en même temps la plus favorable qu'on pût trouver. L'expérience ne pouvait pas manquer de réussir. Les Turcs, qui sont gens sensés, adoptèrent bientôt après cette coutume, et aujourd'hui il n'y a point de bacha à Constantinople qui ne donne la petite vérole à son fils et à sa fille en les faisant sevrer.

Quelques gens prétendent que les Circassiens prirent autrefois cette coutume des Arabes ; mais nous laissons ce point d'histoire à éclaircir par quelque bénédictin, qui ne manquera pas de composer là-dessus plusieurs volumes in-folio avec les preuves. Tout ce que j'ai à dire sur cette matière, c'est que dans le commencement du règne de George Ier, Mme de Wortley-Montague, une des femmes d'Angleterre qui ont le plus d'esprit et le plus de force dans l'esprit, étant avec son mari en ambassade à Constantinople, s'avisa de donner sans scrupule la petite vérole à un enfant dont elle était accouchée en ce pays. Son chapelain eut beau lui dire que cette expérience n'était pas chrétienne et ne pouvait réussir que chez des infidèles, le fils de Mme de Wortley s'en trouva à merveille. Cette dame, de retour à Londres, fit part de son expérience à la princesse de Galles, qui est aujourd'hui reine. […]

Dès qu'elle eut entendu parler de l'inoculation ou insertion de la petite vérole, elle en fit faire l'épreuve sur quatre criminels condamnés à mort, à qui elle sauva doublement la vie : car non seulement elle les tira de la potence mais, à la faveur de cette petite vérole artificielle, elle prévint la naturelle, qu'ils auraient probablement eue, et dont ils seraient morts peut-être dans un âge plus avancé. La princesse, assurée de l'utilité de cette épreuve, fit inoculer ses enfants : l'Angleterre suivit son exemple, et, depuis ce temps, dix mille enfants de famille au moins doivent ainsi la vie à la reine et à Mme de Wortley-Montague, et autant de filles leur beauté.

Sur cent personnes dans le monde, soixante au moins ont la petite vérole ; de ces soixante, dix en meurent dans les années les plus favorables, et dix en conservent pour toujours de fâcheux restes. Voilà donc la cinquième partie des hommes que cette maladie tue ou enlaidit sûrement. De tous ceux qui sont inoculés en Turquie ou en Angleterre, aucun ne meurt, s'il n'est infirme et condamné à mort d'ailleurs ; personne n'est marqué, aucun n'a la petite vérole une seconde fois, supposé que l'inoculation ait été parfaite. Il est donc certain que, si quelque ambassadrice française avait rapporté ce secret de Constantinople à Paris, elle aurait rendu un service éternel à la nation ; le duc de Villequier, père du duc d'Aumont d'aujourd'hui, l'homme de France le mieux constitué et le plus sain, ne serait pas mort à la fleur de son âge ; le prince de Soubise, qui avait la santé la plus brillante, n'aurait pas été emporté à l'âge de vingt-cinq ans ; Monseigneur, grand-père de Louis XV, n'aurait pas été enterré dans sa cinquantième année ; vingt mille personnes mortes à Paris de la petite vérole en 1723 vivraient encore. Quoi donc ! est-ce que les Français n'aiment point la vie ? est-ce que leurs femmes ne se soucient point de leur beauté ? En vérité, nous sommes d'étranges gens ! Peut-être dans dix ans prendra-t-on cette méthode anglaise, si les curés et les médecins le permettent ; ou bien les Français, dans trois mois, se serviront de l'inoculation par fantaisie, si les Anglais s'en dégoûtent par inconstance.

J'apprends que depuis cent ans les Chinois sont dans cet usage ; c'est un grand préjugé que l'exemple d'une nation qui passe pour être la plus sage et la mieux policée de l'univers. Il est vrai que les Chinois s'y prennent d'une façon différente : ils ne font point d'incision, ils font prendre la petite vérole par le nez comme du tabac en poudre : cette façon est plus agréable, mais elle revient au même, et sert également à confirmer que, si on avait pratiqué l'inoculation en France, on aurait sauvé la vie à des milliers d'hommes…

Qoëlet sentait son cœur battre la chamade. Ces lignes étaient anciennes de vingt-cinq ans ! Vingt-cinq années qu'un moyen de lutter contre la variole avait été offert aux Français, et vingt-cinq années qu'il n'avait quasiment pas été entendu !

Qoëlet, cependant, ne rencontra pas l'auteur de ces commentaires pleins d'ironie. De grâces en disgrâces, Voltaire s'était installé dans le pays de Gex où son esprit, faute d'être parvenu à convaincre les Français de renoncer aux superstitions, se délassait à concevoir des perspectives sans clocher. La consultation des minutes de l'Académie des sciences lui apprit cependant qu'il existait à Paris un homme que son projet ne pouvait laisser indifférent. Il lui écrivit aussitôt, le priant d'accepter de bien vouloir lui permettre de l'entretenir des découvertes qu'il avait faites sur la variole et d'un moyen infaillible de se préserver de ses attaques.

III

Qoëlet pénétra dans le café Procope, le plus ancien de Paris apprit-il, et s'installa devant une petite table, au milieu d'une foule de gentilshommes, de bourgeois et de comédiens. Charles Marie de La Condamine lui avait donné rendez-vous dans cet endroit qu'il aimait à fréquenter. Les convives portaient des perruques poudrées, plus rarement les cheveux noués en catogan. On devinait l'endroit à la mode, où l'on venait pour voir et être vu en bonne compagnie. Les conversations étaient nourries, les regards pleins de malice, les gestes gracieux, les vêtements recherchés. L'homme à la canne à tête de lion commanda une bouteille de jurançon et entreprit de lire le dernier numéro du *Mercure de France*, dans lequel un médecin attaquait une nouvelle fois le procédé de l'inoculation de la variole humaine.

Autour de lui, d'autres hommes lisaient livres et journaux mis à la disposition de la clientèle par la maison. Certains le faisaient à haute voix, émaillant leur lecture de commentaires parfois interrompus par ceux de leurs voisins, aimables ou railleurs.

Qoëlet était tout entier absorbé par son journal lorsqu'il entendit le nom de celui qu'il attendait prononcé par un bourgeois installé à une table voisine de la sienne. Qoëlet prêta l'oreille.

« Vous ne le connaissez pas ? s'étonnait l'homme. Il a été reçu par le comte de Buffon à l'Académie française au début de l'année !

— Vraiment ? Et pour quels mérites ? demanda son interlocuteur, un fat en perruque poudrée à frimas dont la figure était ornée de plusieurs mouches.

— Je pourrais vous répondre que M. de La Condamine a tous les mérites ! Il s'est distingué à la guerre dans sa jeunesse mais n'avait pas le goût des casernes. Il a été pris par celui des voyages et a visité Alger, Alexandrie, Constantinople. Il en est revenu avec une passion pour les explorations et le calcul, tant et si bien qu'il a été admis à l'Académie royale des sciences sans même avoir atteint ses trente ans !

— Joli, en effet…

— Il y a plus beau ! En 1733, le roi a demandé à son géographe, M. Cassini, de faire lever des cartes du royaume. Le méridien de Paris et sa perpendiculaire furent choisis comme axes de référence. Figurez-vous que cela a réveillé une vieille querelle entre partisans de Descartes, qui avançaient que la forme de la Terre est légèrement aplatie à l'équateur, et ceux de Newton, qui affirmaient au contraire qu'elle l'était aux deux pôles…

— Curieuse querelle, pour le moins ! La Terre ressemble-t-elle à une grenade ou à une citrouille ? ironisa l'interlocuteur. Pour ma part, je croyais qu'elle était ronde depuis Galilée, auquel l'Église a fait pour cela un vilain procès.

— Encore une idée fausse qui a, je le crois, de beaux

jours devant elle. Sachez qu'Ératosthène, il y a vingt siècles d'ici, l'avait déjà prouvé. Non, Galilée a été poursuivi par l'Inquisition pour avoir soutenu, après Copernic, que la Terre tournait autour du Soleil et non l'inverse. Héliocentrisme et non géocentrisme… »

Gêné d'avoir été pris en défaut, l'homme aux mouches sortit une petite boîte à tabac nacrée de sa poche et porta avec des gestes méticuleux une pincée de poudre à ses narines. Il éternua, sourit d'aise, puis déclara sur un ton badin :

« Je veux bien vous croire, mon cher. Il me semble pourtant que vous alliez me dire laquelle, de la grenade ou de la citrouille…

— La réponse à cette question n'est possible qu'en mesurant l'arc du méridien. Pour cela, l'Académie des sciences a ordonné l'envoi de deux expéditions : l'une au pôle Nord, menée par M. de Maupertuis, et l'autre sur l'équateur, au Pérou, menée par… M. de La Condamine. Il s'est embarqué pour le Pérou en 1735 avec MM. de Jussieu, Bouguer, Godin et Vergui…

— Quitter Paris pour mesurer si la Terre a la taille fine. Étrange aventure ! Et a-t-il rapporté quelque or de son Pérou ?

— Oui, d'une manière. Il est rentré dix ans plus tard avec une carte de l'Amazone et de la province de Quito, le curare, ce poison fameux, le merveilleux caoutchouc, dont il a inventé le nom, et une curieuse passion pour l'inoculation de la petite vérole, dont il prétend que nous devons tous l'adopter.

— Pas de trésor mais des manies, si je vous comprends…

— Vous faites de l'esprit pour peu de chose. M. de

La Condamine n'a rien d'un maniaque. Le lire est un plaisir, l'entendre un plaisir plus grand encore ! Quoi qu'en dise le bon peuple de Paris...

— Amusez-moi, je vous prie.

— Il ne dit rien, pour être exact, il chante. Ceci, en particulier, imaginé à l'occasion de l'entrée du savant à l'Académie : *La Condamine est aujourd'hui/Reçu dans la troupe immortelle/Il est bien sourd, tant mieux pour lui,/Mais non muet, tant pis pour elle !*

— C'est bien méchant ! susurra l'homme avec une petite moue qui montrait que la méchanceté lui était une friandise.

— Vous allez juger par vous-même si la chanson dit vrai... voyez donc, cet homme qui vient d'entrer et qui salue M. d'Alembert ! »

Qoëlet tourna la tête vers l'entrée du café et aperçut un homme de belle taille, à la figure noble – le nez droit, le menton carré, la lèvre fine, l'œil vif – quoique gâtée par les marques de la petite vérole, âgé d'une soixantaine d'années et tenant plusieurs volumes sous le bras. Bien qu'il ne le connût pas, La Condamine marcha droit sur lui :

« M. de Qoëlet ?

— Oui.

— La Condamine. C'est un honneur...

— Tout l'honneur est pour moi, monsieur. »

Prenant à peine le temps de s'asseoir en face de Qoëlet, il reprit, avec la vivacité d'un homme pressé par le temps :

« J'ai lu et relu votre courrier. Je n'ai qu'une chose à vous dire : bravo ! Me croirez-vous si je vous dis que je vous attends depuis huit ans ?

— Huit ans ? demanda Qoëlet, intrigué.

— Huit ans, oui ! lança le vieil homme, montant la voix en vrai sourd qu'il était. Car il y a huit ans que j'ai parlé pour la première fois de ce qui nous occupe aujourd'hui. Huit ans que j'ai résolu de convaincre mes compatriotes des avantages immenses de l'inoculation de la variole humaine ! » La Condamine marqua une pause avant d'ajouter, d'une voix soudain lasse : « En vain… On n'inocule aujourd'hui en France pas plus qu'hier…

— Il semble qu'on publie pourtant beaucoup sur le sujet, fit remarquer Qoëlet en désignant le *Mercure de France* posé sur la table.

— Oh ! pour ça, on publie, certes, soupira le savant. On se dispute aussi… S'il n'y avait qu'à lutter contre nos adversaires, passe encore, mais voyez, j'ai croisé, en entrant, M. d'Alembert, qui soutient notre cause. Il ne trouve cependant rien de mieux que de chercher noise à Bernoulli…

— Bernoulli ? Pardonnez-moi, j'ai été absent si longtemps de France…

— Bernoulli est un excellent citoyen suisse qui fait profession de médecin, de physicien et de mathématicien. Il a publié un essai sur la mortalité causée par la petite vérole, dans lequel il expose ce que serait l'espérance de vie en cas d'importation de la variole d'Orient en France. Savez-vous que nous gagnerions tous trois années ! Passer de trente à trente-trois ans d'espérance de vie, vous rendez-vous compte ? Tenez, dit-il en lui tendant un petit ouvrage, voici le livre. Mais M. d'Alembert se pique de lui faire remarquer que, pour une mère, le risque de voir son enfant mourir des suites de l'inoculation ne se calcule pas de cette manière. Pourtant, je le sais convaincu ; il n'argumente que par plaisir de débattre. Le résultat n'est pas bon pour nous. Il crée de la division là où nous devrions être unis… »

Qoëlet s'empara de l'ouvrage et le feuilleta un instant. Le savant poussa un soupir, plus moqueur que lassé, puis bourra sa pipe d'un tabac aux reflets verts et doux qui rappelèrent à Qoëlet l'opium frais. La nuit était tombée. Un orchestre avait pris place à l'étage. Des valets portant des plateaux de fruits, de pâtés, d'alcools et de café allaient d'une table à l'autre, vifs et précis. Les deux hommes commandèrent à souper et poursuivirent leur conversation autour d'une bouteille de vin de Beaune.

La Condamine exposa à un Qoëlet résolument attentif comment il avait recueilli sur le procédé de l'inoculation de nombreuses informations, mais encore des chiffres, des preuves du succès de l'opération et de son efficacité. On lui écrivait d'Angleterre, d'Amérique, d'Afrique et même de Chine.

« Portons une nouvelle fois ce débat sur la place publique, poursuivit La Condamine, et nous trouverons face à nous des gens violents, bêtes… On ira nous chercher des crimes que nous n'avons pas commis. On nous accusera d'en préparer… Oh ! quel pays rétif au progrès ! Tout bouffi de gloire ici, minable là… Un mort sur mille et c'est la panique, on préfère qu'il continue à en mourir un sur dix pour ne pas bouleverser les bonnes petites habitudes. Est-ce donc éperdument français que de ne savoir tolérer le changement ? Nous sommes dans un siècle de révolutions et ce pays tout entier l'ignore. Qui ce progrès va-t-il ruiner ? Les médecins ? Les tenanciers de lazarets ? Les menuisiers qui font les cercueils ?

— Le débat ne reste-t-il pas ouvert ? s'inquiéta Qoëlet.

— Oh ! il l'est, si l'on en juge par la quantité d'ouvrages et d'articles qui paraissent sur le sujet. Mais face à nous, les plumes ne manquent pas. Inutile de lire leurs ouvrages… Non, s'il faut s'imposer d'en connaître un, c'est celui-ci », déclara La Condamine en posant un nouveau livre sur la table.

Qoëlet s'empara de l'ouvrage, l'ouvrit et en découvrit le titre : *Observations sur la saignée du pied, et sur la purgation au commencement de la petite vérole, des fièvres malignes & des grandes maladies. Preuves de décadence dans la pratique de médecine, confirmées par de justes raisons de doute contre l'inoculation, à Paris, chez Guillaume Cavelier, M.DCC.XXIV.*

« L'ouvrage me paraît bien ancien et je ne vois pas de nom d'auteur, fit-il remarquer.

— Celui-ci provient effectivement de la première édition… Quant à l'auteur, répondit La Condamine, l'œuvre est effectivement anonyme mais je peux vous dire qu'elle est d'un des plus grands médecins de ce temps. Il n'est plus de ce monde aujourd'hui mais le fils veille à propager les idées de son père…

— Son nom ?

— C'est le Dr Hecquet. Je devrais dire : ce sont *les* Drs Hecquet ! »

Qoëlet vit aussitôt surgir devant lui le seuil de la chambre dans laquelle la comtesse de Lauragais avait rendu la vie. Il réussit cependant à déclarer d'une voix égale :

« Je pense connaître le second…

— Mon pauvre ami, vous connaissez alors celui qui nous ferait bien volontiers brûler vifs en place de Grève ! Il est le digne rejeton de son père, ce crétin fameux, répliqua La Condamine en enflammant une brindille à la chandelle pour rallumer sa pipe. Si vous saviez ce que c'était déjà que le père : le médecin des très gracieuses religieuses de Port-Royal et du grand monde, le pathétique buveur d'eau, l'ennemi sinistre des cuisiniers, du tabac, des dispenses de carême et plus généralement de tout ce qu'il n'avait pas écrit ou prêché. Un grand cœur avec les pauvres, car il était janséniste comme je suis mathématicien, mais un esprit fermé à toute nouveauté ! Ses *Raisons de doute contre l'inoculation* et ses discours ont trouvé l'oreille des Français… Le fils fait aujourd'hui commerce des idées de son père, qu'il a reprises en héritage sans rien y changer !

— Le commerce est bon, si j'en juge par ce que j'ai vu, intervint Qoëlet tandis que les souvenirs remontaient du fond des ans. Quand je l'ai connu, l'homme tenait le haut du pavé…

— Il le tient encore et roule carrosse. Il fait le placier des idées de son géniteur. À cause de ces maudits pleutres, on n'a pas dû pratiquer dans le royaume plus de cent opérations ces dix dernières années quand Benjamin Franklin publie déjà un rapport sur ses heureux effets dans les colonies d'Amérique ! Alors dites-moi, cher ami, si vous croyez, après tout ce que je viens de vous dire, qu'il soit bien raisonnable de croire encore, comme on le fait à Paris et partout dans le royaume, que le Français est sans conteste possible le meilleur morceau de l'homme », demanda avec amertume le savant en arrachant à sa pipe de gros nuages de fumée.

Qoëlet écoutait son interlocuteur les sangs glacés. Il ne parvenait plus à chasser le visage de la comtesse de Lauragais de son esprit. Ses traits l'habitaient jusque dans les moindres détails. Il lui semblait même, lorsqu'une femme parlait non loin d'eux, qu'elle allait surgir, lui sourire, l'embrasser. Il ne prit pas même la peine de répondre à la question pleine d'ironie du savant. Celui-ci lui en fit la remarque.

« Vous ne répondez pas ? Je vous comprends… Ce débat qui nous retient est à désespérer… Mais je parle… Et je ne vous ai pas laissé me dire le fond de votre pensée ! Vous m'écrivez que vous avez découvert une méthode nouvelle de lutter contre la petite vérole. Ma foi, vous êtes allé à Constantinople et dans l'Inde, je conçois que vous en sachiez plus qu'un autre… L'inoculation est antique dans ces deux parties du monde !

— Il s'agit d'autre chose, répondit Qoëlet.

— Autre chose ? Je ne vous comprends pas…

— Il existe un moyen plus sûr encore que l'inoculation de la variole humaine…

— Vraiment ? Mais qu'est-ce donc ? Dites-moi, je brûle de le connaître !

— Cela consiste à transmettre la variole de la vache à l'homme, expliqua Qoëlet avec une fièvre inhabituelle. J'ai pu constater que c'était le procédé le plus efficace pour lutter contre la petite vérole. Il ne fait guère de doute que la picote animale est une petite sœur de la variole humaine. Pour en avoir observé les effets dans l'Indostan comme dans les campagnes qui bordent Paris, je suis porté à croire que son pouvoir réside dans cette parenté, de la même manière que l'inoculation consiste à prendre une petite vérole de bonne espèce pour éviter d'être un jour contaminé par une petite vérole maligne ou confluente…

— Que dites-vous ?

— La variole de la vache, répéta l'homme à la canne avec fermeté en posant sur la table une coquille de noix contenant des germes de picote. Voici la solution. »

La Condamine demeura un long instant songeur avant de s'emparer de la coquille et d'en examiner le contenu.

« Je suis surpris, dit-il enfin. Très surpris… Je… Quoi qu'il en soit, je ne peux retenir cette idée.

— Pourquoi ?

— J'ai vu un père carme inoculer la petite vérole, fait rare de la part d'un religieux, aux Indiens de l'Amazonie. Il ne consentait à agir que parce que le produit venait de l'homme et allait à l'homme. Ce point était essentiel à ses yeux, pour des raisons que son état de prêtre vous laisse concevoir.

— Mais je prélève sur l'homme ! s'exclama Qoëlet.

— Certes, mais vous citez la vache comme votre source principale. Par ailleurs votre variole, comment dire… *vaccine*, est-elle vraiment si appropriée que vous me la vantiez comme supérieure à l'inoculation de la petite vérole humaine ?

— Je l'ai éprouvé des centaines de fois, répondit Qoëlet en songeant à toutes les inoculations pratiquées au côté de Baul durant son long périple vers Pondichéry.

— Des centaines ? Sans jamais faire entrer de petite vérole confluente ?

— Pas une fois. En douze jours, il n'y paraît plus rien et le mal est détourné à jamais, posa irrévocablement l'homme à la canne.

— Certes, le fait est curieux, j'en conviens… Mais il faudrait pour cela que nos idées les plus simples puissent passer… Après, pourquoi pas… Il faudrait expérimenter… »

Le savant réfléchit un long moment, troublé, puis ajouta :

« L'inoculation de la variole humaine est prouvée comme efficace et pourtant nos ennemis sont acharnés. Votre procédé ne serait pas seulement refusé par nos adversaires, ils nous condamneraient tous irrévocablement. Un mot de cela en public et nous sommes perdus… N'en doutez pas ! »

Reprenant sa coquille de noix des mains du savant, Qoëlet promit à La Condamine qu'il ne parlerait pas de la variole des vaches en public, dans le même temps qu'il se promettait de retourner dès le lendemain en quête de fermières infectées par le mal salvateur.

IV

La Condamine, dans les mois qui suivirent, entraîna Qoëlet à sa suite dans les salons où l'on croisait les meilleurs esprits de Paris. Il y avait depuis longtemps ses entrées et de nombreuses connaissances. Il les entretenait autant par utilité que par plaisir, ainsi que font les grands mondains.

Mme du Deffand, qui tenait l'un des plus grands de ces salons de Paris, les reçut.

« Entrez donc, monsieur de Qoëlet, seul le premier pas coûte… Vous connaissez, je crois, ce cher Bussy. Merveilleux homme, n'est-ce pas ? »

Ils eurent chez elle avec d'Alembert les conversations les plus précises qu'on puisse imaginer. Celles-ci devaient aboutir à la publication de ses fameuses *Réflexions philosophiques et mathématiques sur l'application du calcul des probabilités à l'inoculation.* À défaut de sauver beaucoup de vies, l'inoculation et ses effets, ainsi relancés sous l'impulsion de La Condamine et Qoëlet, contaminaient les esprits les plus véloces et faisaient progresser la science hardiment. Citer tous les personnages intéressants que rencontrèrent alors nos deux prêcheurs serait fastidieux. Il suffit de mentionner Jean-François Girod, un jeune médecin originaire de Franche-Comté que les propos des deux hommes impressionnaient considérablement et qui s'attacha à eux, mais surtout l'une des rares personnes que Qoëlet connût à Paris…

Un aventurier de bonne famille qui le croiserait douze ou treize ans après ces événements a laissé dans son journal un succinct portrait du comte de Lauragais : « L'air singulier, frondeur et fort spirituel, avec un extérieur peu favorable. »

L'homme s'était depuis toujours soumis aux passions dictées par son cœur, la mode ou les circonstances sans jamais renâcler. Donc bien laid, riant fort, mangeant gras, jouant gros, forniquant plus encore. Il avait, au fil des ans, promené sa face grêlée dans toute l'Europe, tantôt en soldat, tantôt en touriste éclairé – parsemant le continent de ses jeux de mots, bons et mauvais.

Du pays de Hanovre, occupé très militairement, il avait rapporté l'art secret de faire de la porcelaine avec son ami Darcet, un chimiste ancien secrétaire de Montesquieu. Les Limougeauds lui doivent par ricochet la fortune de leur industrie.

L'Angleterre lui avait laissé un souvenir plus mitigé.

« La cuisine anglaise, si c'est froid, c'est de la soupe, si c'est chaud, c'est de la bière ! On ne trouve en Angleterre de fruits mûrs que les pommes cuites et de poli que l'acier. À périr de faim et d'ennui… ou de duel. Mais, nom d'un braquemart ! quels bons chevaux ils ont ! Ça console… »

Le comte se consolait si bien qu'il était rentré en France avec le goût des chevaux pur-sang. Ses haras produisaient des coursiers, pour partie issus des légendaires Godolphin, Matchem et Herod, qu'il déclarait imbattables. À peine rancunier, il venait, quelques semaines avant ces faits, de lancer un défi à Londres, au Jockey-Club, en assurant que les trois premiers chevaux à l'arrivée seraient issus de ses poulinières. Le tiercé n'a pas, en France, d'autre origine.

Mieux que jamais ami des bonnes choses, le comte était encore l'amant en titre de la fameuse Sophie Arnould, jeune femme d'esprit et pécheresse pour qui Gluck composerait bientôt et qui lui coûtait par semaine de quoi nourrir dix familles pour une année.

« L'amour est le seul lieu où l'on se doit de perdre bon sens, confiait-il en ses rares heures de mélancolie. D'ailleurs on s'y perd tant qu'on y perd toujours... Du poil, des plumes... et du blé ! »

Pour favoriser d'aimables entrevues dans Paris, il venait d'ailleurs de louer à un limonadier de la cour l'immeuble dans lequel la comtesse avait reçu Qoëlet à souper lors de leur première rencontre. Les petites cabines décorées avec goût de peintures murales remportaient un succès dont il n'était pas peu fier. Elles continueraient du reste à le faire, tout au long des deux siècles à venir, sous l'enseigne du restaurant Lapérouse.

Il planait dans l'air de ces temps un soupçon de raison universelle. En attendant de devenir duc, d'intégrer le club des Cordeliers pendant la Révolution et de mourir satisfait de la vie à plus de quatre-vingt-dix ans, le comte de Lauragais était homme à respirer fort. Il se souciait de tout. Avait la passion de comprendre, de progresser. En ses grandes heures de sagesse, il se donnait pour tâche de séparer l'être du paraître, le juste de l'injuste, voire le vrai du faux. Philosophe, c'est-à-dire poète, auteur, chercheur, découvreur, voyageur, entrepreneur, libre penseur, le tout avec un tonitruant bonheur, il ne se passait pas une semaine sans qu'on parlât de lui dans Paris – le plus souvent en mal.

Tout féru de savoir qu'il était, Lauragais n'avait guère entendu parler de l'inoculation de la variole. Un ami cependant, membre de l'Académie des sciences, lui conta en quelques mots ce qu'il en était des démarches entreprises à ce sujet par La Condamine et un certain Qoëlet – un boiteux taciturne dont nul ne savait d'où il sortait, logé chez Bussy-Castelnau.

Chacun de ces noms résonna familièrement dans l'esprit du comte. Il connaissait La Condamine pour l'avoir croisé dans un salon ou un autre. Bussy, qui s'y entendait assez en matière de chevaux, ne lui était plus un inconnu depuis son arrivée à Paris. Quant à Qoëlet, il se rappelait sans peine sa jambe de bois et la cour qu'il avait faite à sa femme peu avant que la maladie n'entraînât l'infortunée dans la tombe. Aussitôt, il s'offrit de recevoir amis et curieux chez lui pour entendre les deux hommes.

Bien qu'il se fût préparé à cet instant pénible, Qoëlet ne put, lorsqu'il franchit le porche de l'hôtel de la rue du Paon, se retenir de frissonner. Son malaise dut être visible car La Condamine s'inquiéta de son état. Mais non, il allait bien… Très bien, merci.

Le comte le salua chaleureusement, comme un familier retrouvé.

« Alors ce n'est plus la grâce mais la petite vérole ? » lui demanda-t-il en lui serrant longuement la main.

Le voyageur fut glacé d'effroi par la boutade. Cet homme était la cause de… Il n'avait pas l'air de savoir, de se souvenir, de se rappeler que… Lui ne pensait qu'à cela. Dans chaque pièce de l'hôtel, il avait un souvenir intime. Elle était là, dans ces lieux, les habitant, son fantôme vibrant de le revoir. Son fantôme…

Si le comte ne voyait guère plus sa seconde femme que la première, il aimait avec fidélité sa bibliothèque. Le hasard, pourtant, lui avait fait ignorer jusqu'à ce jour le volume de son *Encyclopédie* contenant l'article sur l'inoculation. Ses invités lui mirent le nez sur ces lignes et Lauragais, soudainement, envisagea qu'il aurait pu éviter de prendre la petite vérole et, accessoirement, de perdre son épouse. D'entendre que son médecin de l'époque, Hecquet, restait un farouche ennemi du nouveau procédé lui hérissa le poil. Presque aussitôt, il prit fait et cause pour l'inoculation.

Depuis trois mois qu'ils arpentaient Paris, Qoëlet et La Condamine s'étaient acquis tout ce qu'il y avait d'intelligences honnêtes dans la ville, et même au-delà. Comment n'eussent-ils pas pu se sentir concernés ? Combien de visages grêlés dans ces assistances ? Combien de mères ayant pleuré la disparition d'un enfant au moins ?

En s'adjoignant les services d'un Lauragais, les deux hommes offrirent à leur cause un tribun d'un genre tout autre. La modernité du principe seyait au goût du comte. La qualité des esprits qui soutenaient l'inoculation flattait son orgueil. Le parfum de scandale qui planait autour de cette affaire n'était, lui non plus, pas pour lui déplaire. Si bien que le comte n'eut bientôt plus à la bouche que le seul mot d'*inoculation.* Ce qui fit dire aux ennemis de ce grand foutreur qu'un si douteux accommodement de syllabes, par les analogies immondes qu'il suggérait, ne pouvait qu'être de sa création.

Mais le comte se moquait du tiers comme du quart de ces vilains drôles, ces « maroufles mal inoculés », comme il tonnait. Non content de se produire dans les lieux à la mode de la capitale, il inonda bientôt Paris de billets vantant les vertus du procédé. Il faisait rédiger par Jean-François Girod et imprimer ces feuillets jetés au public dans les jardins, les spectacles et les cafés par des jeunes filles qu'il choisissait pour leur poitrine rebondie, les appelant tendrement ses « petites pustuleuses d'amour ».

Le public, soucieux de sa santé et comme toujours éperdument prêt à croire qu'on le trompait, dressa l'oreille. C'est alors que l'homme du grand monde prit conscience qu'il ne saurait donner du corps et de la voix à son entreprise sans la mettre *à la mode.*

L'homme ferma sa porte à Sophie Arnould, se fit monter quelques bouteilles de montrachet et se prit à réfléchir. La Condamine, soit, en imposait à tout le monde scientifique. Qoëlet, quant à lui, parlait aussi droit qu'il marchait de biais. Il l'estimait fort depuis son retour.

« Je vous apprécie, Qoëlet… Il ne fallait pas jouer la comédie, mon ami, il y a quinze ans. Ma femme vous plaisait ? Je n'y voyais pas de mal… Elle est morte, c'est ainsi… Paix à son âme, à ses cendres et au reste… Si j'avais alors su… Dommage… Je me suis remarié… Une princesse allemande… Moins belle, aussi pieuse et plus robuste… C'est solide, l'Allemand… Et ce croupion, si vous saviez… C'est pieux mais c'est ardent, la Teutonne ! Ah ! que voulez-vous ! Le temps passe… Oublions les peines et gardons le bon. L'intelligence pousse comme les poils ! Je me sens un peu plus velu chaque matin et vous n'y êtes pas pour rien ! »

Il l'aimait bien. D'ailleurs le saluait chaque jour ou presque d'un joyeux « Ça marche ? » auquel Qoëlet répondait en battant sèchement le pavé avec sa canne, un fin sourire aux lèvres. Ce Breton parlait certes bien, lorsqu'il s'en donnait la peine, mais il restait un inconnu. La Condamine, quant à lui, était trop savant pour toucher les foules. Allons, la petite vérole, la médecine… Il fallait… un médecin. Soudain tout s'éclaira dans l'esprit du comte : il lui fallait Tronchin. Ce médecin suisse qui avait signé l'article INOCULATION de l'*Encyclopédie* et opéré le duc d'Orléans quelques années plus tôt. Celui que Voltaire appelait son « cher Esculape ». Grâce à lui, la Suisse et l'Italie connaissaient le procédé importé de Turquie. L'homme assurait compter à son actif plus de dix mille inoculations. Le comte fut bientôt persuadé qu'il était indispensable à la France. Le voulut. L'exigea. Ce fut là le génie du comte de Lauragais.

Devant les réticences du médecin à abandonner Genève, le comte se déplaça en personne, porteur de lettres de La Condamine et Qoëlet, bien décidé à ramener l'homme des libres cantons dans ses bagages. Tronchin, finalement, céda aux arguments du comte.

« Un nom dans l'Histoire, monsieur ! »

Ce qui ferait écrire froidement à Rousseau que le Dr Tronchin « vint quelque temps après à Paris faire le saltimbanque ».

Lauragais le conduisit en effet par la main au faubourg Saint-Germain et l'installa sans lésiner sur la dépense. Il organisa pour lui un feu d'artifice et composa pour l'occasion une pièce en trois actes, *Les*

Ardeurs d'un remède, dans laquelle il demanda au bon médecin de Genève de jouer son propre rôle.

La démarche fut décisive pour la cause.

Les articles de D'Alembert, les ouvrages de Bernoulli, les discours de La Condamine ou Qoëlet, tout cela, certes, était fort bien, fort beau. On expliquait, on démontrait par la logique, les probabilités, les mathématiques et la médecine. Que de progrès, mon cher ! Mais jamais cela ne vaudrait la puissance de persuasion d'un médecin à la mode, d'un pur fils d'Hippocrate adulé par les foules comme par les plus grands.

Bien qu'il fût un bon et gros parpaillot, les jansénistes parisiens prêtaient au Genevois Tronchin, comme à une relique, des vertus curatives. Tronchin, lui, en prêtait autant à l'inoculation. Et les Parisiens, qui ne lancent guère les modes mais les suivent volontiers, se prirent dès lors d'affection pour l'inoculation et M. Tronchin – que leur offrait sur un plateau garni le comte de Lauragais, esprit moderne et ami du progrès.

La mode, en effet : en peu de semaines tout devint, dans Paris, *à l'inoculation.* Les gâteaux, les perruques, les salades. Quelques points, quelques taches pour rappeler les pustules et l'objet était dans l'air du temps. Les bonnets à l'inoculation, ou « tronchinades », faisaient des ravages. Ces dames adoraient encore les « tronchines », petites robes du matin semées de pois. Tout ce que la nature offrait de tacheté plaisait. Ainsi des coccinelles ou des dalmatiens qu'on voulait dans son jardin ou dans son salon. Les canons de la beauté furent un temps remis en cause : les adolescents en pleine purulence acnéenne portaient beau. Les mouches de taffetas qui parsemaient les visages n'avaient plus d'autre but que de ressembler à des pustules. Les provocateurs les portaient vert gangrène, des excentriques.

Il s'en croisait quelques-uns dans l'hôtel de Lauragais, devenu, au cœur des jolis quartiers, le haut lieu de la conspiration inoculatrice. Se réunissaient là presque chaque après-midi des savants, des médecins, des gens d'esprit, d'autres qui en avaient moins mais s'en prêtaient, des curieux, des que les libéralités du comte attiraient plus sûrement que le miel les mouches, et qui entraient en brandissant leur épaule nue.

« Qu'on m'inocule ! Qu'on m'inocule ! »

Au-dedans, La Condamine, Qoëlet, Girod et d'autres encore opéraient des files qui s'allongèrent au fil des semaines jusque dans la rue. Les uns, comme Girod ou Qoëlet, scarifiaient l'épaule de leur patient. Quelques autres incisaient à la cuisse, craignant les infections de l'aisselle. D'autres encore préféraient la méthode de bras à bras. Ils se tenaient avec un adolescent infecté d'une variole de bonne espèce dont les plaies étaient appliquées, chair contre chair, sur une légère incision pratiquée sur le bras de leur patient. Tronchin, pour sa part, n'avait pas recours à l'incision. Il appliquait au bras de ses patients un emplâtre vésicatoire qu'il remplaçait le lendemain par un linge imbibé de pus variolique.

Nuls effets secondaires néfastes n'étaient observés. Les patients prenaient après six ou sept jours quelques pustules qui partaient avec la fièvre dans la quinzaine. On commençait à parler de révolution médicale.

La plus grande révolution était pourtant ignorée. En effet, sans en rien dire, Qoëlet inoculait à ceux qui se présentaient à lui non pas la variole humaine mais celle de la vache, qu'il allait fort tôt le matin chercher dans la campagne. Nul d'entre eux, qu'il prenait soin d'identifier, n'eut à souffrir de son intervention.

Pendant ce temps, à l'Hôtel-Dieu, dans la « chambre des confluents », les malades les plus sévèrement touchés lançaient leurs râles et leurs cris, cachés par des draperies. Pour qui l'eût oublié, la réalité terrible de cette maladie était là. Le dénuement des médecins face à son développement patent dans ce lieu mieux qu'ailleurs. Car ils étaient des dizaines, à trois ou cinq par lit, souffrant mille douleurs tandis que la variole, implacablement, les dévorait.

V

Debout au milieu de son salon, courrier en main, La Condamine triomphait.

« En Angleterre, messieurs, Robert Sutton a ouvert une manufacture d'inoculation comptant déjà plusieurs succursales. Il fait fortune avec toute sa famille. Il proclame l'infaillibilité et l'innocuité absolue d'une nouvelle méthode qui n'a jamais coûté la vie à personne et qui ne cause que deux jours de lit. En Écosse, où il avait déjà été observé que certains paysans avaient coutume de porter au poignet un tissu de coton imbibé de pus variolique pour détourner la maladie, la variole ne se prend plus, elle s'achète ! À Boston, dans les Amériques, le Dr Kirkpatrick témoigne de résultats sans précédent… Après quarante années d'expérimentation, il apporte la preuve que l'inoculation ne cause pas plus d'un décès sur mille ! Dans la Chine, d'où écrivent les jésuites missionnaires auprès de l'empereur du Milieu, on dit du grand médecin qu'il “ne traite pas ce qui est déjà malade, il traite ce qui ne l'est pas encore”. On y variolise par le nez selon des rites d'une grande précision. Dans le Carnatic, en pays malabar, d'autres prêtres rapportent que des chirurgiens de cette nation, dont la pratique est plusieurs fois millénaire, communiquent la petite vérole à l'aide d'un fil de coton imbibé de pus variolique qu'ils passent au moyen d'une aiguille à travers le mollet du patient. »

Les personnes assemblées autour de l'orateur huaient le nom de Hecquet. Applaudissaient à celui de Tronchin.

« Mais en France, messieurs, achevait La Condamine, en France où il paraît qu'on a l'esprit plus ouvert qu'ailleurs… En France, dis-je, où il meurt, chaque année, cinquante à quatre-vingt mille personnes par le fait de la petite vérole, il ne se fait de gloire médicale qu'à soulager le mal, de réputation que sur la bonne fortune du médecin à en atténuer les dévastations ! Voyez Hecquet fils ! Hecquet le Petit et les bigots qui le suivent ! Ils refusent tout progrès ! Pis, ils le combattent ! »

Qoëlet prenait la parole à son tour. Il s'inquiétait qu'on se montrât si rétif devant la nouveauté et l'évidence. On l'approuvait. Il demandait pourquoi nul organe officiel n'était encore saisi par le roi quand tant d'esprits éclairés s'inquiétaient des ravages causés par une maladie qu'on semblait pouvoir combattre depuis près de quarante ans. On s'étonnait avec lui. On l'applaudissait.

C'était une période pleine d'exaltation que vivait le voyageur. Voici qu'il était projeté au milieu de la scène, élégant dans un bel habit de velours vert doublé de soie, portant dentelles aux poignets, au jabot, perruque poudrée. Sa mise, sa tournure attiraient le regard avant même qu'il n'ouvrît la bouche. Dès lors qu'il se mettait à parler, le silence tombait. Les femmes s'émouvaient aux accents de sa voix, aux expressions de son visage.

Les hommes approuvaient du chef à ses arguments. Il avait retrouvé cette verve qu'il employait dans ses discussions avec Jean-Baptiste, au collège. Après vingt années de silence, les mots, comme trop longtemps contenus, sortaient de sa bouche avec une vigueur qui surprenait.

Plusieurs dames de qualité le poursuivirent vers cette époque de leurs assiduités. Il n'est pas exclu qu'il ait alors, par galanterie, cédé aux demandes les plus aimables. Celles-ci venaient de personnes de la cour qui lui avaient été présentées par Lauragais. Il avait quitté l'hôtel de Bussy pour prendre un appartement rue Hautefeuille. L'endroit n'était pas luxueux, mais assez confortable pour y recevoir des visites sans qu'il eût à rougir. De temps à autre le portier voyait passer un masque à la tournure élégante, rarement le même, qui sortait d'une voiture à minuit et s'en repartait à l'aube.

Vers ce temps-là, il reçut des bouquets de fleurs déposés pour lui par d'anonymes mains. Ils lui parvenaient à l'hôtel de Lauragais, accompagnés d'un billet où il était seulement écrit d'une main féminine, toujours la même : *Pour M. Qoëlet.* Trop de choses l'accaparaient alors pour qu'il fût attentif à cette inconnue qui ne chercha jamais à le rencontrer. Peut-être aurait-il dû… Mais il avait vu resurgir cet appétit ancien pour les corps et le soupir que poussent les femmes à l'instant de se donner, même si jamais il ne glissait dans les plaisirs sans remords. Il retrouvait l'opulence connue à Constantinople, ses mille et une facettes exquises, plus que tout cette sérénité dont elle voile l'avenir. Le train dispendieux de Lauragais comme celui de Bussy l'emportaient dans ses mirages. Tout pouvait bien arriver, dans un tel luxe. Tout arriva…

Le premier décès survint après deux mois.

Une femme, un matin, se présenta à l'hôtel de Lauragais tenant un enfant de deux à trois ans dans ses bras. Le petit était couvert de pustules, sans vie. Son teint verdâtre annonçait la décomposition. L'odeur forçait les narines. La mère s'avança jusqu'à Tronchin, qui avait opéré l'enfant, et, se plantant devant lui, se mit à gémir :

« Vous me l'avez tué ! Vous avez tué mon petit garçon ! »

Les cent ou cent cinquante qui se trouvaient alors dans l'entrée de la demeure, où l'on accueillait les patients, se figèrent. Tous se mirent à regarder cette femme en sa douleur qui criait, qui pleurait, son petit cadavre dans les bras. Le médecin de Genève, décontenancé, se mura dans le silence. Ces cris lui déplaisaient. Ce tapage n'était pas bon pour sa réputation.

Qoëlet s'avança alors, prit la femme par les épaules et l'entraîna dans une antichambre. Elle ressortit quelques minutes plus tard, les yeux séchés, calme, et comme espérant à nouveau, malgré le petit cadavre qui gisait dans ses bras. Lui reparut peu après, impassible. Presque impassible : jamais il n'avait vu cela arriver alors qu'il opérait avec Baul. Il en était navré.

« Que lui avez-vous donc dit ? lui demanda, intrigué, le Dr Tronchin.

— Je lui ai promis que son prochain enfant ne prendrait jamais la petite vérole », répondit le voyageur d'une voix sourde.

Tronchin ne put en entendre plus : la foule, brusquement, refluait vers la porte d'entrée à la suite de la pauvre mère en hurlant :

« Un enfant est mort de l'inoculation ! Un enfant est mort chez le comte de Lauragais ! »

Les inoculateurs les regardèrent partir, impuissants. Car il n'en resta pas un après trois minutes.

On estimait alors à mille environ le nombre de personnes qui s'étaient vu greffer une petite vérole discrète depuis que la mode en avait été lancée à Paris par Qoëlet et La Condamine. D'un point de vue statistique, l'expérience restait donc concluante, comme de raison. Mais la raison n'est pas seul juge, en matière de santé publique. Et tous ceux qui, un instant auparavant, avaient hâte de se faire inoculer montraient par leur fuite qu'ils avaient subitement perdu toute envie de progrès.

L'annonce de cette mort se répandit aussitôt dans Paris. Hecquet et les siens, trop heureux de démontrer que l'inoculation était une hérésie, pénétrèrent hardiment dans la brèche ouverte par la nature. La polémique enfla violemment. Il y eut des empoignades. Les files, devant l'hôtel de Lauragais, se tarirent.

La salle des varioliques de l'Hôtel-Dieu fournissait les squames, prélevées sur des malades. Les ennemis du procédé envenimèrent la polémique en dénonçant un trafic. Il s'était effectivement échangé quelques francs. Le *Journal de médecine et de chirurgie* et le *Mercure de France* se gonflaient d'articles dénonçant les « inoculistes » et leur opération contre nature pratiquée depuis quelques mois à Paris. Hecquet faisait réimprimer tous les textes de son père contre le procédé importé de

Constantinople. L'un de ses acolytes, qui avait voyagé, propagea la rumeur que la propre fille de Timoni était morte de petite vérole malgré l'inoculation. Un autre rapporta qu'il avait observé une femme inoculée mettre au monde des lapereaux. Il présenta pour preuve de ses dires un document contresigné par trois médecins de la Faculté qui impressionna grandement Paris.

De leur côté, les prêtres jansénistes, dans les églises, dénoncèrent la nature diabolique du procédé. Dans le faubourg Saint-Germain, l'abbé Néhier rappelait, au-dessus de la sépulture de la comtesse de Lauragais, que le Diable avait affligé Job d'un ulcère malin depuis la plante des pieds jusqu'au sommet de la tête.

« La chose est véritable ! assurait-il en chaire avec véhémence. Le Diable a autrefois greffé sur Job la petite vérole confluente. C'est une malédiction que ce procédé barbare venu de chez les infidèles qui transgresse les lois sacrées du Créateur. Ainsi, je vous le dis, que l'athée et le profane, que le païen et l'incrédule inoculent et se fassent inoculer ! Ils seront passibles de ces crimes au jour du Jugement et les élus du châtiment divin ! »

Paris tout entier était secoué par le débat. La fièvre avait gagné Versailles. Les antichambres royales étaient saturées du bourdonnement des conversations, lesquelles disséquaient et commentaient les folies du comte de Lauragais.

La Condamine et Qoëlet se résolurent à tenter d'obtenir le soutien du roi. Grâce à l'entremise de Diderot, ils obtinrent d'être reçus par la marquise de Pompadour. La rencontre eut lieu dans ses appartements du château de Versailles le 16 mai 1763.

Malgré la douceur du temps et le soleil radieux de cette journée, Mme de Pompadour accueillit les deux hommes dans une chambre dont la cheminée ronflait. La marquise s'enveloppait dans un long châle de soie verte que le voyageur reconnut comme une bétille des Indes. Son teint était pâle, sa voix enrouée, ses gestes imprécis. Elle toussait fréquemment et paraissait soixante ans quand les visiteurs savaient qu'elle en avait à peine quarante. Cependant, les fatigues d'un corps qu'elle n'offrait plus depuis longtemps à son amant n'avaient rien enlevé à la vivacité d'esprit de la favorite royale. Les doigts crispés sur la lettre de Diderot sollicitant pour eux une audience, elle écouta les deux hommes plaider leur cause avec un intérêt sincère.

Il y eut dans le regard qu'elle lança à Qoëlet un éclair d'intelligence paisible qu'on voudrait qualifier de connivence. Aussitôt il songea à la comtesse de Lauragais. Ses yeux, tandis qu'il parlait, ne parvenaient pas à se détacher de ceux de Mme de Pompadour, qui le fixaient avec intensité. Une magie simple s'opérait entre ces deux êtres, semblable à celle qui avait autrefois agi entre Qoëlet et la comtesse. Magie de l'esprit et de l'instinct mêlés qui donne à deux individus qui se rencontrent pour la première fois la sensation que rien n'est plus faux, qu'ils se connaissent et s'estiment depuis toujours.

Chacun des gestes de la marquise lui importait. Et chacun l'émouvait. Lorsqu'il abandonnait ses yeux, c'était pour s'attacher aux mouvements de son corps, à ces légers frémissements qui la parcouraient et la rendaient plus sensible encore à son regard. Il observait presque amoureusement son visage, indifférent aux marques du temps, pour ne s'intéresser qu'à l'intelligence qui s'en dégageait.

Mme de Pompadour, de son côté, paraissait ensorcelée par l'homme à la canne à tête de lion. Elle approuvait du chef à ses arguments. Lui souriait avec une retenue qui ne lui donnait que plus d'ardeur à parler.

Les mots sortaient de la bouche de Qoëlet comme par enchantement. Il se sentait vivant comme il ne l'avait pas été face à une femme depuis quinze ans. Il conçut donc des phrases qui la touchèrent. Simplement, le voyageur lut dans ce regard qu'elle aurait pu l'aimer, lui aussi – elle à qui une bohémienne avait prédit qu'elle serait aimée d'un roi : il fut sincère et intelligent.

« Nous nous reverrons, monsieur de Qoëlet, si vous le voulez bien, lui dit la marquise en le quittant. En attendant, écrivez-moi des nouvelles de votre aventure. Je vous lirai toujours avec bonheur… »

Il s'inclina sans répondre, touché.

L'entrevue avec Mme de Pompadour porta ses fruits. La question de l'inoculation était parvenue aux oreilles de Louis XV. Si bien que ce souverain, dont les parents eux-mêmes avaient succombé à la petite vérole, agacé qu'on fût incapable de lui dire quoi penser, enjoignit finalement le parlement de Paris d'apporter au débat une réponse définitive.

Fort de cet ordre, le procureur Omer Joly de Fleury mena son enquête sur le procédé. Le 8 juin 1763, le parlement rendit enfin un arrêt ordonnant aux « facultés de médecine et de théologie de s'assembler, de donner leur avis précis sur le fait de l'inoculation, s'il convenait la permettre, la défendre ou la tolérer ».

Mais dans le même temps qu'il annonçait l'ouverture d'un débat officiel, l'arrêt faisait, jusqu'à ce que décision fût prise, interdire l'opération en ville et dans ses faubourgs pour prévenir tout risque d'épidémie. Hecquet et les dévots applaudirent à ce beau trait.

« Dans le doute, l'abstention est raison ! »

Qoëlet, La Condamine et Lauragais, qui avaient senti le vent du progrès leur caresser le visage, prirent la nouvelle comme une gifle. Voltaire, Grimm et quelques autres correspondants habituels de La Condamine s'insurgèrent avec eux, raillant fort qu'on fît appel aux théologiens de la Sorbonne pour juger d'une affaire médicale. Qoëlet, plus que les autres, s'inquiétait quand il songeait qu'il lui restait encore tant à apporter, à faire. Il devinait les peurs, les réticences, et savait leur force, par-delà toute intelligence.

Lauragais, vert de rage, tonna :

« Ils vont m'entendre ! On n'interdit pas Lauragais comme une lancette ! Je fourre plus large ! »

Et de vrai, il ne fut dès lors plus question dans cet hôtel de Lauragais habité par les obscénités ordinaires du comte que de la défense du procédé devant l'Académie des sciences, choisie par le procureur du roi pour accueillir les débats.

VI

Le jour du débat devant l'Académie arriva. L'exercice ressemblait à s'y méprendre aux joutes oratoires de leurs années de collège à tous. Les deux légions, les Romains d'un côté, les Carthaginois de l'autre… Qui prendrait le coup de férule sur les doigts ?

« Nous allons les foutre bien profond ! » clama Lauragais en guise d'encouragement à la petite troupe qu'il menait vers l'Académie des sciences, brandissant à bout de bras le mémoire qu'il avait rédigé pour l'occasion.

Hecquet fut éloquent. Élargissant le spectre de son pessimisme aux plus vastes étendues que pût concevoir son esprit, le fils rappela, invoquant le nom du père, le double caractère de réprobation qu'emportait l'opération : au regard de la Science et de Dieu. Contraire aux lois, au bon sens, à la religion – plus proche, en somme, de la magie que de la médecine –, l'inoculation de la variole était une idée diabolique. Ses effets secondaires les plus connus étaient – il s'était alors tourné vers Lauragais – la débilité et l'immoralité sexuelle.

Ceux qui parlèrent à sa suite furent sinon aussi éloquents, du moins pareillement déterminés. Ces discours déplurent à Lauragais qui brûlait de prendre la parole pour combattre ce flot de réticences.

« C'est de la pisse de vieille maquerelle que tout ça ! » tonnait-il de temps à autre.

Mais le procureur Joly de Fleury, arbitre des débats, se moquait autant des grognements du comte que de sa première danseuse. Il livra tout d'abord la parole à un La Condamine plus convaincant que jamais. Rappelant combien le parti de l'inoculation rassemblait désormais de données sûres, le savant conclut par cette phrase demeurée célèbre :

« La petite vérole détruit, mutile ou défigure plus du quart du genre humain : la nature nous *décimait*, l'art, aujourd'hui, nous *millésime* ! »

La formule, née du constat qu'un inoculé mourait une fois sur mille quand un malade de la variole avait cent fois plus de chances de trépasser, fut applaudie plusieurs minutes durant.

Ce fut au tour de Qoëlet de prendre la parole. Un lourd silence planait sur l'assistance tandis que résonnait sous la savante coupole son pas bancal. On entendit quelques hommes murmurer – des femmes leur intimer aussitôt l'ordre de se taire et se pencher pour le mieux regarder. Lui s'avança jusqu'au pupitre, le contourna, y appuya sa canne, puis, se plaçant derrière le bureau, leva enfin les yeux sur l'assistance.

Il y avait, sous la coupole de l'Académie, plus de la moitié des médecins de la capitale, soit près de quatre-vingts bonnets carrés au milieu desquels s'agitaient les supporters de Hecquet. Autant de représentants du plus haut monde, tout cela vêtu de tissus à pois à la dernière mode, portant mouches et poudre, piaillant fort, riant haut mais à cet instant se taisant. Force savants et touche-à-tout d'inégale valeur. Des écrivains, des gazetiers, des chroniqueurs. Là l'encyclopédique Diderot, ici Cugnot qui sortirait bientôt de cet endroit avec le projet d'inventer l'automobile. Du grand et du médiocre, des curieux avides de tapage, d'empoignades, de duels, pourquoi pas. Des bigots, très sombres et très contre la nouveauté. Les huissiers, le concierge, son fils, futur conventionnel…

« Messieurs !

« Qui borne et qui étend nos opinions, sinon la nature ? N'est-ce pas encore la nature qui nous pousse même à sortir de la nature, comme le raisonnement nous écarte quelquefois de la raison ou comme l'impétuosité d'une rivière rompt ses digues et la fait sortir de son lit ?

« Donner la maladie pour s'en prémunir… L'idée choque. On arrête bien la fermentation alcoolique avec de l'eau-de-vie. Et Mithridate est resté dans les mémoires pour avoir ingurgité jour après jour du poison. Alors ? Le genre humain ne s'observe pas plus qu'il n'observe la nature…

« Je connais des hommes que la vérité rebute, comme quelques personnes délicates seraient blessées de voir une femme toute nue. Ils veulent que l'esprit soit couvert comme le corps.

« Il en est de même quant à l'inoculation de la petite vérole : la nature parle et certains, pourtant, refusent de l'entendre ! » Qoëlet se tourna vers un docteur en Sorbonne dont le visage était affreusement grêlé. « Vous, monsieur, l'interpella-t-il. N'auriez-vous pas voulu vivre sans porter sur votre figure les marques terribles de cette maladie ? Et vous ? poursuivit-il en se tournant vers un parlementaire à la figure tout aussi dévastée, n'avez-vous pas perdu un frère ou une sœur, un enfant, une épouse du fait de ce fléau ? Et vous, monsieur le président ? ajouta-t-il en s'adressant à Joly de Fleury. Vous paraît-il raisonnable qu'on laisse un enfant sur deux à ce mal sans rien tenter pour le combattre ? Pourquoi refuser aux Parisiens de conserver leurs enfants, de ne pas être estropiés et battus par la maladie ?

« Un jour, messieurs, l'Histoire nous jugera. Elle sera sévère… »

Ce que Qoëlet dit, une demi-heure durant, marqua hautement les esprits. On parla dans les salons de son discours à l'Académie comme d'un modèle de finesse et de pragmatisme, d'analyse et de bon sens. On regrette même que les minutes des séances aient disparu, trente ans plus tard, dans le saccage d'une partie des bâtiments… Les révolutions ont un prix.

Lorsqu'il se tut, il ne faisait de doute pour quiconque que ses arguments l'emportaient de loin sur ceux des sceptiques. Les juges n'avaient pu qu'être impressionnés. Joly de Fleury, qui devait un jour composer des vers à la gloire de l'inoculation, l'admit avec chacun et invita l'orateur à regagner son banc avec mille gestes gracieux et autant de sourires.

C'est alors que Hecquet se leva et cria :

« Cet homme est un escroc, il veut nous inoculer la variole de la vache ! »

Un murmure inquiet monta de l'assistance auquel le maître des débats livra un Lauragais impatient d'en découdre.

« M. le comte de Lauragais ! » annonça Joly de Fleury pour faire taire l'assemblée.

Le comte s'avança mais Hecquet répéta :

« Il inocule des germes de vache ! C'est un empoisonneur ! Un enfant en est mort ! »

Le public bruissait, inquiet et curieux, stupéfait. Un grondement s'éleva de l'assistance. Les soixante-dix-huit juges, tous docteurs en médecine ou en théologie, se regardèrent, dubitatifs. Quelques-uns parurent en savoir plus que tous qui ne savaient rien. On les entendit rapporter ce qui se murmurait dans les cercles des adversaires de l'inoculation : le sieur Qoëlet, d'on ne savait où sorti, cet homme qui allait avec une canne, le « bel habit vert », comme disaient ces dames, ce Qoëlet prétendait que la variole de la vache inoculée à l'homme… Il n'était pas permis d'en douter : le marquis de Bussy, qui le connaissait bien pour l'avoir logé, assurait l'avoir entendu.

« Meuh ! Meuh ! » hurla le comte de Lauragais pour faire taire l'assemblée.

Puis il se lança dans une harangue où les attaques contre ses adversaires l'emportèrent bientôt sur la défense du procédé. On oublia les mots entendus pour recevoir ses insultes. Au bout d'une demi-heure de ce régime, le procureur ordonna au comte de conclure. Mais, nouveau Caton, il continua de laisser libre cours à son inspiration malgré les huées. Joly de Fleury lui intima l'ordre de se taire. Le comte se retourna alors vivement, le regarda avec des yeux moqueurs et s'exclama :

« Omer de Fleury veut me faire taire ! Omer Joly de Fleury, qui, comme le dit M. de Voltaire, n'est ni

Homère, ni joli, ni fleuri ! Mais je comprends mieux à entendre ton nom, *Omer de Fleury*, pourquoi tu laisses bourdonner ces couards comme des mouches ! Tais-toi donc, Lauragais t'offre le bouquet, étron bavard ! » dit-il en se déculottant et en présentant son derrière nu au procureur.

À ce geste, la salle entière se leva, étouffant cette fois définitivement la voix d'un Lauragais goguenard. Le mot et le geste firent le tour de Paris pour la plus grande satisfaction de leur auteur. Peu de jours plus tard, un officier de la garde et son escorte se présentèrent à l'hôtel de Lauragais pour informer le comte que son cachot l'attendait à la forteresse de Metz – où le roi souhaitait l'y savoir à son aise.

« Il en crèvera de petite vérole s'il y a un ordre en ce monde ! » lâcha le comte en entendant cet arrêt.

Après quoi, ignorant que l'ordre du monde serait un jour selon ses vœux, le comte admit qu'il avait dès lors tout son temps à consacrer à l'écriture. Aussi entama-t-il la composition de *Clytemnestre*, pièce en trois actes qui serait jouée l'année suivante à Paris dans son théâtre des Petits-Champs.

La Condamine et Qoëlet étaient aux portes de l'inquiétude. Tous deux se taisaient. L'hôtel de Lauragais, depuis qu'une lettre de cachet avait conduit le comte à Metz, était déserté. Sa femme, la princesse, était partie avec sa fille pour une campagne éloignée de Paris, en fermant les portes.

Les partisans de l'inoculation se retrouvaient chez La Condamine. Il planait dans la demeure du savant une atmosphère lourde d'espoir et de crainte mêlés. Depuis deux jours, les juges, enfermés dans l'Académie des sciences, délibéraient. Les rumeurs les plus pessimistes circulaient dans le salon même de l'explorateur. On disait que médecins et théologiens étaient sous l'influence des parties adverses. Il se prétendait que plusieurs d'entre eux avaient déclaré qu'ils préféraient l'enfer à un vote en faveur du procédé.

Enfin, les parlementaires et théologiens se prononcèrent. Leur décision fut rendue publique à huit heures du soir. Un fidèle de la cause, resté sur place à attendre, vint porter la nouvelle.

« Le parlement et la Sorbonne se défaussent ! Un collège spécial de douze commissaires de la faculté de médecine sera nommé par son doyen afin de rendre un avis. Pour l'heure, rien n'est changé ! L'interdiction d'inoculer en ville est maintenue ! »

Tout se rejouerait dans le secret de ce collège spécial. Ce serait un procès après le procès, une exception parisienne…

Une chaleur sans nom s'était abattue sur Paris. Les femmes et les vieillards tombaient d'insolation dans les rues. Les rumeurs les plus contradictoires circulaient quant aux origines de cet épisode climatique surprenant.

Le collège spécial resta enfermé une semaine entière. Mais lorsque ses membres se séparèrent, ce fut pour déclarer n'avoir pu obtenir de majorité pour une position ou une autre. Plusieurs tours de scrutin n'y avaient rien changé.

« Six ont voté pour… et six ont voté contre ! apprit La Condamine à Qoëlet en entrant chez lui. Ah ! les vilains pleutres ! Oh ! les mauvais bougres ! »

Le savant se tut. Il en pleurait presque de rage tant ce

compte final était absurde. Faute de majorité, l'inoculation restait mieux que jamais interdite dans Paris. Ordre fut donné aux infirmiers de l'Hôtel-Dieu de refuser de fournir à ceux qui le demanderaient des croûtes varioliques. Tronchin, offusqué par ces manières, boucla ses malles.

« C'est un pays de fous qui mériterait d'être soigné pour tout autre chose que la petite vérole ! » jeta le médecin en quittant La Condamine.

Au cours des mois de septembre et octobre 1763, le voyageur sillonna la campagne avec une énergie accrue par le dépit. Chaque matin, il franchissait les portes de la ville pour se rendre dans l'une de ces fermes où il avait trouvé trace de la picote. Elles se nommaient Fanette, Hélène, Louison, Françoise… Qu'importe. On peut croire sans risque de se tromper qu'il inocula la variole de la vache prélevée sur ces filles, jeunes ou vieilles, à plus de trois cents personnes.

Dans des villages ou des hameaux perdus, il se faisait indiquer les maisons où la maladie sévissait. Il se présentait à des parents éplorés, de vieilles gens résignés, des prêtres défaits. Il ne faut pas le taire, il lui arrivait d'être chassé. On refusait son remède comme ses conseils. Le curé du village, souvent, était à l'origine de ce refus. Ailleurs, cependant, on le recevait avec toute l'espérance que fait naître l'impuissance absolue. La polémique sur l'inoculation de la variole artificielle n'était guère sortie des villes. Les hameaux, fussent-ils proches de Paris, vivaient dans l'ignorance des débats qui avaient agité avec tant de passion la capitale. On l'écoutait et ses mots, par leur simplicité, touchaient les cœurs de parents trop souvent éprouvés par les ravages que causait la maladie.

« Comment dites-vous ? Un remède contre la petite vérole ! Est-ce possible ? demandaient l'homme ou la femme qui ne voulaient pas encore y croire.

— La chose est simple, répondait Qoëlet d'une voix douce.

— Est-elle honnête ?

— Doutez-vous des bienfaits de la nature ?

— Je vis du travail de la terre…

— Mon remède ne vient pas d'ailleurs. Il est sans danger…

— Combien m'en coûtera-t-il, monsieur ?

— Quelques instants, guère plus. »

On lui présentait alors les enfants de la maisonnée. Qoëlet leur souriait, passait la main dans les cheveux ébouriffés de l'un, caressait la joue de l'autre, s'asseyait devant la table de la salle. Puis il demandait aux enfants d'approcher et retroussait les manches de chacun, plein de prévenance.

« N'aie pas peur, je ne te ferai pas mal », murmurait-il.

VII

Tout à son affaire, à ses mondanités, à ses discours, à son combat – autant au silence qui caractérisait sa lutte –, Qoëlet avait, depuis son arrivée à Paris, quinze mois auparavant, négligé tout ce qui ne se rapportait pas à la variole. Ainsi s'était-il désintéressé de l'expulsion de France des Jésuites, affaire qui avait un temps accaparé les conversations et la maréchaussée. À peine avait-il pensé à Jean-Baptiste. Tout cela était hors sujet.

De même en était-il venu à s'éloigner de Bussy qui tentait de l'entraîner dans ses complots. Alors que son combat seul comptait pour Qoëlet, le procès de la perte de l'Inde accaparait tout entier le gentilhomme. Bussy ne vivait que pour voir Lally condamné à mort.

Le général avait dû aux bons soins de cet ennemi mortel d'être accueilli dans Paris par de petits mouffeteux qui, sur son passage, avaient braillé au monstre et à l'assassin de leurs voix clarines.

« La vérité sort de la bouche des enfants », susurrait Bussy à qui voulait l'entendre.

Sitôt établi à Paris, Lally, qui se déclarait innocent et prétendait même attaquer, avait exigé un procès et proposé – pour preuve de son honnêteté – d'attendre son ouverture à la Bastille. On avait été trop heureux de le prendre au mot. Le général était donc entré en Bastille par un froid après-midi de décembre, et le scandale s'était enflé d'une mesure supplémentaire.

De son côté, Bussy, charmeur comme jamais, recevait dans son hôtel parisien amis et parents des ministres et les ministres eux-mêmes. Certains parlaient de repas de vingt mille livres. Cette débauche de luxe éblouissait. Il était adulé. Un instant importuné dans son triomphe par les imprécations de Lally, il avait repris le train de sa gloire dès l'entrée en Bastille de son ennemi, léger, moqueur, brillant et sûr de son fait – en somme, égal à lui-même.

Or, un soir de décembre, l'un de ces serviteurs à turban du Carnatic que Bussy avait ramenés des Indes vint frapper à la porte de l'appartement de Qoëlet, où il avait pris demeure depuis son départ de l'hôtel du gentilhomme, quelques mois auparavant.

« M. le marquis de Bussy-Castelnau vous demande de me suivre », lui dit simplement l'homme.

Bussy l'attendait dans son salon. Il buvait un verre de vieux vin de Bordeaux aux reflets violacés, installé dans un vaste fauteuil, les jambes posées sur une table basse de marbre incrusté de jade. Ils se saluèrent d'un signe de la tête qui n'était ni amical ni hostile.

« Serre-toi un verre et écoute-moi, doux rêveur ! lui lança enfin Bussy sur le ton de la bonne humeur. Il va falloir faire des choix plus importants que ce que tu proposes, avec le succès que l'on sait, sur la place publique. Laisse donc mourir les gens comme ils le veulent, fichue bourrique ! Il y a plus grave… » Il se tut un instant avant d'ajouter : « Le père Lavaur est mort. Une mauvaise fièvre qu'il avait rapportée de Pondichéry… »

Qoëlet tressaillit. Ainsi, Jean-Baptiste n'était plus…

« C'est pour me l'apprendre que tu m'as demandé de venir ? demanda-t-il après un temps.

— Lavaur laisse un journal de ses années dans l'Inde, répondit Bussy. On y trouve ton nom plusieurs fois cité, avec ceux de Lally, Moracin, Landivisiau… Rien qui les flatte, au reste. Quelle ardeur il a mise à médire, notre bon père ! Quant à ce qu'on lit sur toi… il faut croire que tu as le don pour te retrouver dans le parti des vaincus, mon cher ! »

Qoëlet songea au cahier de peau qu'il avait échangé pour un autre avec le prêtre à son arrivée à Pondichéry, près de quinze ans plus tôt. Celui que lui avait remis Jean-Baptiste avait été perdu lorsqu'il avait été blessé d'un coup de feu à Gavalour, mais le jésuite semblait avoir gardé le sien.

« Mais encore ?

— Ne comprends-tu pas, pauvre fou, que c'est un brûlot que ce gribouillage de jésuite ? Le procès de Lally sera tout habité du fantôme de ce diable de prêtre ! Lavaur ne l'épargne pas… Ni lui, ni toi ! Tu seras cité à comparaître, Qoëlet. Il faudra répondre de ta personne devant des juges. Pasquier sait qui tu es…

— Pasquier ?

— Il est conseiller de la Grand-Chambre et rapporteur du procès sur l'affaire de la perte de l'Inde. Il te connaît !

— Où veux-tu en venir ? demanda sèchement Qoëlet.

— Tu vas le savoir, lui répondit Bussy en se redressant. Ce gros crétin de Pasquier fait ce que je lui dis de faire, et en me remerciant, encore. J'ai besoin que tu lui déclares, lorsqu'il t'interrogera, que le jésuite t'a remis un autre cahier. Je sais que c'est vrai, il l'écrit en te citant. Et tu lui diras avoir lu quelques lignes qu'il y avait écrites… trois fois rien… des détails, en vérité…

— Il n'y avait rien d'écrit sur ce cahier, l'interrompit Qoëlet.

— Tu diras que Lavaur y avait écrit que Lally a annoncé à l'Anglais mon départ de Pondichéry et que, par la faute de cette trahison, j'ai été pris à Vandavachy…

— C'est non seulement faux, mais c'est absurde. J'ai reçu ce cahier en 1748, à mon arrivée dans l'Inde ! Il n'existait plus longtemps avant le siège…

— Détails que tout cela ! Seule compte ta mémoire…

— Ma mémoire est fort bonne et je puis même t'affirmer que le père Lavaur ne m'a jamais fait part de pareils soupçons. Il a, au contraire, proposé une capitulation que Lally a refusée.

— Oublie cela et retiens ce que je te dis ! En échange de ces… souvenirs, nous pourrions faire oublier au brave Pasquier ton existence. Tu y gagnerais beaucoup…

— N'y compte pas ! lâcha le voyageur avant de vider son verre d'un trait. L'Inde, Pondichéry… Il y en a assez de cette histoire. Allez au diable avec vos turpitudes tropicales. Vos écus, vos louis, vos pagodes, vos lacks, vos crores ! Vous avez mille noms pour désigner l'argent. On est, avec votre cuisine comptable, dans une poésie lassante. Tu m'ennuies, Bussy… Je ne suis pas parti de chez toi pour revenir te promettre un faux témoignage. Tu baignes sans même t'en rendre compte dans un magma de petitesses. On dit partout dans Paris que tu réclames des sommes folles à la Compagnie. Il compte comme un épicier, le héros magnifique, à l'heure de l'ardoise ! Tu me dégoûtes… Tu veux la peau de ce malheureux Lally ? Tu ne t'arrêteras pas avant ?

— Je me défends, voilà tout ! répliqua sèchement Bussy. De quoi te mêles-tu, rebouteux à la petite semaine ? Tu veux savoir ? Tu es un naïf mâtiné d'un sot. Les types dans ton genre sont bons pour le martyre en pays iroquois, plus encore que le père Lavaur, pas pour les subtilités parisiennes. Grand dadais boiteux, va ! Tu me trouves cynique ? La vérité, Qoëlet, est une figure de l'esprit, ne feins pas de l'ignorer. Quel âge as-tu ?

— Tu fais une belle ordure…

— Autant à ton service. Laisse-moi te dire encore ceci, puisque nous en sommes à l'heure des compliments : Pasquier va bientôt t'interroger et tu ferais mieux de sentir d'où vient la brise, dans ce procès… », répliqua Bussy avec un sourire carnassier que le voyageur connaissait trop.

Sortant de chez Bussy l'esprit préoccupé par la menace ainsi proférée, Qoëlet était tombé nez à nez avec un visiteur qui patientait dans son antichambre : Moracin. Celui-ci lui avait jeté un regard haineux auquel il s'était contenté de répondre par un haussement d'épaules. Deux années à se battre pour offrir aux hommes de prendre la variole avant qu'elle ne les prenne. Deux années de combat, de doutes, d'efforts, d'assauts de volonté pour en arriver là : croiser cette vilaine fripouille de Moracin qui avait fait le voyage de

Lorient pour être entendu par Pasquier et venait faire son rapport à Bussy.

La bataille était bel et bien engagée. Elle reprenait les bonnes vieilles méthodes éprouvées à Pondichéry : libelles, publication de correspondances, témoignages, réfutations… La calomnie allait bon train. Le mensonge portait beau.

Qoëlet passa la nuit de Noël 1763 dans son appartement, soupant d'un poulet et d'une bouteille de vin de Bourgogne. Sa solitude était complète. Il s'en moquait. Seul comptait, à ses yeux, le bienfait qu'il pouvait apporter grâce à ce qu'il savait.

Le lendemain il s'en alla flâner sur le Pont-Neuf. Le commerce médical y prospérait. Au voisinage des châtreurs et des arracheurs de dents, le sieur Le Lièvre faisait fortune avec son « baume de vie » qui évacuait doucement les humeurs hétérogènes. Restaurait et fortifiait l'estomac. Ramenait la nature sans y causer aucune altération ni échauffement. Conservait l'humide radical. Faisait circuler le sang, en absorbait les acides, les rendait balsamiques. Et rappelait les forces abattues. Depuis quelques mois, cette thériaque artisanale « bonne pour les hommes et les bêtes » offrait de surcroît à qui en consommait les effets bénéfiques de l'inoculation sans y adjoindre les désagréments. M. Le Lièvre vendait en toute légalité son baume de vie à force gens qui en mouraient. Paris ne s'en formalisait pas plus qu'à l'ordinaire.

Qoëlet, sur les berges boueuses de la Seine, le regard perdu dans les eaux verdâtres du fleuve, avait connaissance de tout cela mieux qu'aucun autre. Mieux qu'aucun autre il savait l'aveuglement commun, la puissance des conservatismes, celle des réseaux, des intérêts particuliers. Il n'en était pas, et l'eau du fleuve toujours à ses pieds coulait sans emplir l'océan.

Le dénuement

I

Qoëlet revit Mme de Pompadour au milieu du mois février 1764, en réponse à une lettre qu'elle lui avait fait envoyer.

« Je sais, je suis affreuse ! s'excusa-t-elle en masquant son visage dans ses mains quand il se trouva devant elle.

— Non, balbutia-t-il, ému par ce geste de coquetterie. Comment allez-vous ?

— Comme… je parais. »

Il était reçu par l'ancienne favorite royale, non pas dans son cabinet intérieur, où elle l'avait accueilli en compagnie de La Condamine, mais dans sa chambre à coucher. C'était une pièce aux murs crème pour partie couverts, comme le lit et les fauteuils, de teintures de soie verte à décors de fleurs.

À son arrivée dans la pièce, il n'avait tout d'abord vu personne. Il s'était approché d'une commode laquée sur laquelle trônait une terre cuite représentant une femme enlaçant un angelot.

« *L'Amour embrassant l'Amitié*, avait murmuré derrière lui une voix fort affaiblie. L'œuvre est belle, ne trouvez-vous pas ? C'est une réduction du marbre de Pigalle. »

Mme de Pompadour venait de tirer les rideaux de son lit, sur lequel elle était étendue. C'est alors qu'il l'avait vue se couvrir le visage de ses mains amaigries.

« La scène est touchante, madame, reprit-il, plus ému qu'il n'eût voulu en se tournant vers le marbre.

— Elle l'est plus encore quand on pleure son enfant.

— Madame, il n'y a guère de mots..., commença Qoëlet qui savait que la marquise avait perdu sa fille d'une crise d'appendicite maligne.

— Non, monsieur. Les grandes peines sont muettes. Elles rendent aussi plus clairvoyant... Vous ne m'en avez jamais rien dit, mais je devine que vous me comprenez...

— J'ai aussi pleuré un être cher, répondit Qoëlet avec pudeur.

— Il est des disparitions dont on sait qu'on ne guérira jamais... »

Qoëlet baissa les yeux, incapable de répondre.

« Cessons de nous tourmenter, reprit la marquise. Et vous ? Comment allez-vous ?

— Oh... moi... J'entends le pas de la foule qui reflue...

— Les foules vont et viennent au gré des modes, comme les courtisans, les marchandes de couleurs et les littérateurs qui prétendent trop haut faire l'époque... Paris est gouverné par les femmes, et les femmes par les modistes. Il n'y a là rien de neuf. La mode des tissus à pois a passé et avec elle l'intérêt pour votre méthode. On juge d'un rien pour faire un tout. C'est navrant, pourtant c'est ainsi, je suis mieux placée que beaucoup d'autres pour le savoir... Mais dites-moi, et venez ici, dit-elle en lui montrant un tabouret en tapisserie placé tout contre son lit, comment vous portez-vous ?

— Votre sollicitude renouvelée me touche profondément, madame, répondit Qoëlet, le regard perdu dans les arbres aux branches décharnées du parc de Versailles.

— Allons, monsieur de Qoëlet, je veux tout entendre de vous… », insista encore la marquise avec un fin sourire d'intelligence.

Il hésita encore, puis parla tout d'un trait. De son passé, de ses voyages, de la Serbie, et, surtout, de Mme de Lauragais. Il parlait comme on se confesse, comme on se décharge du fardeau d'un secret porté seul trop longtemps. Quand il eut fini, la marquise resta un moment silencieuse, les yeux posés sur ceux de son visiteur, puis elle murmura dans un souffle, d'une voix très douce :

« Je lis vos lettres, monsieur, et même je les relis. J'ai toujours plaisir à vous lire… J'écoutais avant-hier M. Diderot lorsqu'il évoquait votre combat. Il vous tient en grande estime… Mais ce que vous me dites de vous, cette dame autrefois, votre voyage dans l'Inde, j'en suis touchée plus que vous ne sauriez le concevoir. Je vous remercie. Il faut que vous ayez une bien grande confiance pour me faire de tels aveux. Sachez qu'elle n'est pas mal placée… »

Elle toussa douloureusement puis reprit, le regard toujours fixé sur le voyageur :

« Nous ne nous connaissons guère, monsieur, mais nous nous comprenons, je le sais… » Elle se pencha vers lui d'un mouvement à peine perceptible et ajouta : « On murmure que vous tentez des expériences sur les… vaches ? »

Qoëlet sourit. Il n'y avait nulle suspicion dans la voix de cette femme remarquable mais un simple étonnement. Il parla longuement encore, du Gondwâna et de Baul, de la déesse Mata et des cérémonies mystérieuses d'une religion lointaine. Il se laissait aller au plaisir de lire dans le regard de la marquise qu'il était écouté sans retenue. Elle, se laissait embarquer dans le voyage, son dernier, toute à sa curiosité et à son goût des choses étrangères. Encore une fois, il évoqua l'image de la comtesse de Lauragais ; elle l'aurait écouté ainsi, songeait-il.

À ce moment, Mme de Pompadour s'empara de la main gauche de Qoëlet. Celui-ci n'opposa aucune résistance à ce geste qui lui rappelait une fois encore cette autre femme à laquelle il pensait. Le pouce de la marquise effleura la paume du voyageur, là où se trouvait la cicatrice de la brûlure qu'il s'était jadis infligée à Vannes, la veille de son départ. Elle souffla d'une voix altérée :

« Oh ! pardon, mon ami, de vous alarmer, mais je crois qu'il vaudrait mieux que vous mettiez pour l'heure de côté cette histoire de vaches ! C'est pourquoi je vous ai écrit. Je tenais à vous le faire savoir… »

Qoëlet plongea son regard dans le sien.

« J'ai appris, déclara-t-elle sans cesser de regarder la main brûlée de Qoëlet, que le Dr Hecquet et les siens cherchent par tout moyen à vous faire juger depuis qu'a couru le bruit de vos expériences. Prenez garde ! N'allez pas leur donner prétexte de vous faire arrêter.

— Mais j'ai raison !

— Peut-être, mais l'affaire de la perte de l'Inde échauffe beaucoup les esprits. Vous étiez à Pondichéry voici trois ans… Vous savez peut-être que ce brave et sot Lally sera jugé sous peu. Le procureur Pasquier a mission d'instruire… À charge… Il ne sait rien faire d'autre.

— Je l'ai appris…

— On vient de m'informer qu'il a reçu la visite du Dr Hecquet à son domicile. Ce point ne me suggère rien de bon pour vous. Vous ne devriez pas rester à Paris, acheva la marquise en contemplant à son tour le parc qui s'empourprait.

— Mais rien, malheureusement, ne se décide dans ce pays ailleurs qu'à Paris, sinon à Versailles ! s'exclama le voyageur.

— Hélas… Versailles a arrêté sa position en décidant de s'en remettre à la faculté de médecine. Vous avez la volonté de vous battre encore, cela se voit, cela s'entend. Retenez ce que je vous dis et ne m'oubliez pas. Retournez plutôt sous le soleil, mon cher Qoëlet. Prenez seulement garde à ses brûlures… »

Qoëlet baisa avec émotion cette main que la marquise avait abandonnée dans la sienne, puis disparut.

II

Il allait dans la ville l'âme au bord des lèvres, la raison chavirée, anxieux, révolté. Marchant dans la rue, il se retournait dorénavant, redoutant quelque espion.

Un soir, le portier lui apprit qu'un homme l'avait questionné à son propos.

« Comment était-il ?

— Oh ! l'air de tout le monde… Une femme est aussi passée pour s'informer de votre personne, mais je ne saurais vous dire son nom. Ce n'était pas la première fois que je la voyais… »

Ses alarmes se firent plus vives encore. Mais rien ne survint. N'en pouvant plus, négligeant au reste effrontément les mises en garde de la marquise de Pompadour, il reprit ses visites dans les campagnes des environs de Paris. L'enjeu lui semblait trop important pour qu'il cessât d'agir.

Au-delà des deuils et des souffrances endurés du fait de la variole, Qoëlet fut profondément ému par la misère du peuple des campagnes. Le prix du pain avait doublé depuis l'année précédente, faute de blé. Il n'était plus seulement question de disette mais de famine. Le pauvre peuple croupissait. Ce dénuement, en lui rappelant celui de sa Bretagne natale, blessait le cœur de Qoëlet sans qu'il pût être secourable. Bien sûr il donnait quelques pièces au curé du village, à une veuve, à un estropié. Mais pouvait-il offrir davantage ? Il n'avait plus guère d'argent. Les sommes déposées chez les banquiers juifs d'Édimbourg s'épuisaient. À peine lui restait-il de quoi tenir quelques mois à Paris, en vivant chichement. Après… Il serait sans ressources. Sans avenir. Et pour tout dire sans autre projet que celui de poursuivre son combat.

Dans Paris, il se prétendait que les denrées les plus nécessaires étaient surtaxées pour assurer le remboursement des pertes subies par la Compagnie des Indes. Le bruit courait qu'une partie de l'argent allait directement dans les caisses des directeurs. D'autres assuraient que Lally, tout embastillé qu'il était, percevait en secret une partie de ces fonds. La perte des Indes emplissait les esprits autant qu'elle avait vidé les bourses. On en parlait dans les marchés, les salons, les antichambres. À tout propos. Quel que fût le motif. Ils étaient comme cela des centaines – nobles, bourgeois, artisans – à attendre qu'enfin les responsabilités sur ce désastre fussent attribuées. À murmurer, protester, pétitionner, haranguer. Il fallait des coupables, de l'argent : des têtes.

À Versailles, ceux qui avaient acclamé Lally à son départ conspiraient pour assurer sa chute. Bussy était à leur tête – ou plus exactement derrière chacun. Le 6 avril 1764, Qoëlet apprit l'entrée à la Bastille des fidèles de Lally et de l'assassin du chevalier Dubois.

On prétend que, lorsque Mme de Pompadour rendit le dernier soupir, dix jours plus tard, on trouva sur son bureau un billet sans adresse sur lequel elle avait tracé d'une main maladroite un *Quittez Paris !* – dont on peut raisonnablement penser qu'il était destiné à Qoëlet. Inutile d'imaginer ce qui eût pu se passer si ce courrier était parvenu à son destinataire.

Le 29 août 1764, un mémoire était soutenu devant la Faculté contre l'inoculation. À ce moment même, un événement grave se préparait de l'autre côté de l'Atlantique, qui passa inaperçu des deux mondes, le nouveau et l'ancien. Un officier britannique, Jeffrey Amherst, gouverneur militaire de la Nouvelle-France, faisait remettre aux Indiens de la vallée de l'Ohio, avec lesquels il était en guerre, des couvertures qu'il savait infectées de petite vérole. Ainsi, tandis qu'en Amérique l'arme « biologique » était pour la première fois utilisée, en France, la faculté de médecine se prononçait contre l'inoculation de la petite vérole.

Derniers partisans encore debout, Qoëlet et La Condamine contre-attaquèrent. Le 13 septembre suivant, la Faculté réunie en session plénière rendit une nouvelle décision. Le savant, éprouvé par la lutte, était rentré se reposer chez lui. Qoëlet vint lui apprendre la nouvelle.

« L'avis de la Faculté est rendu. Par cinquante-deux voix contre vingt-six l'inoculation de la petite vérole est reconnue utile et bénéfique ! s'exclama-t-il en franchissant le seuil de son allié.

— Enfin, ce pays s'ouvre à l'intelligence. Il était temps ! déclara La Condamine au voyageur avec un large sourire.

— Pas autant que vous le croyez, reprit Qoëlet avec amertume en tendant une copie de la décision rendue.

Voyez : il est défendu aux personnes qui ont été inoculées de communiquer avec le public depuis le jour de leur inoculation et six semaines après leur guérison, mais, surtout, l'interdiction d'opérer dans la ville et ses faubourgs est maintenue sous prétexte de salubrité ! »

Paris accueillit l'annonce de cette victoire en demi-teinte avec des sarcasmes. Les filles des maisons à lanterne chantaient avec les poètes de rue, hilares :

Si tu avances et je recule
Comment veux-tu, comment veux-tu ?
Si tu avances et je recule
Comment veux-tu
Que j'inocule ?

Les revirements incessants lassèrent le public, qui s'en désintéressa. La mode passa à d'autres divertissements. On se passionnait pour le cerceau. Tout, à Paris, était devenu « au cerceau ». Les Parisiens, observateurs, trouvèrent à cette lubie bien moins de risques qu'à celle de l'inoculation. Dès lors ils la lui préférèrent.

La Condamine, dépité, se résolut à quitter Paris pour entamer une série de conférences sur l'inoculation qui devaient le mener jusqu'en Russie. Qoëlet se retrouva seul. Des trente fidèles qui, des mois entiers, avaient peuplé l'hôtel de Lauragais beaucoup l'accusaient d'être à l'origine des déboires de la cause, en raison du bruit répandu par Bussy sur ses recherches au sujet de la variole de la vache. Tronchin, juste avant son départ, le lui avait laissé entendre. D'autres avaient été plus directs encore.

Fini le temps du luxe et des salons. Plus de Lauragais pour le présenter comme un sauveur de l'humanité devant des femmes frivoles. Adieu la douceur fallacieuse des ronds de jambe, des compliments faciles, des bons mots. Sans relais dans les salons, son intégrité mise en cause, il ne fut plus reçu nulle part. Seule l'inconnue aux fleurs restait fidèle et continuait à déposer ses bouquets anonymes chez son portier de la rue Hautefeuille.

Avec cette ostensible indifférence pour le malheur d'autrui coutumière du haut monde, les gens se détournaient de lui. Son propos n'intéressa plus. Sa figure lassa. Sa boiterie parut ridicule.

« Il ne doit point savoir jouer au cerceau, avec sa jambe folle ! » glaviottaient les petits-maîtres du jardin des Tuileries.

Certes, Qoëlet se moquait bien du cerceau. Pardonnez-le-lui. Chaque matin, il descendait l'escalier et franchissait la porte de son immeuble. À gauche, le couvent des Cordeliers, devant, la faculté de médecine. Il prenait à droite. Faisait quelques pas. Combien ? Sa canne les comptait tandis qu'il atteignait la Seine… C'est alors qu'il fut arrêté.

III

Le jour était à peine levé lorsque le conseiller Pasquier arriva au Palais. Il s'assura, devant une glace, que sa perruque était bien mise, toussota, éternua, se moucha, réajusta sa perruque, puis pénétra dans son bureau où l'attendaient M. de Brétignières, qui l'assistait dans sa tâche, et M. Lebreton, son greffier.

« Messieurs, bonjour ! Au travail ! La journée sera longue… »

Depuis le 12 janvier 1764, date du renvoi du procès de Lally devant la Grand-Chambre et de sa nomination comme rapporteur, il n'était pas une heure du conseiller qui ne fût consacrée à l'instruction de l'affaire de la perte de l'Inde.

Le traité de Paris, signé l'année précédente, ne laissait à la France que Pondichéry, Chandernagor, Yanaon, Karikal, Mahé et les comptoirs de Mazulipatam, Calicut et Surate. Ce qu'il en subsistait, tout au moins, car les Anglais avaient ravagé ces places dont il ne restait que des ruines.

Voici deux ans désormais que le conseiller Pasquier entendait les témoins, visitait les pièces et essayait de démêler les fils du scandale. La quantité de personnes impliquées dans l'affaire était considérable. Les sommes en jeu ne l'étaient pas moins. Les mémoires, défenses, réfutations et témoignages encombraient son bureau. Chaque protagoniste tentait de faire peser sur un autre que lui les responsabilités de l'échec français.

Il était, dans ces accusations, un nom que tous répétaient, en le chargeant des pires crimes : Thomas-Arthur, comte de Lally, grand-croix de l'ordre royal et militaire de Saint-Louis, lieutenant général des armées du roi, vice-roi pour les possessions de l'Inde, pour l'heure à la Bastille, où il était entré de son propre chef deux ans plus tôt.

Ainsi du sieur de Moracin, sous-marchand de la Compagnie des Indes, conseiller du Conseil supérieur de Pondichéry et gouverneur de Mazulipatam, qui voyait dans le général la cause unique des revers essuyés dans l'Inde, comme tous les membres du Conseil supérieur. Ainsi, surtout, du marquis de Bussy-Castelnau, brigadier des armées du roi, qui se répandait dans tout Paris contre le général, blâmant sa brutalité, sa morgue et son obstination et le traitant à qui voulait l'entendre de traître à sa patrie et à son roi. Son *Mémoire pour le sieur de Bussy, expositif de ses créances sur la Compagnie des Indes* circulait partout.

Le conseiller avait entendu ces personnes à plusieurs reprises, mais encore cent autres, qui toutes lui avaient désigné Lally comme un monstre. Il avait, enfin, entre les mains le journal laissé par le père Lavaur, supérieur des jésuites de Pondichéry, document qui recelait une mine d'informations sur le comportement du général avant et durant le siège de Pondichéry. Il n'était pas une phrase, dans ce cahier couvert de peau, qui ne fût un trait assassin lancé contre l'ancien vice-roi.

Un autre nom y était cité. Celui d'un certain Qoëlet, particulier présent lors du siège de Pondichéry qui avait récemment causé du scandale à Paris pour une tout autre affaire. Son rôle avait d'abord paru négligeable au conseiller. Ce que lui reprochait le père Lavaur était bénin. Il s'était attiré la haine de quelques officiers et membres du Conseil supérieur pour avoir soutenu Lally. Le jésuite, certes, en disait grand mal, mais accusait son âme plus que sa conduite. Non, en vérité, Pasquier ne se fût guère intéressé à Qoëlet si, cinq mois après l'arrestation des principaux soutiens du général, son médecin personnel n'était venu le trouver pour lui révéler quel genre d'homme était cet étrange boiteux.

C'était au mois d'août 1764, près de deux ans plus tôt. Il s'en souvenait fort bien. Il avait été surpris d'apprendre que le Dr Hecquet, son médecin personnel, sollicitait un entretien. Celui-ci, généralement, se faisait prier pour venir consulter ses patients. Le procureur l'avait reçu dans son cabinet, au milieu des pièces de l'affaire Lally qu'il avait rapportées chez lui pour les étudier après le souper.

« Que me vaut l'honneur, monsieur Hecquet ? J'espère qu'il ne s'agit pas d'une mauvaise nouvelle, lui avait-il dit en l'accueillant, inquiet de cette visite.

— Rien qui concerne votre santé, que je sais bonne car j'en ai grand soin, monsieur le conseiller, lui avait répondu le Dr Hecquet en prenant place dans le fauteuil qu'il lui avait désigné face à son bureau.

— Mais qu'est-ce alors ?

— Voilà... Nul n'ignore que la Grand-Chambre du

parlement vous a confié d'instruire le procès du général Lally…

— C'est de notoriété publique.

— Or on dit qu'un homme que je connais est cité dans cette affaire… Le sieur Qoëlet.

— Petit personnage. Rien de grave en ce qui le concerne. Rassurez-vous.

— Au contraire, monsieur le conseiller ! Au contraire !

— Que voulez-vous dire ?

— Ce Qoëlet est un être plus nuisible que vous ne semblez le penser.

— Vraiment ? Je ne vois, dans les documents qu'on m'a communiqués, rien de bien sérieux… Soit, il est mentionné par plusieurs témoins comme ayant apporté son aide au général Lally, mais il semble que ce soit uniquement pour le bien de la population qu'il a aidé à nourrir…

— Cet homme commet de grands crimes sous prétexte d'aider son prochain. Il a des milliers de morts sur la conscience.

— Des milliers ? Mais pourquoi n'a-t-il pas été arrêté pour ces crimes ?

— C'est qu'il n'existe pas de preuves formelles… Voyons, avez-vous entendu parler de la mauvaise querelle faite à la faculté de médecine par les inoculistes ?

— J'ai su que vous étiez contre cette méthode qu'on dit turque…

— Je puis vous affirmer que cette histoire de variole artificielle est une monstruosité !

— Quel rapport avec le procès dont j'ai la charge et ce… Qoëlet ?

— Cet homme prétend inoculer à ses semblables la variole de la vache !

— De la vache ? Cela ne me semble pas bien sérieux…

— Croyez-le. Je tiens l'information du marquis de Bussy-Castelnau en personne. D'ailleurs, je l'ai fait suivre… Il va par les campagnes pour propager son mal. Il empoisonne, en secret, chaque jour que Dieu fait !

— Mais qu'attendez-vous de moi ? je suis saisi pour l'affaire de l'Inde et ce que vous me rapportez me semble difficile à juger dans ces limites. D'ailleurs vous-même convenez que vous n'avez pu établir de preuve…

— En effet… mais vous voici désormais informé sur un homme qu'on cite dans un procès dont vous avez la charge…

— Je saurai m'en souvenir, mon bon médecin. Je saurai m'en souvenir… », avait conclu le conseiller en raccompagnant le Dr Hecquet à la porte de son cabinet.

Un mois plus tard, un courrier du comte de Landivisiau lui était parvenu, qui racontait comment le dénommé Qoëlet l'avait ignominieusement agressé, lors du siège de Pondichéry. Pasquier avait été convaincu. Cet homme avait trop d'ennemis pour n'être pas suspect. Si bien qu'il avait ordonné au lieutenant-général du Châtelet d'aller se saisir du sieur Qoëlet et de le conduire à la Bastille, ainsi que l'avaient été tous ceux qui avaient pris le parti du général.

Les interrogatoires avaient débuté. Longs, répétitifs, fastidieux. Durant plus d'un an. Au terme de ces préliminaires, le magistrat avait constitué une plainte en cent trente-huit articulas qu'il avait présentée, accompagnée de ses rapports d'enquête et minutes d'interrogatoire, à la Grand-Chambre. Puis il avait procédé, à huis clos, à la légitimation des témoignages, visité les pièces et lu les interrogatoires des accusés aux trente-trois juges. Cela avait duré des mois. Les magistrats, ignorant tout de l'Inde, ne s'en remettaient déjà plus qu'au rapporteur.

Il existait des coupables. Il fallait désormais des condamnations.

IV

Il faisait, dès l'aube, assez jour dans la cellule pour déchiffrer les inscriptions gravées sur la pierre par des générations de prisonniers. Son œil, depuis dix-huit mois qu'il s'éveillait dans l'immobilité octogonale de cette pièce, connaissait chaque détail de l'indescriptible entrelacs de dessins et de lettres du *Registre des fous*.

Qoëlet n'y prêtait pas attention ce matin, avait mal dormi, une douleur. C'était bel et bien de son corps qu'il avait le plus à se plaindre depuis son entrée à la Bastille. Comme si cet amas d'os et de chair qui le portait avait décrété qu'il refusait l'accablement d'une nouvelle détention.

Il était à cet âge où les forces mettent toute leur énergie à décroître. L'enfermement amplifiait ce reflux organique. Tout au long de ces mois de détention, il avait constaté des défaillances successives, des lenteurs subites, des engourdissements dans le geste qui l'avaient tour à tour surpris, irrité, puis inquiété. Il avait perdu deux dents. Un abcès à la bouche n'avait été soigné qu'à grande douleur. Son moignon le faisait souffrir. Il se forçait, pour le soulager, à marcher chaque jour. En vain.

Son œil redécouvrait sans hâte les limites de son monde dévolu : le sommier de bois, le matelas de bourre, le drap très fin. Face à la porte, la cheminée, un fauteuil, une table, plume, encrier, chandelier de faïence… Le plafond, éclairci à la chaux pour prévenir les trous, si haut qu'un homme juché sur les épaules d'un autre l'eût à peine effleuré. Légèrement au-dessous, à l'est, l'ouverture dans laquelle se débattait une heure auparavant un maigre quartier de lune ouvrait sur des cieux évidemment sinistres. Il se sentait contraint par l'espace, prisonnier de son propre corps, respirait du reste avec difficulté.

Oh ! cette prison !

« Il y a hors ces grilles des cimetières où l'on est plus vivant qu'ici », lisait-on très distinctement près de la tête du lit. Et à côté : « Entre en bastille trop innocent/ Vivra longtemps qui m'en verra sortir. »

Sept pas. Seize empans. Après quelques semaines de réclusion absolue, Bussy avait obtenu de lui rendre visite.

« Je t'avais prévenu… L'affaire de l'Inde est sérieuse et tes fantaisies auprès de la faculté de médecine ne t'ont pas servi ! Crois-tu utile que je te dise quoi répondre à Pasquier lorsqu'il t'interrogera ou préfères-tu rester ici, pauvre fou ? » lui avait-il demandé, narquois.

Qoëlet l'avait chassé. Malgré la prison. Et puis plus rien, plus un signe de quiconque durant quatre mois.

Des fourmillements dans les membres l'empêchaient de se lever complètement ou de saisir quoi que ce fût. La tête lui tournait. Son sang peinait dans ses veines. Il pencha le front en avant. Une mèche de cheveux tomba devant ses yeux. Il se vit vieillissant, s'y résigna de cette résignation que seuls connaissent les détenus. Comment avait-il pu en arriver là ? Qu'avait-il fait de sa vie pour affronter tant de contraintes ?

Depuis un certain âge de l'enfance, il ne s'était guère écoulé de journée sans une pensée pour ce que pourrait être sa mort. Certains jours, en Bulgarie notamment, près d'Orsova, puis dans le camp de prisonniers de Serbie, il avait même cru son heure arrivée. Or il lui semblait, ce matin-là, que cette heure était extrêmement proche et distincte. Toute prête à le saisir, lui et son corps fatigué, ses espoirs déçus, ses amours trahies, ses échecs successifs. Peut-être, tout au moins, le souhaita-t-il un court instant.

L'entrée d'un garde portant son déjeuner interrompit ses réflexions. Il se mit à table. Le repas était succulent. C'était sa seule consolation. Quelqu'un – il ignorait qui – payait pour lui la meilleure pension. Trois plats au dîner, cinq au souper. Vins de Bourgogne, draps des Flandres, chandelles du Poitou. Moutarde de Saint-Maixent !

Promenade. Il fit remarquer au soldat qui avait ordre de lui tourner le dos que le temps était magnifique. L'homme ne répondit pas : il avait également interdiction de parler aux détenus. L'affaire était trop absurde. Tout à coup, on le rappela. Ordres brefs, couloirs, cellule : sévère sous sa perruque, le conseiller Pasquier était là, qui l'attendait.

« Bœuf mugissant », d'après Voltaire, « tête de veau », selon d'Alembert, le conseiller Pasquier s'emparait des évidences les plus criantes et faisait son profit du reste. Le magistrat était, sans état d'âme, résolu à faire de tous ceux qui avaient apporté de l'aide à Lally des coupables, opposant pour cela à ses victimes ses liasses de témoignages, de réfutations, d'ouï-dire, de rumeurs.

Prévenu contre Qoëlet par le Dr Hecquet, persuadé par Bussy, Moracin ou Landivisiau que l'homme avait contribué au climat délétère qui avait empoisonné le siège de Pondichéry, Pasquier s'était, au terme des huit interrogatoires qui l'avaient amené à le rencontrer, fait une idée définitive du personnage.

Il arrivait, ce matin d'avril 1766, avec l'intention de le rencontrer une ultime fois avant l'ouverture du procès. Ainsi avait-il fait avec chacun des retenus à la Bastille dans le but d'obtenir des aveux de dernière minute, l'ouverture du procès étant prévue pour les premiers jours de mai.

« Monsieur, dit-il à Qoëlet en le voyant dans sa cellule, vous serez jugé sous peu par la Grand-Chambre. J'ai estimé utile de vous entendre encore car j'ai plus de bonté que vous n'avez de raison. Avez-vous quelque chose à me déclarer ? »

Qoëlet le fixa avec une calme résignation. À quoi bon tenter une nouvelle fois de lui donner une version des faits qu'il ne voulait pas entendre ?

« Non, monsieur le conseiller, je n'ai rien à ajouter ni à retrancher de mes déclarations.

— Vous avez tort, monsieur ! » répliqua Pasquier avec aigreur.

Le conseiller quitta la cellule, suivi du greffier. Il laissait désormais Qoëlet indifférent. Trop de fois il l'avait vu entrer dans la pièce brandissant le journal de Jean-Baptiste ou les témoignages de Bussy, Moracin ou Landivisiau.

La première fois, il avait reconnu sans peine le cahier de peau à la cicatrice qui en marquait la couverture. C'était bien l'objet qu'avait voulu lui offrir Jean-Baptiste à Pondichéry. Quant à ce qu'il s'y trouvait écrit…

V

Le 10 mai 1766, à trois heures de l'après-midi, on vint le chercher dans sa cellule.

Chaînes. Charroi couvert. Couloirs du Palais de justice. Voici la Grand-Chambre : le président de Maupéou et son œil sombre posés sous un gigantesque crucifix. Les juges dans leur robe à rabat d'hermine. Les tapisseries fleurdelisées tendues aux murs. Les vitraux aux reflets pourprés.

Le soldat qui l'escortait retira les chaînes qui lui entravaient les poignets. Le bruit du métal sollicita les regards. Les conseillers par dizaines, la mine fière, l'air grave, l'observaient tandis qu'il s'avançait au-devant d'eux. Son cœur battait plus vite qu'il n'eût voulu. Il était dans la basilique de la Justice, devant *ses* juges.

Le président demanda à Qoëlet de s'agenouiller pour jurer de dire la vérité. L'accusé le fit avec peine.

« Je le jure ! » dit-il cependant d'une voix ferme.

M. de Maupéou désigna alors du menton la sellette à Qoëlet, petit tabouret bas sur lequel il s'assit, posant sa canne au sol.

Seul le visage de Pasquier lui était familier. Et c'est

effectivement lui qui se leva et désigna d'un doigt vengeur Qoëlet.

« Messieurs ! Dans cette affaire de la perte de l'Inde, vous avez eu à vous prononcer avec toute la justice qui convient sur la responsabilité de divers personnages. Hier, le plus coupable de tous a eu la tête tranchée en Grève ! »

Qoëlet tressaillit. Ainsi, Lally avait été exécuté. Bussy et Moracin avaient obtenu ce qu'ils voulaient… Mme de Pompadour avait tout deviné.

« Aujourd'hui même, poursuivit le conseiller Pasquier, vous avez déjà entendu et jugé trois des complices immédiats d'un homme dont le nom ne mérite plus d'être prononcé car il est salissure pour toute la nation. En voici un quatrième !

« Il est des êtres dont la vie se poursuit comme file l'eau de sa source à l'océan, suivant un cours tranquille et faisant croître sur son passage les bienfaits. Il est des hommes dont le courage impose le respect, la droiture l'admiration, les inventions la gratitude… Celui qui se tient à cette heure devant ses juges n'est pas de ceux-là !

« On a pu croire que le hasard seul avait placé le dénommé Qoëlet sur la route de Pondichéry. Le hasard, en ce cas, est curieux, car, par deux fois, cet homme entre dans cette ville, et par deux fois elle a à souffrir des assauts de l'ennemi ! En 1748, en effet, il est déjà là alors que le marquis Dupleix, gouverneur pour la Compagnie des Indes de l'Orissa et du Coromandel, défend ce comptoir qui va faire sa gloire. Douze ans plus tard, après une errance dans l'Inde qui cache bien des secrets, et des plus graves, il est encore présent, à l'heure où l'Anglais se jette sur ce joyau de nos possessions. »

Une pause et le conseiller Pasquier enfla la voix.

« Non, messieurs, ce n'est pas un hasard : c'est une malédiction !

« Un prêtre qui nous a tous beaucoup appris au cours de ce procès, un prêtre qui n'est plus mais qui a laissé de son long séjour dans l'Inde un témoignage inestimable, j'ai nommé le père Lavaur, supérieur de la mission jésuite de Pondichéry, nous renseigne précieusement sur le sieur Qoëlet. Et voici ce qu'il en dit : "Hier, 16 mai de l'an de grâce 1748, un navire en provenance de France a mené jusqu'à moi un être que je ne pensais jamais revoir : Qoëlet. Ma joie s'est vite heurtée à son naturel dissimulateur. Mes craintes anciennes se sont réveillées à son contact. On devine l'homme qui n'a pas entendu les voix du Ciel, l'égaré qui refuse de marcher sur la route droite. Il porte un air de folie dans le regard. Un air qui est celui des âmes perdues. Il est reparti ce matin même, chargé de marchandises qu'il n'a pas voulu me nommer, vers le nord. Le reverrai-je jamais ? Dieu veille sur lui, quand bien même il n'est pas de ceux qui Le louent comme il convient. Qu'il veille aussi sur nous, car la guerre menace Pondichéry." »

Pasquier s'interrompit sur cette note grave modulée d'une voix de baryton puis reprit, après un silence lourd de sens :

« Voici ce que feu le père Lavaur écrit du sieur Qoëlet et voici ce qu'il en dit, douze ans plus tard, lorsqu'il réapparaît si curieusement, le jour où l'on clôt les portes de la ville menacée de siège : "21 septembre 1760 – Ce matin, alors que j'allais m'assurer que personne n'avait été oublié dans le quartier nord de la ville, j'ai fait la plus surprenante rencontre qui fût. Sur le seuil d'une maison abandonnée par ses occupants, j'ai trouvé Qoëlet. Douze ans que je ne l'avais vu... Son air de folie est entier, aggravé, me semble-t-il, par des aventures qu'il a tenues cachées mais qu'on devine terribles. Ce qu'il m'a dit de ses voyages et de ses projets m'a révolté. Je suis incapable de poser sur la page les mots qu'il a prononcés... La charité chrétienne, cependant, m'a conduit à lui offrir mon aide." »

Encore un silence destiné à souligner ce que la « charité » de Jean-Baptiste apportait de garantie à ses propos.

« Je poursuis, messieurs, car les lignes qui suivent sont édifiantes : "29 septembre – Qoëlet me seconde dans les soins à accorder à la malheureuse population mais ses interventions auprès des marchands de la ville me font craindre le pire. Il tient un langage qui approche souvent de la provocation et favorise les oppositions par une défense presque permanente du général Lally. C'est lui qui lui a soufflé de perquisitionner chez les membres du Conseil. Ces deux hommes se sont découvert une sorte de complicité nuisible à l'intérêt public et j'en souffre pour tous.

« "16 octobre – Qoëlet est pour moi un souci de tous les instants. Son comportement à l'égard des officiers de la place passe les limites du tolérable. Il a provoqué cet après-midi M. le comte de Landivisiau, un officier des plus distingués, en exigeant de prendre le pas sur lui devant une porte, sous le prétexte d'une extraction plus antique que la sienne. Cette prérogative qu'il s'arroge du seul fait de sa naissance sur un officier combattant est, dans de pareilles circonstances, une insulte à tous nos défenseurs. L'âge lui a donné une morgue abjecte..." »

Qoëlet, à ces mots, ne put s'empêcher de revoir Jean-Baptiste trente ans plus tôt, à l'infirmerie du collège, le corps rongé par des mortifications insanes, les yeux éperdus de cette jouissance de souffrir qui lui avait tant fait horreur… Ce que le jésuite avait mis dans son carnet lui semblait la continuation de la conversation qu'ils avaient tenue ce jour-là. On y lisait entre les lignes le dépit du garçon qui avait alors rêvé d'emporter Qoëlet dans sa folie.

Pasquier, en cet instant, lui semblait animé par une même rage, illuminé par des vérités obscures.

« Tel est l'homme, messieurs ! rugissait-il en brandissant le cahier de peau. Tel est l'homme : une somme infinie de grands maux ! Il y en a ainsi sur des pages entières. En voulez-vous entendre encore ? Voici : "22 octobre – Qoëlet a insulté ce jour M. de Moracin ainsi que trois autres membres du Conseil avec une si grande violence que ses mots ne peuvent être reproduits sur cette page. Dire que j'ai tant aimé cet homme et que je lui cherche encore des excuses ! Il faut bien de la foi pour pardonner à de tels ingrats. Je suis fatigué de réparer ses fautes innombrables. S'il n'aidait à nourrir le peuple et les soldats, je ne sais ce qu'il adviendrait de lui ni seulement ce que je ferais pour le défendre. Il a trahi mon affection. Que le Seigneur m'aide !" »

Le conseiller acheva en évoquant le rôle très controversé de Qoëlet dans la querelle sur l'inoculation. Les juges, lassés d'entendre parler de l'Inde du matin au soir depuis des mois entiers, trouvèrent de l'intérêt à cette annexe du réquisitoire. L'accusé se singularisait…

« L'Histoire ne se fait pas avec de tels êtres, elle se défait ! conclut le conseiller en frappant du poing sur son pupitre, réveillant ainsi quelques-uns des juges qui s'étaient assoupis. Il n'y a pas long à juger celui-ci. On voudrait l'oublier. Qu'il n'ait jamais existé. Je vous demande, messieurs, une condamnation ferme et définitive. Lavez la terre de cette flétrissure : qu'il retourne en Bastille expier ses crimes durant autant d'années qu'il a contaminé de pauvres malheureux qui ne demandaient qu'à vivre selon les lois de Notre-Seigneur ! »

Lorsque Pasquier eut achevé, le président invita d'un geste de la main Qoëlet à se lever. Le voyageur saisit sa canne et se redressa péniblement. Le regard de chacun des juges pesa sur ses épaules. Ses mâchoires se contractèrent.

Il sentait les refus multiples exprimés par son corps et les traduisait comme autant de révoltes face à l'injustice des accusations portées contre lui. Se tenir droit comme fixer le président lui étaient difficiles. Pourtant, il était prêt à la riposte, il brûlait de régler son compte non à l'adipeux Pasquier, mais à Jean-Baptiste lui-même qui lui envoyait depuis son improbable Ciel une déclaration de haine.

Aux questions qu'on lui posa sur le cahier, Qoëlet répondit en évoquant Vannes et les espoirs déçus du père Lavaur. Il expliqua qu'il avait connu le jésuite au collège, qu'il lui avait fait part à cette époque de ses répugnances envers sa manière de servir Dieu, de sa défiance envers un ordre religieux qui n'avait d'autre intérêt que sa propre gloire.

« Il voulait me voir jésuite à ses côtés. J'ai, à cet égard, trahi ses espérances… »

L'argument marqua les esprits. Plusieurs des magistrats avaient activement participé à l'expulsion des Jésuites du pays, deux ans auparavant.

Pour le reste, les accusations portées par Landivisiau et Moracin, qu'il combattit avec virulence, furent qualifiées, de l'avis même de plusieurs magistrats, de « fantaisistes ». Quant à celles de Bussy, Qoëlet décida de dire la simple vérité.

« M. de Bussy, que je connais mieux que beaucoup d'autres et qui me connaît, a, pour cette seule raison, tenté de me faire porter un faux témoignage. Il aurait suffi, pour assurer ma tranquillité, d'un mensonge… Mensonge que M. de Bussy est venu dans ma cellule me demander de faire une nouvelle fois. Vous pouvez sans peine vérifier ; vous trouverez mention de sa visite. Parce que je le lui ai refusé, je me trouve devant vous. Ma seule défense, aujourd'hui comme hier, est la vérité nue ! »

Là encore, l'existence d'un lien avec l'un des principaux protagonistes de l'affaire qui précédait de loin son arrivée dans l'Inde le servit. Lavaur, Bussy… Cette double coïncidence frappa l'esprit des juges.

À mesure que parlait Qoëlet, les magistrats semblaient se détendre. Certains opinaient du chef. D'autres laissaient deviner l'esquisse d'un vague sourire d'approbation. Le Breton avait appris, alors qu'il tentait, deux ans auparavant, de convaincre les Parisiens de se faire inoculer la petite vérole, à prendre son temps, à mesurer l'effet de ses silences, à laisser ses phrases en suspens pour faire naître le désir d'en connaître la suite. Il sut s'attirer la sympathie des juges aux dépens de son accusateur, les flattant sans excès, faisant appel à leur bon sens autant qu'à leur bonne volonté.

« Qui suis-je, messieurs, dans cette affaire ? Rien… Que me reproche-t-on ? D'avoir refusé à Jean-Baptiste Lavaur de le suivre dans son choix de se faire jésuite ? D'avoir refusé à M. de Bussy de porter un faux témoignage devant vous ? D'avoir, enfin, participé à une polémique médicale qui, je vous le rappelle, a abouti à la victoire du camp auquel j'appartenais ? »

Pasquier, décontenancé, assistait à la mise en pièces de son acte d'accusation. Les juges, désormais, regardaient l'accusé sinon avec sympathie, du moins sans cette haine qui eût marqué sa victoire.

Brusquement il se leva et, se tournant vers Qoëlet, lui demanda :

« N'est-il pas vrai que vous prétendez guérir la petite vérole humaine par celle de la vache ? Et vous pensez, agissant ainsi, qu'on pourrait croire votre défense ?

— Nous n'avons pas à connaître de ces questions, monsieur le conseiller ! » le coupa le président de Maupéou. Puis, se tournant vers Qoëlet : « Retirez-vous, monsieur, nous allons juger… »

Lorsque Qoëlet regagna sa cellule, il pensait être parvenu à se défendre.

Il ne perdait néanmoins pas de vue que ces mêmes juges, cinq jours auparavant, avaient condamné à mort le général Lally. Au-delà de la rancœur de Jean-Baptiste, de l'ambition vengeresse et terrible de Bussy, au-dessus des ors et de la pourpre de la Grand-Chambre, il y avait une volonté politique puissante, capable de tout écraser…

Quand, le lendemain, le gouverneur de la Bastille pénétra dans sa cellule pour lui donner, selon la procédure en usage, lecture de la sentence de la Grand-Chambre, le prisonnier s'agenouilla ainsi qu'on le lui ordonna et, front bas, le souffle coupé, entendit l'officier déclarer :

« Qoëlet ! Au terme de la procédure d'enquête et des dépositions, après avoir entendu tes motifs, défenses et réfutations dans l'affaire de la perte des colonies aux côtes de Malabar, de Coromandel et d'Orissa, la Cour te renvoie de l'accusation pour les faits de collusion et complot contre les intérêts de la Compagnie des Indes… Mais, nonobstant, juge que, par ton manque de clairvoyance et ton aveuglement passé comme présent, tu as nui aux intérêts du roi et de ses sujets. Pour ces fautes, la Cour te condamne à cent francs d'amende, te blâme, te déclare infâme et à jamais incapable de posséder aucune charge dans l'État ! Retire-toi ! Retire-toi… Très loin… »

Le gouverneur de la Bastille quitta la pièce sans un mot de plus. La porte de sa cellule restait grande ouverte. Il sortit, libre, sous le regard indifférent des soldats du corps de garde.

Tout était perdu, jusqu'à l'honneur. Vivant, mais son nom flétri par une condamnation infamante, libre mais contraint de quitter Paris, Qoëlet n'était plus qu'une ombre sur laquelle nul ne laissait peser son regard. Bussy, tout à sa victoire, devait en rire. Jean-Baptiste, depuis son paradis, y trouvait sans doute aucun sa revanche. Ni l'un ni l'autre n'avait souhaité sa mort physique. Sa mort civile leur suffisait. Ils avaient gagné : on le chassait comme un malpropre.

Il en venait presque à regretter que les accusations de Hecquet, reprises par Pasquier, n'eussent pas été entendues par les juges. Au moins auraient-elles fait éclater au grand jour le débat sur la variole de la vache... Il aurait peut-être été condamné pour sorcellerie mais, au moins, trouvé en cette occasion le temps de parler, d'expliquer, qui sait, de gagner à sa cause quelques esprits éclairés... La science aurait avancé. Au lieu de cela, Maupéou avait effacé en une phrase des années de lutte, de quête, d'espoir.

Las désormais, amoindri par la détention, éprouvé par les interrogatoires, laminé par les accusations portées contre sa personne, il n'avait comme seule consolation que d'être encore en vie. Il ne quitterait pas ce monde enfermé entre les hauts murs de la Bastille, mais ailleurs. Ailleurs, mais où ? Il était sans projet, sans espoir, sans seulement de désir. En vie, certes, mais plus vraiment vivant... Ainsi tout était dit. La pièce était jouée, le rideau tombé, les acteurs enfuis. Il restait seul. Nul ne l'attendait. Personne n'espérait son retour. Son dénuement était absolu.

La Seine filait à quelques pas. Il se poussa instinctivement vers le quai et s'assit péniblement sur une barrique, le regard figé sur le scintillement des eaux. Une voix de femme, à cet instant, l'appela. Qoëlet se retourna. Une bourgeoise aux joues roses, les hanches généreuses, les épaules rebondies sagement couvertes d'un fichu de linon à fleurettes, le fixait de ses yeux de porcelaine.

« Marie ! » murmura-t-il.

L'émerveillement

I

Qoëlet considérait Marie en silence.

Le temps avait fait son œuvre. Pourtant, il y avait sous les formes cossues de la bourgeoise un peu de la candeur de l'enfant qu'elle avait été – à moins qu'il ne fût le seul à la voir.

« Vous êtes libre ? demanda-t-elle enfin, levant les sourcils en un mouvement qui dessina trois lignes profondes sur son front.

— Oui… J'ai seulement été blâmé.

— … Comme MM. de Gadeville, de Chaponay et de Poully.

— Comment le sais-tu ? »

Marie eut un sourire qui creusa deux fossettes dans ses joues rondes et baissa le regard.

« Voici deux ans que je vais chaque jour au Palais et… devant la Bastille. »

Troublé par cette réponse, Qoëlet ne sut que dire durant un instant. Enfin il demanda, hésitant :

« C'est toi, ma pension ?

— Oui, c'est moi…

— Mais pourquoi ? demanda Qoëlet d'une voix tremblante. Pourquoi m'avoir aidé quand je n'ai pas même cherché à te revoir ?

— Je ne vous ai pas oublié, moi… »

Une rougeur envahit le visage encadré d'un bonnet bien noué sous le menton. Gêné par ce « moi » qui avait tous les accents d'un reproche, il détourna les yeux.

« J'ai su votre retour, poursuivit Marie. J'ai assisté à plusieurs de vos conférences à l'hôtel de Lauragais… J'ai…

— Les fleurs ! s'écria Qoëlet se rappelant les bouquets anonymes. Les fleurs aussi…

— Oui.

— Et cette femme qui est passée pour s'informer sur moi auprès de mon concierge de la rue Hautefeuille, toi encore ? »

Marie acquiesça d'un signe de tête. Qoëlet s'avança et lui saisit les mains.

« Oh ! pardon ! »

Elle haussa les épaules en se dégageant.

« Pourquoi ? Vous ne me deviez rien…

— Mais toi, pourquoi ne t'être pas montrée ? Pourquoi être restée dans l'ombre durant toutes ces années ?

— J'ai bien vu que vous ne pensiez plus à moi… Je ne suis pas femme à me rendre ridicule.

— Je te dois deux années de pension à la Bastille désormais !

— Je vous les offre, monsieur Qoëlet. Mon commerce marche bien… Rassurez-vous, je n'ai pas eu à me priver ! J'ai fait cela le cœur léger.

— Pourquoi ? s'exclama Qoëlet en regrettant une question dont il devinait sans peine la réponse.

— Pourquoi ? Mais parce que… je n'ai jamais cessé de vous aimer depuis cette nuit où je vous ai tout offert… », acheva-t-elle avec un gros soupir de regret auquel se mêlait du ravissement.

Qoëlet resta un long moment sans voix. Marie, devant lui, semblait figée comme un sujet en sucre, la tête auréolée par la dentelle de son bonnet. Que répondre ? Il songea à l'homme qu'il était près de vingt ans plus tôt, lorsqu'il écrivait à la comtesse de Lauragais sans oser l'aborder, attendant chaque jour une réponse à ses courriers et se nourrissant de l'espoir le plus fou : s'en faire aimer.

« Marie, bredouilla-t-il. Marie… »

Elle lui sourit encore, en affichant une mine moqueuse.

« Marie, répéta-t-il sans être capable d'ajouter le moindre mot, la voix étranglée par l'émotion.

— Cessez donc de bredouiller comme cela ! Vous en devenez sot. » Elle fronça les sourcils : « Je sais bien que c'est un autre prénom que le mien auquel vous songez.

— Tu as raison, articula Qoëlet. Je n'ai pu l'oublier.

— Vous allez partir ?

— Oui, dès que j'aurai payé l'amende à laquelle on m'a condamné…

— Je l'ai fait.

— Mais, Marie…

— Encore ! Cessez cela. Ne dites plus rien, vous m'agacez. Vous devez quitter Paris désormais, l'arrêt de la Grand-Chambre l'ordonne, alors partez ! »

Qoëlet tituba.

« Partez ! répéta cette femme grondeuse qui avait la voix de l'âge mûr et le regard de ses seize ans. Partez et ne revenez jamais. »

Et elle tourna les talons, ne montrant plus à l'homme aimé que son caraco dont le taffetas était distendu par des formes trop pleines. Encore un moment et elle avait disparu à l'angle de la rue sans un dernier regard pour lui.

Quelques heures plus tard, le voyageur était aux portes de la ville, sa canne au poing, un sac au dos, un poignard entre les reins, résolu, enfin, à rentrer chez lui. L'aventure prenait fin. Il s'était battu et il avait été vaincu. Loin, à l'ouest, une maison en ruine l'attendait dont il songeait à cet instant qu'il n'aurait jamais dû la quitter. À quoi bon tous ces voyages puisqu'il se retrouvait plus démuni que jamais ? À quoi bon être un jour parti ?

II

Étranges ces impressions qu'il ressentait à l'approche du lieu de son enfance. Comme beaucoup, il avait, en bien des circonstances, flatté le souvenir de ces paysages anciens, conscient de favoriser la mélancolie particulière qui gît dans le cœur pour ce qui rapporte au jeune âge. Et même s'il prétendait n'être pas dupe de l'alchimie sentimentale qui augmente cette période de miracles à mesure qu'elle s'éloigne de nous, il lui remontait soudain en mémoire assez d'émerveillements sincères pour se persuader qu'il trouverait bientôt la paix, et peut-être même le bonheur, dans le pays où il avait vu le jour.

Ce fut, arrivant par le grand chemin des landes, la partie la plus ancienne de la maison Qoëlet qui dévoila sa silhouette assoupie : un amas d'éboulis. La vieille tour ne menaçait plus rien, sinon de s'effondrer. L'insolite poivrière qui s'échappait d'un angle n'était plus qu'un nez cassé.

Voici la maison de ses enfances, rongée par l'abandon. De toutes parts, des touffes d'herbe jaillissaient de l'interstice des pierres jusqu'à confluer en certains endroits pour ne plus former qu'une croûte végétale sous laquelle disparaissaient littéralement les murs. Ailleurs, c'était des trous qui grêlaient la façade ou des lézardes qui la zébraient, disparaissant sous cette contagion de branches et de feuilles pour réapparaître plus loin, mystérieusement élargies.

Il ne pensa d'abord à rien, se contentant de s'emplir les narines des senteurs retrouvées. Trente-cinq ans qu'il était parti. Il força son sourire, conscient du malaise qui le gagnait. Car il n'était pas ému – mais se disait qu'il aurait dû l'être.

Posant pied à terre, il s'avança dans la cour. Puis, trouvant la clef sous une pierre, près du puits, pénétra dans la vieille bâtisse. Poussière. Le temps était en suspension entre ces murs. Il fit quelques pas. Buta contre la table de la salle. Massif plan de bois. Deux hommes ne l'auraient pas soulevée. Voici le passé qui resurgissait. Le temps marchait à rebours. Il avait été enfant ici. À mesure que se retrouvaient les formes, les objets, leurs ombres, ses souvenirs se faisaient plus précis. L'âtre, les pièces d'armure, l'escalier à vis. Les impressions d'alors lui remontaient en mémoire. Des images lui revenaient : une soirée devant la cheminée, une passe d'escrime avec le Manchot, sa mère en prière, ses courses dans le vent, le cours des ruisseaux sans cesse remonté.

Il se dit qu'il n'avait guère plus reçu et découvert du monde que ce qu'il en avait observé dans ces lieux. Prémonitoire pensée…

Évidemment, son retour surprit. On le croyait éloigné, péri, noyé : l'âme éparpillée au gré des vents, hantant la lande. Les vieillards seuls se souvenaient de lui. Ils étaient peu nombreux, d'ailleurs gâteux tout plein, les anciens, parlant d'un trésor et d'un fantôme dans leurs vieilles barbes miteuses. Pourtant sa décision de reprendre la culture de terres délaissées depuis longtemps fut applaudie.

Il était en Bretagne, au milieu des siens. Dans des liens qu'il connaissait pour le moins. Paris n'était plus qu'une tache dans sa mémoire. Double tache. Ceux qui l'y avaient acclamé n'avaient pas souhaité le revoir. Lauragais seul, libéré, lui avait offert de payer son voyage. Il n'avait pas revu Bussy. Ne l'avait pas souhaité d'ailleurs. La Condamine était resté introuvable.

L'interdit, en revanche, demeurait dans Paris. Les inoculations publiques étaient proscrites. L'opération sans statut juridique. La Faculté débattait mollement… La chose se faisait chez ceux qui savaient : en secret, comme se rencontraient autrefois les convulsionnaires. La mode avait encore changé. Les excès les plus vifs avaient cours. Elle était menée par les jansénistes, qui ne se cachaient plus. Un homme, pour tempérer son ardeur aux frémissements de corps, s'était fait crucifier dix-neuf fois en six mois. Une religieuse avait jugé à propos de dévaler une colline dans un tonneau garni à l'intérieur de pointes et de clous. Paris ne vibrait plus qu'à ces excès où l'on martyrisait les corps sous prétexte d'entendre la voix de Dieu. Plein d'un parfait dégoût, abandonnant Marie à ses souvenirs, emportant les siens, Qoëlet était parti avec la certitude de ne jamais revenir sur ses pas – en homme las des querelles.

Sa condamnation au blâme, peine infamante s'il en était, l'avait navré. C'est pourquoi il laissa avec la meilleure bonne volonté du monde s'imposer à lui le lent rythme terrestre et le flux des saisons bretonnes. Il y avait dans le travail de la terre et dans l'élevage des bêtes une simplicité originelle qui l'apaisait. Semer, moissonner, battre. Voir vêler les vaches, téter les veaux, les poulains. Le spectacle de ce combat ordinaire lui rendit courage.

Et pourtant le pays était misérable en tout. Pouvait-on inventer l'automobile à vapeur à Paris et admettre la si parfaite misère de la Bretagne ? C'étaient des visages crottus et grêlés. Des maladies bénignes qui avaient dégénéré. La crasse, la saleté, la peur de tout, l'envie de rien, souvent. La petite vérole, comme partout dans le pays, occasionnait ses habituels ravages. Décidé à lutter contre la maladie comme il n'avait jamais cessé de l'être depuis sa rencontre avec Baul, il entreprit d'opérer les gens de son domaine. Las ! Il essuya un refus farouche et généralisé. On argua que c'était là pratique de bêtes. Certains le prirent pour un fou. Les autres préférèrent se taire, fermant portes et volets à son approche. Il dut renoncer.

Empêché de lutter contre la maladie, il entreprit de vaincre la famine en faisant de son mieux pour rendre ses terres prospères. S'il s'investit sans modération dans ses domaines, il manqua cependant vite de tout. L'hiver de 1766 fut si long, le froid si excessif, que plusieurs le comparèrent à celui de 1709 : il vit des arbres fendus en deux par le gel. Le printemps qui suivit fut tardif. L'orge et le sarrasin dont il avait semé ses champs poussèrent à grand-peine. Ses pâturages restèrent pauvres.

Les chevaux, pour lesquels il avait pris tant de peine, furent la saison suivante saisis de coliques. Peu en réchappèrent, d'ailleurs squelettiques, les yeux gorgés de pus, les chairs cloquées par le javart – cette variole du cheval qu'il observa avec curiosité, mais l'esprit détourné par la calamité qui s'abattait sur lui. Les naseaux des chevaux rescapés frémissaient d'épouvante à l'insupportable odeur qui s'échappait du bûcher qu'il avait fallu dresser pour brûler les cadavres des bêtes mortes. Le spectacle du brasier était sinistre. Certains des palefreniers en pleuraient de rage. L'honnêteté, parmi tant de vertus poursuivies, donnait convenablement à penser à Qoëlet qu'il vivait là un parfait désastre. Pourtant sa vigueur d'âme était entière. Il avait du courage. Des chevaux étaient morts ? Il fallait en racheter.

L'argent manquait cruellement. Celui déposé chez les Juifs était depuis longtemps dépensé. Les maigres produits du domaine tous vendus et payés. Il se rappela les derniers instants du Manchot, son père, et se prit à fouiller sa demeure avec l'énergie du désespoir à la recherche des écus qu'il y avait cachés. Aucun recoin ne fut épargné. De la cave aux combles, il inspecta chaque pièce, soulevant les lattes disjointes des planchers, s'assurant que les pierres des murs ne dissimulaient pas une cache secrète. Nulle dalle qui ne fût soulevée. Nulle poutre qui ne fût auscultée.

Des jours entiers il chercha. Mangeant peu, dormant à peine, il finit par connaître la maison Qoëlet mieux que les générations successives qui l'avaient assemblée. Ses mains étaient des plaies vives à force de les glisser dans la moindre anfractuosité des murs. Ses yeux se brouillaient tant il avait tenté de percer les endroits les plus sombres de la demeure. En vain. Le trésor du Manchot restait introuvable.

Au soir du septième jour, alors qu'il était assis devant la cheminée, l'or du feu lui fit entrevoir, gravé sur la plaque de fonte de l'âtre, le vieux parti de sable et d'argent du clan. La cheminée : le seul endroit où il n'avait pas cherché ! Se levant d'un bond, il courut jusqu'au puits et en rapporta un plein seau d'eau. Il noya le feu puis dégagea à grands coups de tisonnier les bûches et la cendre. Il arracha les pitons qui maintenaient la plaque armoriée et sortit celle-ci du foyer. Frappant alors avec le tisonnier sur le mur qu'il venait de mettre à nu, il arracha à la pierre centrale un son creux. L'enduit qui maintenait celle-ci, brûlé par les flambées successives, tomba en poussière dès qu'il l'attaqua. Haletant, Qoëlet agrippa le bloc de pierre qui se descella facilement, dévoilant une cavité. Il engouffra une main dans le trou et sentit sous ses doigts un tissu grossier. Il l'empoigna et ressortit un sac de la taille et du poids d'un petit boulet de canon : l'or du Manchot. Sa main replongea par quatre fois dans la cache pour en extraire un nouveau sac de toile. Le trésor de son père était devant lui, en monnaie d'or frappée à l'effigie de Louis XIV, pour l'essentiel des double-louis marqués de quatre L.

Qoëlet se rendit dès le lendemain au champ de foire. Il y acquit de quoi semer à pleins poings ses champs pour la prochaine saison et dix belles juments. L'humeur était soudainement bonne. L'espoir renaissait. Les écus qui sonnaient dans sa poche n'y étaient pas étrangers.

Or le hasard voulut que le seigneur Blanche-Épine, son voisin de par-delà la forêt, fils de l'irréductible ennemi du Manchot, l'aperçût bourse en main. Le voyant ainsi lourd de son argent, le compère se prit à le croire riche et réfléchit à l'aubaine. Ainsi se présenta-t-il à la maison Qoëlet quelques jours plus tard pour lui proposer d'établir entre eux une paix durable qu'une union avec l'une de ses neuf filles scellerait.

Neuf filles… Bel effort en la morne province. L'idée d'un mariage ne surprit même pas Qoëlet. Il voulut rire. Impossible, sauf à risquer un duel sur l'instant. Son refus fut aussi ferme que courtois. Cependant, malgré les précautions de langage multiples et variées – les façons très humaines pour faire sentir, et les autres très subtiles pour laisser entendre –, Blanche-Épine prit la chose comme un affront.

Tout à ressusciter la querelle entre leurs deux maisons, il s'enticha par ressentiment d'une borne de propriété qui marquait la limite entre leurs domaines. Arrachant aux rongeurs un rogaton de parchemin qui attestait selon lui son bon droit, il s'en vint un beau jour menacer de procès. Qoëlet le congédia. Quelques semaines plus tard, un huissier vint cependant se présenter au logis en son nom. Un procès… C'en était trop. Mille tracasseries domestiques rendaient alors ses journées terriblement pesantes. Les fièvres secouaient hommes et bêtes. Les récoltes étaient à demi noyées. L'une des juments venait d'avorter. Tant de problèmes, d'obstacles, de difficultés, et voici désormais qu'il devait affronter son voisin qui s'était pourvu contre lui devant le général parlement de Bretagne…

L'immensité monotone de la lande le tenait éloigné de tout. Pourtant les gloires compromises, les fortunes abandonnées à de plus âpres ne lui laissaient pas de regret véritable. Mais là, c'était assez ! Le remugle de la province, cette ronronnante misère, cette satanée borne qu'il connaissait bien et dont il savait sans l'espace d'un doute qu'elle n'avait pas bougé depuis le Déluge ! L'huissier…

Il perdait son calme. Ne savait, de la position héroïque, qui eût consisté à botter le derrière de l'homme de loi ou de la flegmatique, qui l'incitait à tout accepter, laquelle tenir. Assez ! Assez d'être lié à tant de choses boiteuses : la vache, le veau, un mur qui croulait, le soleil ou la pluie. Et toujours allant au milieu de ce charivari incessant : la basse-cour et le moulin, la route et le champ. Comptant. Soignant. Pansant. Attentif à la foire. Équitable en ses jugements. Respectant ses devoirs et sachant faire valoir ses droits. Oui ! Défendant son bon droit. C'est-à-dire celui des siens contre tous : l'impôt, la pluie, le vent, l'huissier…

Quelle cacophonie ! Quel désordre… Et cet huissier qui revenait chaque mois – chaque mois l'huissier à sa porte dans son habit élimé.

Il avait pesé toutes ces choses avec prudence mais n'en recevait que le plomb. Tout croulait, tout s'effondrait autour de lui avec une prospère résignation. En apparence, il n'y avait dans sa vie qu'une succession ininterrompue de défaites. À Paris, on avait crié sa condamnation en place publique. Il avait, chez Lauragais, lu dans le *Mercure* : « Le sieur Qoëlet, chantre bavard et boiteux de l'inoculation de la variole turque, et même animale d'après ce que l'on nous rapporte, vient de faire sa plus belle démonstration en étant condamné au blâme par la Grand-Chambre pour ses agissements hasardeux lors du siège de Pondichéry. »

N'était-il donc que cela, un entrefilet ironique dans une gazette cancanière ?

Tenu pour un être excentrique par les plus ouverts de son village, rejeté par les autres, il passait de plus en plus de temps loin de sa demeure, de ses champs et de ses pâturages. On murmurait qu'il errait trop souvent dans la lande où les vents, passé le soir, étaient chargés d'esprits malins et donnaient la fièvre.

Qoëlet gagnait tout d'abord le cœur de la forêt. Il y avait là, au centre d'une clairière, une table druidique auprès de laquelle il trouvait la paix. Là, il s'allongeait sur le sol, enfonçait les doigts dans la terre grasse et molle du sous-bois, fermait les yeux, respirait. Son esprit s'élevait. Il s'ouvrait sur de plus vastes perspectives. Des mondes infiniment plus riches. Il rêvait, se réinventait, délicieusement joyeux, comblé, parvenu au bonheur – abolissant sa mémoire.

Ses pas le conduisaient à la lisière de la lande.

Il y avait, dans l'existence du peuple qui vivait là, une simplicité qui lui paraissait proche de celle qu'il avait connue au Gondwâna. Hommes et femmes allaient librement, sans souci d'un quelconque ennemi. Les enfants jouaient du matin au soir. Tout autour d'eux, vaches et génisses paissaient en liberté. Les troupeaux fournissaient au peuple de la lande le moindre de ses besoins. C'était des bêtes de cette ancienne race qu'on nomme bretonne pie noire, petite, solide, bonne laitière.

L'homme à la canne à tête de lion finit, à force d'observer ces gens qui ne le remarquaient pas, par devenir le témoin de leurs coutumes. Un soir qu'il regardait les femmes de la lande rapporter le lait qu'elles venaient de traire, il vit une vieille femme approcher du petit groupe. Sans un mot ou presque, elle prit le poignet qu'une des vachères lui tendait et y appliqua une pierre au bord tranchant... Qoëlet n'avait pas besoin d'en voir plus.

Bientôt, avec son stylet improvisé, la guérisseuse inciserait la cuisse ou le bras d'un enfant sain pour lui transmettre les germes de la picote… Il se rappela ces rumeurs que rapportaient les habitants du village au sujet des gens de la lande : « Ils colportent la petite vérole… » Penser qu'il était allé jusqu'en Inde pour découvrir ce qui était à une lieue de chez lui…

Songeur, Qoëlet rentrait chez lui par ce chemin traversant la forêt si souvent emprunté dans son enfance lorsqu'une créature échevelée au visage étrangement parcheminé lui barra la route.

« Alors, tu n'as toujours pas compris, pauvre fou ? » lui demanda-t-elle avec un ricanement édenté.

Le voyageur considéra, plein de surprise, le visage de la centenaire. Il la reconnaissait malgré les années écoulées. À l'orée de ses soixante ans, elle l'invectivait tout comme elle l'avait fait quand il en avait quinze. La Reine Blanche cracha au sol puis ajouta, avant d'éclater de rire :

« Tu ne sais toujours pas, le petit miraculeux ! Tu ne sais toujours pas !

— Qu'est-ce que je ne sais pas ? demanda violemment Qoëlet que les grimaces de la sorcière excédaient.

— Tu ne sais pas qui tu es ! Tu ne sais pas ! répéta la Reine Blanche, comme possédée.

— Tu as perdu l'esprit ! murmura Qoëlet.

— Pas autant que toi qui refuses de voir l'évidence ! Es-tu donc stupide pour n'avoir pas encore compris ?

— Compris quoi, vieille folle ?

— Te rappelles-tu ce que je t'ai dit, il y a des années ?

— Tu avais déjà perdu la raison.

— Oui, folle que j'étais. Je croyais que le Manchot t'avait ressuscité... Il a fait pis !

— Vas-tu parler clairement ?

— Sais-tu que ceux de la lande se donnent la petite vérole pour s'en protéger ?

— Je le sais...

— Ils ne t'ont pas dit ce que j'ai appris il y a des années ?

— Qu'auraient-ils dû me dire ?

— Qui tu es.

— Et qui suis-je ?

— L'un des leurs.

— Comment cela ? demanda Qoëlet, soudain troublé.

— Le Manchot n'a pas rendu la vie au fils mort qu'il m'a présenté, la nuit de Samonios ! Montre ton bras... N'as-tu pas une marque au bras ? »

Qoëlet tressaillit en songeant à cette cicatrice qu'il portait depuis toujours sur l'épaule comme aux propos que lui avait tenus Baul en la découvrant.

« Allons ! Montre ! » grinça la Reine Blanche avec un mauvais sourire.

Qoëlet, tétanisé, ne fit pas le moindre geste.

« Tu ne veux pas me le montrer ? insista la vieille. Ça n'a pas d'importance, en vérité, je le sais : tu portes la marque de la picote, une blessure que ta mère t'a faite à ta naissance, fils de rien ! Il m'a fallu du temps pour comprendre... Mais on ne peut rien cacher à la Reine Blanche. Ces gueux m'ont tout dit. La nuit de ce que tu crois être celle de ta naissance, une de leurs femmes a été tuée. Son enfant a disparu... Tu veux la vérité ? La voilà ! Tu n'es pas l'enfant du miracle, tu es celui du crime ! De nos seigneurs, tu n'as que le nom, bâtard de la lande ! »

Blême, Qoëlet leva la main, prêt à frapper.

« Quoi ? s'exclama la Reine Blanche. Tu refuses la vérité, fils de rien. Vas-y, frappe ! Tue-moi comme le Manchot a tué autrefois. Si tu n'as pas son sang, prends ses crimes ! »

La main de Qoëlet s'abaissa lentement. Aussi immobile de corps qu'agité dans son esprit, il contempla le visage déformé par la haine de la Reine Blanche. Sans ajouter le moindre mot, il se retourna et reprit, plus troublé que jamais, le chemin de la maison Qoëlet. De retour dans cette demeure qui n'était pas la sienne, il se dépouilla l'âme plus honnêtement, plus froidement qu'il ne s'était jamais cru capable de le faire.

Calme, il donna à chaque chose son poids et sa mesure. Compta, recompta l'argent, les mois, les années, les deuils, les coups de chance – ces pleines heures de douleur comme ces instants de bonheur ou d'espoir qui l'avaient transpercé.

Or il ne pouvait s'empêcher de penser que quelque chose d'exceptionnel devait encore survenir. Que sa vie n'était pas achevée. Qu'il avait devant lui un temps incalculable à exister encore. Sentir. Espérer. Et peut-être obtenir à la mesure de ce qu'il lui restait de désirs. La vieillesse ne pouvait pas le prendre sans qu'il survînt encore dans sa vie *autre chose.*

III

Peu après, les villageois trouvèrent les portes du manoir closes. Sur la margelle du puits, un sac d'or accompagné d'un billet indiquant qu'il leur appartenait de s'en partager le contenu.

Certains affirmèrent, dans les jours suivants, qu'ils avaient aperçu l'ombre boiteuse du maître errant sur la lisière de la lande à la nuit tombée. Ombre qui semblait, malgré son pas heurté, flotter au-dessus des herbes et des ajoncs.

Puis plus rien. Plus un mot. Plus une trace. On se fit à son départ comme on s'était fait à son retour. Son or seul comptait, qui fut dépensé aussitôt. Comprenant qu'il ne reparaîtrait pas, quelques-uns se poussèrent jusqu'à la maison Qoëlet et commencèrent à démanteler les parties les plus ruinées de la demeure pour en récupérer les pierres. De nouvelles chaumières s'élevèrent. D'autres s'agrandirent. On ne parlait plus de Qoëlet, mais son or servait à payer le mortier des murs et les poutres des charpentes.

L'hiver vint. On l'avait oublié. De vieux paysans, pourtant, déclarèrent qu'ils voyaient, certains soirs de pleine lune, rôder l'ombre boiteuse. Hallucinations ? Légende ? On ne prenait pas encore la peine de les écouter. À quoi bon se préoccuper de ce fou qui était resté dans la maison de ses pères quelques courtes saisons pour disparaître en abandonnant sa fortune ?

Qoëlet, un matin, avait pris le chemin de la lande. Il avait quitté le manoir sans un regard pour les pierres qui l'avaient vu grandir, qui l'avaient vu vieillir, qu'il n'avait plus envie de redresser. On était au début de novembre. Ce brouillard qui effrayait tant les gens du village bouchait le paysage. Il avait marché sur un sentier profondément creusé entre deux haies de saules, qui s'éloignait du manoir. À l'endroit où le chemin faisait une fourche, une route partant en direction du village et l'autre vers la forêt, il avait enjambé le fossé. Face à lui, la lande, jusqu'aux invisibles villes de mer, couvrait la terre, houlée par un large vent d'ouest, barbare d'imprécision. La regarder ainsi noyée de brume et c'était le spectacle d'un autre océan. Sans se retourner, il s'était mis à marcher droit devant lui.

Un soleil pâle accompagnait les pas du voyageur. Puis le vent se leva. Il marcha longtemps, enivré par l'air marin qui se déversait du ponant en bourrasques folles, si longtemps qu'il lui semblait se rendre en une contrée aussi lointaine que le Gondwâna atteint autrefois au prix de tant d'efforts. Enfin, à travers le brouillard qui peu à peu se dissolvait, il entrevit quelques silhouettes arrondies autour d'un feu de tourbe, les parois d'une hutte… Peu d'hommes, des femmes, des enfants, et un vieillard qui se redressa à son approche. Les cheveux longs agités par le vent, il était vêtu d'une peau de mouton et de chausses de cuir. À son poing, un grand bâton noueux. Il fit signe au voyageur de venir s'asseoir auprès d'eux, comme s'il l'attendait depuis longtemps, depuis toujours. Qoëlet s'avança. Enfin il retournait parmi les siens. La Reine Blanche l'avait dit : là était le commencement de tout. Là serait la fin.

Bécasses et courlis, anguilles, lait et viande des vaches, tartines de graisse de loup et nectar d'ajonc constituaient son ordinaire. Et le rire des enfants, l'oreille des anciens. Ni confort ni richesse, mais une existence pleine de simplicité.

Il pêchait dans les étangs, il soignait les malades, et prélevait la picote sur les maigres troupeaux sous le regard des femmes qui l'attendaient, leur nouveau-né dans les bras. Toutes avaient sur l'épaule cette même cicatrice que lui… Tous acceptaient l'ordre naturel comme un bienfait.

Auprès d'eux Qoëlet vivait paisiblement. Le regard happé par l'ondulation perpétuelle de la lande comme il avait autrefois tiré bienfait du spectacle de l'océan, le visage caressé par le vent, les cheveux dénoués, il laissait couler le temps sans s'inquiéter d'un quelconque lendemain.

L'homme aux longs cheveux couleur de paille menait cette colonie perdue au milieu des bruyères et des ajoncs, où nul villageois ne s'aventurait par peur du mauvais sort. Les siens le nommaient seulement le Vieux. Avec lui, Qoëlet passait de longues heures à contempler la houle végétale, calme et serein. Leurs mots étaient rares. Le plaisir d'aller côte à côte sous le soleil leur suffisait.

« C'est un monde de rêves, disait parfois Qoëlet en levant les yeux vers l'astre brillant.

— Rêvons ! » répondait le Vieux en souriant.

Vivre lui était doux.

IV

Il y a dans la vieillesse une lenteur qui opprime. Une fatigue traînée. Des douleurs qui agacent. Épuisent. Des maladresses qui offensent.

La fatigue s'était peu à peu emparée de son corps. Son pas avait perdu en assurance. Ses promenades s'étaient faites plus brèves. Ses gestes avaient gagné en imprécision. Il ne s'en était pas étonné. S'étonne-t-on du temps qui passe ?

Calmement, il avait assisté au lent spectacle du déclin de ses forces, ainsi qu'on voit l'océan refluer sur la plage. Son cœur, dans sa poitrine, en était le ressac finissant.

Il sut pourtant pêcher et se nourrir seul quelques années encore. Il aimait à prendre le poisson en compagnie du Vieux. Leur adresse à tous deux, malgré leur grand âge, faisait l'admiration des plus jeunes. Le poisson, transpercé, s'agitait au bout de la lance qu'il peinait à remonter. La force manquait pour un second. L'œil se fatiguait à essayer de distinguer les reflets dorés des animaux dans le flux de la rivière. Les jambes flageolaient. Il disait doucement :

« C'est bien… »

Il avait son poisson, c'était assez.

Souvent, tous deux allaient s'asseoir à l'ombre de grosses pierres, rêvant en silence, laissant leur esprit errer – pleins d'émerveillement. Qoëlet parlait encore devant tous. Et le son de sa voix, la sagesse de ses mots lui acquirent le respect de ses hôtes et le titre de roi. On s'éduqua à ses maximes. On retint ses proverbes. Quelques-uns les savent encore aujourd'hui.

V

La mémoire est une faculté terrible. Un don parfois cruel. Qoëlet avait peu à peu perdu la mémoire et avec elle chaque bribe de son existence. Ses souvenirs s'étaient évaporés les uns après les autres. D'abord des faits anodins. De simples oublis. L'emplacement de sa pipe. Le nom de son pays. Celui des personnes qu'il avait croisées au cours de son existence. Il n'y avait pas pris garde. Avait mis l'affaire sur le compte de l'inattention.

Il avait compris le jour où il avait hésité à se remémorer son nom : non pas le sien, mais celui de la femme qu'il avait prétendu aimer, par-delà sa disparition, tout au long de ces années.

Ainsi les images, les odeurs et les sons de sa plus lointaine enfance avaient-ils inexorablement refait surface pour mieux sombrer. Tout le reste avait fui au fil des saisons. Tout le reste avait passé au fil de l'eau. Mais le vieil homme, recru d'épreuves, dépris de toute ambition, souriait pourtant. Bientôt le froid profond figerait ses membres dans la glaise du sol. Bientôt l'oubli de tout. De ses chairs. De ses souvenirs les plus intimes. Bientôt tout cela, mais dans son cœur brillait toujours la flamme d'une inaltérable espérance : la certitude d'un meilleur possible, d'un quelque chose d'autre merveilleux.

Le premier, le Vieux avait observé chez le voyageur les marques d'un certain dérèglement de l'esprit. Il ne le plaignit pas. Lorsque Qoëlet commença à perdre le souvenir des événements les plus récents, il se comporta avec lui comme s'il entendait une remarque ou une demande pour la première fois. Quand l'homme oublia jusqu'à son propre nom, l'homme de la lande le lui rappela sans s'étonner de la question.

« L'esprit va et l'esprit vient : il danse et la tête nous en tourne comme vont les nuages dans le ciel », déclara Qoëlet dans un moment de lucidité.

Il souriait. L'oubli ne le hantait pas. Il lui semblait qu'il se déprenait lentement de lui-même. Qu'il était cent autres. Puis un seul. Puis un oiseau planant dans le ciel. Une montagne. Un poisson. L'eau de la rivière. Une particule de lumière : l'or du ciel.

VI

Voilà, c'est le moment.

Chacun refait ses comptes, les doigts tremblants. Les souvenirs amassés débordent de la mémoire. Tant d'années passées à s'emplir l'âme d'images, de visages, de figures. Allons ! Voici l'heure du bilan. La peau craquelée de vieillesse. Les dents vacillantes. Les os douloureux. Alors ? Quoi donc ? Il n'y a plus rien à faire. Tout est dit. On ne redresse pas ce qui est fait courbe. Pas plus qu'on ne rattrape le temps enfui.

Qoëlet égrenait le chapelet de ses rares souvenirs les yeux perdus dans les scintillements du torrent. Le visage de la comtesse de Lauragais ne le quittait plus. Les années passées n'en avaient pas altéré la beauté. Il le devinait dans les reflets de l'eau, calme et serein. Quelle eût été leur vie si elle avait vécu ? Aujourd'hui que sa mémoire s'était enfuie, il ne redoutait plus de construire ce passé de rêve. Il inventait des joies, des jours heureux, des moments si intimes qu'ils ne se racontent pas…

Un matin, il avait senti la mort venir. Le jour n'était pas tout à fait levé. Il était sorti. Avait embrassé du regard le campement endormi. Puis s'était dirigé à pas lents vers ce rocher au pied duquel il aimait à se reposer. Calme, il avait posé une main sur le tronc centenaire.

« Il y a un temps pour tout », avait-il murmuré.

Au pied d'un grand rocher, le Vieux pleurait silencieusement. Et tant pis si les femmes et les enfants voyaient ses larmes. Il tenait en main une canne au pommeau à tête de lion, la serrant contre sa poitrine avec affection. On peut aujourd'hui la voir au Musée départemental breton de Quimper. Sur une étiquette, on lit qu'elle fut rapportée des Indes par le fameux aventurier René Madec, créé nabab par l'empereur mogol Shâh Âlam II vers 1770.

Il n'aurait rien subsisté d'autre de Qoëlet si un ancien soldat de la Grande Armée n'avait, labourant un arpent de lande dans le commencement des années 1830, découvert sa jambe de bois. Apprenant l'élévation, à Périgueux, d'une statue en l'honneur du général baron Daumesnil, sous lequel il avait servi, l'homme assura à la municipalité que l'objet avait appartenu à celui qui, amputé après la bataille de Wagram, avait reçu le surnom de « la Jambe de bois ». Il lui adressa la prothèse qui fut reçue comme telle par les magistrats de cette ville. Elle fait aujourd'hui partie des collections du Musée militaire de Périgueux.

Ainsi voit-on exposées, en Bretagne et en Dordogne, la canne et la jambe de Qoëlet, l'une donnée pour avoir appartenu à René Madec et l'autre à Pierre Daumesnil. Nul – pas même moi – n'a, jusqu'à ce jour, rappelé son nom devant ces objets.

ANNEXE

Le 14 mai 1796, Edward Jenner, un médecin anglais, inocule au bras d'un jeune garçon des germes de variole de la vache (en anglais *cow-pox*) prélevés sur une fille de ferme. Une pustule variolique apparaît à la suite de l'opération, puis s'efface sans autres manifestations. L'enfant se montre par la suite insensible à la variole que lui communique l'expérimentateur. Une *Enquête sur les causes et les effets de la variole vaccine, maladie découverte dans certains comtés occidentaux de l'Angleterre, notamment dans le Gloucestershire, et connue sous le nom de cow-pox* paraît peu après. Son auteur y décrit le moyen de prévenir sans faille la terrible petite vérole par l'inoculation à l'homme de la variole provenant de la vache. Jenner est médecin. Il a expérimenté avec succès son procédé. Dans l'Angleterre, qui a trouvé à vaincre le scorbut des marins par le citron et qui pratique l'inoculation de la petite vérole depuis près de trois générations, on le croit sans réserve.

La nouvelle qu'un remède d'une incontestable efficacité permet de lutter contre la variole parcourt les continents comme une traînée de poudre, aussi stupéfiante que le serait, aujourd'hui, la découverte d'un traitement sûr contre le cancer. La *vaccination* (du latin *vacca*, vache) est aussitôt introduite en Autriche, en Suisse, en Allemagne, en Lombardie, en Espagne… En France, un Comité de la vaccine est créé. Ce sont encore l'Asie, l'Orient et l'Amérique qui découvrent le fabuleux moyen de prévenir les attaques de la petite vérole.

Lorsque, un quart de siècle après sa publication, le « bon Dr Jenner » s'éteint, modeste et retiré, il a reçu de tous le titre de *bienfaiteur de l'humanité.* Quelques décennies plus tard, Pasteur donnera à ses découvertes le nom de « vaccin » en hommage à cet illustre prédécesseur.

Plusieurs personnes, à travers le monde, ont signalé, à la suite du succès de la vaccination présentée par Jenner, qu'elles avaient connu des individus pratiquant celle-ci bien auparavant. On a cité le cas d'un pasteur languedocien. Celui d'un fermier britannique. Dans le Gloucester, le Holstein, le Mecklembourg, en Alsace, où les troupeaux abondaient, on avait observé…

Dans le Paris du Consulat, nul ou presque ne faisait référence aux événements qui avaient agité la ville à ce sujet trente ans plus tôt. À peine si le nom de La Condamine était rappelé en ces occasions. On avait oublié ces personnages de l'*ancien temps.*

Malgré sa redoutable efficacité à prévenir la variole, la vaccination a donné lieu à de nombreuses polémiques en raison des risques parfois mortels qu'elle présente. Ainsi Léon XIII, pape de 1878 à 1903, a-t-il déclaré : « Quiconque procède à la vaccination cesse d'être un fils de Dieu : la variole est un châtiment voulu par Dieu, la vaccination est un défi contre le Ciel. » D'autres ont encore craint qu'elle ne transmette la syphilis, le cancer, l'eczéma, le scorbut ou la lèpre.

Les contempteurs du procédé n'ont, néanmoins, pas été écoutés et la vaccination s'est poursuivie sur toute la planète. Elle a, en France, été déclarée obligatoire en 1902. La dernière épidémie a eu lieu, à Vannes, en 1955. Elle a été provoquée par le retour de soldats d'Indochine, où ils avaient contracté la maladie.

La variole a causé la mort de trois cents millions de personnes au XXe siècle. Le dernier cas a été observé en Somalie en 1977. Le 8 mai 1980, l'Organisation mondiale de la santé a proclamé l'éradication de la maladie de la surface du globe. Le programme de vaccination des populations a dès lors été interrompu. L'un des plus terribles fléaux de l'humanité était vaincu.

À ce jour, deux souches du virus subsistent officiellement. L'une est conservée dans un laboratoire américain, l'autre en Russie. La crainte d'attentats au virus de la variole a pourtant remis en scène le débat sur la vaccination. La maladie est, en effet, classée parmi les douze risques majeurs encourus par l'humanité, au même titre que les armes nucléaires et chimiques. Cette perspective a conduit les autorités sanitaires de divers pays industrialisés à recenser attentivement les doses de vaccin antivariolique disponibles dans leurs stocks comme les possibles détenteurs de souches du virus. Partout sur la planète les stocks de vaccin ont été reconstitués et augmentés par dédoublement des doses.

En 2002, présentant au public son plan de prévention contre une attaque terroriste à la variole, le président américain George W. Bush a annoncé sa décision de se faire vacciner avec l'ensemble des personnels militaires des États-Unis. L'Europe a, pour sa part, jugé que les risques d'une vaccination de masse étaient pour l'heure supérieurs à ceux d'une possible épidémie. Il faut en effet savoir que la vaccination variolique n'est pas sans danger. Le taux de complications est estimé à 1 sur 5 000. Des études, pratiquées alors que la maladie sévissait encore, ont par ailleurs prouvé que le confinement des malades reste le plus sûr moyen d'empêcher toute propagation du virus.

Il y a un temps pour tout. Ainsi peut-on aujourd'hui admettre qu'en l'absence de cas déclaré de variole le risque réside plus dans la vaccination que dans l'absence de vaccination.

Table

Histoire et aventures dans Le Livre de Poche

Axel Aylwen

Le Faucon du Siam / L'Envol du Faucon / Le Dernier Vol du Faucon — nos 14452, 14674 et 14895

S'aventurer au cœur du royaume du Siam, être reçu à la cour du roi Narai, gagner sa confiance et devenir son *Barcalon* ou Premier ministre : telle est l'extraordinaire épopée vécue au XVIIe siècle par Constantin Phaulkon, un navigateur grec... Histoire, exotisme, érotisme, suspense : tout est réuni pour faire de cette histoire vraie un fabuleux roman d'aventures, un passionnant voyage dans l'ancienne Asie.

Dominique Baudis

Raimond d'Orient — no 15124

À la fin du XIe siècle, Raimond de Saint-Gilles règne entre Garonne et Rhône sur un riche territoire aussi vaste qu'un royaume. Il part, à l'appel du pape, délivrer le Saint-Sépulcre et gagner son salut. Raimond est un homme ombrageux, intransigeant, emporté dans une aventure héroïque et cruelle. Il établit son comté et fonde une dynastie à Tripoli, au Liban.

Raimond le Cathare n° 14418

Le 15 janvier 1208, le légat pontifical est assassiné en Provence. Aussitôt, le pape ordonne la croisade contre l'hérésie cathare ou « albigeoise ». Bientôt, les armées de Simon de Montfort vont marcher sur le Toulousain, la religion servant de prétexte à l'appétit de conquête du roi de France. En face de lui, Raimond VI, comte de Toulouse.

Jeanne Bourin

La Chambre des dames / *Le Jeu de la tentation* n°s 6203 et 6227

Chronique d'une famille vivant au XIIIe siècle, dans le royaume de Saint Louis : les Brunel sont orfèvres à Paris. Mathilde, la mère, a trente-quatre ans, Florie, sa fille, quinze ans. Tout semble tranquille, assuré. Rien ne l'est, car une folle passion et des événements dramatiques vont ravager leur vie. Si l'intrigue est imaginaire, le cadre historique, lui, ne l'est pas.

Pierre Combescot

Les Petites Mazarines n° 14982

Maître de la France durant la minorité de Louis XIV, politique et diplomate de génie, ambitieux, séduisant, retors, cupide, le cardinal Mazarin eut à cœur de faire profiter sa nombreuse famille de son extraordinaire ascension. Voici l'histoire de quatre de ses nièces, amenées par lui à la cour de France.

Maurice DRUON

Les Rois maudits

Du *Roi de fer* (n° 2886) à *Quand un roi perd la France* (n° 5252), voici, en sept volumes, la célèbre fresque historique qui évoque le XIVe siècle, sous Philippe le Bel et ses descendants.

Frédéric H. FAJARDIE

Les Foulards rouges n° 15346

Au Palais-Royal, un homme surgit, sauvant la vie du cardinal Mazarin. Il s'appelle Loup de Pomonne, seigneur de Nissac. Nul ne l'a vaincu à l'épée, aucune armée ne l'a jamais défait. À la demande de Mazarin, il monte une petite troupe, « Les Foulards rouges », curieux mélange d'aristocrates et de galériens.

Le Voleur de vent n° 30095

Décembre 1609 : un terrible complot se trame. C'est compter sans Thomas de Pomonne, comte de Nissac et amiral des mers du Levant, aussi redoutable sur terre que sur l'eau. Entouré de rudes compagnons, fidèle à un roi qui a reconnu la liberté de conscience, Nissac tentera de le sauver.

La Tour des demoiselles n° 30589

1780… Joachim Valencey d'Adana, sur sa mythique frégate – la *Terpsichore* –, terrorise les Anglais, et combat aux côtés des insurgés américains.

La Lanterne des morts n° 30758

Bannis par Louis XVI, Joachim Valencey d'Adana et ses amis sont rappelés de leur exil par le gouvernement révolutionnaire. Joachim sait qu'en France se trouve Victoire, celle qu'il aime. Robespierre, qu'il a jadis sauvé, l'envoie en Vendée, où se déroule la plus horrible des guerres civiles.

Le Conseil des Troubles n° 30945

1692. Tancrède de Montigny, duc de Bamberg, commande un escadron de cavalerie. À ses trousses : le « Feu follet », meilleur tueur à gages d'Europe ; un général des mousquetaires, une des plus fines lames du royaume ; le grand maître des Teutoniques, à la tête de la terrible organisation du Conseil des Troubles, ainsi que les chefs de neuf armées coalisées contre la France !

Ken FOLLETT

Les Piliers de la Terre n° 4305

Dans l'Angleterre du XIIe siècle ravagée par la guerre et la famine, des êtres luttent pour s'assurer le pouvoir, la gloire, la sainteté, l'amour, ou simplement de quoi survivre. Les batailles sont féroces, les hasards prodigieux, la nature cruelle. Les fresques se peignent à coups d'épée, les destins se taillent à coups de hache et les cathédrales se bâtissent à coups de miracles… et de saintes ruses.

Sarah Frydman

Contessina / Le Lys de Florence / Lorenzo ou la Fin des Médicis n° 30403, 30404 et 30405

Corruption, assassinats, pouvoir, passions : tels sont les maîtres mots de l'histoire de Cosimo de Médicis et de sa descendance. Cette histoire est aussi celle de la République de Florence, de son évolution artistique, politique, industrielle et commerciale alors qu'elle dominait l'Europe des XIVe et XVe siècles.

Jocelyne Godard

Lys en Val de Loire

De *La Nuit des démons* (n° 30414) à *Une flambée d'or* (n° 30419) : une fresque en 6 volumes.
1400. Clarisse, fille de lissier qui a autrefois travaillé à la confection de l'éblouissante tapisserie *L'Apocalypse de saint Jean*, cherche à sauvegarder les acquis de ses ancêtres. En ces temps troublés où Bourguignons et Armagnacs s'entretuent sous les yeux ravis des Anglais, deux femmes s'affrontent. L'une, la reine Isabeau de Bavière, s'attache à ruiner la France ; l'autre, Yolande d'Aragon, s'active avec un courage exemplaire à sauver le royaume. Clarisse est décidée à conquérir sa place parmi les lissiers. Sa rencontre avec Marie d'Anjou, la dauphine, marquera son destin.

Noah Gordon

Le Médecin d'Ispahan n° 6728

Londres, en l'an 1021. Orphelin, Rob J. Cole, neuf ans, devient l'apprenti d'un barbier-chirurgien. C'est une époque où l'on brûle les sorcières, où la vie est dure et la mort vite venue... Mais Rob veut devenir médecin et il a un terrible don : il sent si un patient va mourir lorsqu'il lui prend la main. À vingt ans, le voilà qui traverse l'Europe pour gagner l'Orient et étudier la médecine. Puisque chez les Arabes on n'admet pas les chrétiens, il va se faire passer pour juif...

Catherine HERMARY-VIEILLE

Le Crépuscule des rois

La Rose d'Anjou (n° 30116) / *Reines de cœur* (n° 30117) / *Les Lionnes d'Angleterre* (n° 30118)
1465. Entre l'Angleterre, la France et les Flandres, rois, reines, grands seigneurs et aventuriers se déchirent pour le pouvoir. Une époque sombre et mystique, fastueuse et violente, que hantent des personnages hors du commun, autour d'Henry VIII. Henry aura six femmes, qu'il aimera, répudiera ou supprimera au gré de ses envies, obsédé par le souci d'assurer au trône une descendance.

Amin MAALOUF

Léon l'Africain n° 6359

En 1518, un ambassadeur maghrébin revenant de La Mecque est capturé par des pirates siciliens, qui l'offrent en cadeau au pape Léon X. Hassan al-Wazzan devint le géographe Jean-Léon de Médicis, dit Léon l'Africain. Sa vie, ponctuée par les grands événements de son temps, est fascinante. Homme d'Orient et d'Occident, d'Afrique et d'Europe, on pouvait difficilement trouver dans l'histoire personnage dont la vie corresponde davantage à l'époque étonnante que fut le XVIe siècle.

Robert MERLE

Fortune de France

Du règne d'Henri III, dans *Fortune de France* (n° 13535), aux premières années de celui de Louis XIV, dans *Le Glaive et les Amours* (n° 30138), en 13 volumes, c'est toute une époque qui revit à travers l'histoire des Siorac, avec ses paysans, ses princes, ses hommes d'épée ou d'Église, ses truculences et ses cruautés ; sa langue, aussi, savoureuse, colorée, merveilleusement restituée au lecteur d'aujourd'hui. Époque où peu à peu va naître une exigence de tolérance et de paix, en écho au cri d'indignation et d'espoir de Michel de l'Hospital : « Ne verra-t-on la Fortune de France relevée ? »

Hubert MONTEILHET

De plume et d'épée /
Les Cavaliers de Belle-Île n°s 15003 et 15410

Décidé à fuir la dèche familiale et l'autorité d'une mère protestante illuminée, Arnaud d'Espalungue « monte » à Paris. Richelieu et le père Joseph gouvernent une France exsangue, enlisée dans la guerre contre les Habsbourg. De duel en duel, d'aventure en aventure, tour à tour trompeur et trompé, Arnaud va frayer son chemin entre des religions irréconciliables et des ambitions qui ne le sont pas moins.

Daniel PICOULY

L'Enfant léopard n° 15074

16 octobre 1793. Dans sa cellule de la Conciergerie, Marie-Antoinette se prépare à mourir. Au-dehors, un ultime complot s'est formé. Il ne reste que douze heures pour sauver

la reine. Pendant ce temps, dans ce Paris tumultueux de la Révolution, on traque un mystérieux enfant léopard. Certains pour le protéger. D'autres pour le tuer.

La Treizième Mort du Chevalier

En cette année 1799, le chevalier de Saint-Georges, mulâtre, maître d'escrime et compositeur de musique, est atteint d'un mal qu'il pressent mortel. Et voilà que Beaumarchais lui confie le prospectus d'un mystérieux théâtre, l'*Ambigu extrême*…

Bernard SIMIOT

Ces messieurs de Saint-Malo n°s 6291, 6466 et 6973

Parmi tous les petits commerçants de Saint-Malo, seul Mathieu Carbec a eu l'audace d'acheter trois actions de la Compagnie des Indes orientales que vient de fonder Colbert. Ce sera le point de départ d'une grande saga familiale, au moment où la bourgeoisie maritime se rue à la conquête des piastres, des charges et des titres nobiliaires. Négociants, armateurs, corsaires ou négriers, les Carbec, parmi tant d'autres, se lanceront sur toutes les mers du globe, sans se soucier de savoir si leurs écus ou leurs fleurons sentent trop les épices ou la traite, la ruse ou la fraude...

Bernard et Philippe SIMIOT

Carbec, mon empereur n° 15040

Le général François Carbec est l'arrière-petit-fils du fondateur de la dynastie. Chassé de l'armée après Waterloo, il s'engage dans un projet fou : délivrer Napoléon pour le faire empereur du Mexique. Son rôle : installer au Texas une colonie de trois cents soldats français qu'on appellera Champ d'asile.

Philippe SIMIOT

Carbec, l'Américain n° 30036

À La Nouvelle-Orléans, François est désormais à la tête d'une florissante compagnie de steamers qui parcourent le Mississippi. Il ressent pourtant la nostalgie du pays natal et rentre en France, où il observe les changements sociaux, politiques et scientifiques qu'incarne à présent son fils Mathieu, polytechnicien et saint-simonien.

Patrick SÜSKIND

Le Parfum n° 6427

Au XVIIIe siècle vécut en France Jean-Baptiste Grenouille. Ce monstre avait un don, ou plutôt un nez unique au monde, et il entendait bien devenir, même par les moyens les plus atroces, le Dieu tout-puissant de l'univers, car « qui maîtrisait les odeurs, maîtrisait le cœur des hommes »…

Bernard TIRTIAUX

Aubertin d'Avalon n° 30074

Fin du XIIe siècle. Aubertin d'Avalon, bâtisseur de cathédrales et maître sculpteur, est chargé par les Templiers d'une mission qui va le jeter sur les routes de l'Orient et le transformer en incendiaire mystique. De Paris à Jérusalem, en passant par Chartres, le grand roman d'une initiation.

Thornton WILDER

Le Pont du Roi-Saint-Louis nº 30181

Lorsque la passerelle qui relie Cuzco à Lima se rompt sous ses yeux en l'an 1714, précipitant à l'eau cinq personnes, le frère Juniper, prêcheur franciscain, y voit l'occasion de prouver l'existence de Dieu. Il ne doute pas que tout arrive par la volonté divine pour le plus grand bien des gens d'ici-bas et que l'étude de la vie des victimes le démontrera en mettant au jour la raison de leur anéantissement.

Avraham B. YEHOSHUA

Voyage vers l'an mil nº 15611

999 : l'Europe est plongée dans l'attente de l'An Mil. À Tanger, Ben-Attar s'embarque pour une expédition avec ses deux épouses, son associé musulman et un rabbin. Sa nef traverse l'océan et le mène, par la Seine, à une petite ville nommée Paris. Le but de ce périple : faire comparaître son neveu Aboulafia devant la cour de justice juive pour régler le litige qui les a séparés.

Composition réalisée par Chesteroc Ltd.

Achevé d'imprimer en mai 2008 en Espagne par
LITOGRAFIA ROSÉS S.A.
Gava (08850)
Dépôt légal 1re publication : juin 2008
LIBRAIRIE GÉNÉRALE FRANÇAISE – 31 RUE DE FLEURUS – 75278 PARIS CEDEX 06

31/2399/9